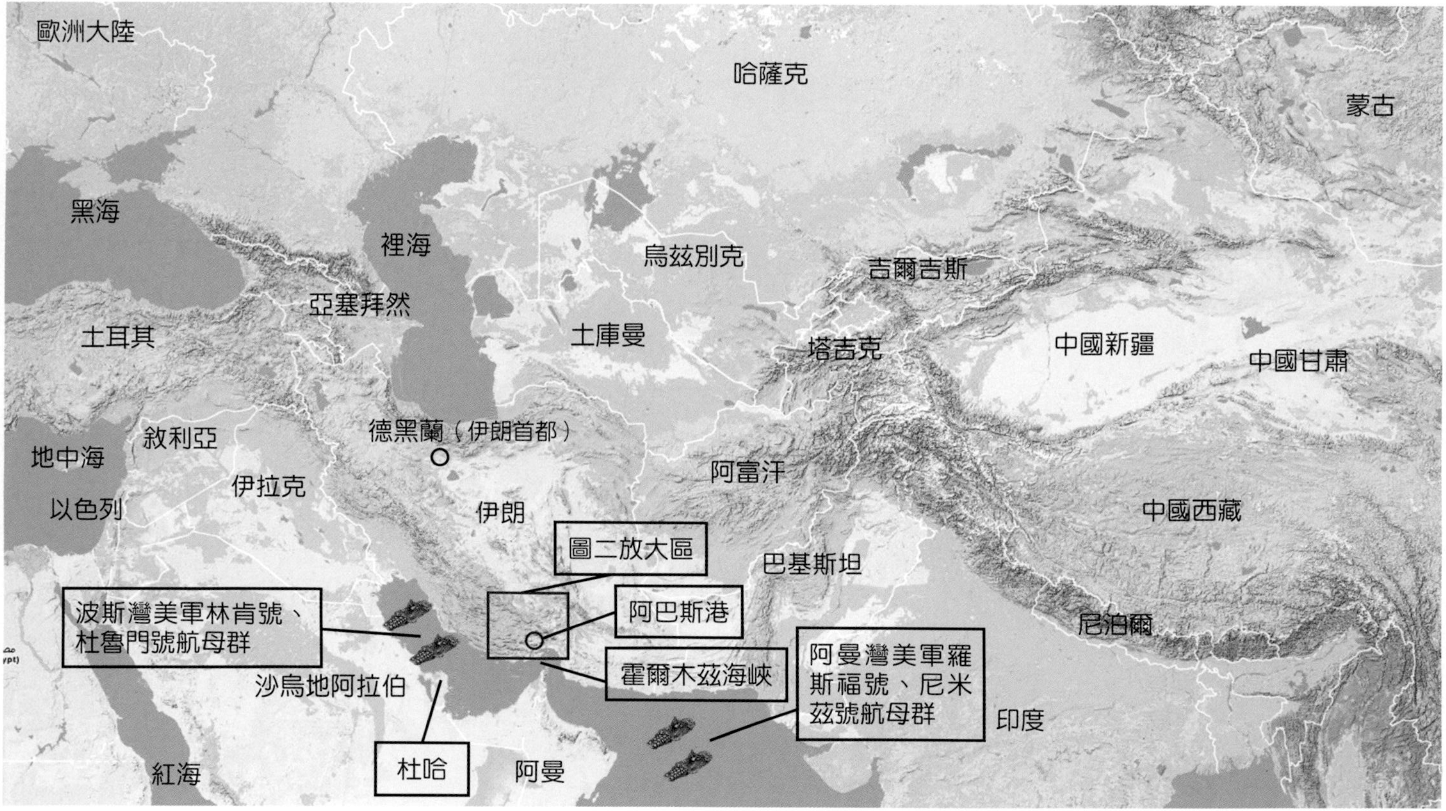
歐洲大陸
哈薩克
蒙古
黑海
裡海
烏茲別克
吉爾吉斯
亞塞拜然
土耳其
土庫曼
塔吉克
中國新疆
中國甘肅
德黑蘭（伊朗首都）
敘利亞
地中海
伊拉克
阿富汗
以色列
伊朗
中國西藏
圖二放大區
巴基斯坦
波斯灣美軍林肯號、
杜魯門號航母群
阿巴斯港
尼泊爾
阿曼灣美軍羅
斯福號、尼米
茲號航母群
霍爾木茲海峽
沙烏地阿拉伯
印度
紅海
杜哈
阿曼

圖一：中東伊朗周圍地圖

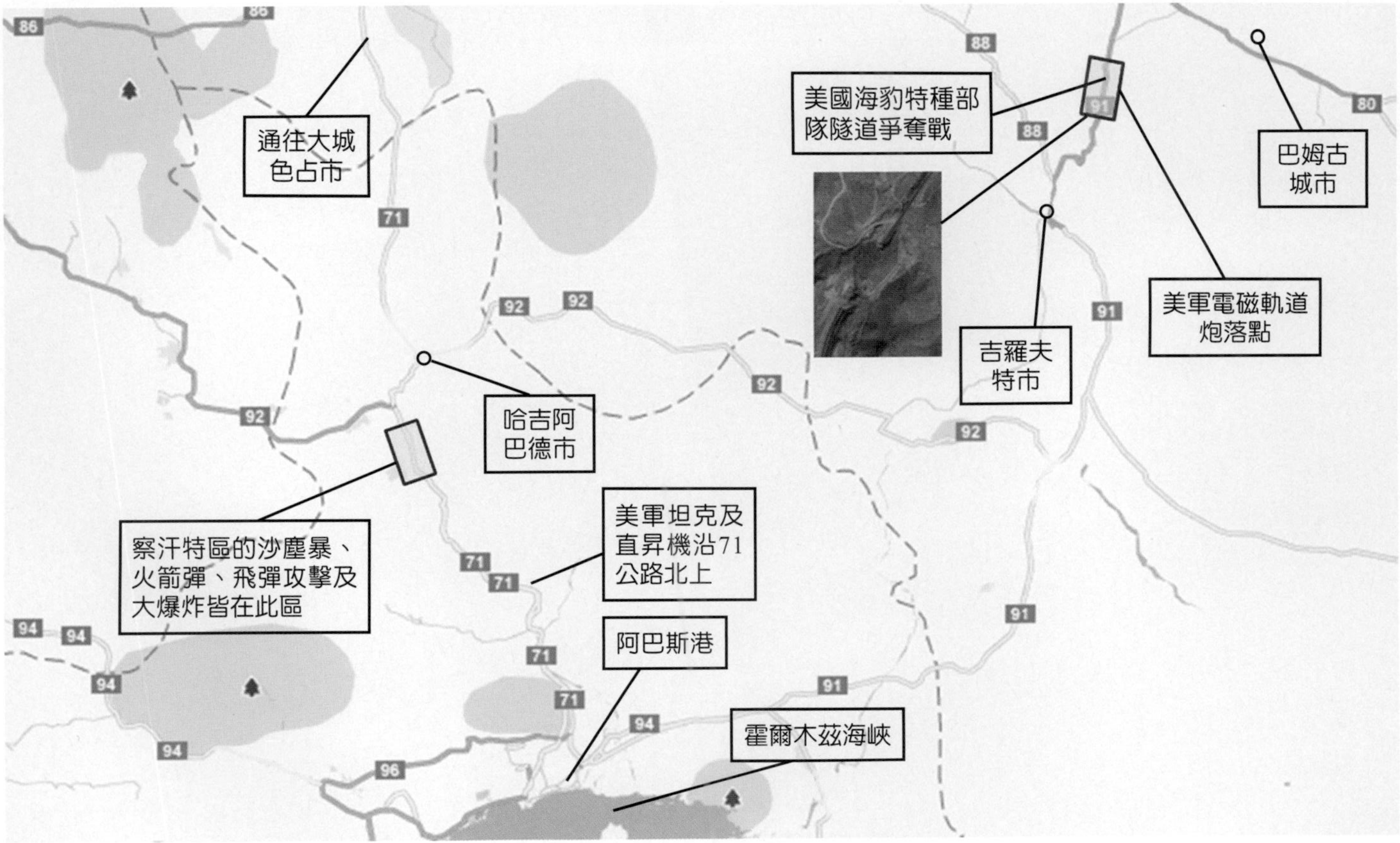

圖二：伊朗71號公路沙塵暴及大爆炸周邊地圖

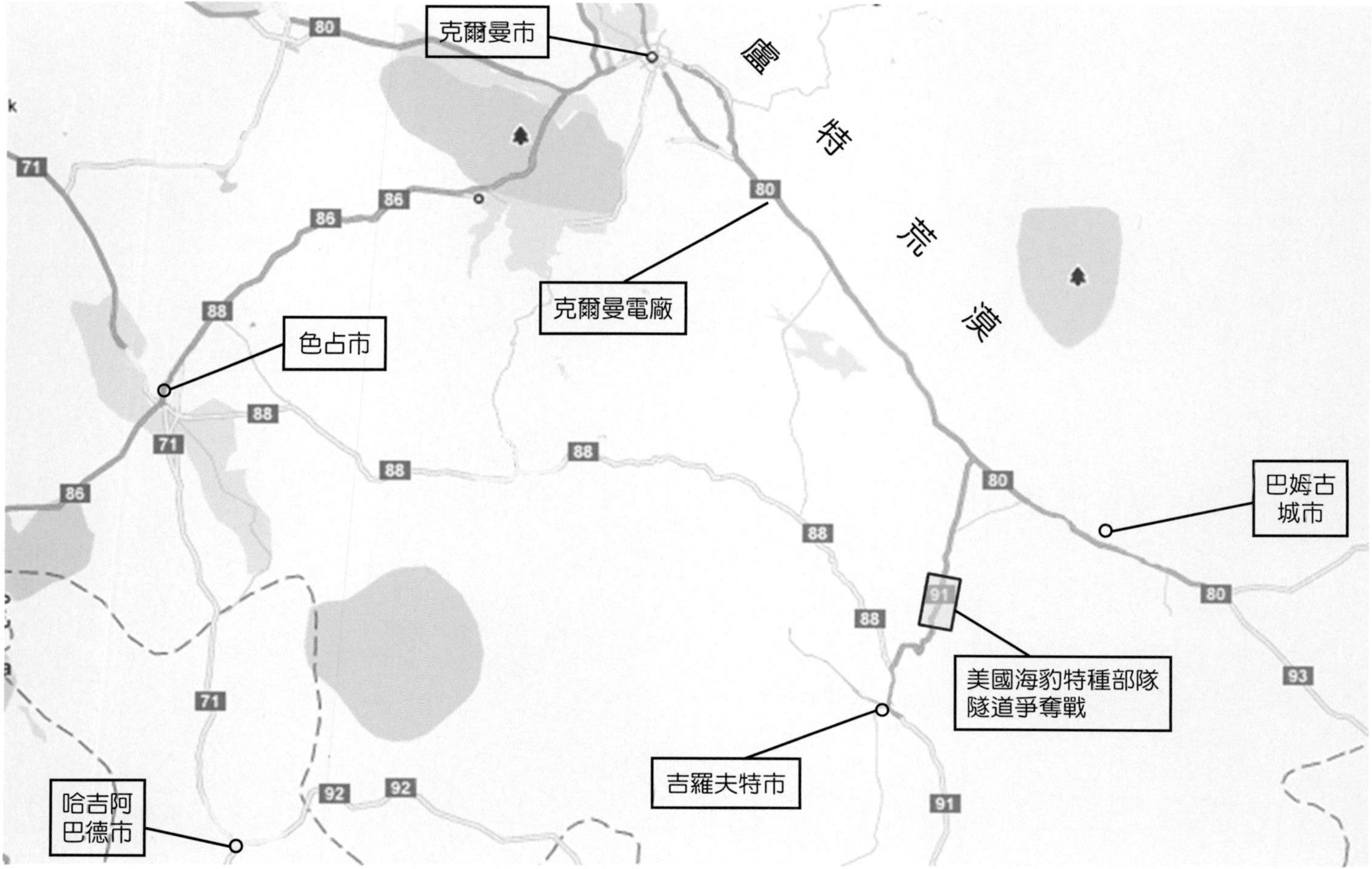

圖三：伊朗80號公路劫持及91號公路隧道爭奪戰地圖

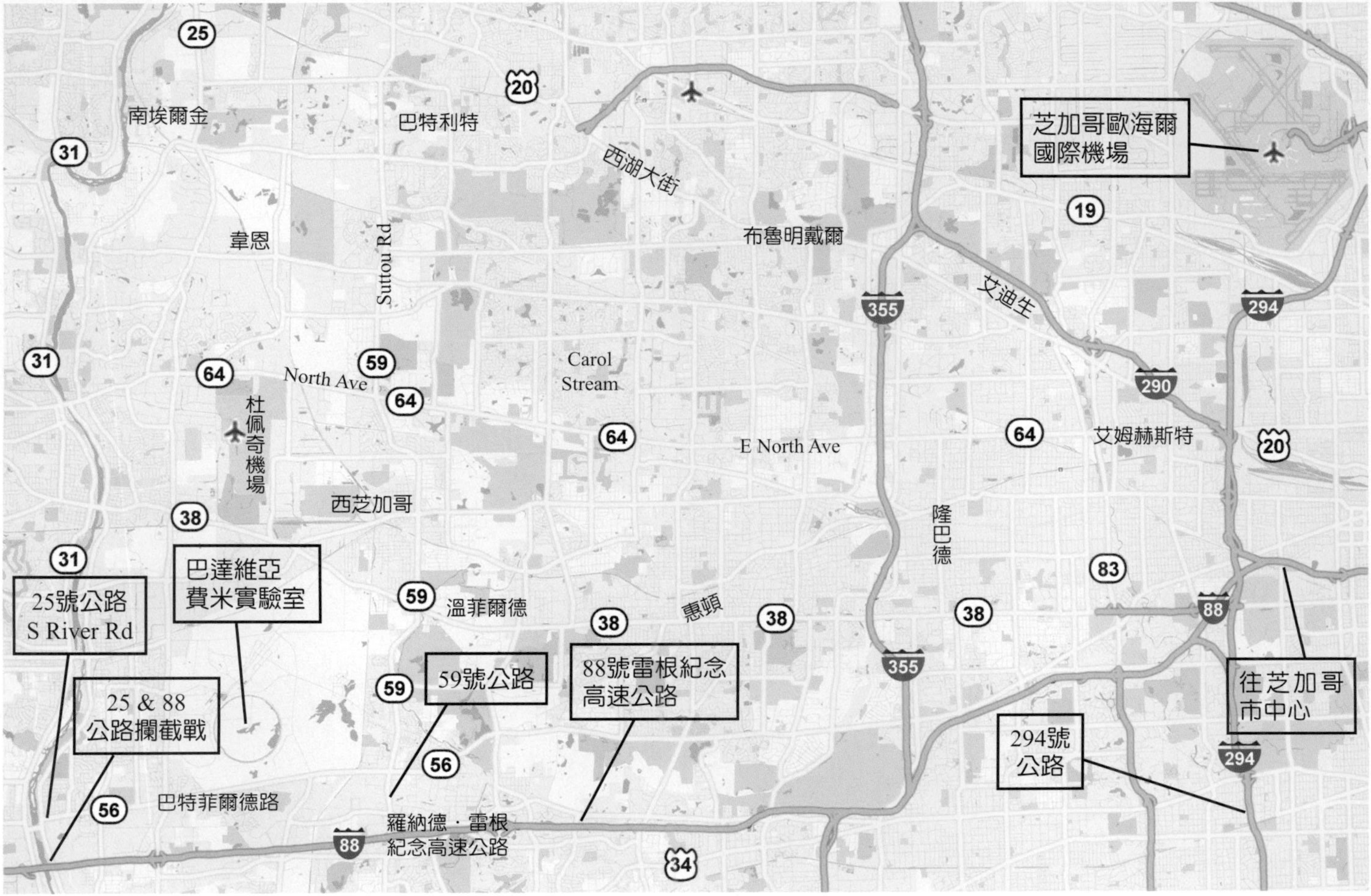

圖四：美國芝加哥巴達維亞費米實驗室地圖

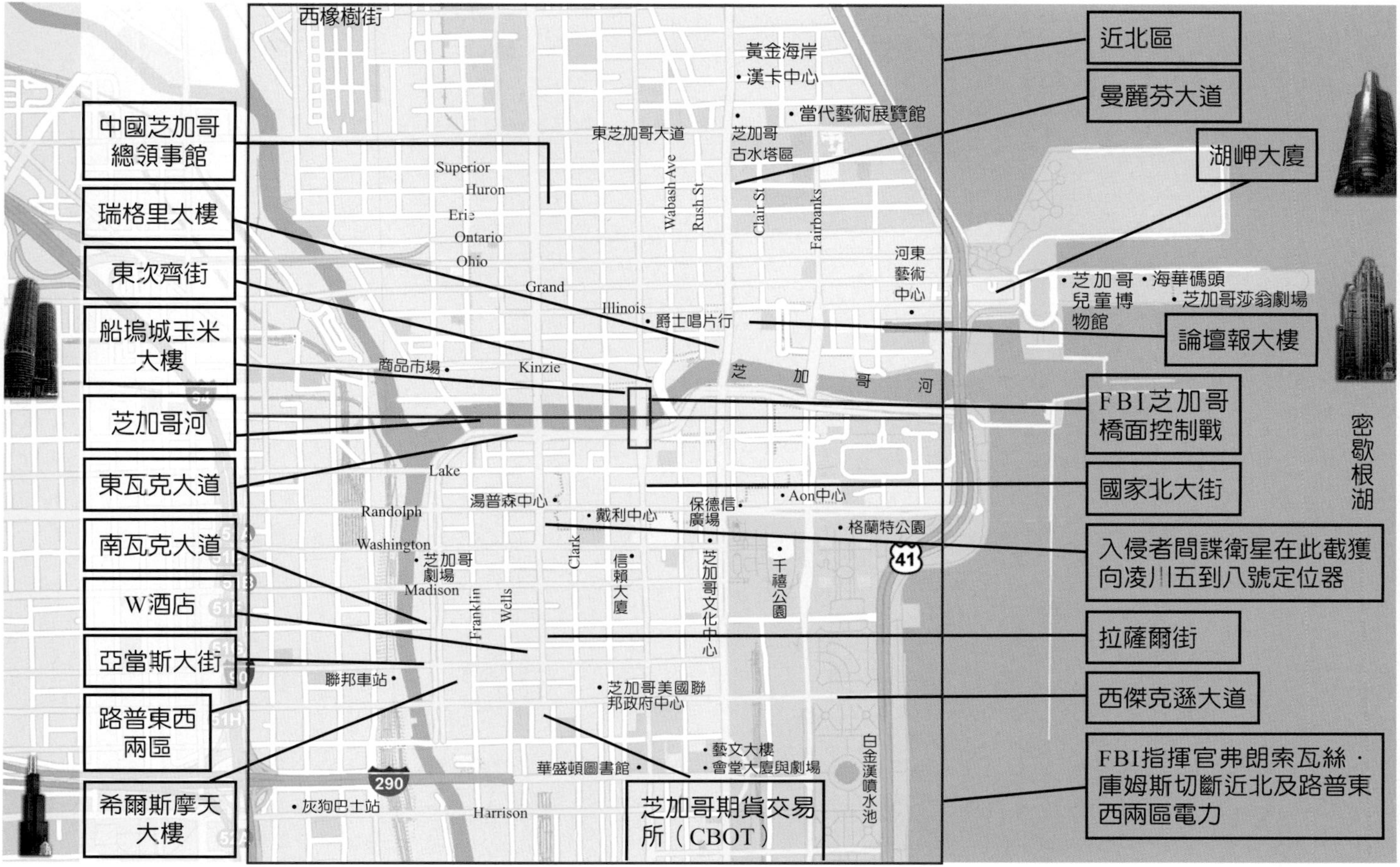

西橡樹街
黃金海岸
漢卡中心
當代藝術展覽館
東芝加哥大道
芝加哥古水塔區
Superior
Huron
Erie
Ontario
Ohio
Grand
Illinois
Wabash Ave
Rush St
Clair St
Fairbanks
河東藝術中心
爵士唱片行
商品市場
Kinzie
芝加哥河
Lake
湯普森中心
戴利中心
保德信廣場
Aon中心
格蘭特公園
Randolph
Washington
芝加哥劇場
Madison
Clark
信賴大廈
芝加哥文化中心
千禧公園
Franklin
Wells
聯邦車站
芝加哥美國聯邦政府中心
藝文大樓
會堂大廈與劇場
華盛頓圖書館
白金漢噴水池
灰狗巴士站
Harrison
290
41
芝加哥兒童博物館
海華碼頭
芝加哥莎翁劇場
密歇根湖
中國芝加哥總領事館
瑞格里大樓
東次齊街
船塢城玉米大樓
芝加哥河
東瓦克大道
南瓦克大道
W酒店
亞當斯大街
路普東西兩區
希爾斯摩天大樓
近北區
曼麗芬大道
湖岬大廈
論壇報大樓
FBI芝加哥橋面控制戰
國家北大街
入侵者間諜衛星在此截獲向凌川五到八號定位器
拉薩爾街
西傑克遜大道
FBI指揮官弗朗索瓦絲．庫姆斯切斷近北及路普東西兩區電力
芝加哥期貨交易所（CBOT）

圖五：大芝加哥市區

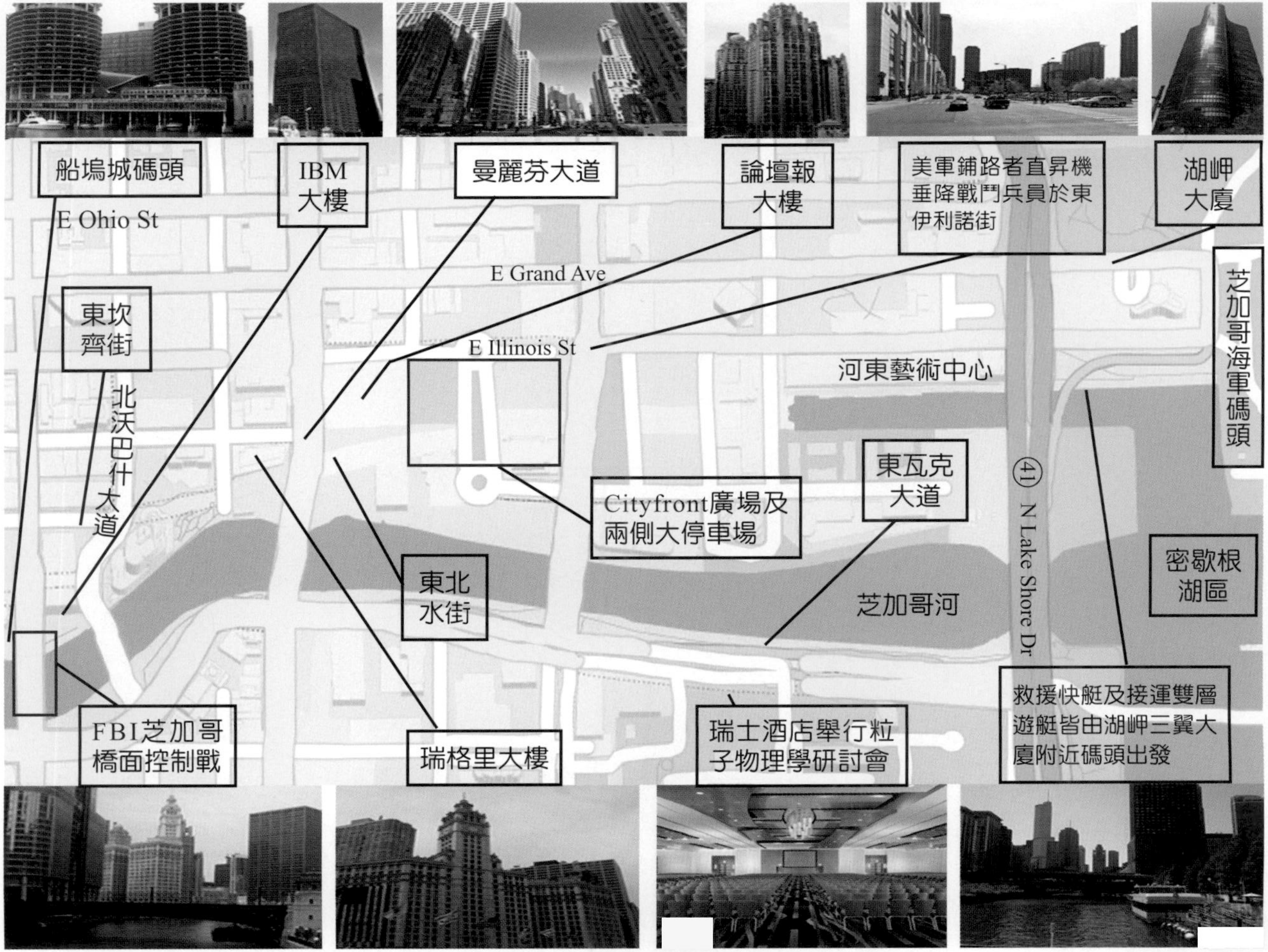

圖六：芝加哥市區對抗形勢圖

圖七：
2005年中國在老舊轟六翼下，掛載著比隱形戰機更先進兩代的次軌超燃沖壓引擎驗證機，機身上還印有神龍字樣。中國的航天大論證始於1986年，當時絕密863大計畫，其中第二領域的代號863-204即是「大火箭及天地往返系統」，而代號863-205則是「神州載人系統」。

圖八：
美國於2010年，在B-52轟炸機機翼下，準備高強度試驗X-51超燃沖壓發動機的次軌飛行器，當時高度30公里，燃燒300秒，速度達到驗證所需的6.5倍音速。

圖片來源：鳳凰網中國軍情
http://www.chinamil.com.cn/big5/wq/2012-03/28/content_4822025.htm

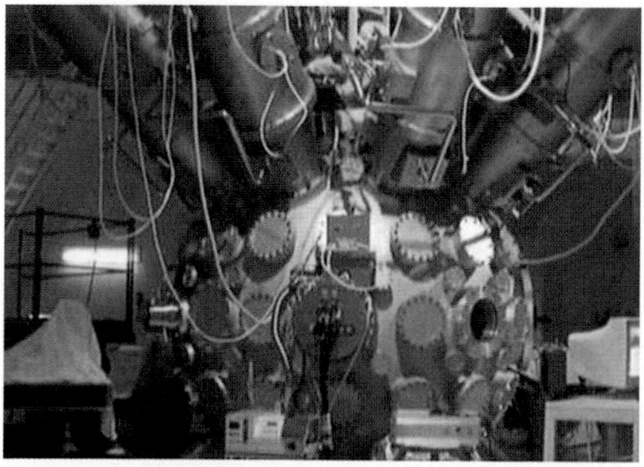

圖九：
這是中國科學物理研究院的慣性核融合原型機，其中使用的是神光二系統。更先進的神光三目前在建地28154m^{2}的中國四川綿陽科技城內測試中。至此各個「神」字輩系統皆已開花結果，其中載人飛船—神州系統、激光—神光系統、超級計算機—神威系統、空天穿梭機—神龍系統皆已完備。

圖片來源：中國軍網
http://big5.ifeng.com/gate/big5/news.ifeng.com/mil/2/detail_2011_12/20/11439473_0.shtml

圖十：各種飛行器在地球大氣層的高度

A CRISIS BETWEEN CHINA AND AMERICA

中美大危機

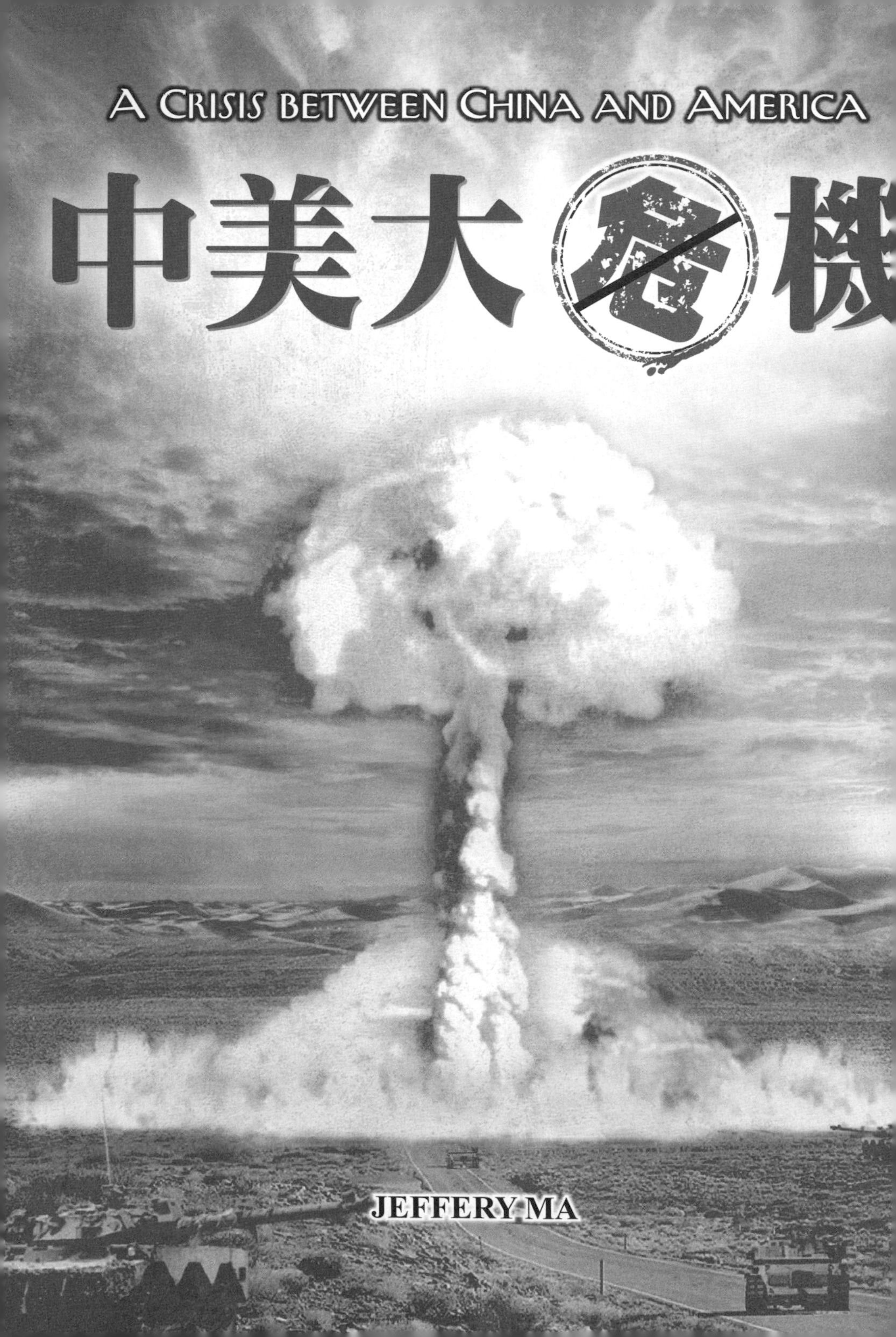

JEFFERY MA

反獵殺

反物質

劫持

搜尋

衝突

海上救援

導彈危機

楔子

伊朗東部遼闊荒漠人煙罕至，內陸的乾燥令人舉步維艱。2021年9月在波灣強大美軍的集結下，區域內僅剩的少數村民早已逃之夭夭的撤離。這時，一小隊伊朗軍方人員卻深入此區視察。察汗特區（Sar-chahan）的寬廣一馬平川毫無天險，寸草不生荒涼至極，令人懷疑軍事價值何在？

「這裡的覆土夠厚嗎？」視察的伊朗將軍問身邊軍官。

「有三米之多啊！將軍。土地外表復原掩飾良好，敵人不可能察覺異樣，即使重型坦克經過也無從知曉。」軍官斬釘截鐵、信心十足的回覆將軍。

「嗯！我看得出來毫無破綻，重點是我們的刨土機將會經過這裡，我可不希望深度不夠被自己的機器挖出來呀！」將軍非常慎重，顯然這是重要關鍵不容有錯。

「不會的將軍，當初設計機器下挖最多一米深，可見尚有二米的餘裕空間，絕不至於暴露外顯。更何況該物若深埋過度，恐怕會影響它的效用。」軍官雙手比著厚度對將軍強調安全無虞。

「你說的對，深度拿捏確實非常重要！」將軍突然蹲下，並從乾燥的察汗特區地上抓起一把土放在手上，他似乎在測試土的鬆軟、質地、濕度。「腳下這塊地土質細砂程度還不錯，但是整個區域可有徹底檢查過呢？」

「將軍，我們可確實的將整個區域的土質全部更換過，當初檢查員認定此地砂質太粗不利漂浮，工兵特別從外地運載細質乾砂鋪放於全區，鬆軟細質的乾燥砂粒必定可以帶來意想不到的好成果。」此時軍官也把玩起地上砂土，他將手上的砂提高然後故意抛入空中，那乾燥的砂在北風吹拂下迅速飄散。「將軍你看這效果還不錯吧！」

「哈—哈—哈—」將軍開懷的笑著，好像對地上這不起眼的砂土無限滿意。「散發的速度確實卓著！」接著他手指著廣大的察汗特區。「有了這塊地，接下來我們得給對方一點甜頭才行，總是要請君入甕吧！」

「是啊！」軍官跟著哈哈笑起好不快樂！

「到時風砂遍野漫天飛舞，我們的不對稱戰略必定能收到驚人的好結局。」將軍遙指著北方，銳利的眼神忽然閃耀著。「北邊山體深處我們的儲備可是已經蓄勢待發躍躍欲試，敵人太強大了，我們得另闢途徑以智取勝，如今鹿死誰手尚不得而知啊！」將軍用腳跺著下方土地若有所指的說：「到時驚人的祕密法寶現身，肯定嚇傻世人！」

「我擔心敵人會以強力核武報復呀！」軍官頓時憂鬱。

「這事不難，當局已經有萬全方案可以消弭對方反撲！」將軍了然於胸，一對閃閃發亮的眼珠好似說明萬事皆備無需憂慮。

1 登陸

「往哪兒跑！這種開闊地形，你死定了！」後上方正駕駛員一邊得意的大聲說，同時來個大轉彎，這使得強大動力的美軍攻擊型阿帕契（AH-64D）直昇機快速站上有利位置。

「哇嗚！你看到了嗎？」坐在阿帕契最前方的副駕駛兼火炮瞄準手，輕視的對正駕駛說。「伊朗坦克居然還在公路兩旁列隊佈陣呢！需要如此費力嗎？很快阿帕契會讓他們動彈不得。」副駕駛挪動單手，游刃有餘的調整機上儀器，他設定長弓地獄火（AGM-114L）反坦克飛彈，好整以暇的對付伊朗坦克。

未料伊朗八輛M-47坦克，有如連體嬰兒，居然同時轉動炮塔並且抬高角度，坦克炮彈制敵先發，齊射的炮火撼動週遭，這可意外嚇壞了兩架狀似追魂使者的美軍阿帕契直昇機。不過炮彈準頭偏移太多，對於地面坦克，想摧毀不斷移動的空中直昇機目標，這似乎是困難的艱鉅任務。

「哎呀呀！這太可怕了！冷不設防來個回馬槍。」副駕駛大聲調侃的說。「這不行，看來爺爺我還是早點收拾你，以免夜長夢多。」說完，副駕駛按下發射鈕，有坦克剋星之稱的長弓地獄火反坦克飛彈，跟隨直昇機上毫米波雷達導向，如奪命勾魂迅速飛去。

伊朗那舊式坦克鋼甲，怎能抵擋專為獵殺坦克而聞名的地獄火飛彈！只見M-47坦克瞬間化為一團火球，炮塔身首異位慘不忍睹。隨後兩架阿帕契直昇機共發射八枚飛彈，彈無虛發，顆顆彈到奪命，八輛伊朗M-47坦克被無情殲滅。

「噢！這麼快就掛了，要不是太潑辣，逼我提早發射飛彈，我還真想跟他們再玩玩呢！」副駕駛兼火炮手不屑的說。

「有點不對勁……」正駕駛憑著豐富戰場經驗懷疑的說。「我從未見過坦克炮可以連動發射，怪怪的！

讓我飛近一點瞧瞧。」

「不，提防有詐，我們還是追擊正在北逃的另外四輛步兵戰鬥車。至於查驗動作，這任務就交給附近的目標搜索連吧！」另一架阿帕契直昇機正駕駛提議。

「怎麼會呢！」一位趕來的搜索連班兵滿臉疑惑不敢置信，他轉頭看著旁邊班長，希望得到合理解釋。

「注意搜索隊型！」忽然有人緊張兮兮的大喊，好像如臨大敵。「可能有埋伏。」各個戰鬥兵員急忙尋找掩體，深怕伊朗伏兵突然出現。

「搞甚麼鬼？別亂喊。」班長不滿大聲嚷嚷。「這裡平坦的一望無際，哪來的敵人？就算有，也無處可藏呀！」

「可是班長，你不覺得詭異嗎？這些被我們阿帕契摧毀的坦克，居然離奇的沒有伊朗人屍體，一具都沒有耶！這分明有詐，怎麼可能呢！」

「我也想不透呀！」班長再度巡視廢坦克，兩眼迷惑的說。「伊朗人究竟在搞甚麼神祕勾搭呢？」班長拿起無線通話器，聯絡公路另一端的搜索班，想打聽那裡的狀況。「你們那裡有發現伊朗士兵的屍體嗎？」

「沒有，這邊除了分散的四輛坦克零件，一個伊朗士兵也沒有，這真是邪門了！」另一位班長也直呼不可思議。

一陣北風吹來，經過察汗特區公路兩旁解體坦克四周，呼呼的風吹哮嗚聲在空氣中來回震盪，視察的班長似乎感覺背脊發涼，現場美軍搜索連在風聲中也額外增添幾分懸疑模糊感。

阿巴斯港（Bandar Abbas）就像是一顆閃亮的輝煌明珠，位置獨特的鑲嵌在霍爾木茲海峽北端，是上天賦予監控整個狹長波斯灣的要地。在港的西北20公里荒野郊區處，卻旗幟飄揚，軍車進出調度頻繁，大地不時傳來大隊坦克輾壓過的振動，空氣間「喀—喀—」的直昇機巨響未曾間斷，這兒正是美軍登陸後的臨時指揮所。

約翰．威廉姆斯（John Williams）中將是美軍伊朗東戰區最高指揮官，火爆個性加上剛性的平頭髮型、緊繃的臉頰肌肉、低沉有勁的嗓門、威武不能屈的行事風格，再加上一絲不苟的筆直軍裝，實在令人敬畏有加，軍隊中「教頭」的外號不脛而走。戰功彪炳的約翰．威廉姆斯來頭不小，軍旅資歷豐富，參加過波黑維和行動和第二次對伊拉克的波斯灣戰爭。一向治軍嚴明的威廉姆斯，在二次波灣戰爭中痛擊海珊共和衛隊禁衛軍正是他高昇的主因。此次在伊朗霍爾木茲甘省（Hormozgan）登陸，僅僅短暫時間，麾下大軍即刻完成阿巴斯港周遭灘頭部隊部署，井然有序的軍事佈局，令遙遠的杜哈總部指揮官大加讚賞。

在臨時指揮所旁的土丘上，威廉姆斯與美陸軍第二機步師指揮官杰拉爾德．史密斯（Gerald Smith）倆人登高視察指揮所週邊部署。「將軍，就我所知道再過四小時『阿巴斯港』東區整備就可就緒，到時……」杰拉爾德．史密斯話語未完，立即被將軍渾厚嗓門粗暴的打斷。

「我已經警告第25輕步師指揮官二小時是我的底線……」威廉姆斯以低沉嗓音述說他心中不悅。

史密斯立即幫忙打圓場。「登陸以來東邊的軍隊是唯一遭襲，延後完成部署情有可原。」

將軍理了理衣服，試圖保持威嚴。「史密斯你聽好！那也叫遭遇攻擊嗎？我的軍旅生涯告訴我，那只不過是輕描淡寫的騷擾而已，我認為敵人正在暗示我們事情遠非如此，真正的還擊可還在後頭。」確實美軍登陸過程出人意料的平順，遠超乎威廉姆斯將軍當初的預期。

杰拉爾德．史密斯知道將軍脾氣，在這節骨眼還是少說為妙。「我了解你的考慮，將軍。」

「打了大半輩子的仗，就數此次最詭異。西邊我們大軍已經在伊拉克集結完畢，隨時可揮軍進入伊朗奪取首都德黑蘭，大批伊朗防衛武裝部隊駐紮此區邊境，保衛首都實屬正常。可到目前為止，東部未見伊朗正式反擊，此區可是伊朗原油經濟命脈，霍爾木茲海峽又是波灣出入要道，沒理由放棄啊！」太容易了，將軍反而懷疑其中是否有詐，將軍繼續說：「如果我們完全佔領此區的話，等同伊朗棄守此地，這有如自斷經濟手臂，那麼勝負已見分明，這戰就已經無需再打了。」約翰．威廉姆斯將軍不解的喃喃自語，訴說著不合邏輯的戰局。其實這也正困擾著將軍的思緒，他心理不由自主漂浮不祥預感，這到底伊朗葫蘆裡賣著是什麼藥，難道就這麼簡單處理掉中東之獅伊朗。「不對！似乎有大事要在不久的將來發生！」陷入混亂思緒的威廉姆斯幾乎忘記旁邊史密斯。

直昇機特有的尖銳吵雜噪音劃破天際，同時也打醒陷入思索迷陣的將軍。「那是取代舊型眼鏡蛇（AH-1）的阿帕契（AH-64D）直昇機！」史密斯刻意強調，意圖拉回將軍的思緒。「它是我轄下一個攻擊直昇機營，剛結束北邊內陸例行偵搜警戒任務，回到基地加油整補休息。」

「臨時指揮所西、北兩邊應該是你的各型直昇機大本營吧！」將軍點頭並看著前方說。

空中直昇機往來調度頻繁，史密斯手指著前方說：「將軍說的沒錯，指揮所西邊是我轄下第二機步師兩個攻擊直昇機營和航空修理連，北邊則是空中突擊直昇機營，共有各型直昇機127架。」同時前方地面也沒閑著，坦克輾壓地面的震動使人澎湃，史密斯接著為將軍分析上岸後他的坦克佈局。「將軍，指揮所東邊是我的M1A2ESP V2（艾布拉姆斯）主戰坦克232輛；M2-A6步兵戰鬥車和M3-A5型騎兵戰鬥車陣。在過去位於我們東南東邊已經是阿巴斯港了。」史密斯停頓了一下，思考該如何說才能替25輕步師的老友解圍。「嗯！港的東邊則是隸屬山姆．戈德曼師長的25輕步師，相信戈德曼師長很快就……」這時史密斯被前方遠處一輛剛煞車的吉普車所吸引，這車正巧就停在他與將軍所站的土丘下方。他突然驚覺的嚷著：「不會吧！是25輕步師的戈德曼！」史密斯幾乎不敢相信，戈德曼不是應該正忙於登陸部署嗎？

剛下吉普車的山姆．戈德曼，三步併兩步快速朝著將軍走來。「將軍！」可是此時的威廉姆斯將軍早已失去耐性，僵硬臉龐筆直的眼珠，說明此時以不適合再輸入任何壞消息。

將軍臉色難看，他打斷戈德曼的話劈頭就罵：「你不懂軍令嗎？此時東邊你的軍隊早應交我指揮，晚四個小時可不少，延誤軍機你的罪不輕啊！」

戈德曼外表嚴肅，內心卻一派輕鬆，他知道素有「教頭」之稱的威廉姆斯將軍可不好惹，他不想逞口舌之能狡辯，這只會使將軍更加暴怒。戈德曼打定主意以低調的哀兵是為上策，他鏗鏘有力的回答將軍，看來極有信心。「報告將軍，北邊有小隊的伊軍襲擊，但影響不大，已經被我軍全數消滅。我知道此等小事不應做為延誤登陸部署藉口，不過依原計畫完成時間仍然延後一小時，我已責令屬下檢討改善。」

「戈德曼師長！」威廉姆斯將軍以嚴厲眼光尖酸的瞧著戈德曼。「並非一個小時就不算延誤軍機。」將軍將眼光轉移至前方空中的直昇機調度。「嗯！可好了。至少剷除了一小部分伊軍，一小時延後。好吧！下次得小心點！」威廉姆斯再把眼光從直昇機轉至坦克營區。心裡卻在悄悄想：這小子看來還不賴，花費時間打了個小小勝仗，居然還能在幾近要求時間內完成任務，可見戈德曼日後還有潛力可以發揮。

緊繃氣氛稍稍紓緩，這時戈德曼趁著將軍眼光游移他處之時，轉臉使個眼色傳遞給好友史密斯，這是表達他對兄弟幫忙的感謝之意。

「坦克！對了戰爭斬獲如何？」將軍說。

戈德曼戰戰兢兢的回答：「好消息是八輛來襲伊軍坦克全數被消滅，另外四輛步兵戰鬥車距離較遠並未參加攻擊，這些步戰車眼見前導坦克全數被殲滅，立刻往北逃竄。」戈德曼接著說：「依據我方間諜衛星顯示，更北方的克爾曼省『色佔（Sirjan）』區聚集大量裝甲坦克正在南下，但是其它地方並未有坦克聚集跡象！」戈德曼撫著自己下巴，一臉疑惑不解：「這就奇怪了，這八輛攻擊我軍的伊朗坦克與色佔大量坦克聚集地，兩地相差達200公里之遙，如此遙遠地方卻僅出動少量坦克攻擊我方，而且又無後勤支援，這根本是自殺攻擊，有去無回啊！」

威廉姆斯將軍反問：「那麼你認為有問題？」

「是很可疑，但猜不透。」戈德曼回將軍的話：「伊朗不可能不知道，我軍有阿帕契攻擊直昇機，專為獵殺坦克而來，僅僅少量的坦克卻面對我們龐大登陸部隊，這無疑是以卵擊石。」

是的，第二機步師師長史密斯接著也說：「我與戈德曼有相同問題。我的目標搜索連回報，大批敵軍確實集結在內陸色佔一帶，可是這一點都不合軍事邏輯。登陸階段是我們最脆弱時期，這批軍隊應該佈防在波灣沿岸才對，怎麼會放在300公里外的內陸呢？」

正在記憶搜索的戈德曼，不自覺的習慣以右手再度撫摸下巴，好似亟欲揮去心中不解。「將軍，戰士回報，被摧毀坦克是早期美製M-47坦克。奇怪的是，八輛被摧毀坦克皆無伊朗士兵屍體。」

這就引起威廉姆斯將軍極大興趣了！「沒有伊朗士兵屍體？你是說傭兵駕駛坦克嗎？」

「不！將軍，坦克裡根本沒有任何士兵。」

史密斯略顯激動接著說：「沒錯！當時指揮所要求我的目標搜索連前往支援檢視，回報確認八輛全無伊軍屍體。但是每輛坦克皆有額外無線接收裝置，這些並不屬於坦克原始設計之內，另外車體內全無多餘坦克炮彈。換句話，這是遙控坦克，我們懷疑北撤的步戰車即是遙控者。」

為猜測伊朗意圖，威廉姆斯將軍正試圖將所得資訊如拼圖般找回它們該有的位子，看來這不是一件容易的事，這可能需要更多訊息輸入，將軍說：「嗯！你們看，第一、M-47是50～70年代美軍主戰坦克，若記憶沒錯油量最多130公里的公路行程。依偵察衛星及你們的資料匯報，此批應來自色佔附近。色佔離現在被摧毀坦克處約200公里遠，已超出此型坦克最大距離，於理不合。我預判攻擊坦克並非來至色佔地區，攻擊點附近必定有我方情報衛星無法發現的基地。第二、此批坦克看來並不想有回去的機會，可是又不像自殺攻擊，令人費解。第三、坦克內無備彈，可見目的不在攻擊敵人，令人毫無頭緒，那他們目的為何呢？第四、無人駕駛只為減少人員傷亡嗎？還是為刺探美軍虛實？這有待進一步查證。」

戈德曼以疑惑的眼神投向威廉姆斯將軍：「我想應該是為刺探我們軍事實力吧！」

「不，當然不是。伊朗的戰略家不是很蠢，就是有極大陰謀正在醞釀著。」威廉姆斯將軍接著說：「我相信這不是刺探而是測試我方應變方式，不過事出突然，恐怕還需派出偵察部隊以了解伊朗的意圖。」

將軍對兩位師長下令：「戈德曼你的軍事情報營須與史密斯突擊步兵營密切合作，盡快派出合適刺探。」威廉姆斯將軍眼光再度拋向土丘下方部隊：「海軍陸戰隊搶灘完成後，就屬你們兩個的部隊上岸最早，預計重裝甲師及部分山地師完成登陸後，總指揮中心最快一至二天內將會要求部隊北上攻擊伊朗東部內陸。對於查探一事，你們倆的時間可能不多了！」

2　71號公路

伊朗東部屬亞熱帶氣候，9月高壓帶來北方強勁季風，大大紓解燠熱的阿巴斯港（Bandar Abbas）。這是伊朗的天然深水良港，南臨波斯灣與阿曼灣，地位突出，兵家必爭。初期美軍打著如意算盤：8月空中攻擊癱瘓伊軍防空系統，9月登陸東南邊的「阿巴斯港」，接著屯兵伊拉克的美軍，再從西邊的邊界入侵伊朗，攻佔德黑蘭首都。由於美軍擁有強大航母艦隊，已經完全掌握波灣及印度洋局勢，自信的美軍幾乎將波灣納為自己內湖，依據當年伊拉克實戰經驗，3個月就可以速戰速決的完成。

在伊朗東戰區，登高巡視完畢的約翰．威廉姆斯將軍離去後，現場留下機步師師長杰拉爾德．史密斯與輕步師師長山姆．戈德曼兩人。兩位可是同期官校同窗兼死黨，友誼甚篤但個性迥異。戈德曼外貌英挺，個性海派隨和喜好交友，但卻略嫌浮躁。史密斯雖相貌平庸，但外型雄壯威武成熟穩健，兩人幾乎成互補。

咧嘴微笑的史密斯，舉起手掌使勁拍打著好友的肩膀。「嘿！兄弟啊！我可把你要我講的話帶給『教頭』了。不過就如你所料，延後四小時的說法簡直把教頭氣炸了！我認為他想把你撕成兩半，如果你當時在場的話。」

戈德曼笑逐顏開、信心十足的說：「那還用說，我們又不是第一天認識教頭，我當初就算好由你說出延後四小時，最後再由我以哀兵的姿態親自調回延後一小時，這樣我們的『教頭』將軍心裡肯定滿意。」兩人笑不可抑，時光似乎又回到以前哥倆兒的軍校學生時代。大戰前，片刻輕鬆愉快也算是稍稍紓解緊張氣氛。

史密斯慢慢由愉悅飛揚的臉色轉變成嚴肅正經。「教頭說得對，與杜哈（Doha）前線聯合作戰中心開完連線會議後，看來深入伊朗內陸的大戰就不遠了，時間確實緊迫，我們得馬上合作派出偵察隊。」

「當時剛登陸，我的攻擊直昇機營正向北威力搜索，襲擊發生在71號公路的察汗特區（Sar-chahan），此地前不著村後不著店，人煙稀少。察汗特區平整廣闊，不適合地面人員躲藏或攻擊纏鬥，其實阿帕契攻擊直昇機可以非常輕易的摧毀毫無掩護的伊朗坦車，我實在想不透他們的坦克為何選擇此地，真是令人懷疑。」輕步師師長戈德曼揮舞著疑惑的手指向北方，他繼續說：「威廉姆斯將軍判斷那附近應有未曝光的伊朗隱性基地。」師長盤算片刻。「這樣吧！我的部隊目前駐紮在阿巴斯港東邊，就由我負責向東北沿伸的94號公路。史密斯，你的攻擊直昇機營則往西北警戒71號公路周圍，你看如何？」

史密斯點頭同意。「嗯，就這麼辦吧！我的攻擊直昇機預計最遠搜尋至察汗特區，此地離我們登陸區約有100公里遠，當地伊朗村民早已撤離，不知為何會有坦克在此地，但是如果再向北方深入就到了地形複雜的哈吉阿巴德（Haji Abad）小城，此地太過遙遠現在不宜進入。」

拿下軍帽梳理頭髮的戈德曼，仍然難掩心中滿滿疑惑：「史密斯，我覺得將軍分析或許有理，71號公路旁的察汗特區可能大有玄機，如此蒼狼大地卻有無人駕駛坦克，難道這是敵人故佈疑陣在引誘我們嗎？」

有相同問題的史密斯接著說：「兄弟，你可知道，月前空軍轟炸機的精靈炸彈曾經攻擊此地北方山區。原因是，紅外線間諜衛星發現察汗特區的北方，靠近哈吉阿巴德山區有不尋常蒸汽外溢排放，當時懷疑此地或許藏有祕密發電廠。」

「如今已經清除了嗎？」山姆．戈德曼關心的問。

「沒有，幾次轟炸後，紅外線特徵依然存在，只是排氣口不斷轉移而已，真是炸不勝炸，問題依然未解。據說總部評估後認為應無大礙，目前僅僅列為黃區，歸類為觀注區域。」史密斯接著說：「最令人困惑的是71號公路，這條從阿巴斯港至察汗特區再到哈吉阿巴德的路段，160公里內荒煙漫漫，毫無生機，在天上衛星及偵察機的搜尋下一覽無疑，這帶只不過是光禿地表，幾無可藏匿之地，真是啟人疑竇。」

這時史密斯的無線電話響起，彼端傳來軍官略顯激動的聲音。「長官，伊軍動作頻繁，衛星資料顯示另外六輛坦克從哈吉阿巴德出發沿71號公路南下，有可能又會到察汗特區，我們正密切追蹤中。」軍官凝重不安的聲音，聽得出憂慮，他繼續說：「另外更北方的色佔（Sirjan）集結大量重裝甲戰車正在南下，我們分析將超過數百輛坦克，目的不詳，請問長官，我方的動作是……」

史密斯手裡拿著無線電話大聲的說：「那就立刻出動五架阿帕契攻擊機，沿著71號公路掃蕩至察汗特區。至於色佔有大量伊朗坦克集結南下的問題，就等威廉姆斯將軍與杜哈總指揮中心連線會議後應有所指示。」

軍官說：「是的，長官。」

結束通話後，史密斯聳著肩語重心長的對戈德曼說：「兄弟，你說得沒錯，71號公路確實問題重重，我們是該行動了！」

伊朗東部沙漠荒地佔據全國30%國土，北方季風一路從東北部乾燥沙漠盆地翻山而來，空氣共鳴產生獨特呼嘯聲，正警告著暴雨來臨前北風先至的氣氛。

3 杜哈會議

美軍總指揮中心位於「卡達（Qata）」首都杜哈（Doha）西南約20多公里處，杜哈軍事基地佔地14.7平方公里，前波灣戰爭時期，正是赫赫有名的美軍中央司令部前線聯合作戰中心，這裡也是世界最大的陸軍基地，掌管全球60%以上的原油蘊藏量控制權，對美軍建立世界霸權佔有戰略上無可動搖的崇高地位。美軍進軍伊朗再次選址於此，全因當時伊拉克戰爭，此地便是美軍聯合作戰的運籌帷幄中心，完善的軍事設備，良好的基地維護，加上與伊朗鄰近的地理位置，是其再度雀屏中選主因。

事實上在登陸前，美軍的「癱瘓行動」早已揭開序幕。兩艘航母戰鬥群林肯號（CVN-72）、杜魯門號（CVN-75）早已經進入波斯灣，控制整個海域。另外兩個航母戰鬥群羅斯福號（CVN-71）、尼米茲號（CVN-68）航母群則停駐阿曼灣，掐住霍爾木茲海峽咽喉。

隨後第一槍由尼米茲號航母戰鬥群首先發難，旗下導彈巡洋艦發射第一枚戰斧導彈揭開「癱瘓行動」的首戰。歷經數十輪巡弋飛彈、轟炸機、對地攻擊機等美軍狂暴襲擊，再強的空防也抵擋不住如此折磨，伊朗就如當年伊拉克一樣，快速失去對美軍的反擊能力，完全毫無招架之力。

阿巴斯港（Bandar Abbas）附近一棟兩層樓舊廠房，雖不起眼，但保養良好，這正是東邊登陸美軍的臨時指揮所。整齊有序的電纜延伸至屋外碟型天線上，迅速將加密資訊圖像，透過無遠弗屆衛星傳至杜哈的美軍中央司令部前線聯合作戰中心。此時臨時指揮所內二樓正忙碌著即將舉行的連線會議，而一樓的戰情情報分析人員緊繃神情，嚴肅的緊盯前方數塊LCD大螢幕，下邊無數軍官正監控著伊朗各區域裝甲坦克、空軍戰機、火炮座標等有關戰情資訊動向。

第一重裝甲師約翰・里斯（John Reith）師長，健步如飛踏進美國在伊朗登陸後的臨時指揮所，這時機步師的杰拉爾德・史密斯與輕步師的山姆・戈德曼早已經在指揮所內等待杜哈連線會議。

戈德曼見到壯碩的里斯入內，以揶揄的口吻說：「嗨！里斯，你看起來精神好極了，像極了你的裝甲坦克，威風八面、穩如泰山。」

「那可不？我來此，正是為伊朗提供剪羊毛服務。」此語一出引來各位師長哄堂大笑。

約莫下午三時四十分，威廉姆斯中將到達連線會場，此時所有人起立。將軍說：「我看氣氛良好，可以感受到各位師長對此次戰事的自信，這是好的開始。」將軍走到旁邊的桌子停下腳步，他動手為自己斟滿一杯熱騰騰咖啡，這時卻發現原本歡樂的氣氛頓時沉靜不少。「輕鬆點！反正會議還沒開始嘛！」

這一派輕鬆話語竟然從紀律嚴明的「教頭」脫口而出，戈德曼忽然覺得天搖地晃一陣暈眩，有點不相信自己耳朵，一向機靈的他開始鬆懈。「將軍！我們有里斯的重裝甲師加入攻擊行列，大家認為伊朗的反抗必將勞而無功，我們提早準備回家過耶誕節幾乎篤定了！」

威廉姆斯將軍心情舒暢，露出難得的一絲笑容。「有把握是好事，不過大家知道會議完畢，戰爭隨時開打。依照慣例，本次會議傑夫・胡恩（Geoff Hoon）上將不會公佈首戰時間。通常開戰前三十分鐘才由三軍統帥總統即時發佈，今夜所有戰備部隊應準備就緒，我猜明天清晨將會額外忙碌。」

這時戰情官走來，他對著威廉姆斯將軍示意，杜哈連線作業成功，同時螢幕出現杜哈前線聯合作戰中心的總指揮胡恩上將。

胡恩上將毫不拖泥帶水，單刀直入開場就說：「各位將軍，本次作戰由東邊威廉姆斯中將最先啟動，代號為『癱瘓行動』。海軍航母艦隊的反輻射飛彈先摧毀伊軍雷達網，對地攻擊機則對有威脅的軍事目標給予痛擊，在首波空中攻擊後，伊朗的陸、空防禦系統已經被摧毀殆盡，接下來威廉姆斯的登陸部隊即將發動陸路北上攻擊，隨後西邊屯軍於伊拉克的美軍，將以代號『斬首行動』打擊伊朗西部，最後直取首都德黑蘭。」胡恩上將接著說：「威廉姆斯將軍，依據情資顯示，你北上部隊將會遇到從色佔一帶南下的伊朗坦克軍團挑戰，這將是最關鍵一役。」

威廉姆斯將軍接答。「是的胡恩將軍，不過這些坦克都是伊朗王朝時期留下的舊型坦克，裝甲薄弱，火炮射程短淺。在我方M1A2主戰坦克及坦克殺手阿帕契攻擊直昇機的壓制下，對方將毫無優勢可言。如同當時的伊拉克坦克會戰一樣，這將會是另一場不對稱的坦克大屠殺。」

「以裝備的角度，我相信你是對的，但是千萬不可太輕率疏忽，伊朗人不可能忘記當年伊拉克慘敗教訓，他們或許有令人出乎意料的計謀，不可不慎。」

胡恩上將的提醒，喚起威廉姆斯想起一件令人焦慮、懸而未決的事。「將軍，這裡確實有一件特殊狀況，那就是哈吉阿巴德（Haji Abad）山區的紅外線特徵問題一直未獲解決呀！」

胡恩上將回答道：「我知道，你所擔心的大量蒸汽問題，經由主要間諜衛星鎖眼及長曲棍球所得到資料，情報人員判斷並無進一步危機可能。」將軍安撫威廉姆斯繼續說：「你放心，我們的鎖眼是先進的被動式偵察衛星，伊朗任何軍事活動都無法逃出它的法眼，一有風吹草動，高速數位傳輸會立即送到地面接收站，對方一舉一動全在我們的掌握中。」胡恩將軍發出得意的微笑。「好吧！就算伊朗有如地虎鑽入地底藏匿，那些小伎倆也逃不出長曲棍球II這把照妖鏡吧！它的合成孔徑成像雷達即使在惡劣氣候、飛砂走石、烏雲密佈夜晚，依然可全天候深入沙漠地底10公尺處，挖掘出深藏其中的有價值軍事目標。我就不相信伊朗有何通天本事可以避開監測。」笑聲突然淹沒連線會議。

「了解，將軍。」

胡恩上將知道威廉姆斯對此深感不安：「為安全起見，這樣吧！威廉姆斯，你的部隊北上之前，我們讓轟炸機以精靈彈複炸以策安全，這或許可稍稍解除你心中的疑慮！」

「是的！將軍。這確實可減少地面部隊的憂心。」

連線會議同時，情報分析人員不斷將伊朗軍事動向的最新情資交付胡恩將軍，綜觀全盤似乎局勢有所變動。「威廉姆斯將軍，你的事來了，伊朗現狀似乎有較大改變。」胡恩將軍手拿資料，他不敢相信伊朗竟然做出不明智的決定，如果這部隊指揮官是他的話，至少他不會做如此愚蠢的調度。「你的原計畫我了解，但對於色佔南下坦克，你有何對策？」

威廉姆斯回答：「是的，原計畫沿71號公路北上，經過平坦的察汗特區然後奪取離海邊150公里處的哈吉阿巴德內陸小城，該市目前防衛單薄應該不致有頑強抵抗，獲得哈吉阿巴德後，我軍就取得攻擊內陸色佔及可門（Keman）大城的門票了。原計畫現在恐需修正，當前色佔南下坦克群有兩種選項，我認為坦克群最可能會堅守在哈吉阿巴德附近的山地隘口處以逸待勞，這可極大防止我軍深入更北區域威脅色佔及可門兩大城市。」

胡恩深表贊同：「正確，正常情況下將軍判斷是對的，對於較弱的伊軍應該選擇此案。」

威廉姆斯繼續說明另一個選擇。「伊朗坦克群若穿越哈吉阿巴德市至察汗附近平坦地區，則表明要與我方進行坦克大會戰，伊朗不具備高科技能力，這種二次世界大戰過時戰法反而對我方非常有利，我認為這將演變成一場驚天動地的坦克大屠殺，理論上伊朗應該極力避免此種可能。」

「你的分析絕對正確，但如今卻出人意料之外，伊軍坦克行進路線卻傾向對我方有利的坦克會戰。」人在杜哈前線聯合作戰中心的胡恩上將喜不自勝笑著。「情報說明伊朗坦克群的下場將悽涼無比，我實在無法理解，對方為何鋌而走險？情報官，請將伊朗的坦克群即時影像轉至主螢幕，同時傳送到威廉姆斯將軍那裡。」

高科技無所不在的美國，讓軍事目標毫無隱密可言的神話再次驗證，高清晰偵察衛星即時影像，經加密視訊資料透過衛星傳遞，竟然鮮活的呈現在兩地會議的眾人眼前，這立刻引來會議人員一場無法理解的騷動。怪事出現了，此刻數百輛伊朗坦克放棄防守哈吉阿巴德市，開始開上71號公路向南出擊。

威廉姆斯將軍說：「麻煩杜哈人員將影像定焦在先頭坦克部隊。」

伊朗先頭坦克部隊的影像再度驚訝四方！「穿越哈吉阿巴德市！先頭坦克顯然在往察汗特區前進，可是那地方已經進入平坦區，無任何隱蔽，伊朗毫無勝算呀！」第一裝甲師師長約翰・里斯喊著。

「這怎麼可能！伊朗這愚蠢決策者，正將自己的軍隊推向毀滅。」杜哈聯合作戰中心一位官員低聲嚷著，接著是一陣低沉略帶藐視的笑聲，經由靈敏的麥克風傳遞至眾人耳朵。

「各位，情況已經非常明朗，實際情況與原先威廉姆斯將軍計畫略有不同，看來71號公路，哈吉阿巴德市以南將是我們戰略要點。」中央司令部前線聯合作戰中心總指揮胡恩將軍指示。「這是伊朗人的決定，我相信威廉姆斯將軍的坦克及阿帕契攻擊直昇機陣容堅強，這已經足夠徹底摧毀對方不切實際的夢想。」

「是的，胡恩將軍，連線會議結束後，馬上舉行戰情會議，將立刻確定軍隊北進時間。」

接著胡恩上將警告：「另外依據中情局局長喬治．施密特（George Schmidt）表示，伊朗政府正在祕密執行代號『火沙漠計畫』，其中有大量中國籍的工程人員正在伊朗，其中不乏高科技專才，中國此次態度不明，白宮希望軍隊審慎。」

提到中國，眾人不安指數立刻上昇，這幾乎是所有人不願聽到的稱號，大家對這顆「震撼彈」心有餘悸。「將軍，中國人會參戰嗎？」威廉姆斯將軍首先提問，眾人則屏氣攝息豎耳聽之。

胡恩知道大家滿心疑慮。「這只是中情局的警告，我們從間諜衛星得知中國西部西藏、新疆、甘肅軍區亦如往常，並無明顯軍隊調動，另外中國二炮導彈部隊也無移動跡象，可以說到目前為止應該尚無大礙。」

威廉姆斯將軍繼續追問，而眾人不約而同點頭示意。「不！中情局應該要更明確一點，當年一個貧窮落後的中國，卻以原始裝備，戰勝善於大兵團野戰強權的美國，中國加入韓戰始於鴨綠江而終於北緯38度線，勝負已定，是美國軍事的失敗。誰都不願見到上世紀韓戰慘痛教訓再次重演。」

胡恩忙著打圓場。「這事……白宮及中情局正積極處理，以目前先進的間諜衛星得知，中國確實無任何動作。」

美軍西區駐伊拉克指揮中將布賴恩．伯里奇（Brian Burridge）也認為此事應該審慎注意事態發展。「胡恩將軍，我同意威廉姆斯中將的論點，此事非同小可，1962年當時的中印邊界戰爭，中國開始也是反應冷淡，隨後卻強力反擊。」

「這確實是難題，我會反映各位的擔憂給白宮、國防部長，及中央情報局。」胡恩上將並不希望在此議題上糾纏。「各位今天連線至此，威廉姆斯將軍，請將你最新戰鬥安排，於晚上六點以前重傳一份給我。」

4 德黑蘭

首都獨立飯店坐落於德黑蘭北部富庶區，巍然聳立的厄爾布爾士山脈西起裡海，氣壯山河橫列於德黑蘭北方。獨立飯店原建於1970年代巴勒維王朝期間，伊朗革命後隨即收歸國有。當年氣派輝煌，如今年華垂暮，但閃亮依舊，依然是德黑蘭無可取代的最具指標飯店，舉凡重要國際會議、外國佳賓入住皆指定於此。由飯店向外極目遠眺，白雪皚皚的山峰矗立於崇山峻嶺間，景色宜人極為壯觀。飯店旁無數旗桿，飄揚著各國友邦及會議參與國的旗幟，說明獨立飯店做為鮮明地標風華未減。

停車場啟動中的黑色豐田（Toyota）旅行車已許久未動，深色玻璃隔絕外人好奇探索。此時不平靜的車內人員正忙成一團，圓桌1號頭戴耳機忙碌於儀器調校，他也是團隊領頭負責發號司令。圓桌2號正調整小型天線方向以期達到較佳的聲音回饋。

「圓桌3號，飯店內情況如何？」領頭神色自若的詢問組員，聲音粗糙而有自信。

「目標還在餐廳內用餐，這家飯店禁止本地人入內用餐，再等一等吧！估計再過三十分鐘後應該會用餐完畢，接著可能會動身離開飯店。」大堂內人多嘴雜，圓桌三號刻意選擇迴避，他到外頭選一個無人松樹下小心翼翼回覆領頭。

「對方人數、警戒及護衛如何？」領頭繼續問。

「五位伊朗籍貼身特警護衛，外加三位隨團入境的保鑣，警戒嚴格密不通風，外頭還有大批接送人員，看得出這兩位真的是非常重要的核心人物。」

「可以靠近『下標』嗎？」領頭問。

「很難！依照警衛人員的層層維護，我們幾乎渺無機會接近，更別說近身『下標』了。」圓桌3號悲觀的評估。

「住宿樓上機會如何？」

「依照我們可靠線民回報，住在頂層這兩位是重要的反物質專家，目前處於樓層封鎖狀態，並派有專業人員警戒，無法強行進入。建議出動捕食者進入房內，應該有機會完成任務。」3號繼續說：「4號在大廳得到幾張人員照片，但主要標的相片角度及效果不佳，正等待更好時機。」

「反物質專家？」領頭1號喃喃自語，滿臉疑惑似乎有點迷惘。「線民有更詳細資料嗎？」

3號忽然壓低聲音說。「他說，這兩位絕對是重量級人物，等待他個人安全無虞時會進一步提供詳情。」

美國情報局所吸收的圓桌小組四人皆為當地人士，正執行美國情報收集任務。原本打算將精密監聽及定位器儀器，由圓桌人員「下標」在伊朗獨立飯店內中國飛彈專家的衣服上，沒想到意外獲知還有更重要人士入住獨立飯店。

正在調整天線方向的圓桌2號對車內領頭說：「3號應該是沒機會『下標』了！我看沒有其它方法。」2號提議。「領頭趁目標還在用餐之際，應該考慮啟動「捕食者」，讓它進入屋內，或許可能取得意想不到的資料！」

「圓桌1號」考慮甚久：「甚麼反物質，不了！這目標並非上層交代跟監的，若是打草驚蛇，反而事倍功半。」說罷，領頭圓桌1號透過高頻無線電連絡3號，領頭他說：「4號繼續完成拍照任務，隨後還是回到原始目標，並準備進入跟監行動，至於捕食者此次暫不出動。」

5 B2隱形轟炸機

拂曉時刻清晨五點三十分，曙光未現，波斯灣及阿曼灣各美軍航母艦隊早已準備就緒，這時連線資訊傳來杜哈（Doha）前線聯合作戰中心總指揮傑夫．胡恩上將的指示。「各位！三分鐘前美國總統已經正式下達攻擊指令，我以總指揮官名義下令各部隊展開攻擊行動。」

剛從東區阿巴斯港暫時指揮所，連夜趕回到林肯航母艦隊指揮旗艦上的約翰．威廉姆斯中將，開始執行胡恩上將的命令。「是的，長官，首輪將由戰斧巡弋飛彈帶領先行出擊。」

此時同樣坐鎮指揮旗艦邦克山號（Bunker Hill，CG-52）導彈巡洋艦上的林肯航母艦隊司令官，他走到東區總指揮威廉姆斯中將面前說：「報告長官，林肯航母艦隊請求飛彈發射允許。」

「請求照准，立刻發射！」威廉姆斯中將緊繃的臉頰一臉威嚴，低沉嗓門堅定不移的回覆。

這是「癱瘓行動」多次空中攻擊以來，正式為陸上總攻擊啟動前的精確轟炸，隨後陸軍及艾布拉姆斯（M1A2ESP V2）主戰坦克兵團才會北上前進。清晨五點五十分，第一枚戰斧巡弋飛彈由林肯航母艦隊的導彈巡洋艦邦克山號（Bunker Hill，CG-52）執行首發，目標為伊朗哈吉阿巴德（Haji Abad）市內的指揮所。這時未執勤務官兵、軍中新聞官及被允許的媒體全擠在戰艦低樓層，他們運用攝影機紀錄這歷史一刻，以便日後示範教學使用。此時底層雲朵遮蓋了來自太陽該有的明亮曙光，早晨微風帶來絲絲涼意，加上昏暗的海面，令人不禁感到戰爭殘酷的陰暗面。

十顆戰斧巡弋飛彈在一個小時內，分由四艘戰艦像煙火般輪流發射，這些導彈向具有電磁輻射源的雷達目標、指揮所、軍事設施等展開猛烈攻擊。由情報單位已欽定的經緯座標，早已輸入戰情電腦中，操作人員透過軟體，只需將具有紅色標籤的高等級別目標拖曳入攻擊選項，高度自動化的戰艦導彈發射系統，隨即自動執行。其實沒有官兵知道紅色標籤代表何地，或是即將遭遇何種導彈襲擊，據說此套軟體可大幅降低發射人員內心罪惡的掙扎，尤其是戰爭進入殘酷的「核子攻擊」時。

一位杜哈前線聯合作戰中心的戰情官，走到總指揮官胡恩上將旁邊說：「報告指揮官，由美國本土飛來的B2幽靈轟炸機已經到了波斯灣上空，正等待指揮官的命令。」

胡恩上將問戰情官：「波斯灣航母艦隊的戰斧巡弋飛彈是否發射完畢？」

「報告指揮官，全部發射完成。」

「那就即刻讓波灣邦克山號指揮艦領航員清出空中通道，引導B2北上，並允許空中轟炸任務。」

前線杜哈導航員隨即回覆B2幽靈轟炸機駕駛員：「轟炸密碼、目標已輸入，請確認。」

「確認。」集機密於一身，造價22億美金的B2上的飛行員回覆。

此時飛行員控制飛行翼外側一對開裂式方向舵及副翼，機翼左傾，B2旋即北轉進入伊朗內陸。「B2已北轉，將接受航母基地導引，同時B2關閉無線電通訊保持靜默狀態。」飛行員訓練有素的動作可使B2進入對敵隱形狀態，這時雖然太陽已經東昇，但B2黑色外表的吸波塗料讓它保持神祕匿蹤不被雷達發現。

「航母基地收到了！另外兩架超級大黃蜂（F/A-18E/F）戰鬥攻擊機由航母起飛將隨伺在側，以便應付緊急狀況。」邦克山號領航員回覆B2。

B2駕駛艙內，飛行員對旁邊的任務指揮官說：「怪了！訊號接收器顯示，此地無線電及雷達訊號沉靜的有如荒漠，太安靜了！一點跡象都沒有，戰場怎麼可能會是這樣呢？」

正準備投彈事宜的B2任務指揮官回應說：「我猜『癱瘓行動』的戰斧飛彈已經將伊朗雷達、電訊基地摧毀殆盡，另外也有可能伊朗索性關閉雷達以躲避戰斧攻擊。」

「嗯……或許吧！希望你是對的。」

螢幕閃爍不斷加上嗶嗶聲響，電腦正指示第一批投彈時機已到。「嘿—嘿！時候到了，該是給伊朗佬一點顏色瞧瞧，想學越南人將武器匿藏地底，長曲棍球衛星早就讓你們無所遁形了！我就不相信你們逃得過鑽地彈。」這時任務指揮官高興的對旁邊飛行員說，同時向電腦發出投彈指令，B2炸彈艙緩緩開啟，任務指揮官將中控臺前的投彈旋鈕轉至「投彈」。第一批鑽地彈密密麻麻有如急速下蛋般射出，由機體直抵地下數公尺目標。

系統傳來嗶嗶聲響。「好極了，系統回授顯示聯合制導攻擊器（JDAM）可調尾翼舒展無誤，鑽地彈控制器的GPS貫性自導定位良好，再見啦！地鼠們。」B2飛行員樂的對任務官說，心想完成任務可以打道回府了！

幾輪投彈後，B2關閉彈艙。「長官，任務完成！請求返航同意。」

杜哈導航員回覆：「請求照準。」

B2長途飛行，從美國本土開拔，經北極海、穿越歐洲大陸、過阿拉伯半島、沿波灣跋涉奔赴而來，現在這兩架如同蝙蝠飛翼的密蘇里幽靈號及加利福尼亞幽靈號隱形B2轟炸機完成任務，準備途經歐洲空中加油後，正式踏上返回美國之路，不料系統再度傳來聲響，但是這次是警告笛聲。

「啊！這是伊朗地面雷達搜索波。」任務指揮官瞬間驚叫。「怎麼會！現在的轟炸以及前幾波的癱瘓空中攻擊，不是已經徹底摧毀伊朗的防空網嗎？」飛行員高聲的說，如見鬼般無法理解。

「該死！是漏網之魚。」波灣邦克山號航母基地大呼：「放心，讓大黃蜂F/A-18來收拾餘孽。」領航員氣定神閑的說。

隨後護航兩架超級大黃蜂攻擊機發射反輻射飛彈，了結一場突發狀況。這時杜哈胡恩上將及伊朗東戰區的威廉姆斯中將皆認為，隸屬美國密蘇里州第509轟炸大隊的B2已經完成空中轟炸任務，同時保障了美國地面部隊的安全通道，伊軍此時已無反擊能力，是開啟陸戰的時候了。

這時一位遠在杜哈前線作戰中心的衛星監視人員正自言自語著。「天啊！這個冒失的伊朗雷達好像鬼魅突然冒出，此前數月我們的監控顯示，此區不曾有雷達紀錄呀……」

6 陸戰

約翰．威廉姆斯中將所領導的東線戰區兵力達25萬之多，先頭出擊的是美軍第一裝甲師——綽號「勇敢」，接著美軍第二機步師——綽號「印第安人頭」及第25輕步兵師——綽號「熱帶閃電」緊隨在後，最終目標奪取哈吉阿巴德市（Haji Abad）。

正沿71號公路北上的第一裝甲師坦克群，無線電傳來長官的指示，鏗鏘有力的聲音劃破天際，語氣如此堅定，彷彿皆在掌握之中，坦克群逐漸進入紅色戰鬥區，這或許是無線電通訊靜默前最後一道的指令了。

第一裝甲師師長約翰．里斯開始提醒各營隊坦克：「這是『勇敢』本隊！各位，過了右方高地再向前100公里就是我們的終極目標，但最新資料指出，對方準備提前在前方開闊的察汗特區迎接我們，現在我們選擇『勇敢D方案』準備給敵人迎頭痛擊。」

「哇！如此順利與伊拉克戰事一樣，看來可以提早回家過耶誕節啦！」一輛M1A2坦克內，坐在右前方的炮手興奮無比高喊著。

第一裝甲師過去戰功顯赫，先後參加過二次世界大戰、波灣戰爭及波黑行動。本次第一裝甲師共投入三個重型坦克營，並與杰拉爾德．史密斯的第二機步師四個重型坦克營混編，共四百零六輛最新型艾布拉姆斯坦克一前一後北上進擊。坦克群的前方還有三十六架阿帕契AH-64D攻擊直昇機開道引導，其搭載先進感測AN/APG-78長弓毫米波雷達系統，可發射掛載的十六枚長弓地獄火（AGM-114L）反坦克飛彈。

「咦……怎麼一回事！這可奇怪了！」一位杜哈（Doha）前線聯合作戰中心的雷達監視組長，面對螢幕驚訝喊著！

周圍操作人員不約而同將好奇眼光投向聲音來源處，大家心想：莫非戰爭開打了？

「組長，有什麼問題嗎？」杜哈聯合作戰中心一位軍官快速走過來一探究竟。

「長官，你看。」組長指著螢幕雷達監視資料。「漩渦電子偵察衛星專門針對東經45度至115度位置的軍事電訊目標，主要任務為監聽俄羅斯、中東及中國，目前伊朗哈吉阿巴德周圍的雷達電磁波數量暴漲，這——這——這跟空中轟炸前完全判若兩樣呀！這些伊朗內陸的雷達幾乎一夕之間全部復活。」間諜衛星雷達監視組組長將幾個月前的資料數據調出比對，他赫然發現不只數量，連雷達訊號源的位置皆與之前有所不同。

軍官驚訝的說：「電波原本一片死寂的伊朗內陸，怎麼可能突然如此活耀？如果我們的儀器沒錯，那麼登陸前後，我們的空軍及巡弋飛彈都轟炸到什麼東西呀！難道……」他思索著這未曾想過的奇特問題，心裡打個哆嗦，一時之間腦裡空白。

這時另外一組也喊著有狀況！間諜衛星無線訊號監視組組長大聲嚷著：「長官，大酒瓶及入侵者兩個間諜監視系統皆發現大量無線電通訊，伊朗軍隊正在快速活動。」組長同樣用手指著螢幕，無法理解為何變化如此之大。

大戰前夕，伊朗東部內陸的雷達及無線電通訊異常湧現，這已經引起胡恩上將的注意，他盯著聯合作戰中心前方巨大螢幕說：「參謀官，現在狀況似乎有變化。」

「是的，長官。此前大轟炸或許無法完全滅絕伊朗空防，但伊軍現在電訊活躍程度實在也令人費解。」

參謀官話才說完，杜哈前線聯合中心的鎖眼KH-12衛星似乎也有驚人發現，這使得前線聯合中心的工作人員開始感受到緊迫戰爭氣息。

「伊朗主力坦克已經接近察汗特區了！」成像偵察衛星組組長看著胡恩上將。「將軍，兩邊的坦克群預計二小時內會有大規模遭遇戰發生。」

「坦克遭遇戰？」胡恩面露不屑，他不以為然的說：「那只不過是過時的戰法，我們的空中武力會在遭遇戰之前就先解決伊朗大半戰力。」

成像組組員說：「鎖眼成像衛星顯示，伊軍坦克部隊最前方是58輛早期巴勒維王朝時期的舊式美造M-47坦克，其後是232輛俄製T-55坦克，接著才是174輛伊朗自製最新主戰坦克佐勒菲卡爾3型（Zulfiqar 3）。」組員滿臉疑慮大惑不解的指著後續怪車輛。「長官，最後邊跟隨著數百輛怪車，我們並無此型錄的紀錄可比對，它們不像步兵戰鬥車，也不像反坦克飛彈的輕型車輛，反倒像一般非軍事用途工程車，我們實在無法了解這些車輛的用途為何？」

「『怪車』？這還真是難以解釋呀！連這種『怪車』都會出現在戰場上，還高達數百輛，不知道伊朗在搞甚麼名堂？」胡恩上將無可奈何的苦笑。

威廉姆斯中將透過連線，他對杜哈的總指揮官胡恩上將說：「伊朗坦克群南下是在我軍預料之中，但漩渦偵察衛星得到伊軍不尋常雷達訊號就令人意外了！將軍，地面部隊已經逐漸接近敵人，這些活躍的伊朗雷達將對我方攻擊部隊造成巨大的困擾。」威廉姆斯的擔心並非空穴來風，從衛星資料可看到大量移動式雷達系統的出現，這些雷達有可能是短程防空武器所用的。「我將出動航母上的電子作戰機，它會徹底掃蕩雷達電訊，同時也避免地面坦克群遭受伊朗的空中武力攻擊。」

胡恩上將隨即指示：「好主意，派出干擾機，擾亂敵人剩餘的雷達系統，這基本可排除來自伊朗的空中攻擊，我建議你同時出動對地攻擊機，掃蕩地面移動式雷達。」

「了解，長官。估計六架對地攻擊機，兩架壓制電子訊號的電子作戰機，配合電子及成像空中偵察衛星系統，應可有效消滅目標。」威廉姆斯回答。

「威廉姆斯將軍，我同意你的意見！那就盡快出動吧！」

7 電子作戰機

林肯號航空母艦大型昇降機中，一架貌似「超級大黃蜂（F/A-18E/F）」戰鬥攻擊機從航母底層徐徐上昇至頂層甲板，為節省航母儲存空間，戰機兩側機翼從中間向上摺疊，正面看去狀似大黃蜂令人生畏。事實上這是一架美國海軍新型的電子作戰機咆哮者（EA-18G），它是在超級大黃蜂攻擊機的基礎之上，去除戰鬥裝備，卻加裝戰術電子戰精密儀器，主要用以取代垂垂老矣的波斯灣英雄電戰機徘徊者（EA-6B）。

此架隸屬「天蠍（Scorpions）」分隊的電子作戰機，一邊緩緩滑向航母甲板上的彈射機，同時舒展開一對收縮已久的機翼，狀似迫不及待展翅高飛，這是為即將的飛行作最後準備，也是「癱瘓行動」下的子項目，內部定名為「天蠍計畫」。

咆哮者電子作戰機到達上次戰機彈射點，但此時蒸氣煙霧尚未完全消散，走入甲板區的綠衣連接員，迅速將彈射器的牽引鉤與咆哮者機尾扣上，此時飛機後方擋流板昇起以增強飛機起飛時的反向衝力。完成連結後，連接員向另一邊黃衣指揮員比出右手打圈手勢，示意彈射機連接就緒。

在吵雜的林肯號航母甲板上，黃衣指揮員接替發射程序，天蠍1號飛行員見黃衣指揮員高舉雙手但放鬆雙拳，飛行員了解，即刻釋放咆哮者的煞車器，飛行員同時加足最大馬力等待指揮員指令起飛。

飛機前方的彈射指揮官戴著一副雷朋（Ray-Ban）太陽眼鏡，神情嚴酷，此時彈射指揮官蹲下，手臂向前擺動同時手指指向前方，指揮官示意天蠍1號飛行員可以準備起飛他的咆哮者電子作戰機了。

一旁發射員見到航母甲板上的彈射指揮官另手按向甲板，這是即刻起飛的暗號，發射員立刻按下彈射器發射按鈕，這時大量淡水瞬間氣化，彈射器快速加壓，飛機在剎那兩秒間，由航母甲板瞬間加速到150節高速，飛機向前衝出，飛離航母，完成咆哮者電子作戰機發射程序。由林肯號及杜魯門號兩航艦共出動兩架咆哮者電子作戰機、六架大黃蜂攻擊機及六架閃電II隱形戰鬥機擔負護航任務，主要目的是哈吉阿巴德至察汗區周圍危險雷達目標清除，以利隨後大範圍地面部隊的軍事行動。咆哮者電子作戰機起飛後，飛行員後方操作員正透過儀表板，熟練的調校位於兩翼尖端吊艙內的接收機。

「這是天蠍1號，起飛順利，起落架回收正常、航速一切正確。」天蠍1號電子作戰機回報航母基地。

林肯號航空母艦回覆。「收到了，訊號清晰。另外三架F/A-18大黃蜂式攻擊機（F/A-18「Hornet」Strike Fighter）也昇空完成，跟隨在你後方。另外一組由杜魯門號航空母艦起飛，則在你的四點鐘方向。」

「機長，接收機AN/ALQ-218（V）2已經由兩翼外AN/ALQ-99吊艙對外發出強力雷達干擾訊號，我們的電子干擾對消系統（INCANS）設定完成，UHF通訊頻道保持暢通。」後方電子操作員信心滿滿的向機長回報。「現在可以跟天蠍計畫的其它僚機連線實施作戰任務了。」

飛行員回覆：「太好了！有了透視系統，現在可以安全串聯僚機了。」事實上對消系統是咆哮者獨步全球的優勢，神奇的是干擾同時還可保證己方高頻UHF通話品質暢通無阻，他們稱此為對消系統下的「透視」，這種先進功能使得美軍保有無敵的電子戰能力。

1號指揮機對3號電子作戰機呼叫：「天蠍3號——天蠍3號——這是天蠍1號。對消系統設定完成，1號將進入逆時針環繞飛行，請保持適當距離。」這是電子作戰機對敵保證干擾戰術，兩架電子作戰機逆時針繞著大圓圈環繞飛行，這可大面積確認區域內皆在兩翼AN/ALQ-99干擾吊艙作用範圍之內。

「收到，本機將保持150公里直線距離。」天蠍3號回答。

「這是天蠍1號，本機將肩負起對變頻雷達、連續波雷達進行干擾作業。」此時天蠍1號指揮機隊長下達對機翼外AN/ALQ-99吊艙干擾分配指令。

「是的，天蠍3號收到命令，3號將配合對其它脈衝雷達、隱蔽掃描雷達作干擾。」天蠍3號回覆。

天蠍隊長繼續要求規格。「將干擾頻率定頻在0.064～18GHz範圍、初期功率40kW（40,000瓦）。」

與此同時，波斯灣航母艦隊從全球指揮控制系統（Global Command and Control System–Joint, GCCS-J）中

獲得戰情連線資訊，螢幕不斷閃爍配合著警報，語音系統正在自動告誡指揮旗艦邦克山號導彈巡洋艦上的人員，「請注意！預警機的雷達警示，伊朗八架戰鬥機已於中部起飛，目標哈吉阿巴德城市」。這時面對螢幕頭戴無線耳機，兩眼炯炯有神，正接收來至各方最新戰情資料的作戰官，在東區指揮官約翰・威廉姆斯中將的授意下，分秒必爭立刻傳遞航母艦隊的作戰指令給「天蠍計畫」作戰飛機。

「發現敵機！閃電機隊即刻超前前往迎敵。」作戰官經驗老到，游刃有餘的吩咐F-35C隱形戰鬥機。

「這是閃電機隊呼叫，請基地輸入長程敵機位置定位。」F-35C隱形戰鬥機隊長提出請求，這是因為F-35C為了繼續保持匿蹤隱形，六架護航隱形戰鬥機皆處於自身雷達關閉狀態，F-35C在無雷達電磁輻射外溢及自身機體呈隱形狀態下，伊朗防空網或戰機雷達根本無法掃描到F-35C隱形戰鬥機的蹤跡。

「請求照准，座標位置已經透過衛星傳送輸入。」邦克山號指揮旗艦的作戰官運籌帷幄，他對閃電機隊隊長說：「隊長，建議發射長程飛彈AIM-120D痛擊伊朗先遣戰機。」

「收到了！敵機已經在射程範圍，請求攻擊許可。」隊長要求。

「隊長，你的請求許可。」F-35C隱形戰機緩緩開啟內置彈夾艙，80多公里外的伊朗戰機，渾然不知死神鐮刀暗地裡已經悄悄然鎖定他們。

「發射！」隊長喊著，興奮的按下發射鈕，兩架F-35C共發射四枚，飛彈有如吐火長龍以雷霆萬鈞之勢狂嘯而去。「咬死你，看你有何本事脫逃。」在AIM-120D飛彈已經近在咫尺時，大難臨頭的伊朗熊貓（F-14）式戰機才赫然發現飛彈威脅，但為時已晚，其餘四架戰機見狀掉頭返航，以避免無謂損失。

林肯航母艦隊的邦克山號（Bunker Hill，CG-52）指揮旗艦上一陣熱烈歡呼，旗艦艦橋上作戰指揮人員高興的迎來第一場空戰捷報。「伊朗空軍腦袋壞啦！他們居然出動早期我們的熊貓式戰機。」一位艦橋上雷達員不以為然的說。

大家高興之際，突然「導彈預警衛星DSP」系統紅外線警示響起，頻繁預警引起指揮官的注意。

威廉姆斯中將對已經忙得不可開交，神情嚴肅的作戰官詢問：「又是伊朗戰機，難道他們還不怕嗎？」

「不是的長官！」邦克山號指揮旗艦上的作戰官知道這次有急迫性威脅，神情緊張語調加快回覆。「這是導彈，導彈預警衛星DSP及預警機系統皆顯示這是中程地對空導彈，就是針對大黃蜂攻擊機而來。」

「這裡是天蠍計畫的黃蜂5號機，我被敵軍導彈鎖定了！」飛行員聲音明顯激動而緊張，戰爭步調加速，情況開始變得緊急。

「黃蜂3號也被鎖定，請求援助。」這時無線電訊號傳來各機緊急求救聲音，透過飛行員急促呼叫，讓邦克山號旗艦上的作戰指揮人員不由自主增添了戰場壓迫性。

「6號機也被鎖定……」天蠍計畫大黃蜂攻擊機群陸續發出被敵方地空導彈雷達鎖死的援助請求，空中局勢開始變得難解。

約翰．威廉姆斯中將提高音量，他大聲的對作戰官說：「立刻對電子作戰機下達強力干擾命令！」緊繃氣氛迅速張揚，作戰官分秒必爭的緊急呼叫。「天蠍1號，基地已經將導彈運動軌跡座標傳送給你，立刻啟動干擾吊艙強力攻擊伊朗導彈雷達發射源。」

「收到了！」天蠍1號的咆哮者電子作戰機回覆邦克山旗艦上作戰官。「天蠍1號及3號的環飛距離將擴大直徑至200公里，干擾強度及面積都將加大。」

「霍克地對空導彈的雷達工作頻率在X波段。」邦克山號上雷達專員提醒電子作戰機操作員。這些導彈為早年蜜月期時，美國賣給伊朗的霍克型（Hawk）地對空中程防空導彈，美國軍方當然對雷達頻率瞭若指掌。

「收到，電戰AN/ALQ-99干擾吊艙已經調入X波段，內部設定為8～12GHz連續波單脈衝雷達干擾波，尖峰功率瞬間將加強至150kW（150,000瓦）干擾功率。」天蠍1號電戰操作員熟稔門道的調好干擾頻段，這種高頻電磁微波波長為25.00～16.67mm，盛行於雷達及地球探測衛星。果然數枚霍克有如失焦的導彈，在浩瀚無垠空中慢慢脫離原先鎖定目標，消失在藍空中。

空中攻擊完成後，地面部隊幾位長官心中疑慮漸漸釋懷，可是杜哈作戰中心及東區指揮旗艦邦克山號作戰人員懷疑卻日漸昇高，他們不解，為何伊朗發射的是美製霍克導彈？為何昇空戰機也是美製熊貓戰機？美國早已握有該武器核心弱點「雷達頻率」，這無異是未戰先降，難道另有隱情？伊朗還擁有其它武器為何不使用呢？諸多問題縈繞情報判讀人員腦海，一時之間紛亂而難以釐清。此次空中攻擊後，雙方地面坦克群部隊已逐漸接近察汗特區，地面大戰已經是一觸即發勢不可擋了。

註解

1 導彈預警衛星DSP又稱國防支援計畫DSP，它是以五顆位於36,000公里的靜止地球同步軌道衛星共同組網而成，高敏度儀器可對來襲彈道導彈提供二十五至三十分預警，潛射彈道導彈提供十至十五分預警，其感度最高的DSP-13甚至可對空中軍用飛機尾焰的紅外線熱源感知，DSP-23則可對原子輻射源警示，其實位於杜哈聯合作戰中心的情報分析人員，只要檢視預警衛星DSP紅外線源移動速度及運動軌跡高度，即可正確判斷得知來襲的是導彈、飛彈或飛機。

2 現代經典「電子戰」演練，美國軍方曾在阿拉斯加舉行北方邊際2006演習，剛開始第三代與第四代戰機對抗聯合演習，第四代F-22重型隱形戰鬥機以144：0大勝第三代。可是當電子對抗機加入第三代戰機後，戰局居然反敗為勝，可見電子戰對現代戰爭影響之重早已超乎人們想像。

8 反獵殺

「這是黃蜂26號順利起飛。」飛行員回報航母基地。

「黃蜂21號完成起飛。」

「黃蜂37號成功彈射起飛。」

為避免側面「切向風」的影響，林肯號（CVN-72）、杜魯門號（CVN-75）、羅斯福號（CVN-71）、尼米茲號（CVN-68）停駐波灣的四艘航母戰鬥群，開始調整艦隊方向，這時航母群頂著逆向北方季風，同時加大航空母艦上的戰機彈射器力道，陸續將大量大黃蜂攻擊機彈射進入空中，昇空後壯觀的戰鬥機機群佈滿天空，這些有如燕群般的戰機迅速轉入北飛，他們主要是支援美軍的地面坦克群北上作戰。

長久以來硬碰硬的高消耗戰法早被美軍揚棄，美國策略是以外科手術般的高科技戰略：首先癱瘓伊軍空防，再輔以對地攻擊機的導彈削弱伊朗坦克群，最後才由美軍地面部隊出動。此次地面攻擊由綽號「勇敢」的第一裝甲師做為先頭部隊，隨後由綽號「印地安人頭」的第二機步師緊跟在後。

「這是勇敢11號，已到達左翼定點，狀況良好，無線接收正常，未發現威脅。」這是地面上一輛裝甲坦克車車長的回報，主要給該師師長約翰．里斯掌握前線狀況。

「很好。」第一裝甲師前頭部隊已經快到達察汗特區（Sar-chahan）的平坦區域，師長里斯下令佈局。

「所有部隊注意，開始擴展準備迎戰北面的敵方坦克群！」

這時，沿著71號公路一輛輛向北行駛，前後魚貫相連的美軍裝甲坦克群，開始逐漸變更坦克隊型，他們以71號公路為中心，擴展成跨越71號公路左右兩邊，東西各延伸約500米，南北鋪陳約莫一公里之陣仗抗迎來襲的伊軍坦克，而坦克前方及左右兩翼，星羅分佈護駕的36架阿帕契AH-64D攻擊直昇機，其所裝備止是坦克剋星，長弓地獄火（AGM-114L）反坦克飛彈，空中則有大批大黃蜂攻擊機，他們攜帶令人聞風喪膽的小牛飛彈。

杜哈前線作戰中心的成像組組員，這時突如其來警告說：「鎖眼成像衛星發現，伊朗最前方的坦克部隊已經停止前進，但是部份最後方的『怪車』卻反而調至最前線！」成像組組員左思右想不知如何是好！「長官這有點詭異，伊朗好像不按牌理出牌呀！」

「你看過這種怪車嗎？這是一種武器嗎？」東區指揮中將威廉姆斯實在按耐不住，他向杜哈前線作戰中心提出深藏內心已久的疑問，沒想到這也是眾人共同的疑問。

「情報人員，這如何解釋？」杜哈總指揮上將傑夫．胡恩也忍不住提問。

數百輛外形怪異，令美軍將士百思不得其解的「怪車」可沒閑著，除了部分一馬當先跑到伊朗坦克群最前方之外，此刻它們正忙碌的擴展到71號公路兩旁，那凸出於駕駛座前面的下方，長二米、直徑一米、中有軸心，其外觀有如橫躺四葉鋼質旋轉門，每葉邊緣整齊排列有如挖土機般的鋸齒鋼牙，狀似對地刨土之用，工程車後方聳立高達六米有餘的大煙囪更是奇特，全車塗以土黃色使其隱身土壤之中。如此奇異車輛，未見車上載有軍事武器，顯然並非戰鬥之用，實在令人摸不著頭緒，在戰爭史上，絕對是前無古人後無追兵的怪事，無怪乎美國「杜哈」前線作戰中心及航母旗艦人員面面相望，一時不知如何解讀起。

一位鎖眼偵察衛星組組長無可奈何的回答：「報告長官，記憶中戰場上不曾出現過，資料檔案也查無此車，後面高聳物，經由高倍率鎖眼光學成像偵察衛星分析，內為中空物，應無關飛彈發射器，由於外型為長方體柱狀，並非圓柱狀，不可能是大炮或迫擊炮的炮筒，判讀人員也只能暫定為工程車類別。」

「無武裝工程車？在這種大規模戰場，他如何生存呢？」威廉姆斯將軍實在不解，他知道現在也沒人能回答他的問題。

傑夫．胡恩上將建議：「既然無人知曉，何不如直接採取攻擊？作戰官，還有多久大黃蜂可進入戰區執行攻擊任務？」

「長官，十二分鐘後。」

胡恩不以為然的說：「太好了！十二分鐘，甚麼工程『怪車』，我想空中攻擊時就可謎底揭曉了！到時……」杜哈前線作戰中心突然有人高喊，頓時打斷將軍的說話。

「喔！怎麼一回事！沒來由的忽然起霧了！」一位成像衛星組組員驚訝的對著自己組長大聲說，由於聲音過大，造成作戰中心人員紛紛側目相望。

「不——不會吧！霧越來越大，怎麼會那麼剛好就是在這時候起霧呢？」成像組的另一組員說。

「不！這不是霧呀！這是……」杜哈前線作戰中心鎖眼組組長發現情況比組員得知更加嚴重，組長跟著大聲嚷嚷：「這是……這是……沙——沙塵暴！現在這時候……真是太扯了！」

鎖眼偵察衛星的立即影像被切換至前方主螢幕上，杜哈中心眾人及總指揮官傑夫．胡恩上將不由自主皆把眼光投注於此，剛開始一小片白茫茫有如棉花似罩住所謂的工程車，隨後籠罩區域快速擴大。

「沒錯，從鎖眼的影像是沙塵暴！可是這沙塵怎麼會如此巧合，它就剛剛好發生在伊朗坦克群的前面呢？」航母艦隊指揮旗艦上的威廉姆斯中將忽然想通，他語出驚人的說：「是那『怪車』，是工程車造成的！」

「馬上拉近聚焦，放大工程車。」胡恩上將下令。

杜哈前線作戰中心及航母基地人員，他們即時的從美軍先進鎖眼光學偵察衛星那裡得到驚人的事實，那工程車前方橫躺的旋轉鋸齒鋼牙，有如巨獸般將伊朗察汗特區地上沙土不斷刨刮吸入車內，再由工程車中強力引擎推動巨大鼓風機，將原本細微的沙塵透過高大煙囪噴射至察汗特區半空中，這時再加上有如天助的強勁北方季風，天時地利的將沙塵刮入更遠更高的距離。

「沙塵暴！這竟然是人工製造的沙塵暴，工程車是製造者！」驚訝不已的成像組組長大聲呼叫：「長官，沙塵暴若繼續擴大將非常不利大黃蜂即將的攻擊行動。」

是的，經由百輛工程車刨刮噴吹，巨大的沙塵牆佔據71號公路兩側，藉由北風快速南移，黃沙遍野遮蔽了伊朗自己的坦克群，沙塵隔絕美軍在天上光學成像衛星的探測，也隱蔽了伊朗坦克群的紅外線特徵。這問題可嚴重了！大批由波灣航母北上的大黃蜂攻擊機，攜帶小牛空對地導彈AGM-65D，這些導彈都是以可見光及紅外線成像制導，專門為攻擊坦克車而來。若沙塵不除，美軍打擊坦克成效將無法彰顯，這將陷小牛導彈於無用武之地。

「攻擊機在哪？還需多久才到？」胡恩上將被這突如其來的戰局迷惑，他開始擔心空中攻擊任務。

「十分鐘。」杜哈作戰官回覆。大家心裡開始擔心，當大黃蜂攻擊機到達時，沙塵暴將迫使大黃蜂面對無目標可攻擊的窘境。

「請注意！導彈預警衛星DSP紅外線警示，六枚導彈剛昇空，系統正運算彈道軌跡及撞擊點。」這是由地球同步軌道導彈感測衛星DSP所提出的警告，對於沙塵暴問題才剛剛開啟，不料節外生枝的驚心動魄導彈又加入警告，無疑增加戰場複雜度。

「將軍，以導彈預警衛星DSP的連續軌跡資料，這是高速飛行物體，判斷本批應該是屬於制導導彈或慣性導航火箭彈。」杜哈前線作戰中心的作戰官分析。「可是奇怪的是系統計算出落點並非戰場，撞擊點應在我方坦克群的後方50公里處，那麼這些導彈到底要攻擊甚麼目標呢？」

「是空中目標！」杜哈人員從連線中聽到東區指揮官威廉姆斯中將的驚人之語，將軍的判斷並非毫無來由，將軍接著說：「以時間差計算，這些導彈軌跡剛好會遇上從航母起飛的大黃蜂攻擊機。」

「這六枚導彈的方向、時間、速度來說，將軍的預測確實有道理。可是以預警衛星DSP的連續軌跡判斷，這裡面有無法解釋的不合理地方。」杜哈作戰官回應：「DSP衛星及雷達資料說明這六枚導彈根本不具精密導引能力，換句話說，這些不是專打戰機的地對空防空導彈，它們是有導彈火箭引擎卻無精確導引功能的火箭彈，對於隨時可機動轉向的大黃蜂攻擊機，火箭彈根本不具威脅性。」

胡恩上將全神貫注看著杜哈作戰中心的大螢幕，他從座位站起，順手提起咖啡喝了一口，試圖透過提神釐清越趨緊湊的戰況。「火箭彈確實不具精確打擊大黃蜂攻擊機能力，我認為這些火箭彈應該是一種干擾彈。」胡恩上將說。

作戰官的分析精闢，這的確是火箭彈，它是一種中國製造射程達200公里、具垂直發射的神鷹—400制導火箭系統，這種中程火箭彈無精密導航，而且造價便宜。可是數秒後火箭彈外殼防護罩令人意外的分離，同時開始分裂，這立刻引起杜哈嚴重的注視。

「火箭開始分離，這六枚火箭彈是子母彈。」杜哈作戰官神情緊張、心神不寧的對總指揮官人聲說。事實上每枚火箭彈脫離母體後迅速分裂出560顆較小的子母彈，這些較小的彈體漸次依據程式設計向外擴散到定位同時爆炸。

「哇！好大的區域，這六顆火箭彈居然炸出寬20公里、縱深5公里、上下厚度達5公里的面積。」東區指揮官威廉姆斯看著衛星資料驚呼的說。「伊朗人大費周章到底有何謀略呢？」

「不太對……好像炸出巨大微粒雲霧區，可是無線通訊並未受干擾啊！快快快！各單位立即回覆有何影響？」胡恩上將緊盯螢幕，急下命令。

「這是黃蜂58號第四中隊隊長回報，目前飛行儀器及通信一切正常，並未受到雲霧區干擾。」

接下來各個中隊陸續回覆航母基地邦克山號（Bunker Hill，CG-52）導彈巡洋艦，奇怪的是火箭彈對黃蜂機群居然未有任何影響效用。

「各衛星組請盡快回報干擾狀況！」杜哈作戰官心有餘悸的要求。

「大酒瓶偵察衛星組訊號一切正常，未見高頻信號、超高頻信號、微波通信和無線電話等受電磁波干擾。」此時杜哈作戰中心各組正忙碌於評估火箭彈帶來的影響，聽到大酒瓶的回覆眾人寬心不少。

「漩渦地球同步軌道衛星顯示，軍事通信信號、雷達信號各頻段訊號正常。」

「入侵者、折疊椅間諜衛星組全部一切如常。」

「雪貂極地軌道衛星組，紅外探測器未發現異常。」

「天基廣域衛星組，主星和三顆子衛星皆未有不良回應。」

「即時成像衛星組長曲棍球、鎖眼KH-12、太陽神各組正常。」

正當各組回報之際，自動警告系統閃爍的螢幕外加電子語音引起眾人注意，使人心慌的系統說：「請注意！導彈預警衛星DSP-23警告，這是輻射污染警示！請注意，這是輻射污染警示！」

「輻射污染警示！原來不是干擾彈。」杜哈的傑夫．胡恩上將侷促不安的說：「莫非伊朗出下下策，這六枚火箭彈是『輻射髒彈』！」

「不是的將軍。」站在胡恩旁的作戰官指著前方主螢幕。「DSP預警系統顯示輻射區的當量非常微小，根本無法對人體構成傷害，這絕非所謂的『髒彈』，伊朗不可能膽大妄為，竟然對美國玩起核子污染。」

「喔不！微粒雲霧區範圍逐漸擴大，隨著北風吹向南方，微粒雲霧區域正快速擴散中，這是……」狡猾的伊朗使用火箭子母彈，裡面承載輻射微粒，每顆火箭彈中含成核率達1.8×10^{14}個懸浮粒，雖然每顆僅有微量原子輻射。這時導彈預警衛星組長看著胡恩指揮官振振有詞的說：「將軍你看，螢幕上越來越多高速奔馳的輻射源，這些快速飛行的運動軌跡都是我們大黃蜂攻擊機沾染微輻射源所致，狀況似乎不太對勁呀！」當大黃蜂攻擊機經過懸浮微粒區必然黏附原子輻射粒，裡面所含微量輻射已足夠讓首次出現戰場的高靈敏導彈定位了。

狀況連連，與此同時大黃蜂首批第四中隊已經穿越輻射微粒區，他們進入對伊朗坦克群的可攻擊範圍內，此時黃蜂機隊馬上回報說：「喔！航母基地，這是黃蜂58號回報，你們不會相信的！」飛行員不可置信的說：「下方黃沙瀰漫，沙塵完全覆蓋伊朗軍隊，我方機隊感應器無法順利取得敵軍坦克車身的紅外線熱源，小牛空對地導彈AGM-65D將無法順利發射。基地，機隊需要長官立刻裁示對策呀！」

航母基地頭疼難解的習題還不只如此，不幸的是接連更多黃蜂群穿出輻射微粒區，進入可攻擊伊朗坦克的目標，這些大黃蜂攻擊機群馬上變成擁有共同問題：「目標消失在沙塵暴內！」

遠在波灣邦克山號旗艦上的東區指揮官威廉姆斯中將透過視訊，他似乎參透了伊朗計謀，於是大聲喊著：「『高速奔馳輻射源』，不好了！這可能是罕見的『著標彈』！」威廉姆斯中將知道事關緊急，還來不及向杜哈作戰中心的胡恩上將解釋，馬上對波灣大黃蜂攻擊機下達命令：「大黃蜂攻擊機群！立刻！離開火箭彈爆炸的輻射區。快！不得延誤。」將軍此舉隨即令杜哈與航母基地兩方指揮中心緊張氣氛高漲，高層如此緊急的變更前線戰略，這讓指揮區眾人心想莫非出大事了？

胡恩上將經過思索後逐漸恍然大悟，將軍喃喃自語：「真是狡猾，伊朗自知雷達導向的導彈、戰鬥機無法力敵我們的電子干擾，結果改以微輻射導引，如此便脫離美軍強大電子干擾。」

杜哈與航母基地兩方指揮中心系統再度自動跳出令人心驚的預警：「請注意！導彈預警衛星DSP紅外線警示，六枚導彈剛剛昇空，系統確認為地對空導彈……」中國製紅旗16（HQ-16）導彈，彈頭使用專門追鎖「著標物」上特殊微量輻射源。

威廉姆斯立刻對作戰官下令：「就像剛才對付伊朗霍克（Hawk）地對空導彈一樣，立刻對電子作戰機下達對導彈強力干擾命令！」人在波灣邦克山號指揮旗艦上的威廉姆斯中將，他內心已經開始忐忑不安，緊急情況下將軍也只有希望干擾機再度開啟神奇力量。

「如果伊朗真是使用空戰史未曾有過的輻射導引，那該如何是好？」威廉姆斯小聲的自言自語。此刻強勁北風很快的向輻射懸浮區吹拂，向北飛行的大黃蜂攻擊機群剛好進入懸浮微粒區，並沾染輻射粒。美軍大黃蜂機群萬萬沒想到，繼續向北飛脫離輻射懸浮區後，才正是美軍大黃蜂攻擊機群災難的開始。

作戰官回覆：「將軍已經送出導彈軌跡座標。」

這時，天蠍號的電子作戰機發現問題嚴重了，天蠍1號指揮機機長不得不連絡航母基地邦克山號指揮旗艦。「基地，這是天蠍1號。天蠍未能發現敵方導彈雷達頻段，此批導彈可能是紅外線制導，本機已發出金屬蒸氣高壓脈衝及陶瓷高速調變的紅外線干擾源應變。」

此時一架大黃蜂機內雷達儀器嗶嗶作響，駕駛員這時驚覺該機已經被伊朗導彈追蹤咬死，由於導彈特殊導引方式，致使機內儀器竟無法確認以何種方式破解。「航母基地，這是黃蜂61號，請盡快協助判定本機被何種制導的導彈鎖定。」

「基地目前無法判定導引種類，請先預備紅外線干擾彈誘餌以防紅外線制導導彈襲擊。」由於敵方導彈已出，然而制導方式遲遲未能查出，時間緊迫，航母基地判斷紅外線制導的可能性居大，於是提出建議警告。

「嗶——嗶——嗶——」不間斷的系統警告聲令飛行員開始緊張。「基地！基地！本機紅外線1、2號干擾彈已發射。」1號與2號紅外線干擾彈中內裝鎂粉、硝化棉，發射後干擾彈會燃燒產生1～6微米波段範圍內的高溫紅外線輻射，企圖誘騙敵方導彈脫離真實目標。

「不！你沒有時間了！馬上將3號紅外線誘餌彈也拋出。」航母基地高聲的要求飛行員連同3號一起拋出。干擾3號彈主要模擬空氣與機身磨擦產生的紅外線溫度，這是一種絕對溫度在250～400K之間，紅外波長為8～12微米。

邦克山號指揮旗艦上的威廉姆斯中將及作戰官紛紛從座位上驚訝跳起，作戰官恐慌的驚叫：「哇！我的天啊！完了！」事與願違，紅外線並非此種變種紅旗16的制導模式，誘餌彈根本起不了對導彈的誘引。只見導彈繼續追擊，有如死神般步步接近大黃蜂攻擊機。「黃蜂61號紅外線誘餌彈失效，重複誘餌彈失效，快逃啊！」作戰官的心臟幾乎休止，只能使勁大喊。

遠在杜哈作戰中心的人員也不禁緊張大叫：「不行！不行！沒時間了！趕快彈射跳機！」事實上如此高速飛行，既使跳機生存機率也是渺茫。

忙亂的飛行員心頭大驚，濃厚呼吸聲及噗通噗通心跳聲，經由麥克風放大即時傳至杜哈及航母基地指揮所，這時時間有如定格般無限延伸如此漫長，窒息的氣氛使兩處指揮所人員幾乎停止心跳。

飛行員恐懼的情緒，最後掙扎轉頭四處尋找大叫：「基地！基地，導彈在哪裡？在哪裡？我看不見呀！」

令人心酸的呼叫聲，無情的撲向兩邊基地工作人員，這或許是所有基地人員最後一次聽到飛行員垂死前的吶喊。

航母基地：「導彈在你的右方四點鐘方向，不——快——快——」基地人員紅了眼框再做最後努力，大家心裡有數，已無可挽回。

慌亂中飛行員雖然隱約聽見由基地傳來緊急呼叫聲，「快！快！快彈射跳機」。但為時已晚，雖然大黃蜂61號已經加速到戰機最快的1.8倍音速全速脫逃，但是面對2.8倍音速的紅旗16導彈，大黃蜂攻擊機招數已盡，無力回天。

不幸黃蜂61號只是美軍惡夢的開始，原本首批進入伊朗坦克區，準備執行「癱瘓行動」對伊朗坦克獵殺的第四中隊大黃蜂攻擊機，萬萬沒想到竟然反而成為獵殺的目標，另外緊隨在後的其它5枚紅旗16導彈並未停止追擊，首批第四中隊其它四架黃蜂攻擊機及一架重要的天蠍3號（咆哮者電子作戰機）也成為黃蜂61號隨後的犧牲者。

震驚不已的杜哈及航母基地指揮所人員，完全被這幕超乎預期的反獵殺所震懾，可是殘酷的戰場正在快速前進，毫無讓人喘息空間。此時讓美軍基地人員最痛惡的事又發生了，系統視窗再度彈跳出警告：「請注意！導彈預警衛星DSP紅外線警示，二十四枚導彈剛昇空，系統確認為地空導彈！」這真是天人的驚人危機，未曾經歷失敗的美軍，面對新一波更加龐大導彈來襲，簡直無法相信自己的眼睛，更糟的是已經有三個大黃蜂中隊遠離輻射懸浮區，這波導彈攻擊恐怕將讓美軍「癱瘓行動」的空中攻擊機面臨前所未有挑戰。

彎腰站起、雙手壓案桌面，抬頭望著前方戰情大螢幕的傑夫．胡恩上將恍如隔世般，面對危機將軍清晰的腦筋並未昏頭，他恍然大悟大聲說：「不好了！現在大黃蜂機群不能離開輻射懸浮區，沒時間了！待會再解釋。」將軍下令：「所有大黃蜂機群盡快進入懸浮區，這是命令，快！快！快！」

杜哈及航母兩基地指揮所人員被這幕雙首長南轅北轍的指令搞得迷惘無比，不知如何是好，凝重的戰情有如巨浪般，排山倒海直衝兩方基地人員，這是此前伊拉克戰爭未曾出現過的情節。為避免更多大黃蜂攻擊機沾染輻射懸浮粒，幾分鐘前東區指揮中將威廉姆斯要求遠離懸浮區是對的。但是戰區情況變化快速，隨後已經沾染輻射懸浮粒的大黃蜂攻擊機已經成為輻射「被標記者」，總指揮胡恩上將知道，此時大黃蜂攻擊機不如暫時躲藏於輻射懸浮區反而可保安全，在大片的輻射懸浮區內導彈根本無法辨別何者才是大黃蜂攻擊機。

「這是黃蜂36號。」飛行員驚恐的求助：「基地，快點協助脫離導彈威脅！」黃蜂36號的對話正說明飛行員內心的恐懼與無奈。

「立刻抛棄機上所有負載導彈減輕重量，加速返回進入輻射懸浮區。」航母基地的回覆說明安全返航才是最重要，其餘已無須考慮了。「黃蜂36號，記得沿途釋放所有機上電磁干擾彈，願上帝保佑你安全回航吧！」令人難以置信，此時黃蜂攻擊機早已忘記對地面伊朗坦克車的攻擊任務，他們正四散奔逃尋求可能的保命之道。

「啊——啊——」強烈爆炸聲令黃蜂36號驚叫，嚇壞了航母基地。

「36號——36號，快回答！」航母基地做最壞心理打算。

許久後。「黃蜂36號沒事。」36號驚魂未定語調顫抖回覆基地。「是23號，他被導彈擊落了！」

「你要自保，趕快進入懸浮區吧！」太多黃蜂不幸的消息陸續傳來，基地含淚提醒。

「我的天啊！」黃蜂36號再度呼喊「危險！危險！太近了，保持距離啊！」黃蜂36號決定拼老命進如輻射懸浮區保命，沒想到眾多黃蜂同僚也競相擠入同一區域，高速飛行的戰機同在如此小範圍內，簡直是險象環生。

懸浮區爆炸聲此起彼落，戰區一片混亂，基地提心吊膽的問。「黃蜂36號是否安然？請回答。」未見回答的基地全體心跳怦然加速，呼叫員哽咽的再度大呼。「36號——36號請回覆基地。」依然未見回覆，航母基地知道36號已經兇多吉少，眾人潸然落淚悲傷不已。

紅著眼眶的基地人員心裡有數，對多數飛行戰士而言這將是一趟最遙遠的歸途。出發前沒有飛行員料到回家的路竟然如此坎坷難行，除了導彈的追擊，還要面對同僚為保命瘋狂爭相擠入輻射懸浮區，而返回沿途不知又有多少同仁半途斷羽無法到達，即使美軍立刻發射反導導彈，也無法改變任何事實，太遠了！根本來不及！尤其反導攔截率一向不高，徒勞無功。

只有少數幸運脫離險區，而最靠近導彈發射區的第三及第四中隊損失慘重，導彈摧毀命中率約八成左右，最後慘烈的獵殺共造成美軍二十四架大黃蜂攻擊機命喪紅旗16導彈，另外四架因爭先進入狹小輻射微粒區造成互相對撞解體，此戰成為美軍近代史上最慘重的空中戰爭損失。

癱於座位上的胡恩上將，眼看美軍強大科技優勢，竟換來如此不堪的回報，手握絕對主導權的美軍，擁有滿天軍事間諜衛星，世上無人能及的空中武力，卻落得如此失敗，這或許是美軍太依賴科技、太自信、太忽略伊朗軍隊的結果。

杜哈作戰中心的作戰官走至胡恩上將面前，他彎腰低頭說：「長官，我們的地面部隊已到達交戰區域。」一陷入天人交戰的胡恩上將猛然驚覺已無時間檢討失敗，比空中更龐大的數十萬地面部隊已經進入戰區，那奇怪無比工程車所掀起的人工「沙漠風暴」，完全覆蓋伊軍坦克群，這是否與空中輻射懸浮粒區一樣也是不對稱戰法的應用呢？

聰明的伊朗，第一批發射導彈是美國製造的霍克地對空導彈，這竟然是用來麻醉、鬆懈美國的計謀，吃了甜頭的美軍，仍然習慣以咆哮者電子作戰機反制，此時伊朗才正式使用祕密的輻射導引彈頭，可惜這時的美國已經來不及反應了。

9 大爆炸

穩定前進的裝甲師勇敢II號，位置在坦克群前線第二排的最左翼，目睹著一堵綿延無盡如萬里長城般的沙塵迎面撲來。「哇——車長！你一定得瞧瞧這奇景，晴朗天氣竟然出現如此巨大沙塵，真是天有不測風雲，這鬼地方也變化太大，就算跟我媽媽講，她肯定也不信有這種怪事。」坦克前方駕駛俏皮向右後方車長說。

坦克右後方車長開玩笑的回答：「你看，前方的阿帕契也保護不了我們了，準備上昇至沙塵上方避避塵土，留我們孤零零的吃沙塵，我早跟你說過，凡事要靠自己。」坦克車內成員頓時哄堂大笑。

此時前導阿帕契直昇機驚見面前竟是整片黑壓壓的風沙，大家未經思索不約而同拉起爬昇桿，上昇高度躲避風沙，這動作立刻引起航母艦隊邦克山號指揮艦的警覺。「藍鳥機隊這裡是基地，請回覆為何拉昇高度。」基地剛經歷大黃蜂攻擊機災難，警覺性特別高。「你們的行為將使機隊更容易暴露在雷達掃描範圍。」為避免引起軍隊士氣低弱，顯然空中戰事失利的事，藍鳥阿帕契攻擊直昇機及地面坦克群尚未獲通知。

「基地，這可萬萬使不得呀！這裡沙塵暴區域太大，直昇機低空飛行風沙太大，恐怕對機隊飛航有嚴重安全顧慮。」藍鳥大隊長如是回答。

「不行！不行！盡可能恢復低飛，你們的高度太危險！」航母基地堅持。「現在是萬里無雲的晴朗天氣，你們所看到的沙塵暴，事實上是伊朗刻意製造出來的，基地擔心這是敵人的陷阱！」基地提出警告。

藍鳥隊長回覆：「基地，收到。」隊長的阿帕契此時剛好爬昇到高處，果然看見基地所說的怪現象。

「哇嗚！這可不得了！基地，這真不知該如何描述，沙塵暴確實僅限於戰區，這是伊朗的詭計，問題是阿帕契直昇機若飛回沙塵暴內，恐怕危險性更大。」藍鳥隊長停頓數秒，然後不慌不忙接著說：「基地，我們碰上大問題了？」

這可把邦克山號指揮旗艦上的指揮人員嚇出一身冷汗。「出了甚麼大問題？」

「除了沙塵暴所造成飛航安全問題外，我們與基地的通訊也受到些許干擾，更糟糕的是藍鳥直昇機群已經失去伊朗坦克部隊位置，我們的電子儀器無法掃描出對方，這時更別說發動對伊朗坦克攻擊了，問題相當嚴重，請基地指示下一步該如何行動。」

邦克山號作戰官一時無法回覆藍鳥隊長的「下一步」問題，他先關掉與藍鳥對話的無線麥克風，避免敏感談話傳入直昇機群。「將軍，沙塵暴阻礙了攻擊直昇機與坦克群的任務，同時現在也缺少了空中大黃蜂攻擊機，這時阿帕契直昇機反而暴露於危險性中，我認為有必要檢討攻擊任務是否繼續執行？」作戰官語重心長的問東區指揮官威廉姆斯中將。

這的確是兩難局面，美軍原計畫由空中大黃蜂及阿帕契攻擊直昇機摧毀伊朗坦克群，再由皮糙肉粗的M1A2坦克攻佔後方重要城市。如今大黃蜂空中失利，誰知在沙塵暴變數下戰場將演變為何？

威廉姆斯中將還在思考之際，兩地基地人員最不願見到的系統警示又再次出現了。「請注意！導彈預警衛星DSP紅外線警示，八十八枚導彈剛昇空，系統正運算彈道軌跡及撞擊點。」

這差點讓杜哈作戰中心的DSP組長暈倒，他大聲喊說：「八十八枚，伊朗瘋了嗎？這不可能是制導導彈，難道又是火箭彈的輻射微粒？」

幾乎從椅子上彈起的威廉姆斯中將立刻下令：「快——快——快——快讓阿帕契攻擊直昇機進入沙塵區內。」將軍心裡想：該不會這也是伊朗另一場精心安排的不對稱戰法，如果又是「著標彈」這將是繼大黃蜂攻擊機後又一件災難。

「導彈來襲，基地下令要我們進入沙塵區避避風頭。」藍鳥隊長透過無線電呼籲阿帕契直昇機隊員：「各位務必保持安全距離，請以每小時30浬時速慢速前進。」

「隊長，我們的阿帕契直昇機並未被來襲導彈的雷達鎖定，並無危險啊！」一位藍鳥抱怨。

「這是藍鳥24號嘶——嘶嘶——隊長——隊長——隊長——聽得見嗎？」藍鳥24號隊員發現進入沙塵區後，通信無線電訊號明顯削弱受到干擾，24號隊員繼續說：「沙塵區內能見度太低啦！儀器根本無法導航，飛行安全備受威脅，建議讓藍鳥機隊再降低前進速度，然後飛行於沙塵區頂層邊界處，以避免機隊互撞。」

「是啊！隊長，沙塵區內飛行更危險！」

藍鳥隊長回覆：「了解！為了避免意外，就與坦克相同20浬的速度行進……聽得到嗎？重複！重複！以20浬速度前進。」嘶嘶的雜音附加在頻道中收訊並不好，有時需要大聲或重複說明，造成不少困擾。

「搞甚麼鬼，導彈竟然兵分兩路。」航母基地作戰官看著衛星即時影像，皺著眉頭滿腹疑雲大聲說。

「啊！不會吧！這該死的前導導彈似乎在分裂，難道又是輻射懸浮粒……」邦克山號旗艦上雷達員看著系統回傳資料，心驚肉跳的說。

「我的天啊！這分裂出的子母炸彈居然擴展成寬一公里、縱深600米、上下厚度達300米的大範圍區域，這是針對我們地面M1A2坦克而來呀！」作戰官回頭看著將軍瞪大眼睛大叫。

「不對——不對——」威廉姆斯中將對著大型螢幕，手指著首批80枚率先下墜後分裂成子母彈的導彈，心有餘悸的大喊。「那是衝著我們的直昇機而來，阿帕契有危險了！作戰官快通知直昇機啊！」

「不可能吧！」邦克山號指揮艦眾人面面相望，雷達員忽然脫口而出。

作戰官後退幾步，思考片刻驚覺事態嚴重，若這佔地廣大的子母彈在半空中引爆，對大區域內的阿帕契直昇機可是巨大災難啊！「這——這——」作戰官突然一個箭步，大動作的衝到前面，他微微抖動的手搶著麥克風大聲喊叫。「藍鳥機隊快——快飛離71號公路上空，是子母彈來襲啊！」

突如其來指令，藍鳥隊長不解回呼基地。「飛離71號公路？」但不幸的事隨即發生，藍鳥機隊失聯了！

航母基地擴音器傳來驚人大爆炸聲響，隨後一切通話歸於平靜，空留無線干擾聲發出刺耳嘶嘶——嘶嘶聲……

「天啊！這真是災難！」嚇人爆炸場景龐大的前所未見，邦克山號航母指揮所作戰官目瞪口呆的叫出，不由自主再次抓起指揮所的麥克風喊著。「藍鳥機隊！藍鳥機隊聽到請回答！」作戰官全身顫慄語調驚恐。

「不——不會的，藍鳥一定還在。」

航母基地的無線通信瞬間與藍鳥機隊失去聯絡，這時訊號有如斷氣的心電圖，平靜的令人心慌，不知所措，此時只有「嘶——嘶——嘶——」的無線背景聲依然孤獨呻吟著。

「這是基地，藍鳥機隊聽到請回答，重複！聽到請回答。」

這幾乎是兩地基地無解的習題，密密麻麻的子母彈有如黑雲蓋頂般從天而降，只需數分鐘之譜即可將區域內所有武器、人員、建築、設備毀滅殆盡一件不留。這片火海綿延長達一公里，狂烈的火爆區跨足沙塵區上下兩界，光是灼熱的爆炸區就足以吸走人員賴以維生的氧氣，更遑論44,800顆子母彈每顆殺傷力達半徑8米以上的流彈碎片，只能說區域內雙目所及一切盡毀。

無線電那頭平靜的令人沮喪，沉重的巨石佔據著兩地指揮中心人員心裡，久久不能平復，突然間！奇蹟的聲音有如春天嫩芽從絕望之地冒出。

「喔——基地請回答！這裡是藍鳥16號呼叫。」部分遠離爆炸區安全未損的藍鳥機隊，陸陸續續將機頭拉高離開沙塵掩蓋區。

無線電員：「啊——真高興再度聽到你們的聲音。」這時邦克山號旗艦上的所有指揮人員熱淚盈眶，眾人相擁並抱以熱烈掌聲。

「基地！」藍鳥16號哽咽：「藍鳥機群死傷慘重……」無線電中傳來藍鳥16號驚恐無奈的語調。

「基地知道！」指揮所人員拭淚。「可有其它同僚隊員下落？」

「藍鳥14號通信儀器失效，無法回覆基地，但正試圖返回航母。」機員聲音驚嚇而顫抖。「藍鳥22號尾舵受損嚴重已經放棄，人員由24號搭載。11號受損失控撞擊到25號墜毀。嘶——嘶嘶——」無線干擾再度出現，但這次更嚴重了。

「怎麼一回事？藍鳥16號不是已經離開沙塵區？為何還會干擾如此嚴重？」焦急的作戰官問。

邦克山號指揮旗艦上的雷達組員回覆作戰官。「是火箭彈，第二批八枚火箭彈是被動式電子反制，這些對無線及雷達有電磁干擾能力，其中從火箭彈分裂出不同尺寸干擾鋁絲，它們主要用以對付各頻段干擾。」

這時東區指揮官威廉姆斯認為事態嚴重，預計使用高層專用緊急頻道，他單獨向杜哈作戰中心的總指揮胡恩上將探詢：「長官，戰局演變對我方極為不利，失去雙空中武力，坦克部隊的危險性將大幅增加……」

「我了解你的想法！如今少了空中大黃蜂及阿帕契，戰況已不利於地面部隊，為保住地面人員，是該立刻暫停前進。」沮喪的胡恩坐回座位繼續說：「為避免傷亡再擴大，是該招回坦克部隊的時候了。」以目前局勢的演變而言，這已是胡恩上將不得不下的困難決定。

威廉姆斯將軍剛取得總指揮胡恩上將認可，決定暫時中止戰爭，同時招回前進中的坦克部隊。可是伊朗以小搏大、以弱打強的不對稱戰爭鋪陳才剛開始，重要的主戰這時才正要驚世登場呢！這時邦克山號作戰官帶著憂愁面容倉惶走到威廉姆斯將軍身旁。

「將軍，我們與部隊的無線通信受到嚴重干擾！」作戰官惴惴不安的說：「看似又有大事要發生了！」

「怎麼會呢？」威廉姆斯將軍心想：「電子干擾」這可是美軍的強項，現在連伊朗人也玩這套嗎？「你是說我們跟坦克部隊失聯了？」

「是的，將軍，看來是剩下的那八顆火箭彈所造成。」

「伊朗人也使用電子干擾？」將軍不解。

「不！伊朗火箭彈釋放出的是被動式干擾鋁條。」作戰官牽腸掛肚的說：「原本這種落後的干擾對我方影響不大，可是偏偏目前M1A2坦克正好在沙塵暴內，這才使得干擾變得不可收拾的嚴重！」

「怎麼可能？如果我現在要招回第一裝甲師及第二機步師共406輛的坦克部隊，那不就……」

「將軍！」作戰官默默看著威廉姆斯將軍，然後垂下雙手失望的說：「坦克部隊失聯了，將軍！」

將軍忍不住咆哮：「我全部的坦克都在沙塵裡面啊！」他知道現在問題可大了！

「這太危險了，威廉姆斯將軍。」這時人在杜哈的胡恩上將警覺事情似乎不單純，當下立刻同意啟動具有抗核打擊和抗干擾的核戰緊急通訊系統。「我已經打開國防通信系統DSCS-3授權，無論如何馬上讓通信營聯絡上71號公路上的坦克群。」胡恩使用緊急頻道，無論如何也要連絡上坦克部隊，同時引導剩卜的藍鳥阿帕契攻擊直昇機返回航母。

事實上伊朗是吃了秤砣鐵了心，不斷捕上火箭彈以便覆蓋干擾所有通信頻率，硬是要讓美軍坦克部隊與指揮中心失聯，看似一場更具野心的陰謀正在悄然浮出，而刀俎及魚肉的角色正好相反，如今美軍反而成為「被獵殺者」，局勢推演至此著實令人無法相信。

由於沙塵肆虐使能見度與通信極端不良，只能勉強坦克與附近坦克隊員互相通話，對外有如斷了線的風箏，坦克部隊完全處於資訊封閉狀態。此時第一裝甲師勇敢11號位列於第二排的最左翼，正準備與伊朗坦克群正面對戰。車長心裡正想著美好結局：在美軍空中大黃蜂與阿帕契攻擊直昇機的蠶食下，所剩無幾的伊朗坦克正被自己的坦克獅群包圍吞噬著。

沙塵區內強烈而巨大的爆炸聲響，無情的震醒了正在編織凱旋而歸美夢的美軍。勇敢11號緊急煞車，爆炸就在他的正前方，未損及車體的11號緊急回呼附近營長。神情未定的車長說：「長官，這裡有人陷阱，我前方8號坦克被強力炸彈炸毀。」嘶嘶——嘶嘶——的干擾聲未曾間斷過，若非短距離恐怕也是無法收訊。

營長疑惑的問：「你是說有定時炸彈？」

「應該是原本棄置於71號公路兩旁的所謂伊朗無線坦克，當時被我軍擊毀，如今卻是定時炸彈。」勇敢11號回覆坦克營長。

這時除了坦克前進所產生「喀吱——喀吱——」背景機械摩擦聲外，隱約傳來71號公路另一側的右邊，再度傳來「轟！轟！」數聲爆炸聲響。營長回想：伊朗當初似乎是故意犧牲無線坦克。確實！當初被擊毀的坦克剛好整齊排列於71號公路旁，如今在龐大沙塵掩護之下，美軍坦克正進入伊軍已佈好的爆炸陷阱內，但是令人不解的是為何爆炸點都選在71號公路兩翼，而不是中間。

第一裝甲師里斯師長發現情況有異，立刻由「FBCB2作戰控制系統」傳達指令給附近坦克成員。「各營注意，兩翼外圍坦克盡快避開伊朗殘骸分佈的廢棄坦克區，我軍坦克分佈立刻向71號公路中心內縮。」

正當各營坦克完成向71號公路中央緊靠同時，螢幕再度出現令人不悅的預警。「請注意！導彈預警衛星DSP紅外線警示，一枚導彈剛昇空，系統正運算彈道軌跡及撞擊點。」

剛經歷八十八枚火箭彈洗禮的戰場，區區一枚導彈警示並未引起杜哈作戰中心的DSP系統組及作戰官太多注目，大概認為又是干擾彈吧！

歷經空中失敗、精神正處於警戒狀態的胡恩上將注意到系統唯一不尋常的單顆導彈警告。將軍心理警惕自己恐怕此次非比尋常。「威廉姆斯將軍，沒時間了！快！快聯繫上坦克指揮官。」

很快的第一裝甲師師長里斯率先搶通。「基地，這是勇敢，真高興重新取得聯絡。」

威廉姆斯將軍對於後續戰局憂心之情溢於言表，他的第一句話就是要求。「里斯計畫有變，我們空中的大黃蜂及阿帕契攻擊直昇機攻勢受挫，在無空中掩護下坦克群將有巨大危險，為保存實力，你的坦克部隊立刻停止前進，馬上折返回阿巴斯港登陸營區。」

「可是即使無空中協同作戰，以M1A2坦克的優秀能力，我們有極大的信心也可以全殲伊朗坦克部隊。」裝甲師師長里斯回覆將軍。

「我沒時間解釋，這是緊急命令。」

就在此時，杜哈作戰中心的作戰官神色緊張跑至胡恩上將面前大聲說：「將軍，這是中程導彈，而且只有一顆，確認落點正好在我方坦克活動區塊內，目前我們的坦克又都集中於71號公路，若導彈是……」作戰官如坐針氈的避開敏感字句說：「恐怕整個坦克群都將遭到難以估計的損失。」

胡恩對著麥克風大喊。「威廉姆斯，快！盡快！只剩下四分鐘，將你的坦克部隊撤退，有導彈正射向坦克區域內。」實際上四分鐘已經改變不了任何事情，胡恩知道坦克群不可能在區區幾分鐘脫離戰區返回。

杜哈與航母兩地作戰中心的指揮人員不約而同站起來，航母基地的作戰官喃喃自語：「沒事的，情報顯示伊朗沒有核子武器。」作戰官安慰自己。

「導彈開始向下墜落了！」邦克山號指揮艦雷達員看著螢幕嚷嚷著。

「里斯——」作戰官以不安的語氣叫著裝甲師師長名字，這時兩方基地人員內心開始糾結，大家兩眼茫然直盯前方即時成像衛星影像，彷彿這一切凝結於螢幕之前。

「導彈進入71號公路上空了！」雷達員按耐不住，突然叫喊。

隨著時間推移，導彈離沙塵上方僅及咫尺，偌大杜哈戰情室瞬間鴉雀無聲，安靜的令人害怕，神情肅然的胡恩一手傾斜，咖啡在他無意間灑落，突兀的咖啡滴落聲傳遞至眾人耳朵，滴答滴答尖銳的有如炸彈崩裂般，格外刺耳。

「不——不——快點撤離呀！」突然間航母基地不知何人大聲喊叫，在安靜的基地中格外突出。

這時無人附和，眾人知曉遲了！只盼那導彈並非心中所猜測，系統軟體在杜哈前方的中央大螢幕上，竟然出現可怕的倒數撞擊時間跳動，這時導彈開始沒入沙塵內，眾人腎上腺素飆至令人崩潰邊緣。

剛開始只見71號公路上方沙塵向上突起，未料聲勢驚人，無力壓制的沙塵迅速向兩旁退卻，中間硬是爆出巨大火球，以迅雷不及掩耳之勢火速向四周延伸，速度之快令人咋舌，快速竄昇的火球，迅速演變成為人盡皆知的「蕈狀雲」，完美火球佔據了察汗特區（Sar-chahan）的71號公路東西兩旁，正好是美軍坦克群集中的區域。原本眾人心中猜疑的問題瞬時得到解答：「核……爆……」

停頓已久時間突然釋放重新開始運轉，成像間諜衛星鎖眼全程紀錄這一刻，並以可見光的影像傳輸至各基地，無法相信的杜哈及邦克山號航母基地人員摀著嘴，由驚訝凝結狀態瞬時轉為驚恐。

幾近潰堤的威廉姆斯中將，眼見自己最先進的七個美軍M1A2重坦克營正在火團下方，子弟兵生死未明，憂鬱油然而生，對威廉姆斯而言，殘酷的後續救援才要展開，而如何快速又安全接回生還者，正考驗著兩位將軍。

10 挖掘

爆炸中心被摧毀，狼藉奇景有如月世界般的空無，中心附近上千萬度高溫造成20幾輛坦克瞬間氣化，完全無任何殘留物可為憑證，既使距離向外擴展，半熔毀狀態的坦克也達50至60輛之譜，經歷美軍救援隊的努力，最外圍遠離高爆中心的坦克，尚可自行回返的M1A2坦克僅剩210輛，對原有406輛的坦克群，崩潰之狀甚為慘重。大爆炸後伊軍軍事動員的導彈發射基地、坦克、各地軍事武器設備立刻化整為零回歸隱藏基地，他們似乎了解，美軍救援後必將採取嚴厲的報復。

爆炸後強大的衝擊波吹散區域上空沙塵，中央區一度清晰無塵，伊朗在最核心的爆炸中心點依然保留少量沙塵製造工程車，它們還在繼續製造人工沙塵暴，但規模小多了，沙塵覆蓋區也僅止於爆炸中心點附近而已。趁著美軍暫時退卻，西線無戰事的空檔，一群衣著迴異的伊朗正規軍反向進入爆炸區，他們並無武裝卻身揹工程裝備，有如螞蟻般快速運作，這些人及大量軍車在爆炸區彈坑附近忙碌穿梭，看似凌亂卻甚有組織的進行搜索、記錄及運載任務。

這時伊朗人開來水車，跳下來的工程人員迅速向爆炸中心地表灑水，顯然是為了降低爆炸後的高溫，令人不解的是：這些人並未穿著抗輻射塵隔絕衣。他們僅僅戴著簡單的呼吸器及護目鏡，這顯然只為隔絕防砂之用而已。由於爆炸高溫致使附近砂石熔融成岩漿狀，地面凝結一層厚厚的岩石，數組人員手拿鑽孔機向地面挖孔，到達一定深度時人員快速撤退，其它工兵人員接替，熟練的伊軍埋入適量炸藥，在小規模爆破下炸開大爆炸後的熔融岩層。這時剪裁適當的大型深褐色具有鉛質軍用帆布，在四周無數高大撐桿的抬托下，正好覆蓋彈坑最中心點，這主要是阻擋美軍X射線的間諜衛星照攝，一切早已算計妥當。

伊朗軍方人員以極快速度進駐數輛大型拖車，挖掘找尋土裡爆炸所遺留下之物質，吊車勾起一塊金屬大物，但部分已經變形熔化，伊軍使用早已備好的鉛金屬模套住挖出的金屬物，隨後將整個套模置於木料大箱內，數輛軍用拖車在完成裝箱後迅速揚長而去，整個行動約莫六十分鐘，乾淨俐落。

美軍為爭取救援時間，戰場上暫時偃兵息鼓，但只是短暫的，隨後美國杜哈作戰基地開始選擇標的，開展「核武報復」。可是同時一件令人百思不得其解的怪事正悄然躍上檯面，爆炸時距離爆炸點不過500多米的勇敢11號坦克，理論上勇敢11號的核貫穿輻射及放射性污染值必定相當高，可是當坦克回防至阿巴斯港（Bandar Abbas）時，檢測人員並未發現坦克車身及內部人員有輻射污染，其實所有安全回防的艾布拉姆斯坦克全都未遭輻射感染，更離奇的是專為原子輻射源警示的最新導彈預警衛星DSP-23也未見系統警告，大爆炸並無伴隨殺傷力更可怕的放射線，這到底是何種核子爆炸？這算不算伊朗對美國的核子攻擊呢？各方意見立刻四面八方湧現，不絕於耳的爭論頻出，造成軍事參謀部大亂。

11 媒體

原本對美伊戰局毫無興趣的媒體——從乏善可陳的戰爭報導篇幅即可略知一二——當美軍軍事行動的失利驚世傳出之後，竟然以鋪天蓋地之勢湧現於各大版面之上，諷刺的讓人覺得或許這才是真正的新聞！美國CNN頭條新聞以「二戰以來最大軍事敗績」出現在螢幕上，令人怵目驚心；美國CBS則書以「指高氣昂的美軍遭遇建國以來最慘的軍事失敗」；英國獨立報寫上斗大標題「美軍慘敗」；此外，法新社「過度依賴科技——美國慘遭滑鐵盧」、澳大利亞通訊社「伊朗的中國廉價武器擊敗美軍高貴科技」……種種新聞標題驚駭震動全世界。令人噴血的報導還不止於此，不斷在傷口灑鹽的媒體有如過江之鯽，其中最多的竟然是美國本土，辛辣之處直叫人暈眩，一場CBS的「敗戰分析之夜」簡直讓官員無言以對。

CBS主持人口若懸河、辭鋒犀利，以無可置信的口吻說：「長久以來美國一直處於超級軍事強權，軍事預算超過地球上所有國家總合一半以上，舉世公認無人能及。天上軍事衛星半數屬於我們的，隱形戰鬥機、隱形轟炸機、無數導彈及核武等，這些號稱可毀滅地球上任何國家數十次以上，所有軍事專家都振振有詞並且列舉無數武器證明美國為世上唯一超強的國家，可是為甚麼對伊作戰會有如此不堪的結局呢？」

電視臺請來的核武軍事專家滔滔不絕：「一枚火箭彈成本約略五萬美元，但是導彈成本可能需要二百萬美元以上，兩者相差確實四十倍，太大了！」主持人旁邊的專家義憤填膺繼續說：「可是我們卻長期忽略火箭彈發展，軍方向來以精確的導彈發展為主，如今中國導彈科技大幅躍進，火箭彈精確度更是提高，若是中國造的火箭彈可能費用還少於二萬美元就足夠呢！為應付各國的快速進步，我們軍方的思維是應該要有所轉變了。」

一位扣應進來的聽眾憤憤不平的說著：「火箭彈，是呀！我聽說火箭彈造價很便宜，那為甚麼這樣的武器還可以取勝呢？你看我們這次從空中到地面的軍事行動可說是一場糊塗，執政者老是花大錢做一些不切實際的東西，花費數兆美元打造，號稱擁有一身科技，最後我們還是吃了敗仗。」

從第一個扣應開始，一發不可收拾，全美各地瘋狂的電話如雪花般飄進CBS「敗戰分析之夜」現場，美國納稅人就是無法理解，伊朗的「借北風」及四兩撥千斤不對稱戰法為甚麼可以擊敗超級強權呢？

另一位來電扣應者簡直氣極敗壞，這位老兄不悅的說：「我們納稅人上繳那麼多錢都上哪去了？浪費數千億美元的軍備，結果這仗還打得亂七八糟，乾脆把這些錢挪去用在教育、醫療或其它上面，或許還有比較好的結果呢！」

CBS電臺請來重量級的反對黨參議員，這時議員毫不留情的開炮。「雖然國家安全非常重要，但是我認為總統應該還是要考慮平衡發展，你看那費用高昂的導彈防禦系統，光是花費在養護過多核彈頭上就不知浪費多少公帑，與其如此還不如發展火箭彈還比較划算呢！」

一位民族主義愛國者咆哮的說：「如果坦克區的爆炸真是核彈，我們應該向伊朗馬上以『核武』報復才對，總不能白挨是吧！到底現在國家還在等甚麼？」

現場的核武軍事專家接答：「到目前為止，我們尚未得到白宮的澄清，到底這次的大爆炸是屬於何種性質？不過依照祕密管道得知，現場詭異的沒有留下任何輻射殘留，如果這是真的，那就間接證明這次爆炸並非核子武器的說法。」軍事專家好似深暗門道消息靈通。「這也是為何軍方到目前為止尚未採取核子武器報復的原因吧！」

說到此重點，有如搔到問題癢處，各地扣應民眾有如噴泉般擠爆電話線路，紛紛議論：這樣規模的爆炸除了核子武器外還有甚麼可以造成呢？

一位扣應的退伍軍人說：「您在開甚麼玩笑，死傷如此慘重，聽說主戰坦克都熔化了，不是核子武器，難道還會是TNT的路邊炸彈不成，用點腦筋好不好？這樣的回答像話嗎？」

核武軍事專家無奈的回覆：「如果沒有輻射塵，理論上原子彈或是氫彈爆炸都是無法成立的，這問題很麻煩，如果對方未使用核子武器，這也只能說是合理範圍內的自衛反擊，美軍沒理由動用核武。」

這可激怒眾多扣應進來人員，一位憤怒者說：「懂不懂呀！都炸成那樣了，那好吧！我可想問如果不是核子武器，那大爆炸是甚麼造成的呢？」

這的確是個大問題，連各國先進的輻射塵精密監測站都未有反應，確實考倒不少專家。

另一位電視臺請來的炸彈專家則分析說：「或許有可能是一種叫『炸彈之母』的炸彈」專家煞有其事的說：「有一種重達九噸的巨型空爆彈（MOAB），內部就是以TNT裝藥，只是這是經過特殊設計的炸彈，其炸藥量龐大，破壞力和殺傷力驚人，它的爆炸衝擊波在幾公里之外都可感覺得到，爆炸產生的蘑菇雲高達10,000英尺，我國及俄羅斯都有此種武器，事實上以這種炸彈要擊毀坦克是輕而易舉。」專家口沫橫飛的說著，就像是真的一樣。

核武專家說：「我所得到的資料分析，攻擊者是中程導彈，如此重的巨型空爆彈不可能放在中程導彈上，再說實際爆炸中心高達攝氏千萬度並瞬間氣化坦克，可是炸彈之母最多只能產生約攝氏3,000到4,000度而已，兩者相差距離太大，應該不可能是炸彈之母造成的。」

陸續來電不乏慷慨激昂的強硬反擊派，他們希望保持強大的美國，但最多關注還是在是否為核爆炸的問題上打轉。

未經許久，國防部電告杜哈前線聯合作戰中心總指揮傑夫·胡恩（Geoff Hoon）上將及伊朗東區指揮所中將約翰·威廉姆斯（John Williams）中將回國，其職位由伊朗戰區西區指揮中將布賴恩·伯里奇（Brian Burridge）暫代，媒體傳言兩位指揮官將因敗戰去職。

12 CIA中情局局長

喬治．施密特（George Schmidt）身穿西裝外套配上深紅色領帶，得體穿著彰顯其高貴權位。一副鈦金屬框眼鏡，搭配四方大臉尚稱協調，若忽略日漸稀疏的項上髮絲，的確難以從面相皺紋判斷實際年齡。

喬治．施密特正是美國最高情報頭子「中央情報局」局長，他個性內斂且深謀遠慮，剛毅而追根究底的精神使其遇事不屈不撓，座右銘是「有效率的行動」。他此刻坐在行進的旅行車後座，正在批閱行動辦公桌上幾份最高等級機密文件，前方專屬十五吋螢幕並非娛樂之用，那是連接高頻加密接收機，可隨時提供施密特與多地連線舉行電視會議之用。

美國中央情報局（Central Intelligence Agency）簡稱中情局（CIA），全球共有兩萬名雇員，每年預算為八十億美元，地位等同英國的軍情六局、俄羅斯KGB和以色列的摩薩，為美國最大的間諜、反間諜情報機構，主要任務是祕密收集各國政府在政治、科技等情報，並將情資匯報至美國政府各部門。該局分為四個主要組成：管理處、行動處、科技處、情報處，總部設在維吉妮亞州的蘭利（Mclean, VA）是全球性情報網中心，它擁有自己的廣播設施、航空線、宇宙衛星、特種部隊訓練基地、大批間諜、特務和情報技術人員。

路普西區（West Side Of The Loop）為美國芝加哥市的行政、金融中心，附近的拉薩爾大道（LaSalle Street）則有著名芝加哥期貨交易所。此時喬治．施密特車子傍著芝加哥河沿南瓦克大道（S Wacker Dr）南行，無暇他顧的喬治．施密特埋首於成堆資料中，突然間路上的小顛簸將喬治．施密特震回現實，他摘下眼鏡揉著疲倦的雙眼趁機清醒頭腦。

「老羅啊！還有多久才能到飯店？」施密特隨口問司機。

「我看你專心閱讀不便打擾，其實快到了！待會兒左轉就可到亞當斯大街，在前行即可到達下榻的W酒店（W Chicago-City Center）了。」老羅穿著整齊，透過後照鏡看著後座的施密特。

W酒店雖非最高檔旅館，但在芝加哥頗負盛名，是一間改造後的精品旅館。由於喬治．施密特之前與家人造訪芝加哥時光顧過，留下獨特好印象，此次入住只是為重溫舊夢。

重要手機鈴聲響起，顯示幕上打著麥克．多塞（Michael Doser），正是美國國防部長，施密特揮揮手向司機老羅示意，這時旅行車中間隔音玻璃昇起，將駕駛與後座分離，這是方便後座老闆的隱私會議。

拿起手機的施密特以低沉嗓音回覆：「部長近來可好，親自來電必定有要事吧！與伊朗戰事有關？」

「局長犀利的判斷從未叫人失望過，正是為此事而來。」手機那頭傳來咯咯的笑聲。「我知道你人在芝加哥開會，世界還真小，看來我們很有緣分呢！」

車子左轉進入亞當斯大街，希爾斯摩天大樓（Sears Tower）已近在咫尺，獨特黑色建築物外表卻添加醒目的白色避雷天線，反差大的令人無法忘懷，車子再往前W酒店即可到達。施密特局長向司機老羅打暗號示意暫時不要讓車子進入地下停車場，以避免手機收訊不良。

「部長也在芝加哥？真是無巧不成書，太剛好了！」

「沒錯！我們在同一個城市。」多塞部長停了一下。「不過局長，你所要的詳細爆炸資料，昨天已經使用密件傳遞給你，想必已經收到了。」

「喔！真是非常感謝，這對我們非常有幫助，我已動員局裡的情報處加速分析，從衛星照片看來，象徵核爆炸的蘑菇雲非常明顯，但就是缺乏物理證據。」施密特戴回自己的眼鏡，兩手肘撐在行動辦公桌上努力回想。「部長，無論調查結果如何，這似乎已經超過伊朗目前應有的科技能力。」

「你說的一點都沒錯。」多塞同意。「局長，這正是我找你的原因。我們需要貴單位幫忙提供更多有關伊朗的情報，我們懷疑背後存在其它隱藏的力量。」國防部長提出他的憂慮。

天生左撇的施密特左手用筆在一份文件上批註「盡快釐清」，同時腦袋不斷翻轉記憶中的資料並與多塞部長交談。「我的情報處提供資料顯示，伊朗與俄羅斯、中國間有許多科技往來。眾所周知，俄羅斯在核子技術上有太多敏感資料傳至伊朗，另外中國正提供飛彈技術提昇伊朗導彈等級，而伊朗則報以石油回禮。我們的伊朗情報資料回報，目前有大批中國科技專家停留於伊朗首都德黑蘭，我們正努力解開這兩個國家是否與察汗特區（Sar-chahan）的爆炸案有關。」

多塞心中有諸多懷疑：「有可能俄、中兩國將新軍事科技應用在伊朗戰場上，這有個好處，在別國國土上驗證新武器，卻不用背負受襲國後續報復。」

是的，這確實有前例可循，當時前蘇聯支援的先進「喀秋莎」火箭彈，韓戰時曾經被中國用以對付戰場上的美軍。

無法停止的多塞話語如瀑布傾瀉而出：「局長你可能不知道，我們正調查為何媒體知道察汗特區爆炸並無伴隨核輻射線，你知道的，這事軍方早就下禁口令了。」

施密特問：「這很重要嗎？」

部長聲調上揚明顯激動。「不只重要，而且關鍵。試想若此次爆炸只是普通傳統武器，美國卻以核武回敬伊朗，道德上如何堵輿論悠悠之眾口，若非軍方人員洩漏，局長判斷會是誰呢？」

施密特不假思索的說：「伊朗！當然是伊朗自己！伊朗為了避免美國立刻核報復，故意向外散佈爆炸案無輻射的事實，這極大影射並非核子攻擊，同時可遏止美國動用核武的念頭。」

「局長分析果然精闢，正是如此。」多塞部長斬釘截鐵的說：「試想，一片陡峭崎嶇山區發生森林大火，交通已經非常困難了，更遑論還要運水打火，對消防救火人員恐怕只是奢談。一般而言，山林消防員大多採取開闢防火牆，然後『以火攻火』以防森林大片延燒。我們懷疑此次伊朗的對策正是如此，戰區大爆炸在先，隨後下手散佈非核攻擊說，爾後輿論成型，這便造成美方核報復投鼠忌器難以下手。」

施密特表示贊同：「真是高招！這也是美軍遲遲無法行動的原因。」

多塞打開天窗說亮話，部長開始描述他內心深層的懷疑：「施密特，這次爆炸非同小可，軍方確實無法偵測到核子武器該有的輻射線，而傳統武器又絕不可能有如此強大的破壞力，我擔心這又將是一次物理界的重大改變。你我心裡有數，伊朗目前科技能力不可能有如此驚人之舉，如果這是有幕後影舞者支援，那必定有其它國家的重要科技人員在伊朗活動，若能攔截，或許有機會一探其中令人費解的謎底。」

多塞部長的話立刻觸動情報頭子施密特的靈感，腦筋有如馬達般運轉的施密特局長，心裡正盤算著。倒也是，這正是我們情報局的拿手伎倆不是嗎？另外，到芝加哥開會原本空檔時想拜會一位研究單位的多年老友，經國防部長多塞一提，反倒是需將訪問老友之事上提至正常公務拜訪。

國防部長續說：「白宮希望盡快釐清此次爆炸真相，我有意邀請各方核武專家及科學界就可能原因加以探討，情報局也在邀請之列，局長對此有何建議？」

靈機一動的施密特認為時機正好。「費米實驗室。我有一好友肯尼斯・愛德華茲（Kenneth Edwards）正是芝加哥費米實驗室所長，在粒子物理界享有盛名，或許我這位老友可以幫上忙，部長以為如何？」

部長問：「你是說芝加哥附近，位於巴達維亞的費米實驗室？」

「正是，費米實驗室也是當年研發原子彈『曼哈頓』計畫中的重要成員，如果以粒子物理學的角度來解釋此次爆炸，或許可能有機會一探究竟。」

「我同意你的建議。」多塞部長想了一下，接著說：「讓我再邀集重要核武專家共同加入討論，應該對事實真相有極大的幫助。」

13　美國國家費米實驗室

UH-72直昇機前端有如大肚魚般，後段卻細長如蜻蜓，駕駛艙設有單獨側開艙門，機艙兩側配置後滑式門，尾部下方的機艙後部另有大型艙門方便大型裝備或較多人員進出，上端的巨大四葉槳則讓此機酬載量可達1.7噸之譜。這輛UH-72直昇機經改裝而成了中情局專用直昇機，此時正停於大樓頂層待命，飛行員頭戴墨色大型防噪耳機內藏有通話麥克風，他趁空檔之餘調校機內設定。

直昇機外頭，長髮飄逸、手拿筆記本女孩正是喬治．施密特局長的祕書蘇珊．施瓦布（Susan Schwab），畢業於名校柏克萊的施瓦布身材高挑，高超的辦事效率、精準判斷能力以及洗鍊行事風格，正好緊密契合施密特局長「有效率的行動」格言。施瓦布對科技界及軍事知識的掌握更讓競爭祕書職務的對手相形見絀，這正是她深受直屬主管青睞的主因，這使她堂而皇之擠入有世界第一局之稱的「美國中央情報局」。

早上七點三十分，施密特在頂樓現身，機長馬上發動引擎，「喀——喀——」的巨大聲響即刻淹沒周遭一切，四葉巨槳快速旋轉帶動了有「拉科塔（Lakota）」之稱的直昇機，祕書施瓦布快步上前笑臉迎接。

「早啊！老闆。」施瓦布幫忙打開艙門讓施密特進入後座。「時間分秒不差，我知道你從不遲到的。」

「那可不？我一向守時！」心曠神怡的施密特局長笑顏逐開。「一大早看到妳，我就知道又可慵懶的將煩人瑣事拋諸腦後了，妳是知道的，有時細小枝節就如同蚊子一樣令人心煩意亂。」

這時機身輕微搖晃，駕駛熟練的將拉科塔拉高離開大樓頂層，一個大轉彎隨即加速到125英里時速，很快的直昇機向著位於芝加哥正西邊約28英里處飛行而去。

頭戴防噪耳機的施瓦布開始例行性向局長提醒最近幾天的行程要點。「首先呢！昨天已經將老闆交代的資料傳給肯尼斯．愛德華茲（Kenneth Edwards）所長，想必所長正為您的資料費神解讀中。另外今天下午三點與能源部長喬治．馬瑟的會議，我擔心你會遲到，建議早上會談最晚十一點三十分以前應該結束。」施瓦布翻著她密密麻麻的私人筆記本，細心拆解施密特局長的時間安排。

「不過局長放心，我已經在芝加哥機場為局長備妥專機，希望早上十二點整啟程下午二點三十分左右就可回到蘭利（Mclean, VA）辦公室，這樣局長三點就可在自己的辦公室會見能源部長了！」

施密特俏皮的問：「這表示我的午餐不翼而飛了？」

施瓦布聳聳肩顯現無奈的表情。「沒辦法，局長行程太滿了，只好將就享受空中餐點吧！」這時施瓦布拿出收藏的廣告單展示給施密特看。「就這個如何？為了彌補局長對午餐的遺憾，還是準備了你最喜歡的墨西哥煎餅加烤雞翅，或許這就不會讓你覺得太委屈。」

樂不可支的施密特「咯──咯──」笑起，臉上掛著滿意的笑容。「我就知道，看在忙碌的份上，無論如何妳也不會虧待我的胃。」

施瓦布調整防噪耳機角度。「我們預計十五分鐘後到達伊利諾州的巴達維亞費米實驗室，所長告訴我你們倆可是多年好友，他將親自迎接。」

提起老友，施密特眼睛為之一亮，隨之憶起當年。「那可不？年輕時我們都是科技處下的新進菜鳥同事，愛德華茲是材料分析員，我則位於電子情報單位處理低階資料，兩年後愛德華茲回校繼續攻讀物理學博士學位，我則繼續留在情報局直到現在。如今他功成名就高昇為國家費米實驗室龍頭，成為位高人尊、受人尊敬的費米實驗室所長。」

施瓦布繼續問：「難道在情報局時，愛德華茲未受我們局裡重視？」

「不，他能力備受肯定，當初愛德華茲阮囊羞澀，決定接受局裡工作，但只是為賺取學費。」

「對了，必須將你的行程交代完畢才行。」施瓦布將話題拉回她的工作。「晚上你哪兒也不能去，能源部長晚宴你得出席，會餐的領帶我幫你選了年輕快樂的『橘色』，放在你公事包前面。另外核武首席專家杰羅姆河・科希博士（Jerome R. Corsi）及能源部物理學家羅爾夫・蘭杜亞博士（Rolf Landua）等，這些鮮少在會議裡出席的人員，你恐怕並不熟悉，我收集這些不熟人員的相片、職務放置於你公事包檔案C夾內。」

「蘇珊啊！你的設想也未免太周到了，不過妳無須過度擔心，我見多識廣心思細密，這對我來說只是小事一件。」施密特苦笑搖頭。

「沒辦法，我得保住飯碗，對了！請抽空詳讀資料，會議上忘記對方名諱肯定失禮。至於明天下午與局內行動處處長會議，如你所願在辦公室內召開。晚上有家庭聚餐，你得在下午五點離開辦公室。」

施密特嘴角上揚哈哈大笑。「這點我倒可保證，妳的地位穩固，無可取代。」

直昇機高度開始下降，1974年為紀念美國物理學家恩里科・費米（Enrico Fermi）而更名的費米實驗室就在眼前，偌大草原立現，從空中鳥瞰，一對比鄰相接的大圓正是國際間赫赫有名的粒子加速對撞器，再向前景觀水池旁一棟十六層有如梯形般的獨特建築物，建物中間鑲以玻璃帷幕的正是費米行政大樓（Wilson Hall）。1995年費米實驗室向世人宣佈發現第六種夸克「頂夸克」，費米實驗室的這項發現震驚物理界，也繼續奠定它在高能粒子物理界無可動搖的崇高科技地位。2018年，費米實驗室經由頂頭上司美國能源部協助爭取到國際直線對撞機落戶費米，這表示未來探索有奇異粒子之稱的「希格斯粒子」將有無可取代的地位。

一臉愉悅的肯尼斯・愛德華茲，身穿黑色防風大衣向前迎接。「啊——老友好久不見，上帝如此眷顧，看起來歲月不曾在你額頭上留下刻痕。」愛德華茲所長高興的說。

施密特呵呵笑起。「那可不？除了頭髮以外一切如舊呀！我反而羨慕你置身科技王國之中，出類拔萃的研究肯定名留千史。」

未久，另一架國防部長所乘的大型直昇機降落，載來國防部長麥克・多塞、核武首席專家杰羅姆河・科希博士及國防部非傳統武器室主任保羅・狄拉克（Paul Dirac），愛德華茲所長引導眾人進入所裡會議室。

迫不及待的多塞國防部長隨即開場。「各位，我想借費米實驗室及你們的專業，用各個角度來了解此次伊朗大爆炸的可能真相，資料各位皆研究過，我先提出最簡單問題，有沒有可能這次只是一般傳統TNT爆炸？會不會是因為傳統炸藥裝藥量太大，才會造成如此巨大破壞力？」

專事非傳統武器破壞力與如何防備的狄拉克率先回應。「部長，依照常理相當一千噸的核爆衝擊波僅有180米，而一萬噸的核爆衝擊波可達450米，可是十萬噸可會達到1,150米。現場資料顯示衝擊波約有300米，假若是核爆炸，這次能量我估計相當於傳統五千噸TNT爆炸規模左右，依照核子武器這僅是中小規模而已。以部長傳統炸彈的假設，完全有可能造成同等規模的破壞力，但是這需要相當五千噸的TNT炸藥。部長，這可是需要相當龐大、非比尋常的體積喔！」

施密特馬上發現部長對這假設有疑點。於是接話：「這有一點說不通，TNT如此龐大的體積及質量，除非伊朗事先知道美國坦克必經之地，於事前預埋完成，否則這項完美爆炸如何完成呢？」

「其實事先預測美軍攻擊路線並不困難。」多塞部長攤開手上一份伊朗地圖。「從阿巴斯港（Bandar Abbas）可北上的路並不多，其中71號及91號公路是最普遍，但是若要攻擊中部克爾曼省色佔大城（Sirjan, Kerman），則71號公路是無可避免。」

狄拉克以堅定語氣說：「我不認為TNT傳統炸藥有可能，資料告知當時是中程導彈造成的，各位！導彈不可能有如此大的酬載量，這與資料相違背。」

國防部長多塞回答：「狄拉克你說的對，如此能量的一般炸藥不可能由導彈運載，但是假設這爆炸是由TNT炸藥預先埋好，這合理嗎？」

情報局長施密特解釋：「以現場無輻射線來說，傳統炸藥符合事實，我無法相信一個未曾完成核子試爆的國家，戰時卻可精準的使用核子導彈攻擊對方。」

「不，有大問題！TNT炸藥中心最多數千度高溫，但資料顯示爆炸核心區溫度高達千萬度，半徑100公尺內的M1A2主戰坦克幾乎完全氣化，我可以篤定這絕對是物理性的爆炸，傳統炸藥已經遠遠不可能達到。」核武專家科希博士幾乎否定尋常炸藥的可能。

愛德華茲所長細心調整投影機焦距，屏幕上出現一張眾所矚目的衛星照片。「各位請看如此完美爆炸的蕈狀雲，大家仔細看除了蕈狀火球外，其外層並無黑色煙狀雲，通常TNT炸藥因燃燒不完全極易造成黑色的外雲，這表示爆炸並非由一般炸藥造成，我同意科希博士的論點，這是物理性爆炸造成。」如此細微解釋爆炸相片，突顯眾人之前所忽略的環節，這也明確呼應科希博士的精闢判斷。

多塞國防部長扼腕長嘆。「原則上我與施密特局長有相同的情結，過去的資料使我們只願意相信原子武器在伊朗尚未成熟，如今各位專家一致分析，我們已經可以排除傳統爆炸的可能性，可是如果是原子武器，為何無輻射反應呢？」

施密特另外提出不同見解：「既然是原子武器又無輻射殘留，莫非是電磁脈波彈之類武器？」

核武專家科希博士兩手不斷揮舞。「不——不——局長誤會了，電磁脈波彈又稱『第二代原子彈』，製作遠比第一代複雜，其特點是爆炸時無明顯蕈狀雲產生，那是電磁脈波彈製作時刻意朝向減少衝擊波、光輻射、核輻射污染等副產物，同時卻反向大幅增加『康普頓效應』使α射線與介質分子及原子相互作用激發產生高速運動電子流，以便破壞電子產品。另外電磁脈波彈打擊目標與原子彈完全不同，電磁脈波彈主要集中於軍用電子產品、金融中心、軍艦、導彈等，由此次伊朗爆炸主要針對坦克群，明顯打擊目標完全不同。」

狄拉克點頭表示贊同。「是的，我同意科希博士的論述，其實電磁脈波彈仍然有輻射污染。另外爆炸高度也不對，一般電磁脈波彈皆在高空爆炸以增強影響範圍，但此次卻在接近地面才爆炸，明顯不符事實。」

科希與狄拉克分析是對的，通常電磁脈波彈若在一千米高空爆炸，甚至可影響大半歐洲電子產品。

滿臉憂慮的愛德華茲所長說：「部長及各位，我認為這次伊朗察汗特區（Sar-chahan）的爆炸恐怕還是一種原子武器，只是物理作用的表現方式完全不同而已。」

在會議廳的白板上，愛德華茲所長揮灑著白板筆，試圖以簡單方法在短時間傳輸他的理念。「各位你們看！1930年代時期，義大利物理學家安瑞可・費米（Enrico Fermi）最先發現鈾原子核受外來中子撞擊後，會裂變成大小、重量約略相等的兩個原子核，於是1938年安・費米獲頒最高榮譽的諾貝爾獎。長期以來原子彈的原理如出一轍，裂變材料主要以鈾235或鈽239兩種元素的同位素為主，當遭遇中子重擊的原子核裂變後釋放巨大能量，同時還有與β及γ輻射線副產物，對比之下碳原子燃燒能量僅為裂變能量的五千萬分之一，如此巨大反差正是原子能量的可怕。」

國防部長多塞面對愛德華茲所長的敘述若有所思。「是的，所長，這我們了解，難道你要表達的是這次爆炸為傳言之中所謂『乾淨氫彈』或『低溫核融合』……」

狄拉克不以為然：「不！不是的！『乾淨氫彈』是指核氫彈爆炸時，核裂變所佔的比重遠小於核融合聚變，為了降低輻射線造成的環境污染，『乾淨氫彈』製作時大幅減少核分裂比重，但卻大幅提高核融合的比例，這種物理性炸彈依然散發輻射線，只是輻射當量相對減少許多。目前大國已經可以達到僅僅10%左右的核分裂，的確是大幅減少輻射，但是不要忘記這種炸彈還是有輻射，絕不乾淨，這恐怕有誤導之嫌。」

國防部長有點氣餒。「狄拉克，你說的沒錯！『乾淨氫彈』依然是核氫彈，它的核融合仍然需依靠初始的原子彈分裂爆炸來提供氫彈核融合的條件。」

施密特：「會是低溫核融合嗎？」

科希博士：「你是說用常規炸藥引爆低溫核融合？」

施密特：「是的，若對方突破技術成功達到低溫核融合目標，這將是極大震撼。」

科希博士令人驚訝的臉部表情，說明他對低溫核融合嗤之以鼻。「如果真有低溫核融合確實可達成無輻射。但局長，對不起，恐怕讓你失望了，那是達不到的，科學界早認為以常規炸藥引爆低溫核融合並不切實際，目前為止只是一場爭取經費的鬧劇，並沒有存在的可能性。」

費米所長愛德華茲面帶微笑：「我完全同意科希博士，以科學的理論推演，那是不可能達到的，尤其是一般炸藥所提供溫度。事實上為破壞原子核的抗拒，超高溫是目前實現核融合必經之路，這就有如我們的太陽，中心因超高壓產生的高溫才能實現自然核融合的環境。」

聽得入神的情報局局長施密特伸手端著咖啡往逐漸乾涸的嘴唇送入，順便提神醒腦，梳理混雜不清的思緒。「那麼這次爆炸是否可能經過特殊設計截斷向外散射的輻射？」

「不會的，這完全不同！核分裂時原子核損失的質量，我們剛好可以依照愛因斯坦著名$E=MC^2$公式來表示其所釋放的能量，C代表光速（每秒299,792公里），經由愛氏公式轉換後可見能量E所代表的有多巨大啊！但是別忘記，核分裂或核融合時減輕的質量非常之低微。如果有一種方式可以將整個原子核完完全全轉換成能量，那其無窮無盡的能源將如怒江巨海般濤濤湧現，源源不絕。」肯尼斯．愛德華茲所長的描述漸入關鍵，經過抽絲剝繭後，真相逐漸水落石出，展露一線曙光。

施密特瞇眼看著老友愛德華茲。「這種方法找到了嗎？」

愛德華茲所長：「我的朋友你忘記啦！包含歐洲粒子對撞機、國際直線對撞機、費米實驗室及眾多研究單位，除了找出更基本的『希格斯粒子』外，其中最重要之事便是『反物質』，你可找對人了，反物質便是本所重要研究項目之一。」

完全始料未及的多塞部長轉頭面向愛德華茲所長，並同時發出懷疑之聲。「你是說那爆炸……」不寒而栗的施密特頓時湧現不祥預感，局長對好友愛德華茲所長的反物質之說驚訝不已！「你在暗示那爆炸是『反物質』嗎？」

多塞部長連退後兩步。「不——不——絕不可能！這超乎現實，這種武器目前只存在實驗室中，離實際使用還非常遙遠。」

「正是『反物質』，只有此物才能有如此驚人的爆炸高溫卻無輻射附帶物。」愛德華茲所長一臉正經的回覆。「眼下伊朗的大爆炸只有反物質可解釋，現今為人所驚恐的原子彈及氫彈能量，若是在對比下也不過是反物質那大樓身旁的一粒小沙而已，毫不起眼。」

這可嚇壞了兩位長官，施密特一手灼熱咖啡竟然意外的濺灑在好友桌上。「你說甚麼！這不可能發生的！伊朗此前都還沒試爆過原子彈呢？怎麼會一步登天反而超越科技強權美國，這合理嗎？」施密特一邊以紙巾擦拭桌上咖啡漬一邊表露難以置信的心情，久久不能平復。

國防部長轉頭向著核武專家科希博士及狄拉克，試圖從兩位嘴裡得到否定的答案。「不！我不相信！兩位專家的看法如何？」

科希博士臉色沉重的說：「部長，剛才狄拉克博士提到核爆衝擊波，事實上核爆時還有光輻射及貫穿核輻射，一般而言一萬噸級的核爆炸，伴隨產生光輻射會使570米內的生物無法生存，而貫穿核輻射更將達到1,000米之遠。部長，可是這幾樣應該伴隨出現的現象，在儀器上皆未能讀到，我無法證明是否為反物質，但是目前也只有反物質爆炸能解釋了。」

「不，不會是這樣的。」國防部長多塞顯然拒絕相信。

狄拉克：「若以眼前資料，我同意愛德華茲所長及科希博士的結論，我找不出有其它的可能，既可以產生如此高溫的爆炸又無輻射產生，事實上拜訪費米之前我已經懷疑可能是反物質，只是茲事體大，又無法直接證明，費米實驗室正是聞名於世的粒子界領導，由愛德華茲所長說出將更具權威。」

施密特局長悵然若失無以言對。「老友，請告訴我你有多少把握？」癱坐於椅子上的施密特有如洩氣的皮球，雙手兩肘支撐膝蓋上，一顆有如西瓜般重的腦袋低垂於兩膝之間，久久難以相信親耳所聽。

「就如同狄拉克博士所說，目前只有反物質符合選項！」漸漸接受的多塞部長說：「好吧！就算這爆炸是反物質，可是我不認為伊朗有此能力獨立完成反物質炸彈，別說完成，世界上有能力研究的單位也是鳳毛麟角，施密特局長啊！這後面真如我電話中所說，恐怕有大國的影子啊！」

「那可不？會是俄羅斯嗎？」施密特猜測。

「若以經濟及科技角度，我猜測會是中國。」科希博士不假思索的說。

施密特在明朗分析下，心理漸趨平復。「是的，以經濟實力、基礎物理、科技人員及現在國力，我也猜是中國。俄羅斯的經濟早已經不堪負荷龐大國防支出，若以實力看來這世上只有中國與我們有此能力。」

愛德華茲所長搖著手，並潑了眾人一盆冷水。「美國？你們可能誤會了。反物質炸彈在美國可能還有很長一段路要走，我們的反物質目前只活在實驗室而已，若非此次的爆炸資料，我還以為各大國反物質的研究進度都大同小異呢？」

剛剛接受反物質爆炸的事實，情緒稍稍恢復穩定的兩位長官，因為愛德華茲所長之言再度遭受重擊。施密特原本已經沉重的心再次落入谷底，手裡的咖啡再度失控，翻落至肯尼斯．愛德華茲桌面。

「對不起！對不起！從未如此失禮，我的杯子還是遠離桌子好了。」再度收拾桌面殘局的施密特，失落之情無法言喻，局長心焦如火的說：「我實在無法相信，怎麼可能目前美國尚未有反物質。」

多塞部長以虛弱的聲音回應：「愛德華茲所長此言不虛，據我所知，我國確實尚未有反物質炸彈，這也是為何我難以接受此次爆炸為反物質造成。」

愛德華茲百感交集的說：「反物質炸彈對任何國家來說難度都太大了，正確應該說，這種武器怎麼可能現在就出現，這應該是遙遠的未來式才對。」焦慮無比的愛德華茲繼續說：「各位知道嗎？1995年，歐洲核子研究中心（CERN）的科學家利用加速器將極高速負質子流射向氙原子核，並自認為製成世界上第一批反物質『反氫原子』。1996年，本所費米實驗室也成功製造了七個反氫原子。2010年2月，歐洲核子研究中心的科學家宣佈，他們利用高能磁場捕捉加速器中實驗所得的反質子，隨後引入正電子流，並使用電場對其減速至光速的10%左右，再使兩種粒子匯合在被稱為『粒子陷阱』的架構中，最後成功了實現儲存反氫原子。」

施密特依然不解。「朋友，所以歐美科學理論及實驗室早就證明反物質是可行的，那為何還是無法在現實上使用呢？」

愛德華茲皺著眉頭。「問題在『量』！我們的問題在完全無法大量製造反物質，當時集全球共九個研究所三十九位科學家的相互配合下才完成約五萬個反氫原子。各位請注意，這已經是集合歐美頂尖科學人員，並且耗費鉅資打造而成，但就區區那麼五萬個反氫原子。」

施密特：「五萬個反物質。朋友，那太好了，這不就是反物質炸彈所需要的大量材料嗎？」

愛德華茲所長以無奈的眼神對著朋友施密特，不知從何安慰起。「喬治，希望結果你不要太傷心，五萬個反物質聽起來數量龐大，但是物理上一莫爾總數就有6.02×10^{23}個氫原子，重約兩公克的質量，而五萬個反氫原子，那只不過夠炸死一隻蒼蠅而已，當時卻用掉科學家十幾億美元的研究預算，若再加上設備，那隻該死的蒼蠅竟然價值二十至三十億美元，你說面對如此高昂的費用我們該如何是好？」

施密特無法置信：「反物質的取得如此艱難，可是那爆炸——你確定真是反物質造成的？」

愛德華茲兩手一攤。「我幾乎篤定爆炸是反物質造成的，現在問題是，對方如何克服技術上的障礙從事大量製造反物質，這真是令人難以理解。若往好處想，不含中國，今年全球加速對撞機應該可累積造出一億分之一克的反物質，但仍然遠遠不足所需。」

國防部長麥克．多塞：「這能量差距有多大？」

狄拉克：「部長，據我所知反物質如果完全『對消湮滅』，其所放出總能量是等重普通炸藥的100億倍，若是製成炸彈恐怕是令人難以置信的強大武器。」

多塞部長面露羨慕的眼光。「是啊！反物質就是因為威力如此強大，國防部長久以來極盡所能就為研發出這種完美武器。反物質具有易於引爆，它無須像原子彈必須達到連鎖反應的臨界值，既使特別微小的量依然可完美爆炸，而且反物質能量密度大，爆炸威力遠遠超過世上任何一款核子武器。」

狄拉克接答：「是啊！反物質更無須像氫彈要求超高溫度以達到融合所需，重要是爆炸後無殘留放射線，無人道環境污染問題，雖然屬於第四代核子武器，因無輻射問題，國際社會仍然將反物質歸類於一般常規物質，不受核武試驗條約限制，更重要是由於技術難度過高，一般國家不但難以掌握研發技術，即使投資，資金也將無以為繼。」

愛德華茲所長：「部長，經費是最大的問題，以目前我方擁有對撞機的設備，預估生產一微克（百萬分之一克）大約要價600億美元，另外儲存反物質也是個大問題，任何這世界的正物質皆不可直接接觸到反物質，足見儲存反物質之困難。」

好奇的施密特局長問：「碰觸到反物質會……」

科希博士開始駕輕就熟的闡述：「局長，原子彈需要用中子當開關去撞擊原子核，分裂的原子核同時產生額外二至三個中子再去撞擊其它原子，最後產生連鎖核裂變——即是原子彈爆炸。氫彈則需要由原子彈爆炸當開關，產生的高溫才能促使原子核融合。但是反物質甚麼也不需要，只要讓反物質接觸到現有世界的任何物質，就可引爆驚天動地的反物質爆炸。」

愛德華茲所長接著說：「事實上由觀測所得，宇宙空間與物質界實體的比例為十億比一之譜，這造成宇宙學新學說的崛起，他們認為，大爆炸前正物質比反物質多一點，宇宙『大爆炸』（Big Bang）時，正反物質對消並且瞬間創造出宇宙，以後剩餘正物質逐漸凝聚塌縮並建構出目前已知宇宙的星球物質。喬治啊！一種碰觸會發生『對消湮滅』且可創造出宇宙的物質，能量是難以形容無與倫比的巨大啊！」

狄拉克回憶說：「局長，若要說能量有多大，科學界三大世紀爆炸謎團中，著名的通古斯大爆炸最令人匪夷所思。1908年6月30日，前蘇聯西伯利亞貝加爾湖西北方800公里的通古斯森林，當時那裡發生史無前例的大爆炸，爆炸威力相當於1500萬噸TNT炸藥，超過2000平方公里內的六千萬棵原始森林樹被摧毀殆盡，爆炸的衝擊波震碎附近600公里內窗戶玻璃，並有蕈狀雲現象，估計威力相當同時引爆一千枚原子彈。奇特的是查無隕石坑、無輻射線殘留，表明並非隕石撞擊或原子彈攻擊，1908年時尚未發明原子彈，所以1965年部分科學家提出太空墜落的反物質說，只有如此物質才能造成如此巨大毀滅威力。」

施密特局長：「反物質大爆炸威力可創造宇宙，難怪各國傾全國之力競相發展這種終極武器，可是伊朗爆炸若真是反物質，那他們如何儲存這些反物質呢？」

國防部長多塞：「局長，這正是我震驚的原因，反物質炸彈必須克服兩大問題，『大量生產』及『儲存』，伊朗察汗特區爆炸說明對方已克服這兩項技術，並且實際進入實戰階段，這正是我所擔心的。」

施密特不解：「愛德華茲，為何美國的反物質技術無法突破，是國家研究經費不足造成的嗎？」

多塞部長若有所失的手撫自己額頭。「不瞞各位，事實上軍方對反物質計畫保持異常興奮，只是科研單位另有打算，積極及配合度不足。」

施密特局長：「那是因為國家預算不足，造成各個研究單位無以為繼嗎？」

心情侷促不安的愛德華茲開始道出何以科學界與軍方理念差距南轅北轍。「部長，我看這問題由我以科學家的角度來向大家解釋比較好。事實上，與第二次大戰時原子彈爆炸後遺症有關。1942年，二戰期間希特勒在海森堡主持原子彈計畫，恐慌的美國由羅斯福總統下令成立最高機密的『曼哈頓計畫』並以羅伯特‧奧本海默（J. Robert Oppenheimer）為計畫主任，經費二十億美元，當時著名科學家恩里科‧費米、尼爾斯‧波爾（Niels H.D. Bohr）、理查德‧菲利普‧費曼（Richard Phillips Feyman）、吳健雄、馮‧諾伊曼（Neumann John Von）皆參與其中，但事後眼見殘酷死傷，不人道的輻射線更增添參與科學家的罪惡感，羅伯特‧奧本海默曾向美國杜魯門總統表示，科學家的雙手沾滿了鮮血。」

心情忐忑不安的愛德華茲娓娓道來一段不堪回首的往事，當年曼哈頓計畫成功後沾沾自喜的科學家很快對研究造成的結果大失所望，尤其輻射線造成受害者生不如死的慘狀更令人痛心疾首。此段結局影響深遠，且普遍深埋於眾多惴惴不安的科學家心底深層久久揮之不去。

神傷的愛德華茲繼續說：「所有對撞機研究單位及我所領導的費米實驗室，對反物質研究有無限興趣，但對大量生產製成反物質炸彈則興趣缺缺，這正是身受當年原子彈後遺症影響。」百感交集的愛德華茲眼光中閃爍著對和平運用一絲絲期望，盼望著科學家能真正的遠離血腥。「如果在和平用途上，反物質的運用必定前景光明，科學家的意願也應該相對安心樂意。」

科學家對反物質的光明用途充滿期待，而可研究的項目也令人目不暇給，例如無輻射的反物質發電廠，僅攜帶數公克反物質即可運作星際航行太空船的超級燃料。但對世人來說，恐怕古希臘宙斯給的魔盒已被現代潘朵拉打開了，若運用不當，災難即將撲面而來，這正是科學界及愛德華茲所不願樂見。

多塞感慨萬分，語重心長的說：「愛德華茲所長心路歷程的剖析，正好說明軍方對反物質發展史的抉擇轉變。國防部早知科學界有曼哈頓原子彈情結，所以美國國家實驗室分別隸屬能源部、國家海洋大氣局NOAA、國家航空局NASA及國防部，其主要原因正是為沖淡軍事聯結想像。例如能源部共有二十八個下屬實驗室，其中九個為大型實驗室、十一個為單一項目、八個為專業實驗室。事實上眾多研究都是軍民兩用，但由國防部以特殊管道資助。如費米直線加速器首次破土於1968年，完工於1972年，正是國防部透過能源部投資大筆金額。美國知道反物質是終極武器也是終極能源來源，國家投入巨額預算希望在各個大型實驗室得到反物質大量生產的可能，進展令人興奮但距離大量生產仍然遙遠。美國科學界曼哈頓情結嚴重，國防部經分析後將資金轉赴研究反物質儲存物，希望在反物質的大量製造及儲存物兩難計畫中，先行尋求儲存物的突破。至於伊朗察汗區大爆炸，若真是反物質造成，那真是始料未及。」是的，如此眾多實驗室人多身負重任，其中十一個[3]規模最大、實力最強具有國家頭銜，更是具有舉世矚目的領頭作用。

部長為在場科學家道出反物質驚人內幕。「各位，美國真正問題在有效率的生產反物質並降低成本。已經有特別單位解決保存及運輸技術，至於用何種方式克服反物質儲存的大問題，我則不便說明。」

部長的透露使愛德華茲所長欣喜若狂，長年以來科學界對反物質儲存物的熱衷絕非三言兩語可形容。「部長，是哪個單位完成如此創舉？他們是如何達到的？設備小嗎？儲量大嗎？事實上費米實驗室應用『粒子陷阱』也可儲存反物質粒子，只是有儲存量太少及儲存設備體積過度龐大的問題！」

部長賣起關子：「所長，這暫時還不能公開如何達成，但我確定儲量體積小到一般導彈就可運載，我保證時機成熟時，你將會是第一批知道的科學家之一。」

愛德華茲所長喜出望外繼續說：「這太令人興奮了！你們可知道，1928年英國物理學家曾經提出，反物質可以經普通物質的高速碰撞產生，如今費米國家加速實驗室，以近光速運轉的粒子製造出微量的反物質，我們希望藉反物質巨大能量可以設計出連續運轉百萬秒控制自如的動力引擎，如果美國真的已經突破儲存技術門檻，爾後廣泛的應用將源源不絕的造福人類。」

情報局長施密特知道好友愛德華茲所長為何興高采烈，但是爆炸疑雲正籠罩美國，時值國防部長尚無對策之際，所長表現的喜形於色時機似乎場合不對。「老友，我們正在討論伊朗爆炸案呢！」施密特局長提醒愛德華茲所長。

國防部長麥克・多塞立刻制止情報局長施密特，背對愛德華茲所長的部長向局長搖手，示意讓所長暢所欲言無須攔阻。

談至未來科技和平用途，笑容可掬的愛德華茲所長滔滔不絕，似乎已忘記今天主題。「部長，有了反物質儲存技術，科學家還可製造反物質太空船引擎，甩開攜帶大量化學燃料的引擎，太空船的質量將大幅降低，我們可將反氫原子放置於儲存容器裡，並控制反氫粒子撞擊鈾層速度，使爆炸的能量達到快速推進太空船引擎，估計太空船只需幾公克反氫物質就可將太空船推至70～80%的光速，飛至離太陽4.24 光年的南門二星（半人馬座的α星 Alpha Centauri）。用如此少的燃料，在不產生擾人的磁場及致命輻射線下，絕對是最佳的太空燃料，甚至要使太空船達到電影中星際爭霸戰的曲速前進，將指日可待。」

對科技熱忱使得愛德華茲所長毫無掩飾說出內心的渴望。南門二是個三星系，最亮主星αA星（發出黃白色的光芒，稍大於太陽）與αB星（發出橘黃色的光芒，稍小於太陽）是一對雙星，距太陽4.24光年，αC星是一顆溫度體積皆小的紅矮星，距太陽4.22光年，南門二星系被科學家欽點距離地球最近且最有可能擁有適合生命生存的類地型行星。

看到愛德華茲老友口若懸河的說著科學理想，施密特也只能說：「朋友，我完全了解科學界的心情。」

愛德華茲突然想起：「我知道身為國家首腦，美國安危在你的選項中必定凌駕一切，據我所知，有一祕密單位高科技計畫研究局，位階有如位於美國內華達州南部的林肯郡51區軍事單位。高科技計畫研究局專司於未來新式武器，概念往往顛覆人們想像，例如等離子武器、軌道太陽反射武器、基因武器、地震武器、微波武器，而反物質我肯定必是他們最重要選項。」

施密特張大眼睛。「他們有反物質武器？」

愛德華茲平心靜氣的說：「武器？這我不確定，但我肯定高科技計畫研究局正在做反物質的大量製造研究，我之所以知道是因為該局人員時常包下我們費米實驗室對撞機的時段，同時加以驗證他們的理論，而往往研究成果費米實驗室卻無緣分享。」

此時多塞部長突然淺笑不已。「愛德華茲所長，你所說的高科技計畫研究局正是直屬國防部麾下，該局與你們一樣正苦思對策尋求突破反物質的製造，但是他們對反物質儲存技術卻有登峰造極的進展，可靠消息是該局令人驚嘆不已的卓越技術，已經可成就小型化的應用了。」結果多塞部長還是洩漏了突破反物質儲存技術的單位。

一場費米實驗室的科技探討大會，經由科學家抽絲剝繭，伊朗大爆炸真相點點滴滴的水落石出。出乎眾人意料之外，原以為是一般核爆，最後竟牽引出令人驚恐不已的反物質爆炸。

反物質威力藉由權威費米所長及核武專家的闡述，讓人瞠目結舌的巨大能量令在場眾人坐立難安，對美國而言如何加速迫在眉睫的反物質大量生產研發，這正是國防部多塞無可推卸的責任。

隨後愛德華茲所長陪著眾人及好友施密特走出費米行政大樓，他們繞過廣場中狀似鸚鵡螺的金屬藝品，來到外頭，草坪上震耳欲聾，部長及局長的拉科塔直昇機正蓄勢待發。

上機前，多塞部長對著局長耳提面命。「局長，反物質如此困難的科研絕非伊朗等國可隨意玩弄，局勢清晰但態勢凶險，緊接而來必須釐清誰才是反物質真正的後臺主子，這恐怕有賴情報局各處通力合作，揪出幕後影子。」

幾經波折，局長已經認清事實。「部長，這正是情報局分內之事，我們會盡快全力以赴並據實以告。」

笑容可掬的蘇珊．施瓦布開啟艙門迎接老闆，機長將拉科塔機頭拉起，直昇機迅速上昇並打道回府，同時眾人也結束一場驚奇的反物質科學之旅。

註解

3 十一個實驗室為：阿貢國家實驗室、布魯克海文國家實驗室、愛達荷國家工程實驗室、勞倫斯伯克利國家實驗室、勞倫斯利弗莫爾國家實驗室、洛斯阿拉默斯國家實驗室、橡樹岭國家實驗室、大西洋西北國家實驗室、桑迪亞國家實驗室、費米國家加速器實驗室、國家再生能源實驗室。

14 中國專家

喬治．施密特站立於自身辦公室，兩眼目視窗外若有所思。座椅後方為美國國旗，牆壁中央則是美國總統尊容，也是情報局效忠之所在。局長手端咖啡反覆想著費米實驗室之行，若非好友愛德華茲的精闢分析，怎能得知反物質的驚天動地能量？他正在盤算著如何以局內資源打破僵局，為國家略盡綿薄之力。

敲門入內的是行動處處長丹尼斯．德雷納（Dennis Drayna）。「嗨！德雷納，來！來！」施密特快步走回自己座位，將咖啡杯放回桌面，手指著桌上顯示幕的資料。「我不了解？為甚麼我要的重要資料不在主要頁面上？」局長指著被反白的資料，顯然施密特局長對此相當在意。

目光炯炯的德雷納處長，注視施密特局長所指處，很快便明白局長的疑問：「局長，全球行動處執行項目繁多，通常呈現給局長多為高度優先順序項目，其餘則放於檔案資料庫裡面。」

「處長，這我知道！」施密特搖著頭表示屬下會錯意。「我的問題是這項資料為何重要程度只列為『一般』等級？」施密特左手比著資料處，開始急躁起來！

德雷納個性機警，立刻反應到局長對此事萬分重視，他小心回覆：「我們將局長關心的飛彈科技、地對空導彈、核武、放射線、坦克戰車、核電廠、生化技術、以及各國政情等項目列為『優先』或『主要』，其餘皆不在重點以內。」

「該死！這麼重要的事居然漏掉。」施密特念念有詞，顯然有點懊惱。他心想：這件事不可遷怒屬下，若非去了趟費米實驗室對反物質有了更深層次的了解，恐怕現在仍然是一知半解。

「有更詳細的資料嗎？」

「有，馬上可從檔案中叫出資料。」趁著資料搜尋之時，德雷納補充說明：「駐伊朗情報員當天原本行程是追蹤中國飛彈人員去處，不料發現兩位不知名中國科技人員，他們兩位的警衛更加緊密，機警的情報員趁空檔取得相關照片。」

「喔！是嗎？」施密特局長顯然並無特別在意。

「可靠的內應說這兩位是反物質專家。」

局長一口咖啡才入口，被德雷納這句話驚訝的差點嗆到。「你說甚麼？『反物質』專家。我的天啊！快！你來幫忙取出他們相關資料。」眼睛為之一亮的施密特期待之心溢於言表。「蘇珊！」施密特喊著門外的祕書。「幫我擋住所有拜訪者，我有要事，此刻任何人沒我同意，不准進入我的辦公室。」局長下達罕見的禁入令。

「出事了嗎？局長。」此時此刻場景令行動處處長德雷納感到驚訝。

「德雷納，這是機密，記住對外任何人不可談論此事。」神祕兮兮的施密特拿下老花眼鏡，食指指著德雷納告誡此事的重要性。

德雷納風馳電掣的從聯結檔中找出半月前資料。「這是我方人員在德黑蘭獨立飯店以眼鏡針孔隱藏相機所照的中方人員相片。」

「這位年紀較大是何人？」

德雷納說：「這位戴著黑框膠體眼鏡的正是中國801反物質計畫所所長狄維路（W. L. Dyi）博士，目前也是中國第三代反物質首席，中國反物質研究始於80年代，當時由世界著名核物理專家趙中堯博士擔綱，西方稱趙博士為中國反物質之父，也是世界首次發現反物質人員之一，其實中國反物質研究相當機密，似乎無人知曉目前中國反物質進度如何。」

畢業於中國東南大學的趙中堯，1930年學有所成獲得美國加利福尼亞州理工大學理學博士學位，同年5月於美國「國家科學院院報」發表硬射線與物質相互作用研究報告，該報告是由加州理工學院諾貝爾獎得主，也是他的恩師羅伯特．安德魯．密立根（Robert Andrews Millikan）親自指導，用以驗證當時剛破土而出的克萊茵－仁科公式（Klein-Nishina formula）。克萊茵－仁科公式主要解釋硬伽馬射線（γ）與單個電子散射微分截面，趙中堯嘔心瀝血的報告中指出，該公式只適合輕元素的散射現象，而當硬伽馬射線（γ）經過重元素時其吸收係數大於公式40%，而當時趙中堯實驗發現，正是正負電子對撞產生湮滅過程的世界最早實驗證據，也是「反物質」研究的先驅。1950年，趙中堯攜帶首批在美國訂製的加速器器材，幾乎與名噪一時的導彈專家錢學森同時回到中國。當時中國核物理相對落後，趙中堯回去為新建立的中國政府成立首座核物理實驗室，以及第一個70萬電子伏特質子靜電加速器，並於1958年主持中國250萬電子伏特質子靜電加速器開幕，這對中國核事業佔有著舉足輕重無可抹滅的巨大功勞。

施密特驚訝的看著狄維路相片。「首席反物質人員！這太不尋常了，這麼重要人員一般國家是禁止出國的。」施密特將臉湊近螢幕，他恨不得將相片中的狄維路博士相貌拷貝到自己腦裡。

德雷納繼續從檔案紀錄中搜尋狄維路更早年的照片。「沒錯，不知為何狄博士竟然出現在伊朗，其中必有玄妙之處。另外這張是2010年狄維路的舊照片，當時他正參與國際直線對撞機的規格研討會，那時日本積極爭取國際直線對撞機在東京建造，競爭對手則是歐洲及美國費米實驗室，但後來功敗垂成。國際對撞機最後在西方的疑慮及美國運作下，於2014年確認由芝加哥費米實驗室雀屏中選，並於2015年後開始籌建。」

「這段往事我記憶猶新。」施密特開始回憶：「當時西方為圍堵中國，可說是處處設限，國際太空站即是其中一個例子，當年經費受限的美國國家太空總署（NASA）決定開放國際太空站，加入者有俄羅斯聯邦太空局、日本宇宙航空研究開發機構、加拿大太空局、巴西太空局及歐洲太空總署，但卻拒絕中國加入。最後中國斷然決定自行開發太空站科技，2011年發射天宮1號太空實驗室的目標飛行器，至2015年6年間發射天宮2、3號及各型神舟號共七艘太空飛船，成功突破西方封鎖，當年若納入中國申請，中國的太空事業就不會像今日如此蓬勃發展。」說到此，施密特腦海中浮現問號：是否如同當年國際對撞機之排擠中國，最後促使中國選擇自行發展「反物質」？其結果如同國際太空站的後遺症一樣，反而催生一個完全獨立自主的中國體系，不容於西方世界。

施密特局長的擔心並非空穴來風。衛星定位GPS又是一個活生生的例子，急欲建立多極化反美國壟斷的歐盟，2003決定納入中國成為歐盟非歐洲的「伽利略」全球衛星定位GPS發展一員，隨後歐美關係如沐春風，歐盟開始排擠中國，投入資金與技術所得待遇不相稱的中國憤而脫離另起爐灶。隨後中國推出自己的北斗二代衛星系統，進度還大大超前歐盟原本的「伽利略」，結果於2012年中國建成覆蓋亞太地區的導航，並於2020年完成五顆同步靜止軌道和三十顆非靜止軌道，涵蓋全球的北斗二代導航定位系統，歐美日先進國家因戒心排擠中國，反而催化出具有危機意識、科技大躍進的中國。

德雷納：「外界傳聞，當年國際直線對撞機落戶芝加哥費米實驗室後，中國決定另起爐灶自行動工，傳聞中國的對撞機選在西南大省四川，基地就在上世紀60年代的大三線土木基礎上，據說中國建立規模更大、更具前瞻性的超大能量對撞機於地下500米處，但這僅止於傳聞不曾獲得官方證實。」

施密特局長詢問：「大三線？我們的情報員有試圖探查過嗎？」

德雷納分析：「太難了，我們的情報員很難大量活動於內陸的四川省。上世紀中國在核戰陰影下，他們將重工業及重要軍事遷至內陸，依深入層次分為三線，外界稱為大三線。四川位置處於第三線，屬於中國最內陸區域之一，西南更有大西藏高原屏障，自古難以進入，是上帝送給中國人的活命寶地，二戰期間中國就是躲避此地才得以最後勝出。」

「看來目前最重要是取得中國反物質專家在伊朗的更多資料，當時情報員有做錄音或動態影像資料嗎？」施密特局長顯然對中國專家大有興趣。

「很抱歉，沒有。當時情報員的任務主要在追蹤中國飛彈人員對伊朗的技術支援問題，反物質專家反而是意外發現。」德雷納手指往電腦螢幕另一端。「不過照片旁邊還有另外一位同等重要的反物質專家，局長一定有興趣！」

「你說有兩位反物質專家出現在伊朗？」施密特開始頭皮發麻，不寒而栗。

「沒錯，就是這一位。」德雷納手指著另一張相片。「他是中國反物質的第二號人物向凌川博士，據說是狄維路在清華大學教書期間的得意門生，由於有師徒關係，向凌川被外界譽為中國第四代反物質最可能的接班人物，他的重要性不亞於狄維路博士，在國際重要期刊曾經發表重要論文。」

這次施密特再也按耐不住此驚人的發現，興奮的無法言語。他心想：不得了！兩位最重要反物質科學家都出現在伊朗，這中間必有大事隱藏祕而不宣。與此同時，施密特倒是發現一個細微不易發現的有趣現象。

「德雷納你瞧，兩張照片的狄維路博士卻戴著完全不同的眼鏡，第一張在伊朗為黑框膠體眼鏡，但第二張於2010年卻是戴金屬框架眼鏡。」

德雷納處長：「確實不同，不過十年後狄維路博士年紀較大，變更為保守型的眼鏡框並不足為奇。」

「你說的沒錯，年紀較大的狄維路博士戴起保守鏡框沒甚麼好奇怪的，可是你的相片卻顯示，比較年輕的向凌川博士在伊朗也戴有相同的黑膠鏡框，這就很奇怪了，尤其是兩人的黑膠鏡框都在伊朗期間才同時出現就更加奇怪了，不是嗎？」

德雷納聳聳肩。「這確實有趣，不過科技人員個性保守，並非不可能。」

「德雷納，事關國家緊要，有關德黑蘭兩位中方反物質專家的一舉一動都要在中情局掌握之中，你得動員行動處所有資源加大調查此事，其它任務全部順延，你所要的任何經費、跨部門支援、科技儀器將以最快速度批審過關。但要低調行事，切勿張揚。」

德雷納處長從局長慎重其事的眼神，已約略猜測出其中的重要性。「這事難不成與伊朗大爆炸案有關？那爆炸不是核子攻擊，是反物質造成的是嗎？」

施密特鄭重告誡德雷納：「目前仍然在調查中，我只能說，可能性極大，無論如何國家希望不要牽引輿論導向反物質，這會嚇壞大眾並引起不必要的恐慌。」

施密特局長決定初期由行動處投入更大資源，並將先進儀器運入伊朗，以便了解內情，從中為美國爭取謀略制高點。

15 微型機器蟲

天色漆黑但黎明將至，停於伊朗德黑蘭獨立飯店外的美國中情局幹員圓桌1、2號，頭戴紅外線掃描器逐一過濾此區域是否有中方或伊朗人員站崗監視。

圓桌1號領頭語氣堅定的呼叫在外頭隊員。「3、4號，此區域確認乾淨，可以開始執行任務。」

「知道了！」

已經在外頭的3、4號接到指令迅速行動，3號在一輛日本汽車前停下，他從工具箱中取出一罐噴劑朝車子前方車牌噴灑，隨後用棉布擦拭乾淨。一旁的4號手拿透明輻射指紋貼模，快速完成覆蓋於原車牌上，乾淨俐落毫無痕跡，如此重複動作共完成附近四輛車的前後車牌黏貼。

圓桌3號：「領頭，任務完成，請確認衛星訊號強度。」

「成功了，訊號清晰定位無誤，可以撤離。」

圓桌1、2號應用車上接收器立刻從衛星得到清楚的目標定位資料，兩位圓桌組員快速揚長而去，這種石墨烯貼模從外無法察覺，可說是天衣無縫。

這是一種由美國中情局研發的最新輻射指紋貼模，質輕透明且堅韌的碳烯材質。最初二維石墨烯（graphene）材質由兩位俄羅斯學者蓋姆（Andre Geim）與諾沃謝洛夫（Kostya Novoselov）共同發明，並獲得2010年諾貝爾物理獎，兩位學者以透明膠帶剝離技術配合半導體絕緣層覆矽（SOI）技術製成厚度僅有一層原子，但特性可隨意彎曲摺疊，導電高如銅且百分之百透明的石墨烯物質。中情局材料所在其中鍍上一層微量特殊輻射線，其劑量可由美軍空中間諜衛星DSP-23測得並與美軍第三代GPS合作完成定位，八種劑量輻射指紋貼模可同時分辨八種狀況，對於追蹤目標非常有效。

天色漸明，獨立飯店外牆玻璃在旭日初昇的陽光下，反映出連綿起伏、廣闊無邊的厄爾布爾士山脈積雪，看似寧靜的早晨卻有為數眾多人員暗地裡忙碌著。這時獨立飯店餐廳內一組東方臉孔但持敘利亞護照的房客，他們以外籍身分自由進出警備森嚴的餐廳，他們目標是數桌外的中國人。此時年約60歲的中年者起身準備前往如廁，如此動作立即激起這些監視者的注意。

身著黑色西裝面型削瘦者為行動小組帶隊者圓桌7號，他在餐桌上低頭並刻意壓低嗓音對8、9號說：「嘿！8號跟我兩人進去，9號你在此守候。」

圓桌8號點頭：「我們依原計畫行事。」說罷，兩人同時起身朝廁所前進，事實上這組人員已經等候多時了，目前是近距離接觸目標的最好時機。

圓桌8號將黑色背包單掛於右肩上，一副商務人士模樣，緊隨7號領隊從容不迫進入廁所，此時狄維路博士已經站立於小號尿斗上準備舒展來自膀胱的壓力，美國情報員圓桌7號也跟隨到尿斗上狀似如廁，降低狄維路博士戒心，這時圓桌8號迅速由背包上緣拉出隱藏微型小噴槍，對準正如廁的狄維路博士耳垂下方，以快速的手法啟動開關，幾粒微不足道細小如塵但特別調製的墨汁，快速噴至博士臉頰後方。快而熟練的手法僅耗去圓桌8號三秒鐘，隨後一樣進入尿斗池如廁，這突如其來的輕微搔癢並未引起狄維路博士的注意。

站在右側洗水槽的圓桌7號狀似驚訝，他以不甚標準的中文口音對水槽左側的狄維路博士說：「咦！先生，你這裡好像有髒東西呢？」7號手比著博士臉頰後方。

此時狄維路博士後方的圓桌8號將臉湊近，一副好心接著說：「啊！沒錯，是黑色的，沒關係用水應該可以洗掉。」

狄維路博士對著鏡子。「咦！真的。難怪剛才我覺得有點癢癢，真謝謝你們。」說完博士用手沾水，企圖擦拭污點，不巧黑點竟然越擦越大，成為小片黑區佔據耳垂下方有如硬幣大小。「糟糕！這是怎麼一回事？這好像是油墨，不太容易清洗。」

圓桌7號拿出衛生紙遞給狄維路博士。「看來先用擦的再加水洗，可能會有效。」

正當狄維路博士低頭忙於擦拭黑污區，圓桌8號見機不可失，立刻將小如筆頭大小的衛星定位器插入博士西裝背後的夾層內襯裡。完成任務的圓桌迅速離開廁所，只留博士仍然賣力清除油漬。

這是情報員常用的伎倆，此後狄維路博士到任何地方，定位器將忠實發出訊號，美軍在空中的同步型電子偵察衛星「入侵者」將可透過天上100米的碟型天線一覽無遺，從此狄維路博士將毫無行動隱私可言，安全上已呈現隱憂。

早餐用畢，狄維路博士及向凌川在層層戒護下魚貫而出，餐廳外兩臺落地型簡易機器唐突的安置於轉角旁，看似與周遭不甚搭調。上方中文字樣不斷緩慢閃爍，似乎極盡所能吸引華人目光，其中一臺LED顯示免費擦鞋機的中文字樣，此機在中國內地隨處可見，倒也平易近人難以使人生疑，另一臺LED則打出免費近視度數驗光機服務，直叫兩位博士嘖嘖稱奇。

向凌川忍不住透過翻譯探詢伊朗戒護者。「這——伊朗人做事真是貼心，連驗光機都有中文顯示呀！」此話一出引來眾人哄堂大笑。

伊朗隨身保護者：「不清楚呀！可能剛放的，以前從未看過。」

「不錯，反正還有時間，我來試試，看看近來度數是否增加？」向凌川的好奇心唆使他躍躍欲試。向凌川雙手抓住機臺兩邊刻意凸出把手。「我來考考機器吧！看它有多聰明。」說完，偌大的頭及鼻梁上的眼鏡一起湊上機器預留的眼孔，向凌川說：「我眼鏡沒有拿下，機器如何知道我的度數。」

眾人原本並不以為意，未料數據令向凌川及大家刮目相看，螢幕上居然打出「左眼550度、散光50度、散光軸角90度，右眼600度、散光軸角180度」。「咦？這機器也太厲害吧！我眼鏡都沒拿下來呢！伊朗製的嗎？這麼聰明。」大家議論紛紛。

向凌川面向狄維路博士。「教授，要不要試試看？」

「不啦，不過擦擦鞋也不錯。」狄維路博士將皮鞋輪流深入機器，看來教授是挺滿意這項免費服務。

隨扈人員看著手錶。「我們該出發了。」一群人隨即離去。

餐廳外人去樓空，中情局人員馬上將機器摺疊並快速打包送至外邊停車場的車內，餐廳外旋即船去水無痕，恢復原有樣貌。此時機器已經錄得向淩川指紋及聲紋等個人隱私資料，驗光孔則取得博士眼睛的虹膜紋。至於狄維路博士的聲紋及皮鞋被噴灑微量輻射定位，美軍已可由太空取得兩位科學家未來日子的行蹤了。

行進間的黑色豐田旅行車中傳來對話：「我們要再靠進一點嗎？」圓桌2號問領頭1號。

語氣堅定的領頭：「不！不需要，車牌上的輻射指紋貼模及狄維路博士西裝上的電子定位發報器，已經足夠間諜衛星隨時定位顯示他們的位置，車子跟蹤太近反而容易被發現。」

伊朗車隊漸漸減速，進入德黑蘭能源局大樓地下停車場。圓桌1號領頭不禁讚嘆：「我還以為要到郊區發電廠，原來在人口密集區的能源局，真是聰明抉擇，若行蹤敗露，美軍大概也難以轟炸這個人口稠密地。」由於地下停車場的隔絕，衛星定位短暫失訊。

數分鐘後圓桌2號說：「訊號進來了，他們人在六樓。」

頭戴耳機的領頭，透過無線電向另一車的同僚下令：「5、6號，準備施放最新『捕食者四代』，至於『能源星』則待命。」

這時兩位身著快遞服裝頭戴運動帽的伊朗籍男子，出現在能源局大廳警衛登記處。

「有甚麼事嗎？」警衛問。

「我們是快遞公司，這是ALPHACO公司的快遞郵包。」兩位伊朗籍男子呆頭呆腦的比手畫腳。

警衛毫無耐性的揮手趕人。「走！走！這裡是能源局，沒甚麼ALPHACO公司。」

「對不起，對不起。大概弄錯了，應該是隔壁大樓，這樣我們上個廁所就走。」

「就在旁邊，上完快走。」警衛毫不客氣但網開一面。

進入廁所後，圓桌5號托起同伴，6號則從袋子內拿出小型訊號強波器黏貼於天花板上的通風口內，只留小段不起眼的天線外露，隨即6號由盒子放出兩隻捕食者1、2號機器蟲。

「快點，訊號如何？」圓桌6號透過無線問外頭同夥。

旅行車內圓桌1、2號回覆：「非常良好，你們可以撤離了。」

捕食者四代為美國中情局新近完成的微型機器蟲，外形呈橢圓型狀，6隻腳且大小及爬行能力皆仿蟑螂能力，表層鋪以電子油墨，除可仿照周遭背景顏色以保護自己外，同時還可接收外界額外提供的微波，機器蟲可將其轉換成一般電力充電。機器蟲載有高解析度超微型望遠鏡頭及隱藏式收音麥克風，當由彩色轉換至黑白灰階時解析度還可再提高3倍之多。若在外界適當距離內加裝轉波器，甚至可達到經由間諜衛星從美國辦公室內遙控萬里之外的微型機器蟲「捕食者四代」。

車內圓桌1、2號正透過廁所天花板強波器遙控捕食者1、2號，在通風管內賣力奮進的捕食者，它們必須在60分鐘電池用完前到達六樓目標處，隨後將有能源星由外界以微波方式提供捕食者接續間諜活動所需電力。微型機器蟲捕食者依據狄維路及向淩川兩位博士的聲紋，正啟動追蹤功能。兩隻捕食者依記憶體中的聲紋資料各自追尋目標，它們有如蟑螂般爬行於天花板上，應用變色油墨保護行蹤，完全達到來無影去無蹤的隱形功能。

圓桌2號正埋首於捕食者遙控之中，他興奮的對領頭說：「太好了，兩隻捕食者已經取得倆位中國專家目標的鎖定，不過電力僅剩35%，應該施放微波充電了。」

圓桌1號領頭深思熟慮後回應：「是時候了，應該放出能源星準備對捕食者補充消耗的電力，同時讓捕食者也應該開始校正影像及音效品質，我們準備錄影。」

能源星飛行系統事實上就是一種經由特殊設計的遙控微型直昇機，能悄然無聲的飛行，這種出類拔萃的盤旋性能使得能源星在中情局又被稱為蜻蜓盤旋機。靜悄悄的能源星懸飛至能源局六樓窗戶外，它有如鰚魚般的吸盤牢牢吸附於能源局的玻璃上，為避免引起他人注意，刻意選擇駐足於窗戶玻璃角邊緣，並且僅露出小小部分，由於設計細緻入微，若未加注意確實難以發現它的存在。

領頭提醒2號：「捕食者的位置角度適當就讓能源星發射微波讓捕食者充電。」

「知道了！」圓桌2號按下捕食者兩項關鍵開關。

這時捕食者微型機器蟲除了充電外，同時還將所錄到的清晰影像傳給車內圓桌情報員。

「博士，我們建議乘坐兩天後伊朗航空公司早班機，這是由德黑蘭飛至克爾曼的直達班機。」一位伊朗官員透過翻譯向狄維路博士解說，但他們絲毫未知重要情資正點點滴滴透過科技無遠弗屆的傳至敵方。

向凌川點頭同意。「教授，若坐晚上班機到達克爾曼市，這時還要乘車才能到達所住的飯店，時間太晚你恐怕會太累，只差一天時間，我同意伊朗人員的建議。」

狄維路博士不為所動，他顯然迫不及待想回國。「不行！不行！必須提早視察伊朗的克爾曼監測站，我想知道強力電流供應下，我們反物質的強磁陷阱收斂情況是否與實驗室相同，然後盡早回國。研究所裡有太多重要事情需要我們兩人盡快回去解決，我們在伊朗耽擱太久了。另外飛彈部門的張文濱也是晚上出發到克爾曼，同一目的地路途上還可互相照應呀！」堅決之心似乎已佔據狄維路博士。「克爾曼視察完成後，伊朗已無須我們幫忙了，我們兩人應該立刻啟程返國，不能再拖了。」

向凌川博士對狄維路所長說：「也好，我們是應該回去了，那就還是坐晚上班機到達克爾曼市吧！」

狄維路問：「另外！爆炸後，儲存物的剩餘物質是否收集結束，這些最後還是要運回中國呀！」

「是的所長，『火沙漠計畫』後伊朗當局已經完成六大箱，為了安全起見，暫時保存在克爾曼省的色佔市（Sirjan）。」

狄博士皺著眉頭憂慮的說：「不過海上運輸仍然由美國艦隊封鎖中，還是等待北京的回覆，再確認如何運回中國。」

中情局車上中控螢幕，經由捕食者忠實傳來中國科學家與伊朗官員的機密對答，這些有如實況轉播的間諜技術防不勝防，令人震撼的影像立刻經由衛星傳送至美國運籌帷幄的中情局蘭利總部，毫無時差。

16 海豹特種部隊

三架美軍低空鋪路者（MH-53JⅢ）重型直昇機由阿富汗基地整裝出發，直昇機在美國德州儀器所製造的AN/APQ-158地形追蹤雷達保障下，奇蹟似的在高低起伏不定的伊朗東部高原上奮力邁進。由於幾乎貼地飛行，伊朗東部的雷達防空網完全無法發現低空鋪路者行蹤。兩具渦輪風扇發動機各可產生4,380匹馬力，再加上地形追蹤雷達，除了閃避不良地形外，這兩項功能使低空鋪路者在惡劣天候下依然可安全抵達目標。此外，油料不足時低空鋪路者還可接受C-130加油機進行空中加油補充。鋪路者主要提供特種部隊實施敵後任務的投放、補給、搜索及救援，並進行外科手術式的低空滲透。此時伊朗東部高原中，風塵僕僕前進的低空鋪路者，除了搭載特戰人員及戰鬥裝備外，每架重型直昇機下方竟然還懸吊兩輛沙漠越野戰鬥車（Desert Patrol Vehicle, DPV），強大的動力使低空鋪路者重型直昇機看來依然堅若磐石、穩如泰山。

低空鋪路者駕駛使用電腦化虛擬地圖，搭配地形追蹤雷達，在空中一路上閃躲障礙物搖晃前進，這時機上一位飛行工程師抓著把手，步履蹣跚跌跌撞撞的來到特種部隊吉羅德．史密斯（Gerald Smith）中校O5面前。

飛行工程師靦腆的對中校說：「長官，低空鋪路者體積龐大極易暴露行蹤，上級指示為避免影響『飛鷹計畫』任務，我們只能送到目標外圍150公里的會合處而已。」

史密斯O5：「了解，我們有衛星定位儀，完成任務後將回到原地與你們會合。」

飛行工程師自信的說：「我們將在會合地等候四天，緊急時若有需要，我們還可提供火力支援，低空鋪路者直昇機不只載重運輸了得，火力也很強大。」

「沒問題，有需要時會以衛星電話聯絡請求支援。」

秋季時節，入夜後伊朗荒涼大地迅速降溫，漆黑夜晚加上北風吹拂，絲絲入扣的涼意令人產生蕭瑟之感。原本身著沙漠迷彩闊邊帽、三色迷彩服加上複式戰鬥背心的特種部隊，與低空鋪路者重型直昇機分道揚鑣後，為避免軍服洩漏底細，造成日後美軍困擾，全體特種部隊人員便換上當地庫爾德族人服裝——著米白色長外套，以布纏繞腰帶並戴上小格相間的庫爾德族傳統帽。

此時六輛四輪傳動的輕型沙漠越野戰鬥車分成兩隊，在滿天星斗月黑風高的陪伴下，一隻美軍幹練小隊無視沙漠艱險，冒險向西快速挺進。每輛沙漠越野車有二至三人乘坐，車上配備M2HB.50口徑的防衛重型機槍，隊員頭戴眼鏡式星光夜視鏡，手拿LST-5C衛星通話器及MX-300R步話機，此為美國赫赫有名的海豹特種部隊「海豹6隊」。海豹特種部隊是由當年美國總統約翰·甘迺迪特許成立，功勳卓著的海豹特種部隊，於1991年對伊拉克作戰的沙漠風暴行動前，率先進入科威特進行先期爆破欺敵行動，這使日後沙漠風暴行動得以順利施展。

疾駛中的沙漠越野戰鬥車隊上，行動軍官O3正對海豹6隊的帶隊者史密斯O5說明狀況。「我們目標在克爾曼（Kerman）市附近的80號公路上，依照上級指示，克爾曼駐紮較多的伊朗正規軍，以我們海豹特種部隊的輕兵器並不適合進城與敵人正面衝突。」

史密斯O5不以為意的說：「沒錯，海豹隊人數並不適合進城，但我們卻可以守株待兔。」

行動軍官O3則有點擔心：「目標若只在克爾曼活動不出城，任務將很難達成。」

快速行進中的車子搖晃不已，左手抓住橫桿以便平衡身體的史密斯極有自信的說：「目標人員雖然在克爾曼市，但依照可靠內應情報顯示，他們想要的東西並非在克爾曼市內。」中校瞄一下手錶，他發現時間還在控制範圍內，於是他繼續說：「我們確定目標會離開市區，並且進入人煙罕至的郊區，重點是此區域遠離美國登陸的波灣交戰區域，也就是在伊朗軍隊的勢力範圍內，敵人反而容易失去警戒。」中校露出笑臉：「突襲正是我們的強項，當目標進入突擊隊所設下的埋伏區域內，他們就很難逃出海豹的手掌心了！」

「海豹隊這次只需定點設伏等待嗎？」行動軍官O3詢問。

史密斯心中早已有盤算。「正是，其實天上間諜衛星還會告訴我們正確目標的定位點。」史密斯對行動軍官O3說：「我們有兩排隊員，O3你帶領一排至克爾曼市外的山區設伏，並以截斷來自克爾曼省的支援為主要任務。另外一隊由士官長E8帶領，他們將發起攻擊，士官長E7的任務則為切割目標與伊朗人，隨後E6士官長執行劫持任務，情況危急時由E2、E3使用獨立翼脫困離去，其它人員依計畫至定點等待阿富汗的直昇機接援，若情況緊急阿富汗美軍部隊可隨時出動。」

行動軍官O3點頭：「看來這次海豹特種部隊任務大為不同，以前海豹特種部隊都在無外援下獨立完成任務，此次則有阿富汗軍隊做備援。」

車隊逐漸接進目標區，越野戰鬥車駕駛拿起定位器確認現在車隊位置。「中校，我們已經到達目標區了！」

17 克爾曼反物質監測站

盧特荒漠（Lut Desert）從伊朗西北部一路綿延翻騰至東南部，跨越約320公里之長，而東部內陸大省克爾曼（Kerman）正好位於盧特荒漠邊緣的高地上。克爾曼省向東經由公路可控制戰亂頻繁的阿富汗，另外由支線可進入人口大國巴基斯坦，地位甚為重要。

狄維路、向凌川兩位反物質首席及飛彈專家張文濱共同搭夜班機，風塵僕僕趕至克爾曼市，隨後與張文濱分道揚鑣，各自到相關單位。這已是兩位反物質博士在伊朗的最後行程，雖然他們休息時間有限，但大清早依然精神抖擻與伊朗能源局局長共同出訪克爾曼郊區的電廠。在伊朗特警人員的護衛下，聽取電廠廠長簡報，其實他們主要目的是巡視安置於廠內的反物質監視儀器。

「這個電廠共佔地1.4平方公里，設計主要供應克爾曼市一般居民用電所需，發電機組以燃油架構為主，全部有四組發電機組，每組最大500百萬千瓦能力，滿載共可提供2,000百萬千瓦的電力，汽輪機、發電機皆採用日本三菱重工（MHI）機組。」克爾曼火力發電廠廠長應用會議室的投影機，聚精會神的向兩位中國反物質專家簡報電廠電力配置。「由於地處偏僻遠離市區，發電採用開放式，並無噪音問題，污染排放則以靜電集塵吸收粒狀物，再以190m高的煙囪提供排煙擴散。」

這是電廠的一般簡介，顯然並非向凌川所關心。「廠長，我們比較關心實驗室供電狀況。」博士很快對廠長提出他此行真正目的，事實上「反物質」計畫屬於伊朗國家級機密，現場除了伊朗能源局局長外，其餘無人知悉，更別說電廠廠長本人。

「上層指示，實驗室為最優先考量，我們特別獨立出兩個發電機組，每一組都可提供500百萬千瓦，第一組發電機為主要供電者，第二組發電機則為實驗室電力的備用組。兩位博士，當初要求備用電力在銜接時不可有任何時間差，我這備用發電機可是完全無縫銜接備用的。」廠長驕傲的說：「雖然是備用發電機，但是此組可是實際並聯發電，完全不供應其它用電需求，換句話這是一個1,000百萬千瓦的供電能力呀！」

狄維路博士笑容可掬顯然滿意，但依然好奇的問：「非常好，那請問兩臺發電機的位置如何安排呢？」

廠長信心十足的說：「主發電機位於本電廠內以專線拉至山區的實驗室。至於備用發電機較為複雜，未避免戰爭破壞，備用發電機直接放在實驗室附近山體內，它可抗拒美軍鑽地彈的攻擊，安全絕對無虞。」

伊朗能源局局長提議：「兩位博士，我建議直接進入實驗室。」

狄維路博士爽朗的答應。「太好了！這正是我們的目的。」

結束簡單的電廠簡介，兩位博士及原駐守實驗室的中國科學家陳達加上伊朗能源局局長，一行四人準備進入實驗室。為掩人耳目，入口就設在電廠之內，打開不起眼的鐵質大門，狹窄幽暗的地下通道一股陰風涼氣隨之迎面撲來。

狄維路隨即拉起衣領阻擋突如其來涼風。「唉呀！這地下道還真讓人有戰地氣息呢！」眾人微笑以對。中國科學家陳達在此支援好一段時間，在他鄉見到最令人景仰的所長，高興之情表露無遺。「所長、向博士，真高興見到你們，這趟路途對你們太遙遠太辛苦了，其實重要資料由我傳給你們就可以了。」

「你們努力建立的反物質已經炸一個了，再不來恐怕另外兩個很快也將爆炸消失，再也見不到啦！」向凌川打趣的回覆屬於他轄下的陳達。「陳達，您辛苦啦！在這一待就是數個月。」向凌川不捨的望著陳達。

「博士，你太見外了，國家的事我們義不容辭呀！」陳達開心的說：「這裡是地下通道的臺車搭乘處，地道長約2.5公里，深入後山山體內，這臺車需要五分鐘的時間才可到達實驗室及祕密電廠。伊朗將電廠設在山體內主要為防止美軍巡弋飛彈或鑽地彈攻擊破壞，這個決定完全正確，你看美軍登陸之前B2轟炸機、戰斧巡弋飛彈對察汗區的攻擊有多兇啊！在察汗區的電廠跟克爾曼一樣，美軍只炸到電廠的排氣口而已。」

震耳欲聾的臺車有如雲霄飛車般尋著軌道向前行走，突然間前方出現漸漸放大的明亮處，頓時讓人有如從過去到達未來的時空錯覺，實驗室到了，這是在山腰岩盤中開鑿而出的空間，佔地500平方米空間中放置著各種不同的反物質監看儀器，其中部分是為了完善與驗證理論值之用。

開心的陳達開始介紹：「所長、向博士，這裡是儀器監視區，另一座電廠則坐落在另外一邊，兩地相隔一個山體。」

所長狄維路博士開始提出關心的項目：「陳達，反物質的強磁陷阱維持的如何？」

「所長，依照計算，100百萬千瓦電力足夠將這個五萬分之一克的反物質封鎖在指尖般區域內，但為安全起見我們將『潘寧陷阱（Penning Trap）』直徑擴大一倍，耗電也因此增加4倍，達到400百萬千瓦，電力供應與磁場陷阱間比例與在中國的推論相同，達到合理比值。」陳達手指著監視儀器磁場視波儀說。

狄維路及向凌川兩位低頭檢視，狄博士愉快的表示：「沒錯，這磁場波形所顯示的強磁陷阱維持得相對良好。」

陳達面露疑慮：「可是不知何原因，反物質實際剩餘率卻比我們的計算值差異甚大！而且隨著時間的增加，反物質數量的下降比率也逐漸擴大！」

向凌川皺著眉頭面向狄維路博士。「教授，這與德黑蘭及察汗區的兩顆反物質情況一樣，也就是說我們的反物質炸彈威力在持續減弱中，速度遠比我們預計的要快上許多。」

每次遇到艱澀難解習題，狄維路博士總是用左手食指搓揉他那巨大的鼻翼以獲得額外靈感泉源，好似阿拉丁神燈般可經由摩擦得到解決似的。「是呀，與我們計算值差異很大呀！幾天前察汗區反物質爆炸當量就比我們預期小了20%，換句話一個月就可減低5%的反物質原子數，怎麼會呢？背後一定有我們疏忽的參數，如果被捕獲的帶電粒子在強磁場中保留完好，那麼『潘寧陷阱』的維持應該沒問題才對，為什麼反物質卻會消減的如此之快？會是粒子的迴旋運動頻率造成反物質慢性崩解嗎？」

「陳達，『潘寧陷阱』光譜儀顯示得如何呢？」向凌川失望的問。

陳達走到另一臺儀器前用手指著螢幕說：「博士，一切正常無異，『潘寧陷阱』在我們計算範圍內。」

「難道是封鎖反物質球體的真空度超出我們設定？會是這造成反物質逐漸內耗對消損失嗎？」向凌川自

言自語的說。

狄維路搖頭表示不認同：「不會的！這可能性不大。當初內環球體封閉可是大費周章，它是經由神舟號太空船送至外太空約343公里的高空，那裡電子密度低於每立方公分10^4個，此後再用超高真空封裝機加以密封，電子密度小於10^3個，沒理由會造成反物質炸彈能力下降如此之快，應該還有其它未知的原因。」

「所長，反物質在中國實驗室的時候，就一直存在微量物理衰變的現象，會不會跟這有關？」陳達依據當時經驗說。

「沒錯，但我相信並非主要原因，實驗室的數據顯示衰變量不足以造成困擾。」狄維路否定。

「依照儀器顯示，我們這顆反物質炸彈僅剩80%的能力，維持率與察汗區的狀況幾乎如出一轍。」陳達檢驗另一臺反物質原子數儀器，數據顯示確實遺失20%。

此時向凌川打開自己的筆記簿，查詢德黑蘭時的數據。「所長你還記得嗎？德黑蘭那顆是92%。」向凌川手指著當時筆記本所抄錄的區域給狄維路博士看。「德黑蘭遠高於克爾曼這顆及已經在察汗特區爆炸的那顆，兩邊必定有部分參數相異之處才對。」

狄維路抬著頭回憶在中國及伊朗的數據。「或許是磁場強度。」狄博士再度搓揉鼻翼。「在中國實驗室裡，我們只用100百萬千瓦的電力，那是因為實驗室『潘寧陷阱』的大小比伊朗小一倍。依據計算，加大『潘寧陷阱』有助反物質維持率，這也是為甚麼我們讓伊朗用400百萬千瓦來加大一倍的『潘寧陷阱』空間。有趣的是伊朗三顆反物質都用400百萬千瓦電力，但是只有德黑蘭那顆使用同中國實驗室一樣較小的『潘寧陷阱』空間，難道我們搞錯了？莫非像德黑蘭那顆較小的『潘寧陷阱』反而有利『反物質』的維持率？」

聰明的向凌川反倒想出缺陷下的應用。「如果較大的『潘寧陷阱』容易使反物質炸彈威力減低，這倒是可以取代原來繁複的反物質炸彈拆除手續，我們僅需要在不造成內爆下適當加大『潘寧陷阱』範圍，這不就可在一定時間內自然拆除反物質炸彈？」

狄維路微笑以對。「喔？這就有趣了！無論如何，回國後這將是完善反物質的一項重要研究課題。」

18 劫持

倚靠在小土丘旁，代號O5吉羅德．史密斯正目不轉睛的注視定位儀器螢幕，其它人悄然無聲背著即將行動的裝備，好似胸有成足再也無須多餘叮嚀。穿著中東庫爾德族獨特傳統服裝的海豹特種部隊，除了隊員佩帶小型手錶式GPS定位儀外，外表已經很難讓人聯想到名聞遐邇的美國海豹特種部隊了。

LST-5C衛星通話器不停震動，史密斯知道邦克山號航母指揮艦有重要事交代，中校拿起通話器。「這裡是飛鷹O5。」史密斯鏗鏘有力的說：「你說什麼？我們該如何？往南……往南走？」行動軍官O3見狀況有異，走到中校旁。「波灣！是！了解。」執行過各種艱難任務的史密斯O5，數分鐘後與基地通話完畢，面不改色的望著行動軍官O3。

行動軍官O3疑惑的問：「是任務變更嗎？」

「不，行動依舊，但完成任務後回航方式有重大變化，原來載運我們來的直昇機，在盧特荒漠區的等待地點曝光，在伊朗部隊發動攻擊前，航母基地同意直昇機暫時飛回阿富汗基地等待時機，以避免不必要的傷亡。」

行動軍官O3繼續問：「所以直昇機會變更集合地點，他們重新進入伊朗後再接運我們回阿富汗？」

「不！伊朗對與阿富汗接壤區域已經開始有戒心，此區域已不再安全，也就是再由阿富汗派出接運直昇機的可能性大為降低。」

乾燥的伊朗在風勢助長下，讓行動軍官O3的乾渴感逐漸加大，下意識拿起水壺往肚裡補充流失的水分。

「可是我們的沙漠越野車油料並不足以跨越盧特荒漠回到阿富汗。」

「那倒還好，航母基地早已有備案，我們只需往南走，波灣航母會接手，那裡有美國大軍，安全上無需憂慮。」

行動軍官O3擔心的說：「如果伊朗軍方開始警覺，這恐怕會影響我們克爾曼的飛鷹捕捉計畫，看來必須盡快行動了。」

「好在直昇機等待區與劫持地相距150公里遠，當初規劃時已經考慮到影響性才會拉遠距離，我相信這次的結果與1980年會截然不同。」史密斯中校一邊監看狄維路西裝所發出的定位信號，一邊回憶起早年另一起與伊朗有關的救援行動。

那是一次功敗垂成的烏龍救援行動，而且已成為美軍負面軍事教材的警惕。1979年初伊朗爆發來勢洶洶、廢舊立新的伊斯蘭革命，激進派推翻親美的巴勒維王朝。當時激進的伊朗學生先聲奪人，攻進美國使館劫持九十九名人質，隔年美國經由76特混部隊發動鷹爪計畫傾身營救人質，計畫76特混部隊搭乘八架RH-53直昇機，在首都德黑蘭東南80公里處會合進入使館營救。另外大西洋起飛的六架C-130運輸機搭載三角洲特種部隊將準備攻佔機場，以便接運人質回美國，不料沙塵風暴造成出勤八架RH-53直昇機中，竟有三架機械故障，其餘五架迷航數小時之久。美國總統卡特決定下令終止營救計畫，未料在撤離的千鈞一髮之際，RH-53直昇機卻意外撞上C-130運輸機，造成慘重傷亡，最後只剩餘四架直昇機倉皇撤離伊朗本土。

此時追蹤儀器顯示目標開始移動準備離開電廠，這正是史密斯帶領海豹6隊期待已久的任務。中校瞪大眼睛盯著追蹤儀，略顯激動的對行動軍官說：「O3，我們的任務要開始了，讓所有隊員準備裝備，同時妥善保護好我們回家會用到的『飛行翼』，然後開始行動吧！」

O3提起裝備信心滿滿的回覆：「沒問題，那就依原計畫，我們在80號公路展開夾擊。」

在伊朗武裝特警人員左擁右促的保護下，狄維路與向凌川兩位中國反物質專家結束電廠查訪，預計由電廠經80號公路回到克爾曼市午餐，同行還有其它四輛護衛車隊跟隨，但奇怪的是上車後，各車的收音機全部「嘶——嘶——」作響無法正常收訊。

車子直行在80號公路上。「咦？怪事了！來的時候明明正常，怎麼現在收音機就壞了？無法收訊。」最前方引導車駕駛無奈的發著牢騷，無論他如何轉動收音機旋鈕，所有頻段都是一樣無法接收。

前導車後座的護衛人員更是疑惑：「看來不只是收音機無法收訊，連我的無線電話機也失去作用！」護衛人員試圖與後方其它車連絡，卻赫然發現：「不好了！我們與第二車的領隊失去聯絡了。」

此時公路兩旁遙遠的距離外，各三輛看似破舊有如中東游擊隊的吉普車，採取夾擊方式逐漸接近回程的伊朗車隊。

美軍海豹6隊的行動軍官O3坐在沙漠越野車上，原本靜默的MX-300R話步機不停震動，接起話機的O3，迎來領隊中校的提醒：「O3，這是國防部下達的重要一級指令，『活捉！』」

「是！」海豹6隊O3堅定的回答。

「讓你的人員啟動無線電干擾電訊作業，我希望降低伊朗救援部隊到達的時間。」無線電那頭O5要求。

「長官，事實上我們早已經啟動了干擾作業。」O3回覆。

在杳無人跡的80公路附近，行動軍官O3引領著在三輛車上共九人的海豹特種人員，由荒野外漸漸向公路上的伊朗車隊左後方接近。史密斯O5率領另外三輛九人由右邊逐步向80號公路車隊悄然逼近。此時伊朗武裝特警人員似乎意識到狀況有變，前導車隊開始向前加速前進。

「情況不太對勁，你有看到嗎？我們左右兩邊都有車隊逼近中！」前導車護衛人員敲打著駕駛座椅。

「看到了！看到了！」前導車駕駛開始有點坐臥不寧，車子在公路上輕微晃動。「我正在加快速度呀！這些人絕非善類，你的無線電話機恢復了嗎？我們必須提醒後面四輛車子。」

「真是沒用的東西，為甚麼無線電剛好在重要關頭失去功能呢？」護衛人員不解！

當海豹6隊與伊朗車隊距離拉近至1,000公尺時，史密斯O5舉起右手，握拳示意公路左右兩邊分隊員發起攻擊。士官長E8由右邊馬首是瞻帶領先發動，士官長E16由左後方隨後跟進。

「讓我來先下馬威。」E8橫眉豎眼，二話不說從沙漠越野車中拿起長約1.5米重15公斤可單人操作的FIM-

92F刺針飛彈（FIM-92F Stinger）「並非只空軍有瘋狗，我們的刺針飛彈也不遑多讓。」

「先幹掉前導車，E8。」越野車駕駛手指著前方對E8說。

熟練的士官長E8左手拿起電池冷凍模組（BCU），快速插入發射筒本體，一股氬氣體隨即注入化學電池槽內，電源恢復供電，這使得瞄準儀及飛彈零件因電源而快速啟動。「嘿嘿！放狗咬人嘍！」E8有點得意，他從瞄準儀內對準伊朗車隊最前方的前驅引導車。「去吧！我的熱追蹤瘋狗。」E8扣下按鈕，刺針飛彈鎖定車後熱源排放口，具有三公斤彈頭炸藥的十公斤飛彈，以快達兩倍音速急如星火呼嘯而去衝向目標。本次公路兩旁的E8及E16各發射一枚FIM-92F刺針飛彈。

「我的天啊！是飛彈，快轉彎！」領頭車一名伊朗武裝特警人員發現快速逼近的飛彈，情急之下大叫。

突如其來的攻擊令伊朗武裝護衛人員措手不及。二倍音速的飛彈僅需數秒即可索命，這猝不及防的霹靂襲擊，汽車駕駛尚未反應已遭橫禍。在FIM-92F刺針飛彈的攻擊下，車隊最前面及壓陣後車在毫無預警下化為一團火球，爆裂分解的車體、四射紛飛的碎片及響徹雲霄的爆破之聲，震懾現場，完全始料未及的狀況令其它車上人員瞠目結舌，隨即手忙腳亂。剩餘三輛車的駕駛回神後，加速向前衝刺，希望擺脫岌岌可危的危險處境。

第二車前面領隊向開車駕駛高聲喊叫：「快！解開窗鎖，我們要反擊。」驚慌之中人員以最快速度抄起烏茲衝鋒槍，側身架於車窗上準備報以子彈回敬，可是這才發現不速之客竟然還在衝鋒槍子彈射程範圍之外。

「糟糕！距離太遠，速度再加快點。」第二車後座人員叫。

「不！現在首要任務是保護第三車的中國科學家。」前座的領隊說罷，反倒要求駕駛減速，這時駕駛員揮手示意要求第三車加速至中間，意圖以剩餘的第二、四車包夾保護第三車車上人員。

「混帳，為什麼這麼巧！無線電偏偏這時候失效，我們根本無法回報總部要求火力支援。」四面楚歌的車隊在荒野陷入孤立無援的窘境，情急的領隊十萬火急。

此時美軍史密斯中校對著MX-300R步話機向另一隊的行動軍官O3大叫：「該死！我們太早用FIM-92F刺針飛彈了，沒想到伊朗人竟然用另外兩車包夾我們的目標，如今目標包夾於另兩車中，呈現一直線並排於公路上一同前進。」

伊朗的包夾動作出乎海豹6隊史密斯中校意料之外，當初計畫在遙遠的視距之外先清除最前最後兩車，之後海豹6隊逼近，再以重型機槍解決二、四車，然後才劫持三車完成任務。不料伊朗包夾動作，致使海豹6隊在使用重機槍時投鼠忌器，怕失之毫釐差之千里誤傷第三車的中國專家。

「看來只有變更為『B方案』一途。」行動軍官O3說。

「沒錯，為避免誤擊目標，現在只有採取近距離攻勢，但是此種方法可能會造成海豹部隊不可預知的危險。」史密斯O5為達目的不得不採取備用方案。

士官長E8所帶的兩輛沙漠越野戰鬥車，由右邊加速切入80公路上，準備在適當距離外堵在伊朗車隊的前頭。

「去死吧！庫爾德鬼。」伊朗護衛人員由衣著誤判襲擊著為阿富汗游擊隊，車窗上數挺烏茲衝鋒槍向靠近的越野戰鬥車噴發出憤怒的子彈。

彈指之間一名海豹隊員E7應聲大叫向後倒仰，右臂中彈鮮血如湧泉般向外噴灑，另一顆由防彈背心阻擋於胸口之外，算是大幸。

士官長E8大驚，接手車內的M2HB.50重型機槍，大喊：「換我來！」E8面露兇光怒不可遏。「吃我這一記重機槍吧！」頓時火光四射，伊朗第二護衛車的擋風玻璃、輪胎、引擎蓋及車體內人員在驚人的重型機槍掃射下有如四分五裂的紙片，最後爆炸解體，癱瘓於80號公路旁。

眼見第二車被重機槍攻擊解體的狄維路與向凌川，兩人迅速在第三車內彎腰低頭避免被流彈擊中。「當初伊朗軍方要派出更多的維護人員被我們拒絕，認為勞師動眾無此需要，早知道這邊的治安這麼嚴重就應該答應。」向凌川博士自言自語懊悔不已。

「這幫阿拉伯匪徒竟然是這樣打劫的，不知道他們目的為何？該如何是好……」狄維路博士雙手護頭，面對迫在眉睫的危急，一臉茫然，完全不知所措。

第三車司機載著兩位博士急欲擺脫狼煙四起十萬火急的攻勢，司機急速轉動方向盤擺動著車體，以閃避四散紛飛的其它車體碎片，由於高度晃動，後座低頭的兩位專家有如自由落體般在車內來回甩晃，情況極為險惡。

車子快速閃躲，向凌川的頭撞到前面坐椅。「啊！糟糕。我的眼鏡被撞飛了。」博士埋頭至車內底下找尋眼鏡。

「對了，我們的眼鏡！」兩人這時才想起眼鏡的功用，異口同聲喊出。

「有辦法了！我們幾乎忘記黑框膠體眼鏡的求救定位功用。」向凌川如獲至寶、喜出望外的對狄維路說。

由於兩人是中國一級科研國寶，北京為維護重要科研人員安全，出發前北京控管中心特別規定要求換掉原本金屬框架眼鏡，並以較大且重的黑框膠體眼鏡取代，其中內藏有求救定位發射訊號器，以備危難時可以向北京求救使用。微弱訊號可經由空中地球同步軌道的「長空」電子偵察衛星及北斗二代定位系統截獲並判讀。

狄維路與向凌川雙雙拿起黑框鏡架，墨色的鏡架以丙酸纖維素（Cellulose Propionate）為材料，具有抗腐蝕、耐磨不吸水的功用，在鏡架左邊的鏡腳上即是開關按鈕，向凌川在存亡之秋啟動開關，對恩師狄維路說：「教授，希望北京能收到訊號，不過恐怕不能寄望太深，畢竟北京離我們實在太遠了。」

「是啊！也只能說盡力啦！」

海豹6隊其它越野戰鬥車馬不停蹄的快速轉向，圍剿另一輛護衛四車，見大勢已去的護衛四車駕駛心頭一橫，轉動方向盤向左大轉彎駛離80號公路，駕駛試圖撞擊海豹6隊的越野戰鬥車。

史密斯O5對著其它隊員比手勢，示意隊員射擊車胎並留下伊朗護衛人員活口。這時兩位博士所乘的三車已無護衛人員保護，只得停駒下馬束手就擒。訓練有素的海豹6隊全員刻意噤口不言，繳械的四位伊朗護衛人員，皆由唯一精通波斯語的海豹隊員統一溝通，至此劫持戰鬥已近尾聲。

身穿米白色長外套，腰間纏繞布質左右各三層腰帶，上唇濃黑大鬍，頭戴庫爾德族獨特小格黑白相間帽的海豹隊員E2，此時手拿紙條以流利的伊朗波斯語向伊朗投降護衛員說：「我們是庫爾德斯坦的獨立建國游擊隊，要求七天內伊朗政府釋放紙條上名單所列的游擊隊領袖。」

「可是他們是中國人與庫爾德族毫無恩怨啊！你們希望的建國不應該與中國有關呀！」一位投降護衛員說。

「那伊朗政府就更應該盡快照辦吧！」偽裝成庫爾德人的海豹隊員E2若無其事的說著。「不要忘記七天後。」正準備離開的E2隨意補上一句。

「那你們要求在何地釋放人質呢？」一位戰戰兢兢的伊朗護衛員竟然回問。

E2心想：是啊！在何地？這該死的伊朗佬問題也太多了，剛才戰鬥時真應該一槍斃了這個多嘴鬼，之前倒是沒想到這點。「德黑蘭吧！詳細的情況庫爾德斯坦游擊隊會再通知！」說話口吻有點不踏實的E2隨意編造一個腦裡唯一不會錯的地名。隨後E2離開，這些穿著庫爾德族服裝的隊員挾持狄維路與向凌川向東北方揚長而去，現場獨留伊朗四位護衛人員，在前不著村後不著店的80號公路上自個想辦法回克爾曼市。

19 北京衛星控管中心

「對不起！對不起！讓路！讓路！」

在北京衛星控管中心狹小走廊上，兩人有如拼命三郎般一路狂奔，這兩位男子不時大聲發出警告，慌張之情現於言表，同事見狀紛紛避開。

「急事！急事！請讓讓！」

前方帶頭才說罷，一個大轉彎，箭步如飛的北斗二代系統監視組組長一頭撞上行走的無辜同事，人高馬大的北斗組長速度受阻，但隨即調整步伐再度頭也不回的狂奔。後面跟隨的衛星監控主任亦步亦趨緊隨而去，其它旁人有的駐足停看，有的挪移閃避，更有人興致勃勃的議論一番。

「唉啊！你這是幹甚麼！」被撞的人仰馬翻，灑落一地文件的同仁有點狼狽，未及看清肇事者面貌，心有不甘大聲說著：「撞到人也不道歉，拔腿就跑了，真是沒禮貌，趕著去投胎嗎？」話才說完，隨後而來面有菜色的衛星大廳監控主任也急急跟隨而去，同仁這才驚覺大事不妙。

北斗監視組長及監控指揮大廳主任滿臉通紅大步衝進指揮官少將的辦公室，指揮大廳主任臉色蒼白氣喘如牛的說：「報告將軍，不好了！」大廳主任氣喘呼呼的說：「狄維路與向凌川兩位博士在伊朗出事了。」

衛星控制中心指揮官江亦之少將正在批文，他看著兩位驚慌失措的主管不知從何說起。「緩一緩！喘口氣再講，你說我們兩位在伊朗出差的專家出甚麼大事呀！」

面露驚恐的北斗衛星監視組長：「報告將軍，北斗系統收到科學家的緊急求救訊號，恐怕有生命危險。」

江亦之卻氣定神閑的說：「他們在伊朗內陸，而且有軍方保護，不可能出錯啊！」少將隨之滿臉懷疑：

「會不會是誤會，或是訊號誤判造成的？」

「不！不！我可以確定！不可能出錯！北斗衛星組同時接到兩位科學家的特殊眼鏡發射出求救訊號。」身材壯碩的北斗衛星組長態度強硬語氣堅定。「當初為求辨識方便，特別將兩位科學家訊號頻率錯開，如今衛星收到兩位求救訊號，而且『同時發出』，誤判訊號的機率非常微小。」

至此，江亦之驚覺事態嚴重，他快速走向神情未定的兩位主管面前。「你確定同時接收到求救訊號嗎？」

指揮大廳主任點頭。「是的！同時發出，問題看來不單純，這兩位科學家是國家軍委欽定的特級科研人員，出事不得啊！需要啟動緊急機制嗎？將軍。」

將軍問：「不！先別急著動員緊急機制，我必須先了解整個來龍去脈才行，就近的伊朗軍方應該知道此事才對，有派人詢問科學家目前實際狀況嗎？」

「801反物質計畫所已經與伊朗聯繫過，對方證實與伊朗的護衛特警人員失去聯絡，他們已派出附近軍隊前往搜尋，目前尚無進一步消息提供。」衛星監控大廳主任面色凝重心急如焚的向江亦之少將傾吐他的憂慮。「兩位科學家今天的行程是到克爾曼（Kerman）電廠視察，我們獲得求救訊號是在5分鐘之前，咱們北斗衛星的定位顯示，出事點在克爾曼市外圍的80號公路附近，當地地處伊朗東部高原內陸，距離東北方阿富汗尚有400多公里，若由我方西部軍區動員出發，應該有機會援助。」

「這就不好了，連伊朗都與護衛人員失去聯絡。」此時江亦之毅然決定：「這樣，我先與部長聯繫，另外主任由您招集所有重要幹部，我將在會議室舉行緊急對策會議。」

江亦之精神抖擻但面容緊繃立於會議室前方，數十位各衛星組重要組長早已魚貫入座。將軍說：「各位，不久前發生重大事件，我國兩位專家在伊朗發出求救訊號，兩位皆為國家特級科技人員，研究中國未來終極武器，可提供中國未來數百年安邦衛國的防衛之用，地位無可取代，由於事涉國家機密，國防部要求定調以『大漠飛鷹』軍演的名義實施跨國救援任務，各位皆為『大漠飛鷹』計畫的中堅分子，出此門後一律要求嚴格保密。由於蘭州軍區已經開始動員部隊，為及時掌握狀況，蘭州軍區將停止休假、療養、探親，並控制人員外出，換句話蘭州軍區已經啟動三級戰備。」眾人面面相覷，未想到太平之時稍縱即逝，三級戰備的狀況確令眾人始料未及，緊張的氣氛猶如山雨欲來風滿樓。

將軍開始分配工作執掌。「蘭州軍區軍隊將入境與伊朗合作協同搜救，由於兩位科學家求救區域在伊朗東區的80號公路，定位訊號目前依然清晰發射中，我須要北斗衛星組人員與蘭州軍區及伊朗保持訊號暢通，必須全天候追蹤兩位科學家的衛星定位情資。」

北斗二代組長：「是的將軍，另外北斗的文字短訊功能需要開放給伊朗使用嗎？」

「這由蘭州軍區決定。」江亦之繼續說：「長空電子偵察衛星組，我需要你們的地球同步軌道衛星對伊朗東部無線電通話監聽資料，無論是一般民間或軍事野戰部隊都要。」

長空電子偵察衛星組組長：「需要提供長空系統衛星的高頻電子監測訊號嗎？高頻電子功能可截獲地面的外交、軍事通信、雷達信號。」

「毫無疑問當然需要。」

江亦之將軍：「成像偵察衛星的遙感及尖兵系列，你們的1至15系列將是救援重點之一，成像組需群策群力全面尋找，由兩位科學家求救的定位點向外擴散，必須地毯式搜索直徑400公里範圍內的詳細光學成像資料。」

「那合成孔徑高透視雷達呢？」

「合成孔徑主要透視分解地底，此次先待命即可。」江亦之拿起白板筆在白板上畫起伊朗附近地圖。

「天眼紅外線組，你們這組的電子偵察同步軌道衛星，必須全天對伊朗東部、阿富汗、波灣等警戒紅外線輻射，我們必須掌握此區域的飛機、火箭及導彈的行蹤。」

會議室大門驚天動地般的被打開，這立刻意外中斷江亦之的任務指派，只見心急如焚的衛星監控副主任出現在會議室眾人面前，將軍知道副主任的出現必有要事。

「將軍，有好消息！喔不！也有壞消息！」副主任實在太急了，一時話語打結，好不尷尬。

將軍安撫：「別急！別急！副主任，順一順氣，先講好的。」

衛星大廳監控副主任滿臉通紅。「伊朗軍方來電，狄維路與向凌川兩位博士仍然活著。」

將軍頓時笑顏綻開，當下氣氛緩和不少。「還好！沒事就好，兩位國寶科學家要真出事可不得了。」

副主任搖頭並揮動雙手極力更正，唯恐話只說一半，造成誤會：「不！不！將軍會錯意了！還是出大事，科學家的處境現在十分危險。」

大廳監控主任也滿臉疑問，完全不知所措。「副主任，這到底怎麼一回事？一下好，一下壞，我跟將軍可被你搞糊塗了。」

將軍緩緩的說：「慢慢來，急事慢講。」

副主任：「是這樣的，伊朗護衛隊遭遇暴徒襲擊死傷慘重，兩位博士遭到劫持，但確定還活著，只是目前行蹤不明，伊朗已經出動軍隊營救中。」副主任噓了一口氣繼續說：「對方表明是庫爾德斯坦的獨立建國游擊隊，他們要求七天內必須釋放庫爾德斯坦被伊朗囚禁的游擊隊員。」

衛星監控主任：「中國從來未與庫爾德人（Kurds）有任何恩怨，這應該是一場錯誤的烏龍劫持案吧！」

事實上庫爾德人是中東第四大民族，二千年來一直遊走於游牧山區，主要聚集在伊拉克北方、土耳其、敘利亞及伊朗西北方等地，雖然建國聲浪高漲，但歷年來建國主張一直遭受伊拉克及土耳其的反對，原因之一是區域內盛產石油。

副主任對局勢並不樂觀，他說：「這中間有可疑之處，庫爾德族建國組織的最大黨為工黨，但從來未聽過庫爾德斯坦獨立建國游擊隊名號。依據伊朗軍方回應，對方要求釋放的人員名單根本也不在伊朗境內呀！」

江亦之也發現諸多不合理的地方。「除了副主任看到的問題外，還有個怪事！庫爾德人在伊朗主要分布於西北方，但此次劫持卻在伊朗的東邊，兩地相差甚遠，相當令人費解，更何況劫持中國人、卻要求伊朗政府放人，更是不搭調。我覺得此事並不單純。再說克爾曼省離南方美國人登陸的波灣地點只有數百公里遠而已，東北的阿富汗也是美國勢力範圍，再怎麼算庫爾德人都不應該在此區出現。」

監控副主任繼續說：「伊朗護衛倖存者說，劫持者乘著沙漠越野車離去方向是往東北邊的阿富汗，但依照北斗衛星目前所得到的定位資訊，兩位科學家的位置反而是往南，正在向波灣前進中，離庫爾德人的根據地更遠，確實相當奇怪。」

「不行，這事太急了，我得連絡蘭州軍區推動他們加快腳步動員。」將軍皺著眉頭憂心忡忡的說。

對於兩位科學家岌岌可危的處境，將軍心中盤算此事萬萬延誤不得，他知道這事不能只依靠伊朗救援，必須加快行動，讓蘭州軍區盡快動員救人。

20 蘭州軍區

新疆巴音郭楞蒙古自治州的首府庫爾勒市（Korla），位於新疆維吾爾自治區中心地帶，因盛產香梨，又稱為梨城，是進入南疆的要塞，也是新疆的第二大城市，與北疆的烏魯木齊號稱「北烏南庫」，共同統轄著新疆南北兩道政經大權。坐落於中國大西北新疆境內的37航空殲擊師就在庫爾勒附近，但軍事上卻隸屬於蘭州軍區。

庫爾勒機場海拔648米高、長3000多米，這是一個07-25東北-西南走向的堅實混凝土跑道機場。此時庫爾勒機場正忙碌於部隊調度，各型軍機星羅密佈分置於跑道兩旁，軍機「轟隆——轟隆——」震耳欲聾的作響，蓄勢待發，引擎聲夾雜著部隊長吆喝不絕於耳的命令，使得庫爾勒機場籠罩著鋪天蓋地的緊張氣氛。

跑道上幾架新穎漂亮戰機，菱形機頭、空氣動力外型、修長三角翼機身、犬牙交錯的機身翼，複合材料科技、玻璃座艙內鍍離子反射膜等隱形技術，同時這些戰機還使用內藏矢量尾噴WS-17的大推力發動機，這是為減少紅外線特徵而設計的，主要避免紅外線衛星及飛彈的追蹤。這是可同時對多目標超視距攻擊的跨音速巡航垂直起降殲擊戰鬥機殲—16，在指揮塔臺引導之下，兩架隱形戰鬥機發出如雷聲隆隆的引擎轟鳴，並以幾乎垂直方式緩緩昇空，在機員拉起機頭加力矢量引擎後，殲—16以雄鷹般高角度插入天際，未久隨即消失在無邊的天際。從新疆庫爾勒機場起飛，殲—16隱形戰機將加入「飛鷹計畫」，千里迢迢跨越盟國巴基斯坦並補充加油，在發動機不開加力情形下，將以每小時1,700公里的超音速巡航前進，最終趕赴約莫2,600公里遠的出事地「80號公路」，中國期望結合伊朗部隊共同執行救援任務。

一位機場飛彈防空隊員目睹眼前的軍事調動情景，對身旁的軍官大嘆不解：「不就幾天前才跨戰區軍事演習結束，怎麼現在又開始？這也未免太頻繁了！」

軍官指著庫爾勒機場上空剛起飛的殲—16隱形戰機說：「你不覺得狀況大有不同嗎？你哪時候看到才分配部隊的殲—16隱形戰機加入演習啊！」

飛彈防空隊員：「你說的沒錯，的確是沒有。不只如此，連平常難得見到運12與蘭州軍區的特種部隊也加入。」

庫爾勒機場跑道附近，其它未值勤官兵紛紛加入這不尋常軍事動作的觀看行列。庫爾勒的最高指揮官手持衛星電話，表情肅穆，流露出不尋常的氣氛。「快啊！快啊！伊朗那邊出事了！你們怎麼還沒出發？時間緊迫啊！」話筒那頭傳來北京衛星控制指揮官江亦之少將的焦急聲音，高昂的語調顯示其局促不安。

「有！有！有！隱形戰機接到命令七分內已經火速出動，特種部隊即將出發。」庫爾勒指揮官少將連忙說。

「指揮官，北斗衛星定位剛剛失去科學家的訊號，我們擔心科學家祕密黑框膠體眼鏡的發射源已經曝光，科學家的危急情況恐超出預料，我怕會失去他們……」江亦之少將如坐針氈。

「將軍放心，我們派出蘭州軍區裡的拔尖人員，再過五分鐘全隊人員就可出發，無論如何特種部隊會達成使命。」庫爾勒最高指揮官語氣堅定極有自信。

講完電話後，指揮官健步如飛奔往機場跑道，對整裝待發的暗夜之虎特種部隊少校說：「楊少校，事態嚴重，北京衛星追蹤中心已經失去救援訊號，不管用什麼辦法，你的組員得立刻啟程，這可是特大事件，國防部長甚至親自來電要求盡快出發。」

楊少校：「報告指揮官，我們馬上就可出發了，至少會讓其中一架先行出動執行任務。」

「行！行！就這麼辦！快一點，耽誤不得。」

「是的長官。」

蘭州軍區特種部隊暗夜之虎的兩組隊員身材高大、體格壯碩，穿著墨綠迷彩服裝，手拿05式消聲衝鋒槍，攜帶88式狙擊步槍及89式重機槍，他們將適用於荒漠區的吉普車安置於運輸機內。運12正是專為特種部隊設計的中小型噴射運輸機，這種突擊隊專用運輸機可使用公路做為緊急起降處，增加突擊隊的機動性，運12上下暢通夾層可人貨分離，輕型吉普車安放於運輸機下層，緊急時甚至可空中投放戰場。

突然，楊少校大喊，高分貝嗓音頓時傳入忙得不可開交的組員耳際。「大家注意！」時間有如停滯似的，所有暗夜之虎特戰人員瞬間暫停動作，全部起立仔細聆聽長官命令。「你們通通給我聽好，這不是演習，我只給你們五分鐘的時間，所有人先將第一架運輸機填滿裝備，然後即刻起飛。」楊少校大聲叫喊：「動作開始！」時間再度解放，隊員們正以令人驚奇的速度瘋狂行動。

第一架運12運輸機尾部艙門才剛關閉妥當，運輸機駕駛已經開始移動，這時離上級命令到達也僅有十分鐘而已。

21 詭異的求援訊號

隱形戰機殲—16與蘭州軍區特種部隊暗夜之虎相繼以雷霆萬鈞之勢出擊後，北京政府為統一救援行動，以最快速度成立臨時中央指揮中心，就近坐落於原北京衛星控管中心之內。由於事出突然，新指揮官尚未上任之際，卻發生一件令人費解的怪事，困擾著暫代理指揮中心之職的江亦之少將……

衛星監控指揮大廳忽然歡聲雷動，使得原先死氣沉沉、毫無生氣的大廳發散愉悅氣息，眾人紛紛拍手叫好，原來，兩位科學家失去已久的衛星定位訊號，在三十五分鐘後竟然奇蹟似的又出現在螢幕前，閃爍的標記令眾人開懷不已。

「太好了！」一位北斗二代組員露出消失已久的笑容。

北斗組長說：「這表示兩位科學家仍然安全無恙，已經出發的救援隊應該有機會搶救回咱們科學家。」好消息立刻以加密方式經衛星轉告途中的救援隊，隨後在救援隊逐漸接近目標區，有個矛盾的「方向」問題逐漸開展於指揮中心與救援隊中，事實上北京指揮中心早已發現這怪異的地方，但一時難以判斷解決。

衛星控管大廳上頭有著中國人習慣的鼓勵標語，紅布條上寫著斗大字體「嚴格程序、嚴密操作」，下方數百技術人員分成不同衛星組，正專心監控眼前個人螢幕上的數據。長方形大廳前頭有三塊大型LED顯示屏幕，這又以中間那塊最大、最為醒目，此刻正顯示著一輛劫持者的沙漠越野車動態影像，這是由中國遙感成像間諜衛星從太空中所截獲的。第三塊顯示屏幕的上方有著四行LED文字顯示區，並以不同顏色區分所要表達的重要資料，其中幾行正以紅色字體清楚寫著北斗二代定位衛星對中國科學家求救資訊：

北緯：30.996446度　東經：58.062744度

車種：戰鬥沙漠越野車　車速：63公里／小時

伊朗軍隊與定位點所需攔截時間：十三分鐘

中國殲—16隱形戰機與定位點所需攔截時間：九分鐘

北斗二代組長：「將軍，殲—16隱形戰機已經越過阿富汗即將進入伊朗國境，他們到達目標區後，我認為救援隊跟著訊號走就對了。」

江亦之閉眼苦思。「我總覺得這裡面大有玄機，為何重新出現的訊號反而向北行進呢？」

確實非常奇怪，初期伊朗倖存護衛者說，劫持者往東北邊的阿富汗離去，但北斗衛星收到科學家眼鏡所發射出的求救訊號分明是向南方移動，斷訊後再次連線更是詭異——五十分鐘後重新出現於北斗衛星的訊號居然又180度反轉向北而去。早期中國的遙感成像衛星，依北斗訊號所追蹤得到的即時影像，清楚顯示共有六輛沙漠越野車向南奔馳於荒野之中，如今再度出現的訊號，其成像衛星只顯示一輛沙漠越野車獨自向北行駛，那麼其它五輛上哪兒去呢？

北斗二代組長對將軍說：「庫爾德人根據地在伊朗與伊拉克交接的北邊，如果劫持者是庫爾德族人，那麼往北是比往南還要合理的方向。」遙感衛星成像組組長深表同意，頻頻點頭以示贊成。

「事實上我非常懷疑綁架者為庫爾德族，他們的動機太牽強了。」江亦之依常理分析，他內心認定，庫爾德族犯案劫持機率不高，恐有誤導之嫌。

「可是庫爾德人要求七天內釋放他們的游擊隊成員，如果不是庫爾德族人，世上還有誰會要求釋放他們的游擊隊員？」遙感衛星成像組組長說。

江亦之吸一口氣舒緩情緒，並將各方片段資料加以整理，試圖從原本雜亂無章的情況分析原因。「首先庫爾德人必須跨越伊朗，他們必須從所在地的西北方冒險到東邊做案，這是他們不合理的地方。另外他們攻擊時毫不遲疑的摧毀護衛車隊，但卻精確保留兩位科學家的座車未受任何暴力襲擊，顯然對方早已確切掌握科學家的位置，這恐怕須有高科技或完善的情報系統，絕非庫爾德人目前的科技可完成。」

大廳監控主任：「這倒也是，但為何他們知道科學家的行程，就連行進時中方人員在車隊的位置都瞭若指掌，若非有內賊——否則就是如將軍所說的有高科技輔助。」

將軍繼續說：「沒錯，另外我懷疑伊朗護衛倖存者所言，這些人得以生還可能是劫持者故意留活口以便傳錯誤訊息給我們，這是劫持者故意誤導的地方。斷訊前六輛沙漠越野車向南疾駛，這是劫持者真正想要走的地方。斷訊五十分鐘後再度恢復訊號，此時只有一輛越野車反向北上，我認為是調虎離山計，故意引誘伊朗軍隊及中國救援部隊撲向錯誤的地方，以便爭取時間安全返回，這是劫持者詭計的地方。

一、庫爾德人出現在不合理的地方。

二、庫爾德人科技、軍事能力上做不到的地方。

三、劫持者故意誤導方向以完成其詭計。

四、劫持者真正想走的地方。

五、劫持者詭計的地方。

依這五點分析有較大把握，事件發動者絕非泛泛之輩或亡命之徒，必定有高度組織及科技能力。」

北斗二代組長：「若以將軍的分析，劫持者故意誤導往北方救援，反倒暴露出最大嫌疑者——也就是盤據南方海上的波灣美軍，所謂的庫爾德人只是被誤導的工具而已。」

「正是我想的，只有美軍才擁有極端高科技電子技術，也只有美軍才有可能做到滴水不漏的完美劫持。」江亦之繼續說：「其實國防部早就懷疑是美軍所為，但是苦於無任何證據，這也是為何國家要派出殲—16隱形戰機及蘭州軍區的特種部隊。要知道垂直短距起降的殲—16隱形戰機2017年才配發部隊，目前尚未對外公佈，戰機還屬於機密階段。會出動殲—16可見國家對此事的重視程度，若確定只是一般匪徒，伊朗軍方早就綽綽有餘了，更無須我方派出新式戰機。」

將軍以有限線索，抽絲剝繭的精闢分析，令人耳目一新，最後結論完全超乎眾人意料之外。

「那以將軍之意，我們該如何是好？」大廳監控主任擔心著即將到達目地的救援隊。

「為了安全起見，我決定救援隊與伊朗合作，分兩頭並進。」江亦之語氣堅定的回答。

22 攔截

殲—16戰機駕駛員目不轉睛盯著戰機內多功能顯示幕，前方有四個獨立螢幕，中間右方的螢幕正顯示著導航地圖資訊，電腦不斷將前方地形與記憶體中的全球數位化資料做比對，再經由北斗衛星定位訊號的導航，這使得殲—16戰機長途飛奔也可以正確無誤快速抵達目的地。

「1號機，注意！這裡是指揮中心，上級指示，千萬不可用導彈攔截戰鬥越野車。」中央指揮中心聯絡員正在與殲—16的1號機通話，這時1號機已經接近目標。

「了解！已經確認目標就在車上嗎？」

指揮中心聯絡員：「不能！我們現在可以確定發射訊號的黑框眼鏡就在戰鬥越野車後座，但是即時成像衛星目前還無法看到科學家是否在車上。」

「在不確定的情況下，安全起見建議使用軟性武器攔截，只要使車子無法前進即可。」中心聯絡員接著說。

「預計伊朗軍隊何時可支援？」殲—16飛行員問道。

「五分鐘內。」聯絡員說。

「收到了。」殲—16的1號機回話。

戰鬥越野車前方駕駛有點懷疑自己的眼睛，他瞇著眼睛想確認空中的小黑點。「嘿！你看得到前方上空那個小東西嗎？」駕駛發出疑問，他希望藉著另一人來證明所見不虛。

旁邊副駕駛座的年輕人舉起右手放在額頭上遮住刺眼陽光：「太遠了無法仔細看清楚，不過以聲音判斷應該是一種飛行器，我看它的速度，可能是一架直昇機……」

年長的駕駛手握方向盤，聳著肩無奈的對旁邊年輕人說：「該不會被庫爾德人猜中了，你最好把盒子準備好拿在手上，如果確定是針對我們而來就快點按下按鈕。」

年輕人半開玩笑的說：「我覺得那東西懸停在半空中，好像正等著我們呢！會是飛碟嗎？」

「別胡扯了！伊朗這荒郊野外哪來飛碟給你看，不過你說的對，那玩意似乎不怎麼動，我很擔心這是庫爾德人設下的詭計。」年長者不屑的回覆。

「你是說這盒子是定時炸彈？」年輕人開始瞎猜，本能的將盒子推到一旁，深怕真的是炸彈之類。

「別傻了！要殺我們早就動手了，還等到現在用炸彈轟我兩人不成？管它到底是什麼，先按了再說，不要誤了大事。」年長者安慰的說。

就在同時，與美國第五代電子偵察衛星入侵者同級的中國長空電子偵察衛星，意外的接收到求救訊號，不巧這個訊號竟然跟科學家的黑膠眼鏡發射源非常接近，但是訊號型態不同，截收到的居然是國際標準GMDSS求救訊號。

「等等！長空衛星接收到求救的無線電訊號。」長空衛星組長發出驚訝的聲音。「怪怪！發射者就在我們追蹤的戰鬥越野車附近，訊號是國際標準的GMDSS，這……這不可能是我們科學家發出的。」組長立刻通知代理指揮官江亦之少將。

這真是讓人費疑猜，江亦之轉頭面向長空衛星組長。「可有辦法精確定位GMDSS的求救訊號源嗎？」

長空衛星組長搖頭。「將軍，這是地面的無線電訊號，只能定位到約略區域，無法如同北斗衛星那樣精確，不過該地區人煙稀少，以求救訊號源移動速度而言，幾乎可以斷定求救的GMDSS訊號就是來自戰鬥越野車上。」

丈二金剛摸不著頭緒的將軍陷入思考，他被這突如其來的事件困惑著，一時之間實在無法瞭解箇中原由。「這就奇怪了！怎麼會是這節骨眼呢？即將被攔截的戰鬥越野車上，發射出國際標準求救訊號GMDSS，我認為這不可能是兩位科學家自己發出的訊號啊！」江亦之手撫著下巴，眼神與大廳正副監控主任，三人眼光相接，無聲訴說著心中的疑慮。將軍心想：如果這訊號不是被劫的中國科學家發出，那麼劫持者為何發送訊號自投羅網昭告天下呢？這檔怪事令將軍無比納悶。

殲—16機內左側屏幕顯示「距離六公里」，這表示戰鬥越野車已經近在咫尺，飛行員漸漸降低高度及行進速度。戰機機頭下方裝有第四代凝視焦平面熱成像儀（Staring Focal Plane Array），這可使殲—16無須光電掃描就可接收全視場熱輻射的圖像訊息，其作用的靈敏距離進步到第四代的14,000米左右。駕駛員啟動位於戰機後方的激光壓制系統，準備軟殺武器「激光」。

1號戰機飛行員對戰機中央控制中心按下武器選擇，選取「激光壓制系統」。

螢幕顯示：「武器選項完成」、「請指示功率及時間！」

飛行員選擇「中小功率」、「時間五秒」。

「是否發射？」頭盔抬頭顯示器閃爍，戰機中央控制中心等待。

1號戰機飛行員按下「發射」鈕，一道強而有力的激光隨即由機尾不偏不倚的射向著戰鬥越野車。

「喔！不得了！怎麼一回事，我的眼睛！」駕駛戰鬥越野車的兩人忽然間哀號不已。

毫無預警的失去視力簡直晴天霹靂，手握方向盤的年長者束手無策，車子一時之間無法控制左右晃動嚴重，最後竟然衝出公路外，顛簸的荒野使車子上下跳動，駕駛不得不緊急煞車停止前進。

「怎麼回事，我看不到任何東西……」驚慌不知所措的年輕者，雙手向前探索，不知發生何事……

原來這是一對伊朗籍的父子，暫時失明的父子倆以摸索方式下車，無助的雙雙依靠車門旁，他們完全不知是何原因造成的。事實上這只是被低功率激光照射的瞬間反應，導致頭暈眼花暫時失去視力，若功率加大並延長照射時間至十至十五秒，被攻擊者的視網膜將被穿刺而永久失明。

「戰鬥越野車已經完全停止移動。」殲—16的1號機回覆北京中央指揮中心。

「殲—16請保持警戒，地面救援任務交由即將到達現場的伊朗部隊。」指揮中心說。

飛行員減緩速度降低高度，殲—16為保戰機安全避免過度接近戰鬥越野車，僅在目標外四公里處盤旋等候伊朗部隊接手。

「是否見到兩位科學家？」北京中央指揮中心問戰機飛行員。

「兩位戰鬥越野車駕駛員確認停靠車外，但距離尚遠無法正確判斷是否有科學家在車上。」飛行員回答。

這時驚恐的父子慢慢恢復視力，在模糊景象中迎來不可置信的層層伊朗軍隊包圍。「不准動！舉起雙手！」靠近的眾多伊朗士兵拿著槍對父子倆毫不客氣的大叫。

「不要開槍！不要開槍！我們沒有武器，我們是伊朗人，我們是無辜的！」老父親跪在地上舉著雙手，老淚縱橫面對著凶神惡煞的士兵苦苦哀求，聲音哀戚令人動容。「千萬不要開槍！我只剩下這個兒子而已，什麼都沒有了，我的妻子已經被綁走，生死不明，我們沒做錯什麼事，為什麼懲罰我們？放我們一條生路吧！不要開槍！兒子如果也死，我活著也沒意義了。」

士兵被老父親懇求這幕意外驚懾停住向前的腳步，放鬆瞄準的槍管，一時面面相覷不知如何是好。一位軍官手拿手槍從後面竄出，語氣明顯緩和許多的詢問老先生。

「老先生，你車後面的兩位中國科學家呢？」伊朗軍官問。

「中國科學家？我不知道啊！」老父親抖著手，雙唇顫抖驚恐的回應軍官。「車上一直就只有我們兩人，沒有其它人啊！」

「那你們父子怎麼會開這臺車呢？」軍官繼續問。

尚未完全恢復視力的父親濕著雙眼述說他的不幸遭遇。「我們的車子在公路上遭遇庫爾德人劫持，對方劫持我的妻子。」老人家依然跪在地上，心有餘悸的說：「劫匪要求我們父子開他們的車沿公路北上，最後在邊境就可贖回妻子。」

「你們的車子呢？」軍官問。

「他們開走我的白色轎車。」年長的父親攤開雙手憤怒又無奈的說。

「我們有收到國際求救訊號，依照訊號位置應該是你們發出吧？」軍官繼續問。

「不！我不知道什麼求救訊號，我們什麼也沒做，只是不停的開車而已，希望盡快到達邊境帶回妻子。」老人家說。

年輕的兒子機警的提醒：「爸爸，會不會是那個盒子？」

「對了，車上的確有一個盒子，對方要求開車北上期間，若是沿路有軍隊或是飛機接近越野車，必須立刻啟動盒子按鈕通知他們，劫匪說只有這樣我的妻子才會安全無恙。」父親手指著車子。「就在那裡，車子的前座上，我們只是按照指示做事。」

軍官轉頭離開，走向跟隨伊軍的中國顧問說：「該死！我們中了劫持者的計謀，對方比我想像的還要狡猾，戰鬥越野車後座除了黑框膠體眼鏡外，什麼也沒有，而越野車駕駛只是一對倒楣的父子而已，你得盡快告訴北京目前狀況，我猜科學家可能被載往南方了。」

「果不其然！如我所料，科學家的確不在戰鬥越野車上，那只不過是劫匪的障眼法，目的是要迷惑救援部隊並延長時間，使真正劫持者能夠安全脫困。那一對被利用的父子既是向北前進，看來兩位科學家應該被帶至南方。」指揮中心江亦之喃喃自語，他之前的判斷果然正確。

「往南……那不就非常靠近伊朗的霍爾木茲海峽？那裡的波灣有著大批美軍航母艦隊，看來由美軍主導的可能性真的越來越大了。」大廳監控主任緊繃著臉。

將軍就相關資料繼續分析。「各位，劫匪故佈疑陣，表面上似把我們耍得團團轉，孰不知遺留眾多線索，我們若把資料加以排列，就可以清楚發現中間的關連。

一、十一點五分，偵測衛星顯示兩位科學家眼鏡首度發出求救訊號，其位置就在克爾曼市（Kerman）郊區與電廠之間的80號公路上，也就是兩位科學家視察完電廠監測站後，車隊出發沒多久即被劫持，可見劫持者事先早已規劃完善，絕非一般匪徒臨時打劫。

二、十一點十五分，黑框眼鏡求救訊號斷訊，研判劫匪在十一點十分左右發現眼鏡有發射求救功能，若非有高科技相助，一般人怎麼可能會知道眼鏡為發射源，這絕不是庫爾德人辦得到的。

三、十一點三十五分，我方兩架隸屬蘭州軍區37航空殲擊師的隱形「殲—16」戰機於新疆庫爾勒起飛營救。

四、十一點四十分，預估兩位伊朗人駕駛的豐田車在80號公路遇劫。

五、十一點四十五分，第一架運12運輸機載運暗夜之虎特種部隊起飛，幾分鐘之後第二架運12跟隨而去。

六、十一點五十分，黑框眼鏡求救訊號再度出現，但是行進方向卻是反向180度的往北前行，此時眼鏡發射機已經放在伊朗父子倆所駕駛的戰鬥越野車上，用意是迷惑救援部隊。

七、十三點三十分，殲—16的1號戰鬥機到達父子倆駕駛的越野戰鬥車地點，並執行攔截。

假若十一點四十分駕駛豐田車的兩位伊朗人被劫，那麼到現在已經有兩小時了，這說明劫匪的越野車有可能已經向南行進約100多公里左右，約略在伊朗克爾曼省東南方的吉羅夫特市（Jiroft）附近。為了降低搜索範圍集中火力營救科學家，天眼紅外線衛星組得先搜尋吉羅夫特市附近可疑目標。」將軍手指著大廳前屏幕上所顯示的伊朗地圖。

「是的長官，不過目前仍然在掃描中。」紅外線衛星組組長說。

「很好，原來那塊區域太大，現在需要紅外線組、長空電子偵察衛星組縮小範圍，以吉羅夫特市附近『北緯28.745415度、東經57.760119度』為中心的150公里直徑為範圍，搜索具有微量紅外輻射或無線電特徵的車隊。」江亦之少將繼續說：「另外通知殲—16的1、2號戰機趕往吉羅夫特市附近搜查。」

大廳主任點頭示意。「沒問題，那麼兩架運12的特種部隊也到該市附近嗎？」

「是的，他們先到吉羅夫特市西北方的機場候命。」

註解

4 1991年國際海事機關決定各國以較先進電子通訊系統GMDSS取代使用長達一世紀的SOS國際碼。出事者只要按下簡單電鈕，有關於求救事件、位置、數據將自動地通報救援機關。當發出GMDSS訊號時全球各地皆可以收到求救呼喚，這比過去SOS每分鐘僅能顯示八十個莫爾斯電碼要快速並準確許多。

23 挫折

伊朗政府宣稱，為嚇阻入侵者，將加強軍隊聯合作戰，決定在國土東部實施「大漠飛鷹」軍事演習，發言人宣佈區域內凡非伊朗軍隊將被視為軍事挑釁，一率加以殲滅。事實上此次「大漠飛鷹」軍演主要與中國特種部隊合力圍捕劫持者，並救援中國籍科學家，而此時離波斯灣約250公里處的內陸，伊朗部隊正橫列鋪陳，試圖阻擋劫持者前往波斯灣的去路。

凜冽北風加上戰鬥越野車的急馳車速，使美國海豹特種部隊帶隊的吉羅德·史密斯（Gerald Smith）中校O5必須扯開嗓門大聲對駕駛說話：「預計幾點到達會合區呢？」中校右手緊抓車桿避免身體搖晃，不時看著左手手錶，心中盤算著接下來的行程。

「O5，大概入夜前可抵達會合區座標。」越野駕駛看了看車子前方的定位儀資料後回覆中校。

行事謹慎的中校O5，正率領海豹部隊的五輛戰鬥越野車向南行駛，為避免行跡敗露，車隊盡量避開公路，寧願緩行於顛簸的原野上，向南趕赴波灣航母基地所設的接援會合點。O5知道劫持成功後中國必將加入搜尋，一路上隊員關閉無線話機，但保留訊號接收能力。

糾結的眉頭顯示中校O5對駕駛的回答並不滿意。「不行！太晚了恐怕有危險，雖然我們的戰鬥越野車已經將熱排氣管做了內置隱藏及降溫設計，可避免空中紅外線衛星追蹤，但是入夜後，伊朗荒漠溫度快速降低，將使車子、人體與背景造成過大溫差，恐怕中國紅外線衛星及戰機上的凝視焦平面熱成像儀（Staring Focal Plane Array）還是可以找出我們的行蹤。」O5豐富經驗告訴自己，這將陷入不可預知的危險。「夜晚的低溫明顯對我們不利，無論如何你得排除萬難加速前進，我希望在傍晚前就可到達會合點。」

「那只有再加速了，不過快速會使顛簸搖晃更嚴重。」駕駛提醒說。

海豹隊員正準備催急馬力加速前進，這時一則內含伊朗最新兵力佈置圖及調度的資訊，靜悄悄的由航母基地透過衛星直達中校O5的小型接收器。中校檢視後眉頭再次深鎖，知道過程終究無法如此順利，加速前進的策略需改變了。

無奈局勢詭譎多變，O5拍打駕駛肩膀，手指前方大石。「情況有變，我們先在那塊大石頭旁暫停。」「我們離會合點只剩下70公里，現在不是休息的好時間啊！O5。」行動軍官O3提出質疑，其它隊員也深表贊同，大家皆希望趕路盡早回到基地。

「前方有埋伏，我們無法再前進了！」O5搖頭說。

海豹車隊在大石塊隱蔽處停止，中校O5隨即在地上攤開伊朗地圖，開始分析最新戰情狀況，讓隊員了解目前處境。

「基地傳來伊朗最新軍事分佈圖。各位我們必須變更會合地點，依照基地傳來間諜衛星的資料顯示」O5指著地圖上海豹車隊即將要經過的地方。「吉羅夫特市（Jiroft）是穿越山脈的88、91號兩條公路的會合處，另外巴姆（Bam）古城附近的80號公路，這兩處已經佈滿伊朗正規軍，我想這是伊朗為截斷我們往前的佈置，看來伊朗與中國部隊已經動員起來了。」

「我們是突擊隊，恐怕難正面與為數眾多的正規軍衝突，但也不能觀望不前啊！」士官長E8說。

中校O5：「不用擔心E8，原計畫救援直昇機將由東南方向西北沿93、80號公路附近山脈至古城巴姆會合點。基地覺得太靠近伊軍風險過高，決定讓救援機到這裡。」O5手指移動至新的地點。「這裡是出了山谷的91與80號公路交接附近。」

士官長E8終於展露笑容。「這對我們有利啊！足足比舊的地點往前50公里左右，可減少我們一個小時的車程呢！」

「O5，我建議車隊再向前開半個小時至91與80號公路前的山谷內。在救援機未到達前，此處較為隱蔽，且離新會合點僅幾分鐘車程而已。」行動軍官O3手指著他建議的區域。

中校O5：「同意。」一夥人起身準備繼續前進，心裡油然昇起完成任務後安全回鄉的畫面。

波灣航母基地決定兵分兩路接援海豹特種部隊。首批兩架低空鋪路者（MH-53JIII）重型直昇機由波斯灣出發，沿著山脈與盧特荒漠（Lut Desert）邊緣平地經巴姆城附近到新會合點，為避開地面雷達的掃描，採用貼地飛行方式前進。另一架後備低空鋪路者則沿著91號公路穿越山脈，這需應用數位地圖及AN/APQ-158地形追蹤雷達，並閃避重巖疊嶂的地形驚險前進。低空鋪路者出發時每架擁有兩位機員、兩位飛行工程師以及兩位重機槍警戒手。除六位機組人員外，低空鋪路者每架還可再承載三十八名戰鬥兵員，堪稱直昇機界的運兵大哥。

「伊朗的雷達探測訊號如何？」即將到達會合點的低空鋪路者駕駛員神情肅穆的向飛行工程師詢問。

「到目前為止非常乾淨，我看圍堵的部隊可能是一般的臨時野戰部署，這區域幾乎沒有像樣的雷達搜索。」工程師的正面資訊令駕駛員安心不少。

不料言猶在耳，前頭的鋪路者儀器突然警笛大作，機上眾人意外又吃驚，駕駛脫口叫出：「不會吧！」回望儀錶，駕駛張大眼睛驚慌的說：「這怎麼可能！我們竟然被雷達鎖定了！」機上人員盡皆措手不及。

「等等！」兩位手忙腳亂的飛行工程師不斷調撥儀器，試圖找出敵方的雷達發射源。「我的天啊！」一位飛行工程師驚慌的大叫：「這雷達鎖定來至我們前方的空中，可是空中的雷達電波不是剛剛才確認無恙嗎？」難以置信、令人發毛的系統警告聲竟是如此椎心刺耳。

「如果是空中，我們的雷達應該可以找到對方戰機的蹤影才對……」鋪路者駕駛員語調高昂的質問飛行工程師。

緊急情況中飛行工程師只能以急促的語調回覆駕駛。「該死！我們的鋪路者只能鎖定雷達源發射點，可是雷達卻無法發現對方……不好了！這可能是一款具有隱形能力的戰機，依雷達發射源對方距離我們約40公里處，鋪路者是救援機，我們沒有中程反輻射飛彈可反擊啊！」顯然中國天眼紅外線監視衛星早已跟蹤鋪路者引擎的紅外線熱輻射源多時，中國戰機必定是打開雷達並鎖定鋪路者，這時隱形戰機行蹤才曝光。

鋪路者駕駛因心慌致使低飛直昇機略為搖晃。「隱形戰機！」飛行員聽到此言戰慄不已。駕駛說：「就算有反輻射飛彈，如果對方關掉雷達掃描，反輻射飛彈也有無法鎖定對方的問題，趕快將我們面臨的狀況告訴基地！」

鋪路者駕駛才講完，飛彈攻擊警示大響，螢幕赫然出現飛彈攻擊警告，首枚飛彈主要攻擊前方的鋪路者直昇機，相隔約十秒，另一枚飛彈發射，對準後方第二架鋪路者，前後共發射兩枚空對空中程飛彈。

警笛聲轉化成更高頻率的警告聲，系統反應震驚鋪路者機上所有作業人員。飛行工程師驚覺時間有限，他指著反方向對駕駛大吼：「快！快點！沒時間了，趕快向左轉，飛進左邊的山裡頭。」在無任何屏障的平原上，被戰機鎖定的任何一款直昇機皆難以逃脫無情飛彈的摧殘，進入山體或許是個好主意。

駕駛重踩油門並且大幅轉彎，想加快前進速度，帶著機上同僚進入山區躲避飛彈。「快啊！快啊！我知道你可以的，寶貝快啊！」駕駛緊張的唸唸有詞，恨不得立刻為低空鋪路者直昇機加上噴射引擎，跳離來勢凶猛的飛彈危機。

「我的天啊，只剩二十一秒，我們要再加速呀！」面對四馬赫（四倍音速）飛彈，顯然鋪路者的速度是緩不濟急，飛行工程師急得跳腳，心跳直線上升。

前頭的鋪路者加速逃命，離最近的遮蔽山體相去咫尺，可惜雖然低空鋪路者有兩具各可產生4,380匹馬力的渦輪風扇發動機，最高航速可達每小時315公里。但面對擁有四倍音速的中程霹靂12導彈，直昇機有如靜止懸停於空中，加再多的油也是惘然。才沒多久，爆炸的巨響震撼天際，前方的鋪路者機體四散紛飛。由於第二架低空鋪路者面臨晚十秒鐘發射的飛彈，故有較為充足時間躲進山脈隱體。即使如此，美軍的接援任務受到嚴重阻礙，已經到了必須考慮更改策略、重新出發的地步。

24 遭遇

面色凝重的中校O5剛結束與航母基地通話，得知接應的鋪路者已失事，曾幾何時，LST-5C衛星通話器竟變得如此沉重，O5自覺責任重大，無論如何也要將帶出的子弟兵安全送回基地。

為免影響隊員情緒，中校O5強打精神堅毅的說：「各位，間諜衛星發現伊朗在古城巴姆（Bam）附近部署機動飛彈，基於安全考量，接援的鋪路者直昇機已經取消經由巴姆過來的方式，將改由穿越山脈，並選擇在91號公路與群山間做為我們最新的會合點。」O5手指著地圖，這已經是再度變更的新會合地，地點就在91號公路所在的山區內，這真是一步兵家的險棋，假若在山區南北皆被伊朗軍隊堵上，恐怕救援隊及海豹特種部隊會全軍覆沒賠上性命。

士官長E8提醒中校：「O5，戰鬥越野車長途行駛，目前已經用上備用油料，如果山脈內無法成功會合接運，油料不足將使我們難以獨自到達波灣，那……整場任務豈不功虧一簣？」

「E8你說的沒錯，這也是為什麼基地希望接援直昇機進入山裡頭，直昇機有掩護較不易遭遇不測。基地派出的直昇機——低空鋪路者有電腦數位化虛擬地圖，搭配地形追蹤雷達可以有效閃避變化多端的山巒起伏，這種優勢科技曾經安全帶領我們進入伊朗執行任務。」為避免恐慌，史密斯中校極力安撫眾人，並且隱藏低空鋪路者在古城巴姆附近被擊落的事實。

「預計接援會合時間呢？」行動軍官O3問。

「我預估一小時後直昇機到達，各位我們準備回家吧！」中校對海豹隊員激勵說：「我們得馬上出發才行，車隊前方由我親自領頭，O3車子則壓後，E8你的車子在中間，負責妥善照顧兩位科學家，這可是國家欽點的重要人物，不可輕忽。」

此時，一股伊朗小部隊的先遣排兵，率先由吉羅夫特市附近出發，希望在91號公路山裡截堵美國海豹特種部隊，最終伊朗士兵如願以償，他們果真在91號公路的山脈隧道附近遭遇美軍。事實上這並非偶然的不期而遇，當時中國傾全力啟動的空中間諜衛星早已經鎖定海豹特種部隊的位置。伊朗及中國的後續部隊正在向91號公路調度中，眼看一場殲滅戰就要登場。可是中國人不解，為何美國人自尋死路進入單一出口的山區呢？這是兵家之大忌，美國海豹部隊不可能不知道風險性。

不連續的單發步槍聲在山谷的公路間不斷作響，伊朗先遣排兵開始阻擊美軍海豹部隊，他們目的是拖延戰術，等待大部隊到達支援作戰。即將到達最新直昇機會合點的海豹隊員，在槍林彈雨中不得不停止前進，眾人紛紛下車尋找掩體，並且試圖了解伊朗部隊的火力。

蹲在隱蔽土堆後方的E8士官長，以望遠鏡觀測槍聲來源的區域，然後壓低聲音對著旁邊的O5說：「人數不多，預估約一個排十幾個士兵而已，但他們佔據整個隧道及北面出口處。」

O5堅定的回答E8：「這只不過是他們的前導部隊，他們主要是咬住並拖延我們的行動時間，我相信很快會有大量部隊到達。可是直昇機到會合點還有二十分鐘，我們得想辦法堅持住。」士官長E8及行動軍官O3同時點頭贊同。

「E7的傷勢不輕呀，O5……」行動軍官O3對史密斯中校說。

「我知道！」史密斯中校說：「不如這樣吧！O3你與右臂受傷的E7再多帶領兩位士官班兵，先押解兩位科學家至東邊的小高地尋求隱蔽。」

「知道了，我馬上行動。」行動軍官O3起身前要求：「O5，行動前，我需要火力掩護支援！」

「你放心，待會我們將主動發起火力攻擊，那時正是O3你行動的最佳時機。」史密斯中校知道在伊朗大量援兵未到之前，都是海豹部隊搶時間佈局的機會，中校對另一旁的E8下令：「E8你帶幾位士官發起攻擊，快速解決伊朗的前導士兵，奪回隧道主控權。」雙眼炯炯有神的O5信心十足看著E8。

「沒問題，交給我吧！我正想給他們一個教訓！」E8士官長說罷拿起手上的機槍，壓低身子，立刻挑選六名士官，各自攜帶重武器裝備準備奪取隧道的反擊戰。

「其餘四人盡快將車上裝備運至O3附近的高地隱體，其中最重要的是我們的『翅膀』。不要忘記，要與O3一起將全隊的翅膀架設完成，並且隨時可起飛。」O5拍拍自己的肩膀示意他們所攜帶祕密武器「獨立飛行翼」的重要。

其中一個士官問：「戰鬥越野車呢？」

O5搖搖手不在乎的說。「放棄吧！反正已經快沒油了，我們要的是直昇機，不會再用到車子了。」

隧道旁伊朗士兵明顯的採取拖延守勢，只待後續部隊的到達支援。E8士官長可不準備讓他們稱心如意，他想驅逐伊朗士兵，並且主導隧道南北兩邊的出口。E8帶領兩名士官快跑前進至一處凸起掩體後方，伊朗士兵發現後，雙方的衝突隨即展開。伊朗士兵的連發機槍聲大作響徹山間，他們試圖阻止E8前進。

這時E8士官長以食指指向左邊隊員，隨後右手屈曲手肘，手臂成L形垂直指向地上，手指間緊閉，然後身體擺動向前，以特戰隊特有手勢通知左側的兩位士官，要他們待壓制火網開啟後快速向前攻擊。

兩位士官立刻回以大拇指和食指畫成的圓形OK手勢，表示訊息收到等待行動。

同時右側E5士官架起隱蔽的M24E1狙擊槍，狙擊槍槍管前方的小型三腳架使槍獲得穩定度，E5順著當時的東北風，調整光學倍率瞄準鏡，並調移上方刻度盤以便修正因為側風所帶來子彈向西南的偏移量，E5同時調整800公尺距離對子彈彈道下彎的弧度，最後在光學十字鏡的輔助下，他對準隧道旁最具威脅的伊朗機槍手腦部，食指扣下板機，一顆狙擊子彈不偏不倚的擊中機槍手腦門，隨後E8士官長佈局的攻擊於焉展開。

E8士官長見狀與其它隊員突然全舉起槍，同時往隧道旁聚集的幾名伊朗士兵進行火力壓制射擊。這時隧道前伊朗士兵見子彈火網交織猛烈，紛紛暫時縮手向內退縮，以便躲入隧道掩體。左側兩位海豹士官見機不可失，立即配合E8士官長指示，大步前進縮短與隧道距離，其中一名隊員E2打開肩托，快速架上SMAW火箭筒，目標北隧道出口伊朗士兵。海豹隊員E2士官側頭吐掉口中沙土，不屑的說：「伊朗佬，再見啦！」隨即按下發射鈕，這枚可擊穿600mm均質裝甲坦克的火箭彈迅速飛離火箭筒朝目標大剌剌前去。

91號公路上，南北座向長約300公尺的隧道，在強烈爆炸下，北出口隧道一側坍塌崩潰，彈頭碎片夾雜隧道壁岩石四下飛濺，躲藏於隧道周圍的伊朗士兵被炸得分崩離析死傷慘重，部份未受傷的伊朗士兵見火力處於劣勢，迅速乘車經隧道內向南邊出口退卻。

正當前頭海豹要趁勢追擊，想要一舉殲滅前導部隊之時，空氣中忽然傳來「咕——咕——咕——」有如貓頭鷹的呼叫聲，隊員停止腳步回望E8士官長，只見E8伸開手臂，以掌心向著隊員，示意攻擊停止無須再追擊剩餘殘隊。

此時中校俯身趴在地上，左耳緊貼路面聽取由岩石傳來的震動聲，隨後迅速起身對著海豹隊員大叫：「E8你做得沒錯，我們沒時間追擊了！」中校邊跑邊糾集隊員，口裡大聲嚷著：「情勢萬分急迫，伊朗的主力部隊幾分鐘以內就要到達這裡啦！」中校O5心想：為何命運之神總是捉弄人？事情每每在最後關頭急轉直下，明明再十餘分鐘就可搭上直昇機，帶領子弟兵完成任務返回基地，可偏偏大部隊伊朗軍隊卻即將趕到。

「E8，快！快！快！帶領所有人到隧道南北入出口兩處埋入無線遙控炸藥。」中校情急之下大聲喊著。

這是一場攸關生死存亡的佈局，史密斯必須帶領海豹隊員減緩伊朗軍隊的攻擊，爭取時間等待救援。O5希望將伊朗軍隊暫時拒於被阻斷的隧道南側，而此時佔據北側的海豹部隊試圖獲得額外十分鐘左右的拖延，這已足夠隊員搭上直昇機脫困。

25 電磁軌道炮

山區蜿蜒的91號公路，在南隧道口處約略向西南突出30度左右，因此海豹隊員在遠處即可驚瞥公路狀況：「哇！真不是蓋的，簡直出乎我意料之外，居然出動大隊人馬，伊朗似乎挺看得起我們。」E8士官長手裡正忙著準備彈藥，嘴巴卻閑不下來自我調侃一番。「O5你看那密密麻麻的車隊，恐怕有一個營的兵力。」E8士官長對著史密斯中校說。

「目前情勢非常明顯，我們無法穿越隧道到最新的會合點，我已經發出求救訊號，將直昇機降落地點就地改為O3那邊小高地的後方，那平臺可提供我們及『獨立飛行翼』所需的暫時隱蔽。」中校準備放棄91號公路，他知道海豹不可能應對大批伊朗軍隊，將人員轉入行動軍官O3與兩位科學家所在的小高地已經勢在必行。O5對E8士官長說：「十分鐘，再過十分鐘海豹全隊就有機會回基地了，但前提是須將伊朗軍隊阻隔在隧道那端，E8這重任交付給你了。」

戰場經驗豐富的E8士官長早知中校O5希望破壞隧道。「沒問題的O5，交給我吧！隧道破壞後，以此地形勢之險惡，伊軍即使強行從崩潰隧道下方的山谷通過，少說也要十五分鐘以上的時間才能繞過外圍。」

「太好了，E8我給你兩位士官，必須在關鍵時刻完成隧道爆破，將大批伊軍阻擋於隧道那頭，其它人員則必須在小高地前構築抵擋防火牆，爭取寶貴時間。」史密斯中校拍打著士官長肩膀。「我相信你可以完成任務，海豹部隊是否可繼續保持優良的任務完成紀錄，全靠你們三人了！」

滿臉灰土的E3士官，瞪大雙眼，牽腸掛肚的瞧著隧道內。「軍隊已經進入了南入口了！」E3透過無線話機對E8士官長說。

「不！忍著點，還不是時候！」耐心的E8士官長勸阻著E3，要他稍安勿躁。

「部隊已經在隧道內。」E3的聲音明顯提高。

「忍著點，還沒！」E8士官長如此堅定，此時爆破的時間點如此重要，E8絕不容閃失。

「快要到北出口了！」E3再也控制不住的大叫，粗大脖子靜脈緊繃的狀似要爆裂，緊掐於手裡的遙控器顫抖著。

「等等！等等！」E8士官長手舉起等待著時機，此時從外部已可隱約看見內部軍車身影，巨大的軍車引擎咆哮聲在密閉隧道裡迴盪，大大的增強了震撼效果，使人神情不由自主的緊張。

「北出口看到軍車了！」E3大叫。

「啟動。」E8士官長喊著，同時手勢瞬間落下。

集中資源畢其炸藥於一役的爆破，是如此驚天動地！南北入出口同時爆炸，巨大音爆波震動了伊軍，大量塌落的隧道岩壁壓住經過的運兵卡車，嚴重爆炸使隧道內一片狼籍，在漆黑的隧道內部伊朗士兵死傷慘重。隧道兩側出口因而徹底封閉，完全失去對91號公路的運輸功能，被封死於隧道內部的士兵，在無重機械幫助下短時間根本無法自行脫困。此時公路南出口處尚未進入的伊軍，完全被阻絕於南入口處動彈不得，若要繞過隧道旁起伏不定的山體，則需額外時間。士官長E8如識途老馬耐心的等待伊軍徹底進入隧道後才引爆炸藥，雖然無法完全消滅大批伊軍，卻有效阻擋軍隊的前進時間，為海豹特種部隊撤退爭取難得的寶貴時間。

「呀呼！成功啦！可以回家囉！」手舞足蹈的E3士官難掩快樂心情，喜極而泣。

完成任務的三位爆破人員拾起槍械，準備至公路旁小高地與行動軍官O3等會合。此時91號公路遙遠天際隱約傳來「喀——喀——喀——」的聲響，直昇機的聲響漸漸放大。

「聽到沒！」士官長E8終於露出失去已久的笑容，大聲對兩位一同參與爆破的士官說：「快呀！兄弟，直昇機時間有限，它可不等人的。」E8高興的嚷著。

「我記得這聲音，從阿富汗出發時我覺得噪音難以容忍，現在可是天籟美聲啊！」士官E4開心的對士官長E8說。

才向著東邊高地跑出幾步的士官長E8，忽然停住前進腳步。「你們聽到嗡嗡的聲音嗎？」士官長E8問。

士官E3跟著停下步伐。「這像是飛機的聲音，除直昇機以外，莫非基地也派出戰鬥機？」

空氣中兩股不同飛行器的引擎噪音交織著，令人暈頭轉向分不清事由，隱約中可見東邊那頭海豹人員聚集於高地上，那裡傳來眾人呼叫聲音。士官長E8將耳朵轉向東邊，由於距離尚遠似乎難以辨識他們的用意，E8拿起望遠鏡視察，只見高地上中校O5及行動軍官O3皆高舉著手，同時指向士官長E8上方的天空。士官E3無意間轉頭望向隧道北出口的天上，驚覺不遠處滿天黑鳥於空中飛翔。頓時回神的E3，舉起手高興喊著：「你們看！是美軍的傘兵部隊耶！他們也來支援我們啦！」士官E3一股莫名的生存希望油然而生。

士官長E8將望遠鏡轉往眾人所指的空中，原本喜悅之情瞬間化為烏有，轉眼間臉色面如死灰的士官長E8叫著：「不對！那……那不是美軍！」

「難道是伊朗傘兵？真是該死，硬是緊咬著不放。」士官E4咬牙切齒的說著，心情直轉而下。

士官長E8調整望遠鏡焦距，對著空中飛機尾翼希望確認飛機國籍，E8無法相信從望遠鏡中所見到……

「不對……不對！弟兄們，快跑到直昇機會合區！」手推著士官E3、E4的士官長E8，試圖讓兩位士官加快腳步，士官長E8邊跑邊說：「那是中國解放軍的傘兵部隊啊！」

會合點小高地外圍的工事區，O5伸出堅實的手對返來的E8士官長、E3、及E4士官三人道賀。「你們成功的完成爆破！直昇機就在那裡，我們可以準備回家了！英雄們。」史密斯中校另一隻手指著距離100公尺外的天空，備用組的低空鋪路者（MH-53JⅢ）直昇機，使用地形追蹤雷達穿越延綿山脈而來，此時開始逐漸下降高度準備載運海豹成員。

這時奇怪的尖銳聲音從空中傳來，顯然是物體高速運動摩擦氣體產生獨特的空氣震動聲，聲音尖銳而且來源廣泛，士官長有豐富戰場經驗，他知道這聲音代表的涵義。

「是炮彈，快點趴下！」E8士官長放開中校的手大叫。

炮彈攻擊目標集中在低空鋪路者直昇機下降的區域，正準備降落的鋪路者飛行員為之震動，雖然未直接命中，但震波使離地僅數公尺的機體嚴重晃動。「該死！哪來的炮彈！」駕駛驚慌的嚷著。

「那裡。」中校O5手指著隧道出口處。「在南隧道口，是伊朗連隊的迫擊炮，低空鋪路者恐怕無法著陸！」越來越密集的炮彈促使中校憂慮的說。

「基地，我們遭受炮擊，無法降落營救。」受到驚嚇的鋪路者機員回報航母基地，直昇機無奈不得不準備離開降落區。

不間斷的炮彈持續來襲，不幸的事終於發生了，一顆在附近爆炸的炮彈流彈撞擊機體，並在機艙炸出小洞，駕駛對航母基地說：「基地，鋪路者中彈！」艙內儀器「嗶——嗶——」作響，尾舵輕微受損，鋪路者在低空慢速打轉，機員忙著穩定鋪路者，並拉高機體防止衝撞地面。「這炮擊太密集了，根本無法救援。」駕駛抱怨。

「快點撤離危險區，放棄降落，重新找安全的區域。」無奈下，航母基地下令暫時駛離。

尾舵受損使低空鋪路者穩定度欠佳，機員勉強控制機體但仍然旋轉不已，直昇機只得選擇暫時撤離。

「不——不要——不要放棄我們。」一位隊員含淚脫口而出，道出內心的渴望。

眼見子弟兵就要安全撤出，只差臨門一腳，卻在緊要關頭功虧一簣，中校手持LST-5C衛星通話器，再也無法按耐潰堤的情緒。「基地這算什麼，我們已經完成任務，你們不能將我的隊伍留在此地。」憤怒的中校O5無法接受一手調教親如兄弟的成員，完成任務後卻因接援不當而失敗。

「不，我們絕對沒有放棄，我了解你的處境，我們會想辦法的。」暫代伊朗戰區指揮官的中將布賴恩·伯里奇（Brian Burridge）親自接過中校的衛星緊急求救電話。

中校O5不能理解，基地規劃的救援為何一再變更。「這太過分了，原本回阿富汗，後改為古城巴姆（Bam）附近，再改為山區此地，目前我們左前方有伊朗軍隊，右前方有中國傘兵，後方是山脈，已經不可能突圍成功，如果沒有直昇機救援，任務會曝光失敗。」高聲大罵的中校憤怒難平。「至少我們需要火力支援，減緩敵人進逼的時間。」中校對航母基地提出基本要求，對於陷入生死危急關頭的海豹部隊，這一點都不過分。

指揮官伯里奇中將說：「O5，之前巴姆古城有第二臺直昇機，受導彈威脅時已經改變航道進入山區，預計二十分鐘後可到達你的所在地。」

O5並不認同：「不可能，我們撐不了那麼久，長官。再說第二臺直昇機到達時，依然會遇到炮火襲擊，同樣會有無法降落救援的窘境。」

失望的伯里奇，重重的坐到椅子上，感傷的對正在戰場上掙扎求生的史密斯中校說：「天啊！基地幹了什麼事，為何計畫會走到如此境地，O5你儘管說，有什麼我可以做到的，基地這裡的人願意為你們做任何事。」

在中校內心盤算已久的計畫，再度浮現腦海。中校心想：在絕望之中這似乎是一個提出要求的絕佳時機。

「長官，我有一最後的方法，或許有機會全身而退。」

伯里奇中將眼睛為之一亮，振奮的跳起身：「你說，再困難基地都會全力配合。」

吉羅德·史密斯中校毫不猶豫大聲的回覆：「艦隊裡的『電磁軌道炮』！長官。」

26 獨立飛行翼

中東波斯灣美國航母指揮旗艦基地邦克山號（Bunker Hill，CG-52）導彈巡洋艦內正進行一場激烈的口水論戰。「以目前緊急狀況下，我完全同意吉羅德．史密斯中校的建議，電磁軌道炮應該是個對的選擇。」艦上作戰官直爽的對代理指揮官布賴恩．伯里奇中將說：「不過這是大事，需考慮白宮的立場。」作戰官含蓄的提出警告。

伯里奇隨即想到：「巡弋飛彈如何？準確度極高的巡弋飛彈就不會有此麻煩，或許可以考慮。」

作戰官兩手一攤。「不，長官。巡弋飛彈為了閃避地形障礙，速度僅有亞音速，我認為十五分鐘後巡弋飛彈到達目的地時，海豹部隊早已報銷了。」事實上巡弋飛彈確實有緩不濟急的遺憾。「我認為即使是導彈，以目前的情況也不適合。」

「可是導彈速度夠快。」

「是的，速度對導彈的確不會構成問題，可是長官你看間諜衛星鎖眼KH-12所得到的即時影像資料。」作戰官手指著邦克山號指揮艦上的作戰螢幕。「這片大區域，在不使用核子武器的前提下，我們得動用多少導彈載體承運一般炸彈！以導彈載體的成本轟炸此區域，完全不可行。」作戰官非常實際的回答伯里奇。

願意承擔責任的伯里奇似乎心意已決：「你的說法正確，高科技電磁軌道炮，其成本甚至只有一般火炮的10%以下，而巡弋飛彈及短程導彈更是遠遠無法相比。電磁軌道炮雖然準確度無法像巡弋飛彈極為精確，但不會相差太遠，以短程區域的火力涵蓋面來說，電磁軌道炮的威力無與倫比。」伯里奇繼續說：「各位，海豹那裡可是沒太多時間。作戰官，我要你即刻連絡艦隊，準備電磁軌道炮。」

「不！我不同意！」站在後方體型微胖的武器官顯然不表贊同。「電磁軌道炮是國家的祕密武器，當初規定必須經由白宮同意才可正式啟用，手冊上有記載，長官你是知道的。」武器官搬出法規，堅持符合程序。

武器官的突然反對，激怒了指揮官伯里奇中將。「你說什麼！你不知道海豹隊員正在受苦嗎？你不知道他們即將全軍覆沒嗎？」伯里奇指著武器官的鼻子喝道。

「我當然知道！但是電磁軌道炮是特殊武器，必須要先得到白宮的同意，這是規定。」武器官據理力爭。

異常暴怒的伯里奇咆哮起來：「情況緊急，我沒那麼多的時間申請！等同意許可令下來，任務早就失敗，海豹隊員也被消滅。你這不知變通的法匠，難道你沒有同理心嗎？你的同胞正在那裡垂死掙扎你可知道？」

「長官，這是我的職責，我必須告訴你，這是會遭受軍法審判的。」武器官毫不退讓。

「我沒那麼多時間跟你在這閑扯，我眾多的子弟兵還在伊朗等我，無論如何所有政治責任由我個人承擔。」氣憤難消的伯里奇中將不想再與武器官繼續糾纏，將軍轉向對作戰官說：「馬上通知導彈驅逐艦多納德．庫克號（Donald Cook，DDG-75）立刻啟動電磁軌道炮作業程序。」

武器官仍然不死心，他轉向作戰官，尋求認同。「作戰官這是嚴重違法的，你說呢？」

作戰官右手握拳瞪大眼睛情緒極為激動叫喊著：「去你他媽的規定，對於即將遭受滅頂之災的海豹隊員，我願意接受軍法審判。」隨後轉頭對著伯里奇中將說：「報告長官，對於執行這個任務，我樂意之至，也是我個人的驕傲。」作戰官瞄了一眼武器官隨即轉身離開，留武器官獨自一人站在艦橋。

航母基地指揮艦邦克山號上的作戰官頭戴無線耳機，透過衛星電話向史密斯中校交代接下來的援助計畫。「O5，電磁軌道炮初速可高達六至七倍音速，但進入亞軌道後再重新進入大氣層會使整個平均速度降至三至四倍音速左右，我預計電磁制導炮彈需要五分鐘的滑行時間才會到達目的地，並且執行轟炸任務。O5，這段時間必須你們自己想辦法挺住敵人的攻勢。」

豪氣的中校O5二話不說：「行！這由我們弟兄想辦法撐住，但巴姆（Bam）的第二臺低空鋪路者直昇機到達此地，需要時間太久也太危險，為避免最後僅存一架救援直昇機再遭遇相同的炮擊，我建議由基地再選擇新的會合地點，只要距離許可下，我們可以用『獨立飛行翼』自行飛到新地點。」

「多少距離比較適合？」作戰官問。

重燃希望的中校O5：「以飛行翼最大航程十五公里計算，新區域可選擇在10公里外較平坦的山區處。」

「沒問題，基地會將新會合的衛星定位點，還有電磁軌道炮的炮彈落點區等訊號送至你的接收機，所有人員只要死守在安全區域內，就不會發生電磁炮彈誤炸狀況。」作戰官說。

「衛星導向的炮彈誤差範圍有多少？這必須考慮進去以免造成誤傷。」中校O5問。

作戰官：「經由GPS精密導航修正，可在十公尺以內。」

伊朗迫擊炮擊退救援的美軍低空鋪路者直昇機後，來自中國蘭州軍區的暗夜之虎特種部隊，被空降投放到海豹部隊據守高地的西北方，他們開始實施收縮夾擊。海豹部隊此時遭受西北方的中國特種部隊，以及西南方脫離公路繞過隧道逐漸進逼的伊朗士兵兩方面威脅。尤其是陸續著陸的中國特種部隊，小心翼翼交叉掩護前進，這對海豹所設定的安全線已經開始造成威脅。

左手無名指處綑著紗布的E8士官長對著E11士官指示：「老弟，我們是需要給他們一點警告了！避免對方軍隊越來越靠近我們的安全區域。」

E11士官將戰鬥越野車拆卸而來的M2HB.50口徑重型機槍轉調槍口，對著最前方的中國特種部隊，E11士官準備開槍掃射之際，不知從何傳來一聲槍響。

「唉呀！該死！」正要使用重型機槍射擊的E11士官慘叫，他應聲後退橫倒於地上，子彈從左邊臉頰邊緣處穿越，E11士官手立刻按壓左臉頰，滿臉鮮血但並無生命危險。

E12見狀想立即接替E11重型機槍的位置。「趴下！快點趴下！」旁邊E8士官長見狀情急，馬上撲向欲接替的E12。兩人才剛跌落一旁，一顆子彈以迅雷不及掩耳之勢從E12頭部附近呼嘯而過。若非E8士官長機警相救，E12的腦袋瓜早已開花。「小心點，對方是狙擊手。」E8士官長對命懸一線差點喪命的E12士官說。

低身沿著土堆掩體，中校O5帶領海豹的狙擊手跑到E8士官長旁說：「E8，幹得好呀！不過我觀察發現，右方中國兵可能不是一般普通軍隊，他們看起來訓練有素，非常可能全部都是狙擊手。」

中校對E8士官長建議：「我認為讓海豹隊裡狙擊高手面對右方的中國兵，然後將我們的重機調至左邊應付為數眾多的伊朗士兵，這樣短時間應該可有效阻止對方進逼至我們的安全線。」

E8士官長：「以狙擊手反制狙擊手，這倒是好方法。」

此時，一位大膽前進，並且不斷變換位置的中國軍人露出行蹤。E6屏息調整M24E1狙擊槍上的瞄準鏡，這是他耐心等待已久的機會。E6按下板機槍聲響起，疏忽的中國特種部隊頓時中彈，子彈命中心臟要害當場斃命。「帥呆了！這次被我逮個正著吧！」E6樂極了，翻身轉向E8士官長並豎起勝利的拇指。

沒想到E6槍擊的火光及槍聲洩漏他的隱藏點，轉身時雖然頭頂超出掩體，即使只露出一丁點頭殼，卻足以成為特種部隊狙擊手的目標。「唉呀！」E6士官慘叫一聲隨後倒地不起，一顆中國88式狙擊步槍子彈貫穿E6腦門造成血漿四溢回天乏術。中美雙方各損失一名特戰人員後，中國特戰兵前進的口袋收縮戰術明顯變緩。

「O5，對方人實在太多，我們很難對付，不如現在就讓飛行翼起飛，先離開此地至新的會合點。」E12士官在令人沮喪的緊急情況下忽然問中校O5。

「不行E12！現在時機尚未成熟，一旦飛行翼貿然起飛必定遭受伊朗機槍的掃射及中國狙擊手的獵殺，剛昇空的海豹毫無抵抗能力，恐怕生還機會渺茫。」中校O5分析。

「O5說得對，現在昇空只會當活箭靶，對海豹隊員相當不利。」E8士官長也同意O5的說法。

「我們目的不在殲滅敵軍的多寡，現在重要的是拖延，並使對方保持在基地所設下安全線以外即可。幾分鐘後電磁軌道炮的炮彈將到達，敵人的區域將遭受全面轟炸，而那也是我們最後一個離開的機會。」史密斯中校以充滿希望的眼神對附近的所有人說：「這時敵人目的與我們極不同，伊朗與中國軍隊主要任務是解救兩位科學家。在緊急下，除了炮擊我們的救援直昇機以外，我相信他們會以狙擊為主並減少直接的軍事強攻擊，以避免誤傷人質，接下來他們唯一策略將是盡力採取縮小包圍區域。」中校O5露出難得的微笑。「而這正是我們所要的，因為二分鐘後空中的電磁軌道炮會說明一切。」

數倍音速的炮彈從波斯灣導彈驅逐艦多納德．庫克號發射，有如急風暴雨般傾瀉而至，在多納德．庫克號電腦的計算下，電磁軌道的炮管以不同炮擊角度來調整炮彈到達的時間差，炮彈內微型化制導裝置縮至極小空間，裝置可承受電磁軌道炮發射時異常強大的重力加速度。發射後四秒，炮彈上的鴨式修正翼展開，十二秒後開始捕捉GPS定位訊號並控制炮彈上的鴨翼修正導航，飛行炮彈以每秒240次對GPS訊號取樣修正航道。

奇怪尖銳的「咻——咻——」聲再度從空中傳來，這次範圍更大，聲勢甚為驚人，眾人舉目向南方望去。「那是什麼聲音？」E12士官問士官長E8。

「波斯灣的救援大軍來了！」一旁的O5喜上眉梢，邊看著手錶，邊高興的回覆E12的問題。「可真準時啊！分秒不差，來得正是時候啊！」

天空中充滿電磁炮彈與空氣的摩擦震動聲，在毫無任何預警下，電磁炮彈有如陣雨般狂烈的轟炸，除了邦克山號旗艦所畫的安全區域，高密度的震撼爆炸一波接著一波，海豹部隊左右兩邊的中伊軍隊完全無招架之力，這種全面性覆蓋而且精確度極高的電磁制導炮彈，具有高度的摧毀性，區域內有如煉獄，只要無掩體保護者下場慘烈悲悽。

從安全區域內掩體中快速站起來的史密斯中校O5喊著：「快！快！快！不要再管敵人了！所有人立刻撤至後方高地，這是我們回家的最後一次機會了！」中校O5不斷揮舞著手，催促著海豹隊員盡速移動腳步。

趁著電磁炮一波波綿延不絕的掩護，海豹隊全員沒命的向著後方高地退撤，他們目標是已經架好的「獨立飛行翼」。

在炮火下死傷慘重的中國特種部隊，正發揮著不可思議的堅忍民族性，所剩無幾能夠舉槍的特種隊員，即便重傷，憑著最後一口氣，堅持為國家戰到最後一刻至死方休。

「啊！」E5士官突然發出哀號，背部中彈倒地，旁邊的E12及E13見狀，不假思索從左右抓起E5，連拖帶拉頭也不回朝著飛行翼奔去。

E12士官大聲嚷著：「撐著兄弟，就快到了，我們不會甩下你，一定會帶你回去。」E5士官背後血流如柱咬牙硬撐。

中校O5見E5中彈，後撤緩慢狀況不妙。「E12及E13跑——快跑！無論如何把E5給我拖回去呀！」O5拿起重機槍身先士卒壓後掩護。「啊——啊——啊！碰——碰——碰！」O5瘋了似發射重機槍子彈，他對著僅剩少數，但仍然死纏爛打寧死不放的中國特種部隊發出子彈。

「看到沒E5，那就是我們的『飛行翼』！」E13士官高興的指著前方，希望激勵E5的求生意志。

「啊！」O5腿部中彈，血流不止，此時O5拋棄已經彈盡的重機槍，隨地拿起一把長步槍當拐杖繼續後退。

這時一位最前線，下半身已經被軌道炮炸碎的解放軍，全身血淋淋的突然翻身，正使用最後一口氣準備拋出手中僅存的手榴彈。

「還不放手！」中校O5大驚喊著，緊急下O5不假思索丟出被他當拐杖的長槍，嘴裡叫著。「去死吧！」那把長槍不偏不倚的正重解放軍的頭部，這最後的手榴彈竟然從手中滑落，不幸的將自已當場炸死。

O5大喜終於解除眼前危機，臨走前O5回望慘不忍睹的軌道炮轟炸區，忽然心中燃起對那些不屈不饒中國軍人的敬意。「真是可敬可佩的對手！」O5自言自語並表達內心對敵人勇氣感佩之意。

千辛萬苦衝破險阻奔赴至高地的隊員，眼前出現一具具閃閃發亮的飛行翼。它們在行動軍官O3的架設下，放置於高地後方的隱蔽點。此時腿部中彈瘸著腳的中校O5，依然精神抖擻的叫著：「所有人員快穿上飛行翼，無論是兩位科學家、陣亡的遺體或是重傷者，一律用雙人翼給我揹走，不拋棄任何兄弟，這是海豹部隊的傳統。」中校O5使勁的喊者：「各位手錶裡新的衛星定位會合點在10公里外山谷中，基地派來最後一架低空鋪路者正在那裡等者。」O5嚴肅的說：「各位，這是最後一個班機，錯過就再也沒機會了！」中校O5慷慨激昂，神情凜然。

註解

5 電磁軌道炮（Rail Gun）是由兩條平行導體通入電流，產生勞侖茲力定律（Lorentz force）的強大磁場，並將中間的炮彈以極高速度射出。理論上其速度遠高於導彈，真空狀態下甚至可能達到亞光速。在軍事上電磁軌道炮可用於反導，尤其是摧毀低軌道衛星以及來襲導彈攻擊。成本只有一般火炮系統十分之一的電磁軌道炮，當電力足夠時更可替代艦隊上的防空系統，攻擊各種飛機。

6 獨立飛行翼又稱人體飛機，是可摺疊的飛行翼，其飛翼左右下方各有兩具超小型噴射引擎，肩部及胯下各有背帶可綁牢於飛行員身上，然後點燃四具超小引擎，此時飛翼就有如人體飛機般翱翔於大氣之中。美國國防部經由多年祕密撥款改進，並以輕質合金材料從新打造四部引擎，對整套獨立飛行翼進行減重，同時航程至20公里之遠。研發成功後成為美國情報人員及特種部隊首選高科技配備，時常在任務完成後再無聲無息的離開現場。

27 危機反應中心

雖然中國出動隱型戰鬥機殲—16，並擊落其中一架低空鋪路者成功阻礙美軍的救援進度，但在美軍艦隊的電磁軌道炮強力攻擊下，中國特種兵在伊朗的營救任務終究以失敗收場。錯估美國在伊朗內陸的強大滲透力，造成反劫持任務無可挽回的挫敗，這震怒了北京政府，完全無法接受失去反物質科學家的重大打擊。當時擔心動作過大對外出兵過多將被解讀為中伊聯軍抗拒波斯灣美軍，沒想到畏首畏尾反而錯失救援良機。

一項由美國主導的劫持案，最終卻演變成中美兩國不同版本的救援計畫。美國人忙於救援海豹特種部隊，隨後還要計畫如何安全接援回國。中國則想盡辦法搶救失去的科學家。搶救失敗後，北京決定將「臨時中央指揮中心」再變更為「危機反應中心」，專事負責兩位科學家救援任務。由於局勢朝向不利救援，中國決定走馬換將，指揮官改為由中央副軍委主席全權調度指揮，動員的幅度、強度及牽涉層級將是歷來所罕見，全新格局再度出發的北京無論如何也要反轉局勢。

「相關人員也太疏忽了，怎麼會演變成這地步！」滿臉納悶、不知從何說起的賀鴻飛副軍委，兩眼直視身旁重要智囊華天。「咱們兩人得先擬出個戰略方向，明天我要向上級報告。」身材微胖的賀鴻飛副軍委從座位起身，雙手交插放於胸前，腰背靠著窗臺邊。

「軍委，我們這兩位可不是普通科學家，如果美國真如情報消息顯示，他們已經突破技術，掌握反物質的儲存科技，如果兩位專家的反物質大量生產方法又被美方竊取，美國軍方鑄成的反物質武器將無敵於天下。何況人既是從伊朗劫走，那就擺明不可能由正式外交途徑要回，現在籌碼的天平已經嚴重傾向美國方向。」

賀鴻飛副軍委比了個手勢說：「華天，這裡沒有外人，你有話就直說吧！」

一般重要大事都是經由眾人會議集思廣益，但軍委習慣事前先諮詢華天意見。才華洋溢聰明過人的華天，一向分析精闢，能正中紅心，加上個性穩重善於謀劃，一直以來都是賀鴻飛副軍委最重要的左右手，地位重要無人可取代。

「缺少直接證據是我們的罩門，但駐美人員仍必須要將我們的抗議傳遞給美國，讓對方了解中國對此事的重視。雖然大家心裡都知道，這只不過是擺擺立場實質上不會有多大用處。」華天堅毅的眼眸銳利的投向軍委。「軍委，這回我們真要強力動員了，沒別的法子了。」

賀鴻飛副軍委似乎心裡有底。「動員！很好。我想聽聽你的分析，要怎麼個動法，規模盤算有多大？」

「只有悄悄出動特種兵，不動聲色要回科學家了！」

「你說什麼！幾年來這可是我第一次聽到你開玩笑！」軍委驚訝的不敢相信自己耳朵所聽到。「對方是強敵美國，這可是要有所本才行呀！」軍委顯然非常慎重。「出兵！那就是撕破臉，擺明硬碰硬沒有轉圜餘地，最終會引發難以預料的大規模戰爭啊！再說戰爭不見得能將被劫走的人員帶回。」

「不！並非出兵，這種說法太聳動。」內斂的華天緊接著說：「正確應該是先出動情報人員暗地打探科學家去向，等待確認後再由已經潛伏進入的特種幹員執行救援任務。」

賀鴻飛軍委來回踱步。「嗯……或許可行吧！雖然這種方式在國際間確實時有所聞，只是在美國內地恐怕未曾發生過。最終風險在搶救過程，必須有如外科手術般的救援，並減少驚動美方人員的機率，不過未來變數太多尚難以預料，可以確定的是這將會是龐大救援計畫，就算成功救援，但是回程也將艱難險阻。」

28 渡假村

向凌川上身端坐於車子後座，看來並無異樣，食指卻在老教授狄維路博士的手掌上寫了幾個漢字：「如何是好？」

老教授一生奉獻國家，滿腦忠黨愛國，不假思索回以四個字。「堅不吐實！」

顯然向凌川想的比老教授更多，手指即刻在狄維路教授的手上寫著：「如何解危？」對兩人目前的處境而言，這似乎有點奢想，但卻不得不面對。

狄維路博士在反物質領域的思緒經常如泉湧般源源不絕，如今腦中卻一片空白，毫無頭緒，對於向凌川的問題不知如何是好，僅能在向凌川手上回應：「讓北京知道！」

沒想到向凌川嘴角上揚點頭認同，並寫了三個字回應：「好主意。」停頓半晌終究面對現實的向凌川在教授手上寫著：「可有計畫？」

這可難倒中國反物質首席泰斗狄維路博士，在801反物質計畫所時，狄維路思路敏捷，常常帶領所裡人員拆解疑惑創造奇蹟，今日危機上身卻靈感枯竭無力自救，他失望的目光投向車窗外。此時車子高速行駛於快速道路上，忽然間路旁招牌上的廣告吸引狄維路博士的注意，廣告上頭寫著：「提高工作效率，閣下需要優質會議中心，楓樹小鎮渡假會議中心歡迎您預約」。會議？狄維路心想：是啊，太糊塗了！竟然忘記重要會議即將在美國召開，這中間是否有操作空間呢？狄維路博士急忙在向凌川的手上揮舞，指頭寫著：「芝加哥會議！」

同樣坐在車子後座，一位中等身材的美國人以北京話好心叮嚀：「向博士，維吉妮亞州（V.A.）的秋天已經開始轉涼，還是將你的大衣穿上吧！」美國人突然的舉動打斷了兩人正如火如荼的手語溝通。

兩位被劫中國科學家併肩坐在汽車後座，上車以來未發一語。聽到美國人的建議後，狄維路反倒熱心的替向凌川回覆：「不用擔心，他身體硬朗的很，一點都不怕冷，衣服擱著就好了。」

「是呀！教授說的沒錯，不著急穿衣服。」向凌川靦腆點頭同意，壓根兒就沒意願要穿上自己的大衣。

衣服正放在兩人大腿上，兩位科學家當然希望保持原狀，事實上兩人上車後之所以一言不發，是因為在衣服覆蓋下可避開旁邊監視者。兩人試圖透過手語溝通，以決定應對危機的處理方式。

向凌川立刻回神，心想：沒錯啊！幾乎忘記此事，我手下有一篇「反物質」論文將在芝加哥一年一度的粒子物理學年會發表，只是……如何讓年會的手下知道我們的處境呢？仰頭思索的向凌川，正盤算著如何串聯讓北京知道及年會兩件毫不相干的事？他想著：如何不著痕跡騙過美方人員，並留下有如珍珠串般的線索讓北京循線找出我們的下落。看來這似乎有點困難，一時之間倒是難以找出完美解決辦法。向凌川隨即回覆他的恩師狄維路教授「讓我想想」四個字。

維吉妮亞快速公路上一個毫不起眼的小徑岔路，立牌上寫著「ViLa別墅」，但卻無地址門號，若非深諳此道，南來北往穿梭忙碌的車子很難注意到如此與世隔絕的隱密區域。數輛黑頭轎車逐漸減速，轉入ViLa別莊的羊腸小徑，汽車低速下引擎沉穩的聲浪雖然輕微，仍然不經意打擾到原本恬靜優雅的鄉村，夾道兩旁高大楓樹，在秋天的催促下樹葉已然楓紅遍野，這楓紅也不知不覺中染紅小心翼翼、慢駛經過的黑色車頂。

前方盡頭兩位警衛禮貌性的擋駕，首輛汽車滑下車窗，駕駛以親切的口吻說：「嗨！傑克（Jack）今天又是你值班，一切還好吧！」駕駛非常熟習的向駐衛人員問候。「四輛車，一共十二位人員。」接著駕駛確切回報眼前狀況。

例行檢查並未因遇到熟人而省略，警衛拿出系統列出的單子一一點名查核。「沒錯，與登記的完全符合，希望你們的兩位新朋友住得愉快。」警衛開啟大門讓車子入內。

車子緩緩越過開啟的大門，第二輛車後座的美國人，操著流利華語對著身旁的兩位科學家說：「兩位教授，這邊是我最喜歡的馬場區。」美國人指著窗外開始介紹。「平常休閒的時候，騎著馬跑幾圈會使人心情愉快，穿過跑馬區，那邊是可讓人小試身手的釣魚悠閒濱湖區。」美國人有如連珠炮持續熱情介紹佔地廣闊的會議型別墅。「這裡是渡假型會議中心，平時經常有本公司的重要幹部在此舉行數天會議，閒暇之餘還可騎馬減輕壓力，另外一邊D區則是隱蔽性極佳的住宿區。」介紹人手指著另一頭，可惜兩位客人似乎心事重重無心欣賞眼前美景。

車隊停在兩棟雙拼獨立小屋旁，這是美國中央情報局（Central Intelligence Agency）CIA的專屬休閒渡假村，平常除提供高階長官會議後休憩處所，也是重要幹員在繁重任務後洗滌疲憊身心的地方。此時更成為軟禁兩位反物質專家的高級分離室，中情局無非冀望在景色優美的區域，軟化科學家的民族情節，全盤供出大量生產反物質的理論及作業流程方法。

心裡有數的向凌川知道兩棟獨立房子代表著分開軟禁的涵義，他趁著眾人忙於張羅車上行李之際，向凌川壓低聲音對著狄維路說：「我有辦法了，教授。」自信再度浮現於向凌川的臉龐。

狄維路驚訝的看著向凌川充滿希望的眼神。「你的辦法是……」狄博士話說到一半被眼前意外中斷！

「不會吧！」向凌川瞇著眼睛看前方漸漸走來的人，他想確認心中不曾思考過的疑問，便向博士大聲的說：「那是……張……張文濱博士？」向凌川不可思議的轉頭看著身旁的狄維路。「所長這是怎麼一回事呀！難道他也……」

飛彈專家張文濱在兩位美國人的陪伴下，緩緩來到兩位博士剛下車的地方，欲言又止，顯然很無奈。

「對了，兩位博士。」了解華語的美國幹員面露微笑說：「這位張博士目前暫住在另一邊的獨立小屋，他也是剛到美國，我想你們是舊識，利用短暫時間或許大家可以寒喧幾句。」隨後幹員刻意走開，讓三人有機會互相傾吐心聲。

29 駐美大使

會議桌上美國外交部長神情自若，好整以暇的接待來訪中國大使，此時部長正聆聽對面中國駐美大使滔滔不絕的報怨。

「我們有三位科學家在伊朗開會時遭遇不可思議的暴力綁架，目前行蹤不明安全堪慮，中國政府極為重視，為維護出訪公民的生命安全決定動員搶救。」面色極為凝重的中國大使兩眼直視美國外交部長，開宗明義的道出中國政府對此案重視程度，並傳遞鋼鐵般絕不放棄的堅定立場。

「雖然世界各地暴力攻擊時有所聞，但是中國科學家慘遇劫難的確少有，這真是一個令人氣憤的不幸消息。當年美國曾經遭遇不可思議的911恐怖攻擊，世貿大樓雙塔死傷慘重，損失不計其數。我們深惡痛絕暴力，對於中國人此刻的心情美國完全了解，並深表同情。」美國外交部長快速轉換臉部表情，狀似關切與痛心，對來訪大使深表哀傷。「大使先生，你剛才說的不幸發生地點在伊朗是嗎？」美國外交部長好心的想仔細確認。

「是的，就在伊朗東部的內陸。」

美國外交部長隨即以包裝極好的簡短語言，透露出來自美國隱隱不著痕跡的暗示警告。「大使先生，伊朗現在處於不安狀態，暴亂頻傳治安欠佳，美軍為維護區域核不擴散的聯合國宗旨，正執行世人期盼的維安任務。我們知道中國在伊朗保有眾多利益，但在動亂區域，我們建議中國人應該謹慎其行處處小心啊！」

「部長可能有所誤會，出事地點在伊朗內陸的克爾曼（Kerman）省。我們了解，美國與伊朗在東南部霍爾木茲海峽附近，有嚴重的軍事衝突，但距離出事地點尚稱遙遠。」大使含蓄提醒美國外交部長，美國做他的軍事介入與中國科學家何干，這可是兩件毫不相干的事嘛！

國際上常有的外交辭令冷不防再度現身：「你說的沒錯，400公里左右的伊朗內陸是有點遠，不過中美兩國傳統友好，正好美國在波斯灣有點駐軍，事實上只要中國提出請求，我們具有地緣方便之利，美軍極願意伸出援手幫忙搜尋科學家的下落。」美國外交部長不慌不忙的說。

眼看部長臉不紅氣不喘的回應，有點按耐不住的中國大使開始加強力道暗示美方。「部長，我是說中國失落的科學家可能與美國有關。」大使點出重點。

部長表現出不解的樣子。「你是說美國在伊朗的軍事行動所造成的混亂與失蹤科學家有關？」

大使見部長推託之詞打得虎虎生風，再繞下去也是徒勞無功，乾脆開門見山直接了當的說：「據我方駐伊朗相關人員回報，劫持者可能是來自於貴國的特種部隊。」

「大使先生，這誤會恐怕對中美兩國長期友誼有重大影響！」部長雙手合十，表情轉為驚訝。「據報導，劫持者是來自庫爾德族游擊隊，雖然之前伊拉克戰爭時，美國劃分北部禁航區保護庫爾德族免於伊拉克化學武器迫害，但這不代表我國支持庫爾德族日後的恐怖行動。依造911的慘重教訓，我國一貫立場是不分種族打擊國際恐怖主義活動，對於中國遭遇此事我們深表遺憾，但庫爾德族絕非美國指使。」外交部長一臉正氣凜然，話鋒一轉則反而佔據道德高點令中國大使當場傻眼。

大使明知手頭並無直接證據，僅言語抗議略顯薄弱，但仍然據理力爭。「我們懷疑是貴國的特種兵所為！」

「這是重大指控，若是大使可以提出確實為我國特種兵所為證據，我國將懲處失職人員，但是請問大使有證據嗎？」

啞口無言的大使只能說：「我們會拿出證據的！」

「我認為中國可能誤會了。」美國外交部長起身，替中國大使泡上一杯英國名茶「TWININGS」唐寧紅茶欲化解略嫌凝重的氣氛。「大使先生，這是由湯馬士．唐寧先生於1706所創立，茶香裊繞近300年歷史，這『TWININGS』茶是英國貴族皇室品嚐歷史中最悠遠的茗茶，在西方一直以極致品質絕佳口感著稱，您嚐嚐是否符合中國人口味？」部長以柔軟的身段、親切的口吻緩和衝突，接著又說：「您說的沒錯，美國最近確實派出特種部隊在伊朗執行任務，但是那是針對伊朗軍隊，美國並無意侵犯中國人員啊！」部長小心翼翼的將茶端至大使面前。

「嗯！感覺不錯。」大使禮貌回應。

「之前世界各地無線基地臺，皆收到伊朗東部內陸克爾曼省所發出的緊急GMDSS國際標準求救訊號，美國以人道救援為出發點，特別調派正在附近值勤的特種部隊前往救援。」美國部長面露憐憫之心侃侃而談，就像當時在場似的瞭若指掌。「我們的特種部隊不幸遭遇伊朗正規軍，當時發生激戰，所幸特種部隊全身而退，但仍有傷亡。假設GMDSS求救訊號真的來自中國遇劫的科學家，那表示美國也為救援出力幫過忙，所以我說中國人誤會了！」

恍然大悟的大使心想：真是踏破鐵鞋無覓處，得來全不費功夫，這回可謎底揭曉。當時江亦之少將還納悶不已，為何劫匪不打自招反而要求倒楣父子自個兒發送GMDSS訊號昭告天下。如今真相大白，中國大使簡直啞巴吃黃蓮有口難言，缺乏證據下竟然還讓對方保有最高道德貞節牌坊，實在令大使憤恨難平。「部長，看來中國應該感謝貴國的支援是吧！」中國大使反諷說。

笑臉迎人的部長，當然知道大使其言的涵義，但部長卻張開雙手毫不猶豫的說：「這僅是美國對兩國長期友誼做出的綿薄之力啊！大使先生。」

30 釣魚

早晨幽靜的湖區有如年輕姑娘般罩著薄薄淡霧，水氣幻化成裊裊清煙緩緩移動，時而像巨大湖怪狀齜牙咧嘴似要噬人，時而像引起驚濤駭浪的海嘯翻騰過海撲面殺來。東方上昇未久的太陽朝氣蓬勃灑落湖面，一絲絲陽光努力在霧氣的空隙中穿插著橘橙橙色彩，不經意的將湖上空彩繪成人間仙境。

此時釣魚浮標在水面上不斷的上下晃動，一條細小魚線，因折射率低且不易被魚兒發現，這條堅韌的碳纖線一路從湖面浮標沿長至岸邊釣竿。

「啊！向博士，你今天運氣真不錯呀！」旁邊瞪大眼睛的美國人吉姆・羅杰斯（Jim Rogers）滿臉喜孜孜，用中國北京官話對著向凌川說著：「浮標搖動這麼大，我敢打賭這次上鉤的魚兒肯定是條大魚。」

向凌川的思緒早就不知拋向何處去了，哪裡知道浮標正顯示已經釣到魚這檔事，被羅杰斯這一提醒才突然回神。「羅杰斯，你說的對，我猜也是條大魚。」向凌川的臉難掩喜悅之情，這是劫持以後許久不得見到的景象，但事實上並非為了魚兒上鉤。「中國人說：放長線釣大魚，一點也不假。施了迷人的香餌，魚兒遲早是要上鉤的，你說是吧！」向凌川用一種奇怪的眼神投向懂中文的羅杰斯，好似話中有話，不過美國人對這種中國獨特的隱諱語詞確實難以理解。

另一位負責監視的美國人以英語嚷著。「博士，拉上來吧！這會給你帶來一整天的好運。」

向凌川聽了這句話默默點頭道：「對極了，我真是太需要好運了！」開始不慌不忙捲回釣竿上的魚線，漸漸縮短，讓上鉤的倒楣魚兒露出廬山真面目。「呀！你們看是一條鯉魚耶！在中國這表示天大的好預兆，鴻運當頭流年大吉啊！」無法理解的美國人看著肥大的魚目瞪口呆。

羅杰斯高興的拿著小網幫忙撈住魚，避免一個閃失讓魚溜了。「這條魚可不小，可以請廚師代為烹飪，替大家加菜。」

向凌川左手抓著魚，右手則忙著替魚解開嘴上的魚鉤。「當年中國還不富裕時，這條魚只怕性命難保。現在發達了，人們營養明顯過剩。」說完竟將手中的肥魚釋放回湖裡。

羅杰斯有點訝異。「在美國我們會放掉小魚帶回大魚，以便保持湖裡生生不息，將來永遠有大魚可享用，難道在中國不同，為了健康放掉大魚只吃掉小魚？」

「釣魚對我而言不是為填飽肚子，只是為達到某種目標，例如怡情養性就是其中一種。」向凌川好似暗示著什麼，不過西方人思維的確難以拆解個中奧妙。

清晨飄逸湖景優美動人，羅杰斯眼見良好氣氛讓向凌川心情開朗，便轉移話題。「向博士，美國自由開放，頂尖大學及研究單位的學術引領世界，學者在美國一向享有崇高地位，只要博士同意，美國願意花費鉅資建構您夢中的設備及研究團隊，完成一個學者一生致力追求的心中夢想。」羅杰斯拿了把低矮小折椅湊合在向凌川旁，他用博士可理解的北京話，語氣溫和眼露渴望的對向凌川拋出美國真正意圖。

重新將手上魚鉤安上魚餌的向凌川，回望身旁的羅杰斯，博士嘴角上揚輕描淡寫的微笑說：「這莫非是招降！」向凌川將手中的釣竿執起，緩慢起身並將釣竿上的魚餌輕甩入湖中。「你到中國留學過，應該了解在中國這可是大逆不道的叛國喔！」

「喔不！不是這樣的！博士誤會了。美國怎麼會讓您揹上如此沉重的名聲呢？這種事是絕不可能發生的。」羅杰斯連忙搖頭。「我們只是希望由博士主持幾個造福全人類的科學研究項目。」坐在小椅上的羅杰斯比手畫腳開始他的說客任務，透過美麗的編織希望能獲得向凌川的青睞。「再說，中國每年高校畢業生到美國留學的有數十萬人之譜，畢業後的碩博士，中間絕大部分皆停留於美國從事高科技研發，其中不乏進入美國國防開發處所，當然這些累積眾多的中國留學生不可能被認為叛國呀！」

「可是我已經在中國做同樣的事，不是嗎？」向凌川不一會兒又將釣竿提起，釣鉤釣餌離水後立刻又快速放回湖裡，這樣來來回回數次，看得兩位美國監管人一頭霧水。

「對不起博士，這真有點不同。全世界都知道美國有最完善的科技實力，各領域人才濟濟高手輩出，博士的反物質研究如果能夠落戶美國，美國高階人才配合將源源不絕，資金也將以最快速度落實到位，到時全球皆可提早受惠。」

「你們可找錯人了，所長狄維路才是箇中翹楚，自然應該先詢問他才對。」向凌川明顯在刺探羅杰斯。

「您太謙虛了，向博士。我們認為您更適合。」

向凌川挑明的說：「我猜是碰了一鼻子灰吧！」

羅杰斯坐在椅子上，眼睛轉至湖的遠方。「我們倒希望有機會碰灰。」羅杰斯以氣餒的語氣回覆向凌川：「狄博士心情相當惡劣，我們連溝通都談不上。」

「對於狄所長，我相信你們碰到極大難題。所長的童年剛好在中國極度困難的年代，他與中國有刻骨銘心的共戰情誼，對他來說中國就是一切無可取代，我奉勸你們死了這條心吧！不如放了所長，留我一個人也算足夠了。」向凌川忽然以嚴厲的目光對著羅杰斯。「我把話說得清楚一點，所長對我恩重如山，美國要我做事可以慢慢談，但是狄所長的安全不能因為對美國已經失去價值而遭受威脅，否則連我這道門也會關閉。」

「向博士你可以放心，剛才說過我們對學著崇敬有加，你的問題不可能發生。」稍稍放鬆緊繃心情的羅杰斯展露微笑的臉繼續追問：「向博士你認為我們可以從何處開始合作？」

「喲！你瞧瞧！」向博士指著湖面上的浮標。「又開始晃動了，不知道是湖裡的魚餓昏了，還是這裡的魚太容易上勾呢？」向博士高興的說著，站起身體又開始捲回釣線。

「這就怪了，上回我一條也沒釣到，博士你今天的運氣卻好到不行。」羅杰斯笑著說。

向凌川呵呵笑的說：「我們搞科學的不迷信運氣。我跟你講，這與魚種、放的餌、釣法有關。來之前我已經詢問過你們這位老兄。」向凌川回望著後方的美國人。「他說這裡有一些亞洲種鯉魚，我便特別請他幫我準備植物油、麵粉及香料，這些材料揉成麵團後對鯉魚具有吸引力。」向凌川拉起釣線又是一條誘人的肥美鯉魚。「還記得嗎？剛才釣勾不斷的衝擊水面，那是因為魚對水波震動有較強的感應。簡單的說，是在提醒魚兒這裡有牠們喜歡的食物呢！」

「我不知道博士對釣魚頗有心得。」釣魚並非羅杰斯所關心，隨後又將主題拉回。「我提議的合作，不知博士有何想法？」

「這有個問題。」向凌川嚴肅的向羅杰斯說：「我說過，你總不能讓我叛國，是吧！」

羅杰斯急忙撇清。「不！不！不會的！」但話說到一半，便被向凌川打斷。

向凌川說：「不著急！我有個方法！你們核算看看成不成。」羅杰斯有如洗三溫暖般上下震盪，現在向凌川拋出橄欖枝，樂得羅杰斯兩眼目光發直。

「博士您說說看，我們要如何配合您呢？」

「如果我直接參與美國的反物質計畫，不就說明對國家不忠！何況狄所長還是我恩師。其它不說，對我自己內心也是衝擊過大，我說此事萬萬不可，是吧！」不等羅杰斯反應，向凌川接著說：「不如這樣吧！我給你們當個特別顧問，需要的時候，我提出個人的專業意見，這或許可以為你們打開糾結已久的瓶頸。中國人說『點破就不值錢』，我想美國要的不就是有所突破，不是嗎？」

羅杰斯聽了向凌川的建議，差點沒從椅子上摔下來滾到湖裡餵魚，他簡直不敢相信自己耳朵所聽到的，這對羅杰斯而言，可是天上掉下來的大塊肥肉，得來全不費工夫。這比他當初所設想希望達到的結果更加完美，若成功可是大功一件。「博士，你的方法極好，不但可考慮到你現有的處境，還可滿足我國對反物質的需求，我相信美國政府會非常願意配合。」羅杰斯內心樂不可支，只差沒強烈的表現出來。他的心裡正想著：不！我不能表現得太露骨，我必須稍稍壓抑住。

對著湖，向凌川不慌不忙的拋了一些細小香餌，只見不一會功夫，貪吃的魚兒漸漸聚在湖面飼餌區。

「但是有兩個簡單的條件必須符合。」向凌川說。

此時的羅杰斯早已經樂昏頭了。「向博士，您說吧！只要不是太困難，我想應該問題不大。」

「喔！羅杰斯你太見外了，我的條件一向都不會太為難他人，這完全取決美國的決定，一點都不強求。」湖面的魚越聚越多，顯然餓肚子的魚為數不少。向凌川心想：這還真是巧合啊！湖面的魚就像現在的美國及羅杰斯，對反物質的需求可謂飢不擇食，看來就看他如何將手上的餌拋得漂亮。「條件一，必須保障狄所長人身安全無慮。你看，我沒說錯，這對你們一點都不難是吧！」

羅杰斯答：「這沒問題。」

「條件二呢？」向凌川思考的一下說：「你說美國科技完善人才濟濟，這我相信。可是在反物質方面我怎麼知道呢？這可是要大批高端人員及龐大金額投入，如果美國在反物質領域落後太多，我還不如效力中國，比較可能盡快為地球上人類謀求福祉，是吧！」向凌川不斷的丟餌進入湖面，只不過細小的餌根本不夠越聚越多的魚所需。憎多粥少，這些魚竟然搶起食物來，湖面魚群翻滾跳躍離水搶食，一時之間真是好不熱鬧，而這竟是向凌川所要創造的情境。

羅杰斯問：「向博士的意思是……」

向凌川緩緩道來，一派輕鬆模樣。「這很簡單，我出一道反物質的科學現象問題，問問美國各方專家，如果可以正確回答就表示貴國在反物質的研究上有一定基礎程度，未來在合作時想必我這顧問當起來也相對容易。」

「題目？測試？我可不懂這些艱澀的物理學，必須由專家回答才行！」羅杰斯對向凌川的問題難以理解，有如罩在霧裡。

向凌川安慰的說：「不用怕，你只要負責將問題帶給相關反物質的美國科學家即可。」

「好，這沒問題，那博士的問題是……」

「條件二的問題是『粒子對撞機是反物質大量生產的好途徑嗎？』」向凌川博士緩緩說道。

羅杰斯問：「這是一道難以回答的問題嗎？」

「不，這只是一個基本問題而已。」回答同時向凌川將未帶魚餌的勾拋出至魚群聚集的湖面上。奇蹟出現了，不知是魚太餓抑或是已經習慣丟來的東西即是食物，魚群竟然出現爭相搶食魚鉤的奇景，向凌川不費吹灰之力即有魚兒自動上門。

羅杰斯不由的發出讚嘆聲。「哇！這奇了！釣鉤都還未到湖面，魚竟然自己跳起來咬。」

向凌川再度捲回魚線拉回魚桿，滿足的向羅杰斯說：「羅杰斯啊！我這題目非常簡單，基本上在中國並非機密，相關研究員也都知道結果。如果你們能正確回答，或許我還能幫忙說服狄所長加入呢！反正你們的基礎都有了不是嗎？美國反物質成功是遲早的事嘛！我們兩個加入顧問行列的內心衝擊也會比較小。」

「向博士，透過我的轉介，你很難得到正確答案，這樣吧！我來安排美國反物質研究人員與你見面，你可以當面問你想問的問題，不是更好嗎？」

向凌川堅持。「不！不！此時此刻，暫時不宜面見科技界以免誤會，現在由你來代勞是最好的方式。」

羅杰斯此時已成為中間的橋梁。「好！就交給我吧！我相信美國高層也樂意接受這個條件！讓我來傳遞問題給相關科學家。」

此時向凌川忽然轉頭面向羅杰斯，他突然放低聲音問：「那位張文濱是怎麼一回事啊！」

「向博士，聽說張文濱是另外一個單位由伊朗請來的。」羅杰斯一副尷尬吱吱嗚嗚「只是張博士比你們兩位提早一天到達此地而已，其實你們都是美國的座上嘉賓嘛！」

「座上嘉賓！」向凌川大笑不止。「好一個我們都是『座上嘉賓』！是這樣嗎？那天渡假屋旁我聽他說也是半路被劫持的喔！看來現在貴國流行不情之請呢！」

「這個嘛……」羅杰斯搔著頭無言以對。

從外邊往內看，狄維路及向凌川兩位科學家的處境艱難令人擔憂，可是在向凌川巧妙的運作之下，似乎有危而不危之勢。聰明的向博士心想：我的反物質大餌已經施放了，接下來就是至關重要的釣法，竿的力道、角度及時間恐怕要拿捏精準才行。

31 粒子對撞機

電話連線裡情報局長喬治．施密特正與費米實驗室的好友肯尼斯．愛德華茲交談。「肯尼斯，上次費米實驗室的拜訪讓我們一行人獲益良多，當時會議時對反物質的驚訝也造成咖啡漬兩度濺灑到您的桌子。」施密特呵呵的笑著。「唉！我很少這麼失態。」

人在芝加哥的愛德華茲從電話那頭也傳來笑聲。「是呀！你說得對，我的記憶裡不曾有過。那是很奇特的會議，結果是各方專家都同意伊朗的爆炸是反物質造成。人類在20世紀初進入原子時代，沒想到相隔一世紀後，竟在毫無預警下闖入反物質的新紀元，不幸的是兩次都是率先應用於軍事上。」

「是啊！不同的是當時美國走在原子時代尖端，可是21世紀我們卻被迫接受反物質的時代來臨。」施密特接著說：「肯尼斯，我是在蘭利（Mclean, VA）辦公室打電話給你的，旁邊還有行動處處長丹尼斯．德雷納及幹員組長吉姆．羅杰斯兩人。」

愛德華茲忽然注意到這是多人的電話會議。「嗨！德雷納、羅杰斯你們兩位好啊！我想你們可能有重要事要談吧！」

德雷納：「久仰大名，所長。我們有些不了解的地方或許要打擾你了。」

施密特開始說出他的電話用意。「肯尼斯，我們確實有一個科學的問題需要你的協助。」

「我想，必定跟上次的反物質有關。」聰明的愛德華茲已經猜到部分。

「沒錯，你說對了。」施密特毫不掩飾的回答。「嗯！這問題是『粒子對撞機是反物質大量生產的好途徑嗎？』」施密特問。

這種科技問題居然由情報頭子親自提出，確實令費米實驗室的愛德華茲所長有點錯愕不解。「莫非現在連情報局也要從事反物質研究？」愛德華茲開玩笑的問著。

輕輕的呵呵笑聲從施密特嘴裡傳出。「你知道，不會是那樣的，最主要是有人在詢問我局裡的人。」

「有人詢問？能讓情報局長親自提問，此人想必來歷不小。」犀利的愛德華茲一語道破。「不過你的問題雖然不難回答，卻很難正確得到答案。」愛德華茲貼切的描述。

施密特說：「這我就不太懂了……」

「朋友，我來為你分析。」愛德華茲開始以科學的角度分析闡述。「科學界對反物質的產生普遍認為有兩種方法。第一種是到太空中收集，理論上宇宙大爆炸後產生了幾乎相同數量的正物質和反物質，可是它們在宇宙形成片刻就開始相互合併消滅對方，部分科學家相信最後正物質和反物質都沒有被對方完全消滅，他們都在避免被對方捕獲。我們所看到的恆星、行星等宇宙雖然是由正物質組成，但科學家相信宇宙的某個空間還潛伏著反物質、反星系。為證明此點，美國科學家在1979年釋放一個巨大氣球到35公里的高空，氣球上靈敏的探測儀後來獵取了二十八個反質子，這是人類第一次從太空中發現反物質。數年前安裝於國際太空站上的粒子物理實驗器阿爾法磁譜儀（Alpha Magnetic Spectrometer, AMS），是由麻省理工大學的臺灣籍諾貝爾物理學家丁肇中（Chao Chung Ting）所倡導。阿爾法磁譜儀將依靠一個巨大超導磁鐵及六個超高精確度的探測器來完成搜索，主要觀測並驗證反電子、反質子等有關宇宙大爆炸後的疑問及理論。」停頓了一下，愛德華茲快速思索後繼續說：「簡單的講，地球上如果需要大量的反物質，現在不可能從太空中攫取。那是因為現在尚未證實太空中有大量反物質存在，即使有，地球現有科技也無法實現至太空撈取。」

「這個方式不實際，那麼第二種辦法呢？」

「第二種辦法就像是我所帶領的團隊，透過粒子對撞機以人造的方式無中生有直接創造出來，但是偏偏此種方式既費時又昂貴，國家希望至少成本降至一微克（百萬分之一公克）約600萬美元。我之所以說你的問題不難回答，是因為美國科技界皆知道地球上若要生產反物質，目前只有靠粒子對撞機一途了。我之所以說很難正確得到答案，是因為我們還未發展出大量生產方式，美國目前的對撞機並不適合大量生產。不幸的是最近伊朗大爆炸被認為是反物質所致，這說明可能還有其它途徑，但西方科技界尚未掌握到。」

行動處處長德雷納著急的問：「所長，這麼說你覺得答案不是粒子對撞機？」

「不！德雷納。如果問題是在地球製造反物質，答案很明顯『是的』。可是若要『大量生產』反物質，我的答案是『目前無法回答』。」

施密特局長：「費米實驗室是這領域的先驅。如果您無法回答，在美國我還可以找誰回答此問題呢？」

愛德華茲清了清喉嚨接著說：「我不明白，這問題很重要嗎？」

情急的幹員羅杰斯：「這真的很重要，聽說這問題在中國並非機密，相關研究人員都知道答案。」

愛德華茲激動的放大聲音反問：「你說什麼？」

「哦……哦！這個嘛……」有點尷尬的施密特局長認為該是說清楚的時候。「這樣吧！我想還是讓我單獨跟愛德華茲所長請教好了！」顯然施密特希望他的兩位屬下暫時迴避。

幹員羅杰斯離開前，特別將連線電話按下靜音功能。「老闆，不要忘記，向凌川博士說中國研究人員都知道答案而且已經不是祕密。」羅杰斯輕聲細語的叮嚀。

施密特用右手指打著OK的手勢。「了解，我知道。」

兩位被支開的屬下離開施密特的連線辦公室後，愛德華茲感受到難以啟口的祕密正要由他的朋友揭曉。

「喬治，我感覺你有重要的事情還未說。」

「我知道聰明的你已經察覺到異樣。」施密特倒吸一口氣，慢條斯理的說：「前一星期，美軍特種部隊意外捕獲兩位在伊朗援助的中國科學家，經查證竟然是中國801研究機構的正副所長，也是中國最富盛名的兩位反物質首席專家。」

「喔！我知道這兩位。」愛德華茲驚訝的說：「對中國他們可是極端重要人員，伊朗的美軍最好盡快釋放他們，以避免日後造成兩國令人意外的衝突點。」

「肯尼斯，這正是我要告訴你的。」施密特喝了口加糖的咖啡。心想：向凌川若與美國合作，最有可能的地點應該也是費米實驗室。老友愛德華茲遲早要知道這祕密，只是要如何委婉詮釋才好？「不瞞您說，國防部已經將兩位祕密送回美國，不過我保證科學家正接受良好的招待。」施密特對劫持過程的修飾確實到味。

「我的天啊！這太大膽了，中國可是核子大國啊！」忽然間愛德華茲想通箇中的關聯。「嗯！我知道了！我猜人現在應該在你那裡，而所謂『粒子對撞機』問題，也是這兩位中國科學家提出的疑問吧？」

施密特：「哈—哈—你的分析果然切中肯綮。」

愛德華茲：「不過令人不解的是，這樣位高權重的反物質泰斗怎麼會問如此奇怪問題？」

施密特：「肯尼斯，很抱歉。我無法回覆你這問題的合理性，但在我的幹員努力遊說下，其中一位科學家有初步的合作意願，條件是美國專家能夠回覆這個奇怪的問題，老實說合作與問題之間並無邏輯性。但是如果可解答問題，對我來說邏輯性已經不再重要了。」

「我了解你的想法，對你來說最重要的是盡快讓國家掌握大量生產反物質的方法，其它條件都是可商量的次要問題。」

對施密特而言，讓美國獲得反物質技術重於一切，向凌川的同意即使是曙光乍現也不可忽視。「正確！我感到美國正陷入少數關鍵性的技術落後，這致命的危機有賴科技盡快填補。」

「如果是國內人提出此問題，我會回答粒子對撞機是目前人造反物質的唯一方法，而大量生產的技術仍然有待突破。」愛德華茲繼續說：「不過伊朗的反物質爆炸證明中國人已經克服問題，那麼兩位科學家所提出的問題就顯得非同小可，不可等閒視之。」愛德華茲沉默數秒鐘。「雖然我很懷疑此問題在中國研究人員間普遍已經不是祕密……好吧！如果這是真的，我倒是有一個方法可以驗證。」

「太好了肯尼斯，你已經想到辦法解答嗎？」

「是的，我正準備參加芝加哥粒子物理學年會，讓我來詢問中國的論文發表者，如果真的不是祕密，或許可以得到我們要的答案。」

32 芝加哥會議

在芝加哥飯店客房裡，幾個中方重要人員正在沙盤推演。來自北京援救反應中心賀鴻飛指揮官的首席顧問華天，對著隔天即將參加會議的范榮傑說：「榮傑，明天粒子物理學年會，下午第一位論文報告的就是你了。」

范榮傑是801反物質所向凌川的得力組長。「是啊！報告主題是有上帝粒子之稱的『希格斯粒子探討』，不過顧問所需的第二份資料已經準備完成，隨時可以取代原來題目。」

頭腦清晰兩眼炯炯有神的華天，坐在房裡的沙發上，兩隻手不由自主的在前方比劃著，希望能清楚的將理念傳遞給在場所有人，華天開始逐步描繪出營救兩位中國科學家的步驟，他說：「按理說這是學術研討會，不應該夾雜政治糾葛，可是為了打探兩位重要科學家消息，哪怕只有小小希望也應該大膽嘗試。因為這次重要會議是事件爆發以來與反物質最有關聯的國際研討會，我們得試著拋石辨聲，自己找出救援方向。」

范榮傑對於兩位所長目前仍然毫無音訊，焦急心情全寫在臉上。「所裡兩位最高長官還下落不明呢！顧問您就別說客氣話了！您的調度我會全力配合。」

臨危不亂的華天反而安撫起人來。「好，不要太著急，我們共同來想辦法。你是向凌川博士的得意幹部，明天會議他肯定還記得，我假設聰明的向博士會在會議上，運用令人意想不到的方式暗示我們他的意圖。」華天思考了一下又說：「這樣吧！高儀，妳的記性好英文佳，明天早上妳提早到芝加哥瑞士酒店開會會場，盡量向與會所有人員寒暄，清楚記下他們的身分來歷。我會派一個專司照相的人員陪在你身邊，負責取得所有參與人員的清晰照片，這些照片會盡快送至我國的芝加哥總領事館，運用那裡的資料檔案，可以幫忙將收集來的相片與檔案做快速的電子人像比對。」

中國芝加哥總領事館位於伊利西街100號（100 West Erie Street），是中國駐美國5個總領事館其中一個，距離芝加哥瑞士酒店的「粒子物理學國際研討會」會場最近，兩地不足一公里，而那裡也正是華天在美國對科學家的救援調度中心。

「華顧問，所以我明天主要任務是翻譯及認識會場的所有人？」坐在旁邊的高儀想清楚了解自己的任務。

高儀是中國801反物質研究所裡上下皆知的才女，也是向凌川在四川省超大能量粒子對撞機的重要實驗室驗證幹部之一。她來自陝北窮困的黃土高原，年紀輕輕就有著超乎年紀的邏輯判斷，正因為科技能力突出而獲得向凌川的重用，最特別的是她具有不可思議幾乎過目不忘的特殊能力，這種本事即使在人口大國的中國也是億中選一，絕少出現的人才。

華天說：「當然不只如此！還有更重要的事要妳幫忙，妳得在上午最後一位報告者將結束演講前三十分鐘告訴主辦單位說，中國的主講人因為行程問題，必須由下午第一位延後至最後一位上臺報告，另外將演講主題更改為『反物質粒子探討——正電子』，但是主講人不變。」

高儀不解的問：「延後報告？這樣有何幫助呢？」

「這用處可大了！我要妳幫忙記住，中午用餐時間有哪些人特別關心論文報告延後及主題更換這件事，這些人或單位正是我們接下來必須加強追蹤的對象，或許其中有部分目標對我們找尋科學家下落有正面幫助。」

這才恍然大悟的高儀說道：「嗯！我知道了！這真是一個巧妙的佈局。一般人對演講的先後順序並無太多意見，但是對於反物質進展具有強烈關照的人必然會特別注目，何況現在又將演講題目變更為具有反物質色彩鮮明的標題，這對於迫切需求反物質的人員更具吸引力了。」

這招循序善誘，抓住對方內心深層的渴望覓得蛛絲馬跡，正是善於謀略的華天小試身手第一步棋。接下來逐步拋出誘餌引蛇出洞，最後找出兩位失聯的中國科學家，這就是華天的終極目的。華天斷定兩位科學家的堅強黨國性格，美國人不易從他們身上獲得太多有關反物質的機密，倒是反應機靈的向凌川天生足智多謀，或許短時間會讓對方無形中吃了暗虧而不自知。

華天起身拍拍范榮傑的肩膀。「榮傑，記得早上會議你暫時不要現身，下午最後時刻再戴著隱藏式耳機入場演講，我會與其它人員見機從旁協助。」

「沒問題，只要能探詢兩位所長的下落，我都願意配合。」

芝加哥瑞士酒店（Swissotel Chicago）位於東瓦克大道（East Wacker Dr）上，緊臨風景優美的芝加哥河畔，同時靠近格蘭特公園（Grant Park）、保德信廣場（Prudential Plaza）和怡安中心（Aon Center）。這裡為芝加哥早期的精華地段，也是著名的商業活動中心及珠寶大街（Jewelers Row Wabash Avenue）。眾多非凡建築有如星羅棋布點點灑落於此區，熱鬧異常。此時擁有661間視野開闊、景緻優雅客房的芝加哥瑞士酒店，正在舉行一年一度的粒子物理學國際研討大會，各方物理界粒子專家、教授齊聚一堂共襄盛舉，他們期望在論文報告中獲得最新粒子與反物質的研究進展，雖然與會者多以研究學者居多，事實上各國軍事單位的參與者也異常踴躍。

這間芝加哥瑞士酒店最大的會議廳約6,000平方英呎，參與人員將250人座的會場擠得水泄不通，天花板上碗形美術燈投射出柔和燈光，與下方暖色系厚實地毯相互輝映，散發著雍容莊重的氛圍。前方講臺上正舉行粒子物理學國際研討大會最後一場演講，主題是「反物質粒子探討——正電子」，主講人范榮傑博士穿著正式，聚精會神詳細解說投影幕上的論文。

「各位都知道《自然雜誌》（*Nature Magazine*）在2008年1月10日刊出德國喬治・威登斯波恩特（Georg Weidenspointner）的論文，他對宇宙中反電子（帶正電的電子）來源有驚人見解。威登斯波恩特的研究發現，當宇宙中的尋常雙星系統裡，質量過大的主星因為燃料耗盡，瞬間塌縮成可怕的黑洞或中子星後。若是伴星也步入老年期，體積開始膨脹，這時會因為主星黑洞或中子星的作用，開始分崩離析。由於黑洞或中子星的重力，會逐漸吞食伴星外表的氣體物質。那些被異常強大引力抽離伴星的物質，會像滿滿一缸水中，水塞被猛然拔除一樣，旋轉進入已經變成可怕黑洞或是中子星的主星而完全無法自拔。黑洞或中子星會像撒旦般生吞活剝撕裂所有進入的物質。當物質進入黑洞的史瓦西半徑範圍時，即使是質量小如光線的粒子也無法掙脫被永遠吞噬的命運。」

會議室前方邊緣處，一個不易為人所見的區域所在，高儀正賣力的同步翻譯臺上范榮傑的講詞。透過無線傳輸，及時的演講內容以英文傳至與會人員的無線耳機裡。而華天就坐在高儀旁邊，隨時見機支援兩人。

華天面帶微笑小聲的對著高儀說：「喲！這可就奇怪了，平常寡言木訥的范榮傑，上了講臺卻變了一個人似的。怡然自得能言善道，真是有大將之風，像是我平日看走眼了一般。」

這高儀還真是神，聽著范榮傑的演講，居然能夠一邊正確無誤的翻譯成英文，同時還趁空檔與華天來回對話，顯然對一般人來說甚為艱難的現場口譯，高儀甚至還游刃有餘。「華顧問，您不知道。」高儀關掉無線傳輸，輕聲細語的在華天耳旁說：「范榮傑是個工作狂，他可是向副所長身旁最重要的理論大師之一。」

華天開玩笑的說：「在四川的超級對撞機實驗室裡，那麼妳肯定是向凌川博士的驗證大將了。」

高儀顯露出理所當然的表情，但微笑不語。

「試想，物質被撕裂後與大量被黑洞捕獲的光粒子不斷高速擠壓碰撞，隨後產生穿透破壞力十足的X射線及反電子反向拋射向浩瀚無垠的宇宙。當時喬治．威登斯波恩特推估，此種低質量X射線雙星可以每秒噴出41次方個反電子。威登斯波恩特認為這種反電子的數量恐怕佔有目前宇宙中僅存的一半數目。」范榮傑使用鐳射筆產生的小紅點指向投影板上簡報文件，圖文並茂生動的向與會人員解釋著。「因此我們實驗組小組人員以同樣的原理，運用強大鐳射射向幾毫米大小的金塊。鐳射產生的高溫瞬間汽化金塊表面，氣流產生異常強大的壓力，衝擊波灌進金塊內部，這是模擬黑洞引力下粒子在高速碰撞時產生的高壓狀態，我們在實驗室成功的使反電子流大量產生。」

下方聽講者開始人頭晃動眼睛發亮，吱吱喳喳的交頭接耳聲此起彼落，對反物質有興趣的人已經迫不及待的舉手發問：「范博士，你的強大鐳射條件為何？」

華天趁高儀翻譯空檔時間詢問：「第一位發問的人是誰？」

「華顧問，這正是大名鼎鼎美國高科技計畫研究局（DARPA）的局長卡爾．安德森（Carl Anderson）。」同時高儀再度打開翻譯的傳送開關，稱職的為范榮傑翻譯，同時扮演兩種角色並未對高儀造成困擾，高儀也利用這個時機對華天說：「在美國國防部下面的『高科技計畫局』是極為機密的單位，據說反物質武器的研究就是隸屬此單位。」

范榮傑博士跳到演講文章的下一頁繼續說：「我們實驗小組使用較高頻的紫外線鐳射，並以工作頻率高達三十幾飛秒（10的負15次方）的強鐳射脈衝撞擊目標金塊，我們共動用約有200路的強鐳射匯集合成2,000萬億瓦的功率來完成這次任務。」

驚訝不已的安德森，難以置信的張著嘴巴。「我的天啊！你們的實驗室可以輸出如此能量，這是用核融合的鐳射能量技術來製造宇宙中不存在的反電子啊！」

高科技局局長安德森是內行人，這的確是核融合的鐳射技術。中國於1964年由科學家王淦昌倡議以鐳射聚變為項目立項研究，最初成立神光Ⅰ計畫，當時已經達到一萬億瓦的固體鐳射裝置目標。1993年863計畫確立神光Ⅰ退役，並由神光Ⅱ取而代之，2004年8路強鐳射使能量突破100萬億瓦及三十六飛秒大關同時規模擴大為神光Ⅰ號的一百倍，當時離核融合『點火』只剩一步之遙。2007年神光Ⅲ再度取代達成任務功成身退的神光Ⅱ，此時地點改選在中國著名核子基地四川省綿陽市，提昇後的神光Ⅲ在2020年除直接攻克中國極端神祕的反物質系統工程外，還將支援慣性約束核聚變點火工程，同時規模龐大的中國安全防護罩末端反彈導工程也使用神光Ⅲ，另外052D大巡洋艦的飛彈防禦近防工程、具有攻擊性的高空次軌飛行器也都有神光Ⅲ的影子，這是一個對國防及民生用途有著重大深遠影響的科技。

坐在會議廳中間帶著眼鏡的另一位中年男子接著問：「據我所知，美國加利福尼亞州的勞倫斯．利沃莫爾國家實驗室（Livermore）在10年前也曾經使用鐳射方法照射金塊，當時的紀錄顯示，迸出的反電子約有一千億個左右。請問范博士，若以您的最新強鐳射條件可以取得多少反電子數量呢？」

趁著空檔，高儀主動側頭小聲的向華天主動解釋：「華顧問，這位就是芝加哥美國費米實驗室的所長，也是粒子物理界最重要人員之一，對於探索基本粒子及反物質科技具有舉足輕重的地位。」

「這位應該是愛德華茲所長吧！」臺上的范榮傑對愛德華茲這位著名人物早已如雷貫耳。「所長你說的沒錯，當時確實達到一千億個反電子。這次我們實驗使用極端鐳射可使壓力達到至少比大氣壓高十億倍左右，標的黃金在溫度和壓力高速壓縮下使電子通過電離作用加速分裂，電子與原子核相互作用催化正電子的生成。這就有如物質墜入黑洞或中子星時電子與基本粒子高速撞擊所產生的反電子一樣。目前透過儀器觀測所產生的數量應該有數百倍於當時勞倫斯．利沃莫爾國家實驗室的數目。」臉上泛著自信的范榮傑對愛德華茲所長說。

「我們了解中國在鐳射方面的研究進展成效卓著，如果功率真如范博士所說達到2,000萬億瓦，這是極為驚人的成就。不過我們知道一般電子（帶負電的電子）與反電子（帶正電的電子）對消互毀動作會產生出兩個極危險的高能伽瑪射線（gamma ray photon），這使得運用正反電子能量上有著極大的放射線風險。大家都知道真正的反物質是由反質子加上一般中子組成的反原子核，再加上外層反電子圍繞才能共同組成真正的反物質。這種反物質與一般物質的對消遠大於反電子的能量，最重要是反物質的爆炸毫無放射線產生，是一種安全無輻射線的純能量，是否請范博士為我們說明中國目前這方面的進展如何？」

是的，電子的質量只有約9.1×10的負31次方千克，它的質量遠小於原子核，依估計僅僅一克反物質就相當4,000萬噸當量的核子彈能量，相當於二次大戰投在廣島的二千倍。愛德華茲開始提出他所關心的議題，希望將問題引申至反物質上。

臉色尷尬的范榮傑用右手將眼鏡架向上托起以保持視覺上良好聚焦。「愛德華茲所長，中國在反物質進度上的確有所突破，不過中國反物質進度並非今天研討會所要討論的主題，在此我個人不便表示意見。」已經開啟話題的愛德華茲怎麼可能就此停住罷手。「我們知道製作反物質主要的重大困難是如何將反質子（帶負電的質子）與反電子（帶正電的電子）組合成反物質，請問范博士『粒子對撞機是反物質大量生產的好途徑』嗎？」

愛德華茲這句話一出，立刻震撼了直接隸屬於向凌川的兩位重要幹部范榮傑與高儀，在前方講臺上的范榮傑忽然精神一振，全身有如通電般全神貫注於問話者愛德華茲身上。范榮傑心想：這句話為何會從費米實驗室的所長脫口而出？不可能是巧合，這一定是向凌川副所長透過肯尼斯・愛德華茲的口給我們的暗示。

「怎麼一回事？有什麼不對嗎？」華天明顯感受兩人肢體語言的變化，馬上問身旁的高儀。

坐在椅子上的高儀突然挺直上半身，兩眼閃爍著淚光，右手摀著嘴以激動的口吻對華天說：「華顧問！」高儀的語調顫抖。「是……是……是副所長，有博士的消息了！這是向博士的名言。沒有錯，是向凌川向博士的話，我永遠也不會忘記。」

華天心想：如果真如高儀所說是向博士的名言，那麼必定是出於向凌川某方面的精心暗示，那他更應該有所回應，說不定還可得到意想不到的回覆。心思靈敏的華天很快想到美麗的語詞包裝，他取來高儀的單向無線傳輸，切換送至演講臺上范榮傑的耳裡。

此時講臺上的范榮傑盡力壓抑著心情起伏，不致將驚訝表現在臉部，稍待片刻開始緩慢回覆愛德華茲有關反物質的問題。「所長，據我所知，中國科學家運用粒子對撞機，確實有巨大的進展。」范榮傑暫時以模糊的字眼帶過，想刺探愛德華茲對這個敏感問題糾纏的程度如何。

「這也就是說，中國目前確實可以運用粒子對撞機達到大量生產的目的。」愛德華茲繼續追問，希望可以得到更具體的消息。「請問范博士，你們是如何克服的？」

范榮傑根據華天剛傳來的指示，天馬行空的回答，令在場人士不知所云。「愛德華茲所長，你的問題並非我主要專長。不過據我所知，中國科學家以特殊內部超導走線完成主要的關鍵任務。」范榮傑說完後走到右側預留給主講人的白板區，在上面簡單的畫一個超導工程圖示意圖，在其中又寫了幾個簡單漢字及『1121日』在白板上，問題是西方人並無法瞭解中國字的涵義，寫在白板上面的字對他們而言毫無意義。若非華天交代說出此段話並寫在白板上，事實上連范榮傑自己也有如霧裡雲煙。

滿臉困惑的愛德華茲兩手一攤。「范博士對不起，我實在無法了解什麼是『內部超導走線』，請你詳細說明。」

會場突然間雜音四起，一位歐洲科學家對旁邊人員探詢的說：「你聽得懂這是什麼涵義嗎？」臺下聽眾各個聳肩，即使口耳相接交換意見也完全無法理解，一時之間舉手發問者此起彼落，此時華天經由高儀傳來的指令再度進入同樣困惑的范榮傑耳機。范榮傑只得原封不動照搬出華天所言。「愛德華茲所長及各位，先前已經提過。我並非此問題的主事研究著，對於剛才回答已經是我的最大權限。」

愛德華茲所長幾乎是替眾人追問：「那麼誰能夠完整回答反物質大量生產的問題呢？」

范榮傑態度堅定的說：「當然是研究所裡的領導。」

隨後范榮傑迅速結束演講，並且快速離開會場，留下會場上不小的錯愕。研討會上范榮傑留給眾人更多的是疑點，他未加澄清的說明，令與會人員面面相望、疑雲滿腹！

33 中方解讀

中國芝加哥總領事館位於伊利西街100號（100 West Erie Street），剛好在著名燒烤店Fogo de Chao的旁邊，這是一棟外觀有如積木般的兩層樓建築，外表土黃色牆體卻有著白色顯眼的外框。

這時簡報室裡，中國駐芝加哥大使白原站在前方，他正使用投影機親自分析芝加哥粒子物理學國際研討會上重要參加人物的解析。此時牆上的時鐘指著晚上十點十五分。

「各位，費米實驗室所長肯尼斯．愛德華茲已經被鎖定為最重要人員之一，想必大家早已認識，我就不多加說明。」白原大使按了一下手上小巧的遙控切換器鈕，文件顯示下一頁人物相片。「但是下一頁可就重要了，這一人物大家恐怕陌生了，右邊這位是隸屬美國中情局行動處的吉姆．羅杰斯，由於羅杰斯是美國情報局內少數精通中文人員，一直被我方使館列為重要人物。他在中情局行動處內尚屬中階人員，我相信連他自己都不知道已經被我國鎖定為關鍵人物。」

華天坐在椅上突然咯咯笑起，這突如其來的舉動打斷了白大使的簡報。「這真是意外捕獲的好消息，羅杰斯要是知道自己名列要員，我相信他在參加任何會議之前都會審慎考慮的。通常這種科技論壇對情報單位完全不具有吸引力，羅杰斯的出現說明事情絕不單純。」

華天的判斷是有根據的，美國情報員出現在粒子物理學年會，而且會議上與費米實驗室的愛德華茲所長過從甚密，這絕對會令急於尋找失蹤科學家的中方人員有無限聯想，此時的華天將目光逐漸轉移至高儀身上。

「高儀啊，麻煩妳將白天會場上有特別舉動人員加以說明。」

高儀身穿深藍色薄外套，頂著一頭精簡短髮外加白裡透紅的臉頰，爽朗明亮的聲音透露著她是來至西北高原開闊豁達的區域。「會議進行期間羅杰斯一直坐在愛德華茲所長旁邊，不曾發問的羅杰斯，在范博士演講期間時常與愛德華茲所長交談，顯然雙方極為熟悉。」高儀用鐳射筆指向羅杰斯。「這位羅杰斯在中午休息時間，還向我詢問范博士的演講時程，似乎對行程延後特別關心，另外簽到簿上羅杰斯是掛名使用費米實驗室的人員，這說明他有意隱瞞真實身分，只可惜當時我並不知道他是中情局人員。」

華天嘆了一口氣說：「唉！對羅杰斯的身分知道太晚，這的確可惜了，白大使我們只能做事後補救了！」華天面向白原大使，臉上顯露出一股淡淡的失望表情。

白原大使面露微笑：「華顧問，我知道你在想什麼，我這裡可以盡快安排幹練的工作人員從事跟監探訪工作，以便了解這位中情局人員為何展現對中國反物質的高度興趣，或許他與我們兩位失聯的所長有著密切牽連。」

這時華天轉移話題，他帶著滿臉的疑惑問道：「為何愛德華茲所長問到『粒子對撞機是反物質大量生產的好途徑嗎？』這句話時，你們兩位同時有著明顯的表情變化出現呢？」

「這讓我來講。」一個性率直的高儀搶先回答。「這起源於一年前向副所長舉辦內部反物質教育解說會議，當時的主題就是『粒子對撞機是反物質大量生產的好途徑嗎？』。事實上當時中國在反物質研究上早已另闢路徑，同時突破困難找到更好的方法取代粒子對撞機。向副所長當初訂定這個演講主題，主要目的是鼓勵所內研究人員應該要主動追求創新方法，千萬不要不知變通，只會追隨傳統步伐。當時國際間公認反物質的取得只有從粒子對撞機一途，如今所內突破舊有思緒就是重要創新的例子。」高儀開始略顯激動的說：「當粒子物理學年會聽到這句話時，我幾乎可以篤定，這是向副所長刻意放出的暗示。」

范榮傑接著說：「事實上這是向博士的反向思考名言，在801反物質計畫所內的幹部人盡皆知。」

華天的上半身向後躺，幾乎埋在高背椅子內，他腦裡思緒正努力回憶當時會議場上的情景。「我可瞭解了，這也難怪高儀當時的反應如此激烈！雖然白天范榮傑演講時已經盡力掩飾心中的澎湃，但當時我仍然可感受到他的震驚。」

范榮傑問：「我依然無法理解，會議當時華顧問讓我回答『米狀方式的超導走線』，老實說我不記得所裡面有如此奇怪的超導體佈線方法，難道這句話有玄機？」

華天從椅背上豎起胸膛，異乎尋常的開懷大笑：「你們不要小看這句話，或許救回狄維路及向凌川正副所長的契機，就是這句看似雜亂無章的句子。」

「這句話！莫非這是密碼？」范榮傑未經思考脫口而出，對他來說只是隨意猜測而已。

「密碼……」華天重複范榮傑的話，然後再度將他的上半身躺回椅背。「范榮傑，你果然聰明，這的確是密碼。」華天閉著眼睛思考。「不但是密碼，還是具有中國特色的獨特密碼，是西方人難以理解意會的。我在想如果費米實驗室的愛德華茲所提出疑問確實是向凌川帶來的暗示，那這密碼應該會有效。」

聽到密碼，直爽的高儀再也按耐不住。「我當時就在想其中必有奧祕，沒想到果然真是為了拯救兩位所長所設的密碼。」高儀激動的站起來。「華顧問，這句話到底代表什麼涵義呀？」

華天從椅子上起身走向白原大使旁邊。「我會告訴你們密碼如何解讀，不過我們得先感謝白人使這段時間傾力相助。」華天拍拍大使肩膀並投以感激的眼神。

大使說：「華天，這可是重要的國家大事啊！芝加哥的使館人員必定會全力以赴。」

「你們兩位可能不知道，白天開完會議後，我與白大使在使館內做了許多重要決定。」華天看著高儀說：「高儀，還記得嗎？當天我讓使館派一專員在你身旁。」

高儀回覆：「沒錯，他專事對參與會議人員的照相工作。」

華天微笑以對。「實際上該員還有一個重要任務，他回到使館後，我與白大使立刻草擬文稿，並從中選出一張極具代表性的相片，由館方人員火速以電腦修圖並將特定字句加在相片上。最後由該員火速傳送至美國重要報社刊登，一般廣告至少需要提前四至五天送達報社，由於該員與媒體關係良好，再加以館方支付超高金額打通關係，特請各報社隔天立刻刊登。在美國只要願意花費大把鈔票，任何媒體都有機會植入即時廣告。」

了！」

高儀興奮的大喊：「華顧問，你是說那句話……應該說那密碼會上美國主流報紙。不會吧！這可絕

范榮傑接著說：「可是說……狄維路所長及向副所長會看到嗎？」

華天坐回椅子上。「向凌川平時機伶過人，如果他能想出暗示我們的方式，那他必定也會爭取閱讀或看媒體的權利，更何況我們除了平面報紙外，連電視新聞動態媒體也有動作。」

白原大使再度切換遙控器按鈕，投影機螢幕上出現一張經過排版的文案，相片右側正是今天粒子物理年會上范榮傑在白板所寫的字跡。「兩位，這正是明天平面報紙將會刊出的廣告，所不同的是現在給你們看的為中文版，明天登出的將是正式的英文版。」

高儀迫不及待高聲唸出此張即將刊出的主題，最上面斗大標題寫著「中國高科技解決全球氣候變遷問題」，顯然這標題讓高儀及范榮傑兩人心中產生濃濃的疑慮！「氣候變遷！這跟密碼有關嗎？」直腸子的高儀嚷著。

白原大使微笑著。「把文稿看完吧！」

這次由范榮傑接著往下讀出：「中國三項解決方案替全球暖化降溫背書」，范榮傑在粒子物理會議時，對自己在白板所畫的圖已經一頭霧水了，如今這廣告讓他更加困惑不解……

「繼續往下看吧！」白原大使看出范榮傑的納悶，催促范博士接著往下看。

范榮傑繼續唸：「第一項：全球首創第四代核能石墨球床式高溫氣冷堆。第二項：超導托卡馬克核聚變（核融合）工程」。這時范榮傑實在按耐不住心裡的疑問：「我知道四代『石墨球床式高溫氣冷反應堆』，它具有核燃料燃燒充分、核廢料後處理成本低、隨時停堆安全性佳的優點，可有效免除如前蘇聯車諾比、美國三哩島、日本福島核電廠嚴重核災變。至於第二項『托卡馬克核聚變工程』就是無核輻射污染的核融合工程。但是這兩項與援救兩位所長的密碼有何關聯？」

石墨球床式高溫氣冷堆在2000年左右技術已經攻克，並在2013年成功在山東榮成石島灣建造第一座高溫

氣冷堆核電站。至於核聚變（核融合）工程，是以2006年安徽省合肥市中科院等離子體研究所的超導托卡馬克核聚變（核融合）為主體，再加入四川省綿陽市第三代神光目的超級鐳射而成。

華天極有耐心的回覆范博士的問題：「范榮傑，你說的一點也沒錯，這兩項並無關聯。事實上第三項才是我們的主要重點，由於前兩項重大科技領先各國，國際間早已經特別關注這兩項工程，所以寫在廣告前方主要是掩人耳目、模糊焦點。」

高儀接著往下讀：「第三項：芝加哥粒子物理學年會上，中國范榮傑博士透露反物質超級能源的曙光。」高儀猛一抬頭看著一旁的華天顧問。

華天哈哈大笑：「怎麼啦！是因為還是看不到密碼是嗎？」

「是呀！我不覺得第三項有任何密碼可言啊！」

華天回答：「不急！不急！重點是在第三項旁邊的相片。」華天安撫高儀。「你看英文版有著大大的『中國』兩個漢字，他是用以吸引兩位科學家的目光。再看相片裡范榮傑在旁邊白板上上畫的超導工程圖，圖中間寫著幾個中國漢字『米』、『反物質大量生產』及另一邊字體不大的漢字『至』，下方則是『1121日』。」華天此時容光煥發看著高儀及范榮傑兩人。「嗯！是誰提出『粒子對撞機是反物質大量生產的好途徑嗎？』這個問題呢？」

高儀答：「當然是費『米』實驗室所長肯尼斯．愛德華茲。」

「答對了。」這時華天右手食指比著漢字「米」。

高儀突然起身大聲喊著：「啊！我的天啊！我瞭解了，那麼那組『1121』數字不就是代表……」此時大家面面相望，忽然間大夥兒一起迸出難得的笑聲。

34 華爾街日報

風和日麗萬里無雲的天氣，向凌川沿著馬場區周邊緩緩散步，中情局兩位跟監者亦步亦趨緊隨在後。雖然日子倒也過得無憂無慮一派悠閒，但他心裡清楚明白這種軟禁很快會結束，風雨前寧靜通常都是短暫。

向凌川走到一棵枝葉繁茂大樹下的長背椅旁停下腳步。「嘿！當初吉姆．羅杰斯同意我每天有一份報紙可以閱讀的。」向博士以生硬的英文對著一位監視的幹員說。向凌川心裡想：這可是我當時以退為進的策略，點頭同意考慮擔任美方反物質顧問的條件之一。

一位中情局幹員從手提公事包中取出早已準備好的華爾街日報，並以極為禮貌的方式遞給向凌川。「博士您放心，羅杰斯擔心一成不變的讀物會太枯燥，特別要求我們為博士時常調整讀物，這樣才能符合您閱讀的需求。」

事實上這幾天的報紙種類時常變更，向凌川是聰明人，心裡早已經知道這是被對方檢查過確認安全無誤的報紙。「真是謝謝你們！每天都要麻煩你們特別幫忙準備。」

向凌川拿著華爾街日報，坐在榕樹下正要開始翻閱時，赫然發現偌大的「中國」兩個漢字出現在下方廣告版，他心頭一陣震動，本能立刻抬頭確認兩位監視者與自己的安全距離。心裡想著：不會吧！這麼大的廣告就在如此醒目的版面上，這應該只是一般的廣告吧！不至於……。赫然間讓向凌川怦然心動的事物映入眼簾，一張范榮傑在芝加哥粒子物理學年會演講的相片就在此篇廣告下方，就是這張照片！向凌川當下幾乎篤定這個廣告必有重大玄機。首先「中國」兩個漢字便吸引了他的目光。向凌川想著：或許這是專門為他設計的也說不定。但是如此旗幟鮮明的廣告如何通過對方的報紙安全檢查，難道是美國檢查者疏忽放行？向凌川定下心情，決定仔細閱讀整篇後再行定奪。

一匹馬兒漫不經心緩緩走到向凌川身旁，馬尾巴不斷的揮舞著好似在跟博士溝通。「向博士，這匹馬可是跟你很對味喔！有興趣騎上去溜馬嗎？」一位監視的幹員在樹的另一端嚷著。

此時的向凌川哪有心情騎馬看風景！「不！給你們享用吧！」博士以不甚靈光的英文回應。

嘴角上揚略帶笑容的向凌川很快即瞭解箇中緣由。向凌川心想：聰明的主事者為了怕太過引人聯想，以反向思考的方式大張旗鼓將廣告放在明顯處，從英文標題為「中國高科技解決全球氣候變遷」上看來，這根本是一件普通的國家形象廣告，自然容易讓這兩位不懂中文漢字的老外忽略而卸下心防，如果換成吉姆．羅杰斯，看到相片中無法理解的中文字，有可能這份報紙會被擋下來。

首先這第三項的文字敘述真是巧妙，向凌川對於自己重要幹部在芝加哥粒子物理年會的演講主題瞭若指掌，演講標題應該是「希格斯粒子探討」，可是廣告文案卻顯示「芝加哥粒子物理學年會上，中國范榮傑博士透露反物質超級能源的曙光」。這表示演講主題被有心者更換為與反物質有關議題。另外由廣告相片內的白板上顯示反物質大量生產漢字可證明，當初他所提的陷阱問題「粒子對撞機是反物質大量生產的好途徑嗎？」已經確實被帶至芝加哥粒子物理學年會上，而且還反問他的屬下范榮傑。看來當初在釣魚時對吉姆．羅杰斯隨意撂下「這問題在中國並非機密，相關研究員都知道結果」可起了重要作用了。對向凌川來說，這張照片顯然是刻意要給他看的，只是相片中散落於各處的漢字「米」、「至」及數字「1121」代表的意義為何？這可就考倒了向博士的想像力，一時之間毫無頭緒不知從何解碼起。

在馬場遙遠的那頭，隱約的身影漸漸放大。此時站立於樹旁的中情局幹員，一臉懶洋洋的對另一位夥伴說：「你看，我們的羅杰斯終於回來了！」

幹員的話立刻引起向博士的警覺，博士隨後將報紙敏感部分折疊蓋住，抬頭對著羅杰斯說：「好久不見，上哪裡渡假啦？羅杰斯。可有什麼好消息可以分享呀！」向博士故意裝糊塗，事實上由粒子物理年會的開會日期及報紙廣告中的敘述已經可以正確判斷，羅杰斯是去參加芝加哥物理年會。

「向博士，我可不是去渡假。」羅杰斯倚靠在馬場的木頭柵欄旁。「我是去辦你所交待的事。」

「我所交代？羅杰斯，你可能弄錯了吧！我不記得有什麼事請你幫忙喔！」向凌川一副無辜的樣子，但是心裡可清楚的很。

「你忘了，第二項條件有關『粒子對撞機是反物質大量生產的好途徑嗎？』」羅杰斯正經八百的說。

向凌川居然毫不在意開玩笑似的草草回應：「唉呀！就這件事啊，你還真把這問題當重要事來辦。」

羅杰斯聽到向凌川漫不經心的回答，差點沒昏倒。「你說什麼！你答應我只要能回答這問題，博士你願意擔任反物質顧問不是嗎？」羅杰斯臉色難看，簡直要翻臉抓狂，他完全沒料到向凌川會突然反轉否認。

「不！不！你會錯意了。」向凌川略帶微笑望著羅杰斯。「我的意思是，其實你毋須如此認真找答案，我當時只是隨意說說考驗你的決心而已。」

「天啊！隨意說說，我已經忙進忙出了。」羅杰斯離開倚靠的欄杆立起身子，失去耐性大聲喊著，恨不得給向凌川一拳，旁邊兩位幹員受到驚嚇，紛紛將目光轉至羅杰斯。

向凌川眼看羅杰斯情緒已到極限，覺得是該幫他釋放壓力的時候了。「我是說你就算沒得到答案，我也會擔任你的反物質顧問幫你大忙。」向凌川笑嘻嘻的說著，這話經過博士修飾後反差極大，但正中羅杰斯的心坎裡面。

「什麼！你是說……」羅杰斯臉色轉為柔和，聲音放小，前後判若兩人。

「沒錯，幾天前釣魚的時候，你不是說『美國有最完善的科技實力，各領域人才濟濟高手輩出嗎？』。我想也是，不如幫你們建構反物質領域，或許在和平用途上可以提早實現，沒錯吧！羅杰斯。」剛才向博士賣了個大關子，搞了羅杰斯差點暴跳如雷，如今話鋒一轉，情境大不相同。羅杰斯有如洗三溫暖般，心情上下震盪，如同乘坐雲霄飛車一般，剎時間實在有點不知所措。

羅杰斯一付尷尬又懊惱的樣子全寫在臉上。「唉呀！你怎麼不早說咧！這可是天大的好消息啊！剛才我沒聽清楚會錯意，真是抱歉呀！」

善用自己優勢條件，向凌川像是一位導演隨時掌握著全局。此刻向凌川將手搭在羅杰斯的肩膀上，狀似兄弟哥兒們，這一幕很難讓人相信他目前尚處於被軟禁階段。「喔！哪兒的話，羅杰斯你太見外了。我覺得你說的沒錯，這裡的環境確實還不錯，我可以感覺到美國對學者給予極高的尊重。」

「那真是太好了，這正是我們所期待的。我盡快向上呈報，再由國家來安排接下來雙方可以接受的合作模式。向博士，您看如何？」這對羅杰斯來說可真是所謂天外飛來的意外之喜。「不過向博士您問的考題，我可是戰戰兢兢的得到答案，結果是……」

「不！不！羅杰斯，現在結果已經不再重要了。」向凌川搖動著雙手，並且打斷羅杰斯的回答。「我絕對相信美國科學家的優秀能力，反正我已經答應幫助你們建立反物質研究。」向凌川接著問：「既然我已經同意加入，你總該可以透露是哪位科學家幫你解答的吧！」

這問題對羅杰斯並未造成困擾。心想：科學家的名字並不構成任何機密透漏的問題，何不順水推舟告訴向凌川，也好取得博士更好的信任。「當然沒問題。」羅杰斯大方的說：「我想肯尼斯．愛德華茲，這人你應該也認識吧！」

「肯尼斯．愛德華茲？好熟悉的名子。他是……」

羅杰斯提醒：「他是美國著名費米實驗室的所長。」

「喔！對了費米實驗室。啊——」向凌川大叫：「你是說『米』，我懂了！」靈光乍現的向博士心頭震動不已。向凌川心想：剛才還在為報紙廣告上相片的「米」及「至」兩個漢字密碼百思不解，如今豁然開竅，這不就是明顯擺著告訴我前往（至）「費米實驗室」？

看到向凌川表情呆滯，不知原因的羅杰斯趕緊問：「有問題嗎？費米實驗室就在伊利諾州的巴達維亞呢！」

正在思考相片內容中重要線索的向凌川，為免羅杰斯有所起疑隨意答腔：「對了，你說的沒錯，就是在伊利諾州，好像實驗室離芝加哥並不遠。」

博士再度陷入思索。這則廣告顯然是刻意回應我在芝加哥粒子物理年會所植入的問題，這幕後肯定有高人精心操盤，救援者希望掌握我們的行蹤，唯一辦法就是用廣告密碼通知我們到費米實驗室，而救援者將地點選在費米實驗室，很明顯是受到他所植入、而由愛德華茲提出的問題，愛德華茲正是費米實驗室所長。如果解密沒錯的話，那麼廣告相片中出現的「1121日」應該是救援者即將發動日期。很明顯這日期是設定在11月21日，離現在也僅有20天而已，我現在的問題是該如何實現到達費米實驗室呢？

向淩川裝出一副苦惱的樣子。「羅杰斯，還有一個大問題需解決。」

「需要美國政府嗎？」吉姆．羅杰斯問。

「不！我認為你馬上就可幫忙。」向淩川正經八百的說：「反物質計畫必然龐大，技術上全部僅靠我推動將有所不足。」博士繼續說：「在中國的時候只要是技術問題，狄維路所長事必躬親，所長才是反物質最重要的靈魂人物，如果有他的鼎力相助，美國在短期之內必定能事半功倍快速提昇技術。」

「向博士，您太謙虛了，據資料顯示，您一個人在技術上就足堪大任了。」

向淩川頓時哈哈大笑：「你有所不知，一但遭遇技術瓶頸可能需要數十年才能解開。不要忘記，狄維路可是801所的所長，最重要的核心機密可是要他的腦袋幫忙才行得通喔！」向淩川手指著圍欄內一匹剛才靠近他的馬。「你瞧那匹馬，氣質高貴挺拔神駿，可是只適合用於比賽育種。世人皆知中東阿拉伯馬才是真正世界第一戰馬，尤其是沙加阿拉伯馬（Shagya Arab）經匈牙利人選種配育後，筋骨強健刻苦耐勞可長距離奔跑，可惜難以育種，數量尚無法供應大兵團戰鬥所需求。可是其貌不揚的蒙古馬，雖然體型較小又無高雅氣質，卻可承受粗食劣糧耐跑耐寒，最後戰勝世界橫掃歐亞大陸的便是蒙古兵團。」

「你是說……」

「是的，」向淩川說：「狄所長外表嚴肅不善言詞，可是物理知識無人匹敵，他才是真正反物質領域的佼佼者。」

羅杰斯聽到向博士所言，面有難色不發一語似乎有難言之隱，「這……」

「我知道你有困難。」向淩川回話同時，一邊開始提起步伐沿著馬場柵欄邊緣前進。「狄所長脾氣可不好惹的。這樣吧！我好人就做到底，由我來當說客說動他也加入，目前也只有我有能力幫忙解除狄所長的心防，你說如何？」

「那真是再好不過了！」羅杰斯喜出望外的說：「但是向博士，你可有把握？」

「喔！所以才要試一試，不是嗎？」向凌川停下腳步，面向羅杰斯說：「自從到這個休閒渡假村以後，我已經很久沒見到狄所長了，想必他的心情不會太好，這對說服的可能性形成困擾，我認為事不宜遲要盡快安排才好。」向博士故意臉色沉重。「羅杰斯，會面的事不需要再經過你的上級允許吧？」

「這樣吧！我明天回覆你。」

「為了使場面緩和，我建議會面場地在戶外。釣魚湖畔或現在的馬場附近都是好地點，當然如果你擔心，可以在狄所長身上放置竊聽器以便你們可以掌控，你看如何？」

對於竊聽器羅杰斯一臉苦笑表情尷尬。「向博士您的建議非常好，我想基本是可行的。」羅杰斯心想：如果真裝上竊聽器我可就不怕有任何意外，看來這場見面可行性極高，可說是有益無害。

現在對向凌川而言，他正盤算著只要在郊外會面，他便可以畏風寒為由，要求在其膝上覆保暖物，再運用手寫語方式與狄所長溝通，向凌川有十足把握可以避開對方竊聽器的監視，同時又可以將目前處境及他的規劃告訴狄維路所長。另外只要稍加巧思，他有把握可以打動羅杰斯等美國監視者，最終同意讓他們到伊利諾州的費米實驗室。

35 計謀

三月略帶涼意的秋天，大地已然鋪蓋著厚厚一層落葉。向凌川剛結束與狄維路的促膝長談，此刻獨自一人快活悠閒的坐在大樹下長背椅上，趁著短暫空檔，他清空腦裡雜事，享受無人打擾的快意。

羅杰斯的心情如陽光般燦爛，他慢慢走到向博士旁。「真是令我意外呀！」羅杰斯高興又驚訝的說：「雖然狄所長未完全答應，但卻同意以顧問方式有條件的協助。」幾乎不敢相信的羅杰斯，樂得有如打了場不可能的勝仗。「向博士真謝謝你的幫忙，看到狄所長巨大轉變，這已經完全出乎我們意料了。」

「是吧！我早就告訴你的。」向凌川相當滿意的對羅杰斯說：「你可能不知道，主要是因為我長年跟隨狄所長左右從事技術研究，自然特別瞭解他的習慣，這也是為什麼由我來遊說狄所長成功機率會比你們高。」在大樹下向凌川剛與狄維路所長會面的同一個地方上，向博士正在滔滔不絕口若懸河的對羅杰斯解釋者。「羅杰斯，剛才會談時你應該從監聽器裡可以清楚知道，最後狄所長同意與我一起擔任顧問的條件吧！」博士故意加強語氣大聲的說。

「你說得對！我是聽到了。」羅杰斯揮舞著手想趕走馬場裡惱人的蒼蠅。「狄所長希望拜訪費米實驗室，以便瞭解美國粒子對撞機的研究進度一事。我認為難度不高應該可以盡快實現，至於要求在費米實驗室見到美國最新反物質儲存容器材料……」羅杰斯再度揮手驅趕那些煩人的飛行小昆蟲，同時面露難色的說：「博士。不瞞您說，我對尖端科技事務並不清楚，更別說是反物質的儲存材料。此時我還真是無法回覆，不過我會以最快速度向高層報告，盡快給狄所長一個交代。」看上去羅杰斯語氣堅定，充滿自信。

「羅杰斯，我可是幫你說服狄所長加入囉！所長的個性你們已經領教過了，我想信這絕對不是一件容易的事。所長在反物質的絕對專業能力，恐怕你無法再找到任何可以取代的人選。缺少了他的助陣，我一人恐怕束手無策。你得向美國高層好好爭取，千萬別錯過此次的大好機會。」

「我知道，這確實是千載難逢的好時機，讓我盡快向上報告。」羅杰斯想了一會兒，兩眼有如圓滑的彈珠不斷翻滾然後說：「如果上級同意，費米實驗室真的成行，那麼張文濱博士也一同前往嘍！」

向凌川猛然一震，他從未想過飛彈專家張文濱同行之事，瞬間博士還真有點愣住。向博士心想：對呀！為何之前從未想過此事，這有何不可，如果到費米實驗室真可脫險，那麼更應該帶著張文濱一同前去費米才對呀！向凌川不慌不忙的說：「當然，張博士也很有興趣。」

向凌川以說服狄維路所長為由，機警的慫恿羅杰斯同意讓他與狄所長會面。早已經在狄維路面前吃了閉門羹的情報局，認為在他們控制下進行的會面，只有好處並無後遺症，情報局當然樂此不疲願意配合。這真是一場由向凌川所主導具有決定性的完美表演秀，徹底取得羅杰斯所代表的美方充分信任。

接下來是向凌川極端聰明的安排，他向羅杰斯建議安裝監聽器及錄影存證，向凌川對羅杰斯解釋錄音、錄影可以提供給美方高層，事實上這是以退為進的巧妙安排。向博士以擔任顧問方式先取得羅杰斯信任，再以狄所長近來脾氣不佳，為使場面緩和而要求會面地點在戶外，會面時又以戶外風大，狄所長患有膝蓋關節炎為由，在兩人的腿蓋上大衣。在隱藏大衣之下，兩人以手指在對方的手掌上書寫暗語。結果錄音及錄影的表面語言反而成為最好的欺敵工具。此時羅杰斯正一步步掉入向凌川所設陷阱而不自知。

自從一枚導彈落入伊朗察汗區，產生人類史無前例的反物質爆炸事件後，接下來美國軍方立即染上了反物質科技落後憂鬱症。由於中伊兩國軍事路徑上的精確佈置，讓美國軍方強烈恐懼大兵團重兵的深入，或許會再度陷入反物質導彈的威脅。至此美國幾乎暫停在伊朗部隊的前進攻勢，除非有明確的資料顯示反物質導彈的引信已經被拆除。這是二戰以來美國從未有過的挫折感，可是幸運之神再度光臨美國，隨後兩位中國最重要的反物質科技高層竟然落入美國中央情報局CIA的手裡，按理說兩位中國正副所長已經是階下囚，此時的主動發牌權應該完全掌握在美方手中才對，可是向凌川運用他的智慧暗地裡正有條不紊的反客為主，他抓住美國對反物質技術的渴望，正逐步與中國外圍的救援顧問華天搭上線。

36 容貌辨識系統

芝加哥歐海爾國際機場（O'Hare International Airport）位於市中心西北方向約27公里處，它擁有六條跑道，每天約有三千架次飛機起降，是世界上客流量最大機場之一，也是美國四大航空轉運樞紐站。此時在數位美國聯邦幹員的監護下，狄維路及向凌川一行數人下了專機後，為免橫生枝節，立刻由數輛轎車專程迎接，並且一路直奔目的地「費米實驗室」。

美國非常清楚此時此刻兩位中國專家的政治敏感度非比尋常，中情局為減少不必要的困擾，動線流程中盡量減少不相關人員與他們的接觸。兩位中國反物質專家這趟費米實驗室的拜訪，在美國高層被認為是一樁划算的交易。表面上確實如此，美國軍方若得到兩位專家鼎力相助，不但可大大減少日後反物質的研究時程，同時軍事上更是如虎添翼。

坐在車上的向凌川看著窗外景色，腦裡正盤算著下一步該如何運籌帷幄。令人滿意是，眼前所發生的事正漸漸符合他當初規劃，可是隨後如果中國救援沒有啟動，接下來他該如何應對美方對反物質的技術要求？向凌川看似愉快的外表，卻有著沉重無比的心情。

「從這裡到費米實驗室需要多久的時間呢？」上車後向博士首次開口，他詢問坐在旁邊精通中文的FBI美國聯邦幹員。

「博士，應該不遠了，大概一個小時以內就可到達目地的。」此位有經驗的FBI幹員非常小心，他只願意回覆簡單的答案，對幹員來說似乎是少說為妙。

事實上費米實驗室在芝加哥歐海爾國際機場的西南方，直線航空距離約30公里處。車群駛離機場後經由294號公路南下，隨後向西將接上88號公路即可快速到達費米實驗室。

車子在高速公路賣力奔馳，這時一則公路旁的T霸廣告卻引起向凌川的興趣。偌大廣告版面上登著英文的汽車玻璃廣告，看似一般的玻璃廣告，左方卻出現直行書寫的中國字，由於英文的橫式書寫與中文的直式反差太大，極為容易引起兩種語言皆瞭解的人注意。上面中文寫著「步履維艱，川流不息，緊靠車窗」。向凌川眼睛為之一亮，心裡想著：這美國國土的廣告有著中文句子，雖然不是什麼奇事，但裡面就那麼剛好有他跟所長的名子「維與川」兩個字，該不會……

向凌川還在咀嚼剛才所看到趣事，未料高速公路遠處另一個T霸的廣告上又有中文字出現，飛快的車速迅速拉近遠方字體的距離，T霸上面英文廣告標題內容是「中國高科技解決全球氣候變遷問題」，這與向凌川在華爾街日報上所看到的中國國家形象廣告基本相同。更重要的是，全英文廣告左方依然出現與先前T霸一樣的直行書寫中國字「步履維艱，川流不息，緊靠車窗」。再度看到此廣告的向凌川差點從車後座上跳起來，幾乎無法壓抑住內心的激動。博士心想：這不是擺明了外界的中方救援人員在對我們呼喚嗎？那麼救援人員要我們做的重點必定是「緊靠車窗」。

中方救援人員早已經廣佈在費米實驗室的周遭，但人員化整為零以避免引起美方的注意。顧問華天在費米實驗室附近的公路上，大量設置具有夜間紅外線功能的高解析度攝影機。當截取到乘客面容時，圖像立即轉化為數位資料，並透過軟體加以分析辨識是否為兩位失聯的科學家。

37 國際電子對撞機

位於美國伊利諾州巴達維亞的費米國立加速器實驗室（Fermi National Accelerator Laboratory, FNAL），是隸屬美國能源部的國家級實驗室。1983年費米實驗室已經擁有質子對撞機Tevatron，隨後於1995年費米實驗室宣佈發現頂夸克，雖然未攻克諾貝爾獎，但當時的費米聲望也隨之達到頂峰。90年代末美國批准了Tevatron II計畫並在2001年啟用，此計畫在原有的對撞機隧道外新建一個常規磁鐵環，使亮度提高10倍，而能量達到150GeV（1,500億電子伏特）。美國希望透過加強後的Tevatron II甚至達到萬億電子伏特，然後直攻顛峰「希格斯粒子（Higgs）」。可是事與願違，2010年位於瑞士日內瓦近郊的歐洲強子對撞機（Large Hadron Collider, LHC），竟然以高過數倍於Tevatron II能量使兩束迎面而來的質子流對撞，如此高能量也擊潰了美國對費米實驗室Tevatron II後續計畫的支撐信心。歐洲更強大的強子對撞機（LHC）後來居上。為了挽回頹勢，最後美國能源部不得不引進國際電子對撞機落戶費米實驗室，並於2013年完成全系列設計方案，最終2020年達到國際直線電子對撞機啟用大典，以期再創美國粒子物理學術顛峰。

費米實驗室肯尼斯．愛德華茲所長親自陪同狄維路、向凌川、張文濱三位拜訪著，參觀剛落成啟用的國際直線電子對撞機（International Linear Collider, ILC），為避免兩位敏感的中國專家接觸太多人員，除愛德華茲所長、高科技計畫研究局（DARPA）局長卡爾．安德森，及部分FBI戒護人員進入實驗室內部，其餘包含大量FBI人員皆被安排在費米實驗室十六層的梯形玻璃帷幕行政大樓（Wilson Hall）外。

愛德華茲站在國際對撞機控制室內對到訪的狄維路、向凌川、張文濱開始解說。「為避免早期舊型的環形電子對撞機在超高能量時遇到同步輻射（Synchrotron Radlation）損失的困擾，當時大家同意國際對撞機採取不同的設計，新的國際對撞機以低溫超導的直線電子取代圓形對撞機。」

是的，2005年當時有六百多位物理學家，他們初步在美國科羅拉多州開會同意以直線對撞機做為未來的規劃，這是國際對未來對撞機已知最早的計畫起點。事實上這可避免多極磁鐵（Dipoe Magnet）強迫粒子在環形對撞機內轉彎時所產生的輻射能量散失。

見到熟悉的技術環境，狄維路所長拋棄前幾日被軟禁的不快，透過FBI中國通的翻譯首先開口發問：「據我所知，國際直線電子對撞機主要是由兩臺高精密的先進超導直線加速器組成是嗎？」

「你說的沒錯，狄博士。」愛德華茲手指著有兩層樓高的圓形設備說：「你看這個巨型接環就是重要的對撞口，右邊是一般電子（帶負電電子）的入射口，另一邊則是反電子（帶正電電子），正負電子流分別經過特殊傳輸線後，兩邊正負電子各會經過長達約12公里的直線加速器（Linac）加速，接著粒子才進入巨型的中央對撞區發生對撞。」

狄博士問：「對撞的能量如何？」

「初次撞擊達到當初國際電子對撞機（ILC）的期望，正負電子兩邊都達到各250GeV（2,500億電子伏特）共有5,00GeV（5,000億電子伏特）的能量產生，我們期待將來逐級增加可以到達2TeV（20,000億電子伏特）以上的能量。」

「哇！我知道這個高科技實驗室不只建造成本高昂，連消耗電源功率也高人一等。」一旁驚呼的張文濱發出驚嘆聲！

「是啊！」愛德華茲轉頭回覆張文濱。「我們正負加速器各需要1.2萬千瓦，如果加計效率轉換約19%計算，整個需要12.6萬千瓦的電力供應。」愛德華茲雙手比劃著。「張博士你說的對，這非常巨大，已經足夠供應整個城鎮的全部電力所需了。」

向淩川雙手環抱於胸前若有所思的問愛德華茲所長：「那麼你們的電子流是如何產生呢？」

愛德華茲所長帶領眾人來到監控室。「你看，那裡是電子流的產生區。」所長指著監控室外的一個區域。「我們的團隊用鐳射照射砷化鎵標靶，在強烈的脈衝鐳射作用下，這能讓每束電子流達到100億個電子，隨後電子流進入強大具有極性的磁場，篩選使正負電子束流分邊進入各自的加速器內。」學者身分的愛德華茲溫文儒雅的向在場人員詳細介紹，他接著反問向凌川博士。「向博士，我在芝加哥物理年會上聽到范博士提到中國使用的標靶是金塊是嗎？」

「是啊！可是那需要配合高強度的鐳射照射。」向凌川心想：原來如此，這下我可明白了，范榮傑一定是將演講主題改變為與反物質有關，運用此種方法吸引相關人員的注意。

「依照范博士的說法，這可使你們獲得數千億個以上的大量正反電子流是嗎？」愛德華茲問。

愛德華茲的問題讓向凌川瞬間猶豫了片刻，但是他很快接著說：「你說的沒錯愛德華茲所長，事實上在部分技巧的配合下，我們確實可以達到你說的正負電子數目，甚至我們有能力推動更多電子流的產生。」向凌川心裡盤算著：雖然范榮傑故意在芝加哥物理年會上透漏中國使用強鐳射照射金塊製造大量正負電子的方法，但相信重要的流程必定尚未洩漏。何況反物質製作難的並非反電子（帶正電電子）這項，其中最困難的是反質子（帶負電質子）的創造。另外後續反質子與一般中子組合而成的反原子核，再加上環繞外層的反電子而完成完整反物質才是難以想像艱困工程。向凌川將問題丟回愛德華茲。「對於數量龐大的正負電子流，費米實驗室的國際直線電子對撞機如何處理後續的加速問題？」這問題對於內行的人員並不困難，向博士此時提出顯然有轉移話題的目的。

愛德華茲身體轉向右邊，對著對撞機控制室裡牆上的流程圖說：「向博士，這裡是電子流的預備加速區。」愛德華茲手指著預備加速區的流程圖。「我們在此區送入5GeV（50億電子伏特）的能量，此時電子流會在7公里的環裡繞行約上萬圈，這將使得電子束的範圍尺寸隨著繞行的圈數越加更緊縮。隨後電子流才送入主電子加速器內，這長達12公里擁有眾多低溫超導的主電子直線加速器，我們在裡面注入250GeV（2,500億電子伏特）的巨大能量。這使得兩邊正負電子加速器共達500GeV（5,000億電子伏特）的超高能量。這些電子在低溫超導的強磁聚焦下，被限縮至僅有6.0μm×5.0nm（6.4的百萬分之一公尺×5.7的十億分之一公尺）的超微小區域內。我們讓它以14kHz（每秒14,000次）的頻率在中央區實施撞擊。」

狄維路指著中央撞擊區的圓形巨大設備。「負責探測能量軌跡的各種量測儀器應該就在這裡面吧！」

「你說的對，狄博士，探測器系統確實在直線對撞機的中央。你看那撞擊點周遭高大設備，裡面有為數眾多的二十幾公分長條物，密密麻麻以同心圓的方式排列於撞擊區內。那些是由半導體材質的矽所組成的頂點軌跡探測器，裡面分佈為數高達十億多個有如數位相機的感應像素（Pixel）。這些敏感的感應像素，主要是用來精確測量撞擊時那些微米級粒子的飛行軌跡。」愛德華茲在眾人面前飛舞著雙手模擬撞擊後粒子飛散的情境。「為了能捕捉一些奇異夸克，我們將使用最先進技術量測僅有十萬億分之一秒的衰變過程，這些儀器必須非常精密才有辦法滴水不漏的紀錄這些瞬息萬變稍縱即逝的微小粒子。」國際直線電子對撞機這些先進的技術令狄博士聽得印像深刻頻頻點頭。由於伊朗的大爆炸使愛德華茲知道中國已經有能力部署反物質武器，於是故意反問狄維路博士：「狄博士，不知道中國在高能粒子對撞機目前的進度如何？我聽說中國在西部建造極具雄心的對撞機。」

事實上東西方國家對於對撞機的思維佈局略有不同。歐洲與美國為首的傳統西方先進國家，在高能粒子的學術領域上主要為探討宇宙中的基本粒子組成，然後更深層次希望延伸至難解的暗物質探索，以及對空間物理基本粒子性質的深入研究。對撞機對於西方學術界，最終將碰觸宇宙原始狀態「大爆炸（Big Bang）」及物質起源研究。西方另一獨立體系來自軍方的研究，這就有如高科技計畫研究局（DARPA）等，主要著眼於軍事的前瞻性需求。而中國基礎研究機構正好融合西方的學術派與西方的軍方系統成為混合體。中國獨特的舉國體制，使基礎研究既是為學術奠基的地方，同時又是可迅速將研究所得投入商業需要及國家安全的軍事單位。

終於面帶微笑的狄維路回覆：「不！愛德華茲所長，你的聽聞並非屬實。」狄博士戴著來到美國後重新配製的新眼鏡，顯然博士還在適應階段，他不斷的在調整鏡架。「我認為國際直線電子對撞機擁有低溫超導先進技術，這將是對神祕『希格斯粒子（Higgs）』的終極探祕機器，事實上連我也希望擁有如此的設備呀！」

西方情報單位一直認為中國獨自在四川建構巨型對撞機，他們以為四川的設備甚至遠大於國際直線電子對撞機。事實上並非如此，四川大西部地底的對撞機主要是為了與反物質大量生產所做的子配套。這部對撞機只是中型的尺寸而已，無法與國際直線對撞機的百億美元建設工程相比。其實真正生產反物質的主角是來至神光Ⅲ超強鐳射系統，並且搭配眾多的子系統合作而成，狄維路及向凌川所屬的中國801反物質計畫所正是如此的單位。

38 反物質容器

對撞機控制室參訪後，緊接是狄維路、向凌川、張文濱三位博士所期待的反物質儲存材料討論，這連費米實驗室的肯尼斯．愛德華茲所長都有著濃郁興趣。

「安德森局長，我知道美國的材料科學長期以來執世界牛耳，我們非常希望了解美國在反物質容器的材質上有何突破。」狄維路博士忍不住從會議室的座椅上站起來，興致高昂的提出他心中疑問，再經由FBI翻譯人員傳達到高科技計畫研究局（DARPA）局長安德森。

安德森局長身穿剪裁合身、品味講究的深藍色英國博百利西裝（Burberry），裡面搭配白色襯衫並且打著水藍色領帶。如此簡潔大方的穿著讓安德森局長看上去比實際年齡年輕許多。「狄所長，您太客氣了！我從國防部長麥克．多塞口中得知貴國在伊朗的傑作，這說明你們在反物質的儲存已經取得驚人成就，或許兩國在反物質容器的材料研究上殊途同歸並無太大差異。」紳士般的安德森博士，謙謙有禮的回覆。

從外表看上去，實在難以相信外型斯文的安德森博士就是高科技計畫研究局（DARPA）的領航舵手，他旗下所領導的正是令人嘖嘖稱奇的龐大組織。舉凡各種未來概念式空天飛機所用的沖壓式發動機、先進的等離子隱形材料、超乎想像的氣象武器、微波武器、未來深空太空船終極引擎，而超限能量的反物質更是重中之重的科幻般武器最佳選項。

狄博士走到會議室的白板前，拿起白板筆劃出簡單的潘寧陷阱（Penning Trap）示意圖。「安德森局長，以地球目前的科技我認為潘寧陷阱（Penning Trap）仍然是儲存反物質最好的方法之一，可是潘寧陷阱卻需要巨大能量來支撐反物質的隔離工作。實際上各國的科技並不難供應如此電力，問題是潘寧陷阱若離開發電廠的電纜電力供應後，獨立的潘寧陷阱要如何保持強大的電力支持同時又要使體積小型化便於運輸，才是令人頭疼的大問題，是吧！」

咯咯笑起的安德森博士看著狄博士點頭大表贊同。「你說的一點都沒錯，我認為要使反物質脫離電纜最終的決戰點就在材料，而這種材料正是『高溫超導體』。」

向凌川仰頭哈哈笑道：「對了，正確的說法應該是『超高溫超導體材料』，只有使用這種材料才可大幅減少銅阻抗造成的電力損失，同時潘寧陷阱也才能脫離電纜獨立運作。」

愛德華茲所長早已忍不住，他加入發問：「人類早已經發現超導體材料並且成功運用於各種工業上！撫摸著自己額頭的愛德華茲繼續說：「例如國際直線電子對撞機其實就運用非常多的超導體技術，難道這對反物質儲存容器還不夠嗎？」

「嗯！這是個好問題。」安德森博士說：「重點是反物質的運用場合。國際直線電子對撞機是在固定的地點，換句話說它可以獲得發電廠無限量的電力供應。理論上就算超導體沒被發現，國際直線電子對撞機仍然可正常運作，只是需要供給更加巨量的電力，以便達到足夠磁場來強迫電子方向就可以了。」安德森清清喉嚨繼續說：「反物質也是同樣道理，潘寧陷阱所儲存的反物質若是在固定場合倒也還可解決，但是潘寧陷阱若是放在導彈內，這問題可就變得非常棘手了。首先導彈空間狹小，另外導彈內所能提供電源產生的磁場有限，這就大大限縮潘寧陷阱的可用性。除非導彈內有特殊材料，可以大幅降低電流的無謂功率消耗，此時超高溫超導體便是那種臨門一腳的重要材質。」

向凌川直視安德森。「博士，你是說美國的材料科技再度提昇了高溫超導體的臨界溫度，這才使得潘寧陷阱所需的功耗再度大幅降低是嗎？」

安德森博士伸出兩手舉到與頭一樣高度，同時點頭微笑回答。「各位，我瞭解你們大家都非常想知道最新的情況。」安德森走到會議室旁他的公事包前停下腳步，這是一個黑色的意大利捷豹GHEPARD牛皮男用手提包，他解開手提包的磁鐵環扣，從內拿出一個鋁合金製的小盒子。這是一個放鑽石戒子大小的盒子，安德森拿著它小心翼翼的走到眾人面前。「這是我的上司，國防部長多塞特別同意向各位解密的最新材料。」安德森右手解開扣鎖並且滑開上面的鋁合金蓋，盒內露出一顆直徑約二公分的深灰色球體，球體表面打磨光滑但並不具備金屬光澤。

會議室裡忽然鴉雀無聲，眾人瞪大雙眼目不轉睛直盯著眼前的奇幻小球體，狄維路所長首先打破沉默，輕聲細語的問安德森局長，好似太大聲會對小圓球造成損壞。「安德森博士，這莫非是美國目前最新的超高溫超導體材料？」

「狄所長，這看似不起眼的球體可是雙料特性的大突破。」安德森嚴肅的說：「在不加壓的前提下，此材料可以達到創紀錄的210K度（攝氏零下63度）超高臨界溫度。」安德森走到會議桌旁的椅子坐下。「事實上這樣紀錄的高溫超導，其所節省的功耗還不足以構成讓導彈裡的潘寧陷阱正常工作。」

狄維路心跳加速，他知道這材料已經解決最重要的瓶頸，狄博士喜出望外接著說：「你是說它的抗磁性！」

忽然間安德森抬起頭，用右手拇指與中指用力擦出「嗲」的響聲。「狄所長，你正中目標啦！正是抗磁性。」

眾人屏息以待。狄博士繼續問：「那它有何驚人的特殊之處呢？」所有人不知不覺中跟著安德森拿了把椅子坐下。

「此物的抗磁性是一般超導體的8倍之譜，你要知道一般常規導體要產生高達10萬高斯（Gauss）的穩態強磁場，那可是要消耗掉3.5億千瓦的高功率呀！這可是一個大城市的全部電力呢！」

向凌川忍不住輕聲的問：「那你這小球需要多少功耗呢？」此時眾人低頭，期待安德森局長的解答。

會議室內再度一片寂靜，眾人等待安德森的回答。「好的抗磁性再加上超高溫超導體的特性，這材料只需要10萬千瓦的功率就可以維持住潘寧陷阱（Penning Trap）基本需求，而這已經足夠讓我將萬分之一克的反物質封在潘寧陷阱內。這一丁點反物質能量已經與一般巨大體積的氫彈威力相當了。」安德森回望狄維路、向凌川兩人，想探索中國的方法。「那你們的反物質容器應該跟這個也差異不大吧！」

向凌川搶著回答安德森的問題，他知道狄所長的個性不善於推託，恐講出最機密的中國科技。「我與狄所長負責基本粒子反物質的研究，至於材料科學有另外部門專司，當初移植反物質時我見過材料，不過材料外表顏色明顯與你這小球不同，不知道你的小球是用什麼材料合成呢？」向凌川為避開安德森的問題，竟然反問安德森最重要的材料組成成分。

安德森一臉苦笑，無可奈何的回應：「向博士，對不起了。這屬於美國國家機密，在此我恐怕無可奉告。」

向凌川早知道安德森不可能告訴他答案，這並非重點，他顫動的心裡正想著：如果安德森的神奇小球超高溫超導體真如他所說，那麼假以時日美國真克服困難完成大量製造反物質的時候，將會是中國一場難以想像的災難。向凌川與狄維路所長心知肚明，這次伊朗反物質爆炸的背後祕密，其實並非外界所想像，他心裡七上八下，正盤算著該如何應對……

「我看到這高溫超導體的小球下方有一個接口，這是反物質的注入口嗎？」張文濱好奇的問。

「不！那是電源的輸入端，事實上這球體有兩個端口。」安德森將小小的鋁合金盒放在會議桌上，小心翼翼的用右手拇指與食指拿起高溫超導體小球。「你們誤會了！這只是縮小版的樣品。」安德森以左手指著右手的小球說：「這是以真實高溫超導體材料打造而成的模型，實際產品的直徑約8公分，比模型物大多了，下邊小孔才是反物質粒子移植進入端。」

此時在會議室外邊戒護的FBI人員無線電話機不斷「嘶——嘶——嘶——」作響，在費米實驗室內不大的會議室裡，大家依稀聽到FBI人員緊張的對話，而這已經打斷會議室內人員的討論興致，外邊似乎有重要的大事發生了！

註解

7 超導體是一種神奇的物質，當物質溫度降到極低的某一溫度時，會出現零電阻現象，這種特性被物理界稱為超導體。另外當物體出現超導體現象時還會產生一個相當重要的特性——抗磁性，此時的磁感應線將無法通過超導體物質，這會使磁鐵神奇漂浮在以超導體為底的物質之上，這就有如電影《阿凡達》的神奇漂浮物質一樣。美籍華裔科學家朱經武、吳茂昆及中國籍的趙忠賢於1987年以釔鋇銅氧系（Y-Ba-Cu-O）材料一舉將超導體溫度上提到90K度（攝氏零下183度）。這是一個重要里程碑的實用溫度，因為90K度（攝氏零下183度）已經超越液態氮的沸點77K度（攝氏零下196度）。佔空氣80%的氮在液態時比液態氦便宜約50倍之譜，因此首次走出實驗室進入工業領域。

39 五角大廈

五角大廈位於維吉尼亞州的阿靈頓，擁有建築面積61.7萬平方米，是全世界最大的辦公建築群，共約有23,000名包括軍職和文職人員在此辦公，也是美國國防部與陸海空三軍總部所在，戰時也是美國最高軍事指揮機關，地位崇高無出其右。

二次大戰期間，納粹希特勒於1941年以迅雷不及掩耳之勢席捲歐洲戰區，美國總統羅斯福深知無法置身事外，戰火遲早必將蔓延至美國。當時美國三軍散居各地，為統合軍種並提昇行政效率，羅斯福同意簽署蓋五角大廈，他將維吉尼亞州河床氾濫區的阿靈頓做為美國未來的國防部。素色白牆鱗次櫛比的五角大廈，當時造價高達八千萬美元，外觀五邊、每邊五排、每排五層樓，設計者獨具匠心的創造出世界最大辦公區域。雷厲風行的工期，工程單位僅以十六個月卓有成效的完成五角大廈。完工三個月後猝不及防的隨即爆發珍珠港事件。美國在羅斯福總統的宣誓下正式參戰，戰後五角大廈見證美國領導世界的獨霸局面，驀然回首昔日勁敵一一瓦解消失，日後威脅反而來自恐怖主義。

輕車簡從的情報局長喬治．施密特與行動處處長丹尼斯．德雷納應國防部長邀請驅車入訪國防部，途經五角大廈E區，這讓施密特局長恍如進入時光隧道。

施密特對德雷納說：「你瞧那棟建築物，911事件時，美航77號班機遭受恐怖分子劫持，撞擊海軍辦公區的E區。2001年，海軍E區剛好進行外牆鋼梁及玻璃強化整修工程，未料完工才五天恐怖攻擊就爆發。」

雖然事隔多年，德雷納仍然難以想像當時的混亂狀況。「局長，若非當年恰巧強化工程完畢，恐怕死傷將更加嚴重。」

施密特鉅細靡遺的說：「沒錯，當時強化後每片玻璃重達數百公斤，可防強烈爆炸震波。攻擊時海軍區有五千多人在E區辦公，爆炸時強化鋼梁多撐住三十五分鐘才坍塌，這提供海軍員工寶貴逃亡時間。當時E區前兩排全毀，共造成一百二十五人罹難。對當時高齡六十歲的五角大廈，這傷亡已是減至最低了！」對掌握全球五成軍事預算的超強美國，其國防大廈遭逢如此劫難不禁令人感嘆世事難料。

兩人進入五角大廈後，牆上一枚數十吋木質圓盤上的錫製老鷹，象徵著強大美國國力的圖騰首先映入眼簾。接著國防部為因應恐怖攻擊的嚴密安檢迎面而來，警衛揮手暗示施密特與德雷納將行李放入X光掃描機內，兩人則先後通過安全閘門金屬探測器以確認無爆炸違禁品被夾帶入內，另一名警衛禮貌的索取邀請函以便確認拜訪者身分與入內等級。

施密特局長從西裝外套拿出邀請函遞出。「警衛先生，這是我的正式邀請函，至於丹尼斯．德雷納因臨時邀請，我可以確認國防部長已確定鍵入系統內。」

「好的，待我向運作指揮中心（Building Operations Command Center）確認。」警衛禮貌回覆。

「喬治．施密特。哇！你是中情局局長。」新進警衛投以肅穆眼光，但程序並未減少且並無特殊禮遇。「局長抱歉，我們確認您的會議屬於高層次等級，我們必須加測視網膜及檢體。」

「需要棉花棒是吧！」局長已經習慣這種繁複手續，只見施密特用棉花棒在口腔內摩擦收集DNA樣本並交給警衛，隨後局長將左眼對準測試孔量測視網膜紋。

滿臉笑容的警衛將樣本塗抹於盒內小型載玻璃上，棉花棒則投入旁邊的小型電弧器。此種裝置利用氣體放電形成電弧，由於能量集中於電弧區，溫度可高達3000℃以上，可基本摧毀包含金屬在內的任何生物樣本，未過多久另一邊螢幕即刻出現「視網膜、生物樣本無誤」的字樣。

警衛輕鬆的說：「施密特先生恭喜你，我們確認沒錯，這是局長開會的會議室號碼『2E775』，建議局長穿過地下走廊便可以快速到達E棟了。」

運作指揮中心此時回覆警衛，確認德雷納在受邀之列，待德雷納完成視網膜及檢體後，兩人正式進入五角大廈已是十分鐘之後了。

在走廊上德雷納好奇的問：「那是密碼嗎？」

「不！恐怕讓你失望了，『2E775』是我們會議室號碼，2代表二樓，其它為E棟、第七走道、75號會議室。號碼倒沒有那麼高科技，不過此區域相當重要，因為國防部長多塞就在此區三樓的第八走道辦公。」

會議室「2E775」走廊地處隱蔽但並無特殊之處，橢圓辦公桌位於兩塊投影屏幕前方，而左側白板提供會議人員傾訴滿腹經綸書寫之用，上方兩部吸頂式投影機可做雙螢幕資料交叉比對顯示，後方則是提神茶水、咖啡、飲品供應區。衛星影音網路連線則透過五角大廈運作指揮中心無遠弗屆的伸向已知世界任何地方。正前方屏幕右上角圓形指針式傳統時鐘正顯示現在時間：下午三點三十分。

「嘿！施密特局長。我們真有緣分，上次在費米實驗室開會，現在又見面了。」正在會議室等待國防部長的白宮核武首席專家杰羅姆．科希（Jerome R. Corsi）博士笑顏迎人，對著剛進入會議室的施密特打招呼。

「你是來找我嗎？」顯然科希對施密特局長的出現有點意外。

一副尷尬表情，苦笑以對的施密特：「真是抱歉，科希博士，要讓您失望了，我是應麥克．多塞部長的邀請前來與會。」

科希訝異的表示：「參加國防部長會議？不會吧！我也是來參加他的會議，部長並沒有提到還有其它人會參加，你的會議室號碼是……」

多塞部長發出朗朗笑聲走進會議室。「不用問了，你們三位都是本次會議的主角。」部長明確的說。施密特說：「部長、科希博士，我先向你們介紹這位丹尼斯．德雷納，他是情報局的行動處處長。」

部長滿臉笑容：「啊！我知道了。最近聽說貴處完成說服大事，對方已經同意幫我們提早建立反物質生產，這是好事。」隨後多塞部長面對三人。「各位，科希博士在電話中告訴我，發現重要證據，我認為此事若屬實，首先會影響情報局目前的部分工作，這也是我找你們來的主要原因。」這時部長轉向科希博士。

「博士，那就請你先為我們講解吧！」

施密特局長納悶的問：「部長，情報局有何問題嗎？」

部長多塞回答：「不！問題應該在伊朗的爆炸，博士請吧！」

五角大廈的敏感區禁止攜帶電腦或快閃隨身碟記憶體，科希博士的檔案早已經傳至國防部，博士只要啟動投影機，並開啟事先傳來的資料檔案即可。「各位，伊朗的爆炸震驚國內高層，最後多位專家經由各方蒐集的資料一致認為是中國反物質造成的史無前例爆炸。這也讓我國進入難以克服的反物質恐慌症，這種懼怕主要建立在兩件事上，大家認為中國已經完成了大量生產反物質及反物質容器這兩件大事。」

多塞部長忍不住問：「從電話中，我可以感覺到科希博士你的反應，似乎在說這場反物質爆炸有缺陷是嗎？」

施密特臉色突變激動的說：「缺陷？難道伊朗爆炸是一場騙局？爆炸並非反物質造成的？科希博士，你是說我們根本是自己在嚇唬自己？」

「不！不！部長、局長請聽我分析。」科希指著投影機螢幕。「我的龐大影像資料都是由部長您所提供給我研究，其中兩段別有玄機。第二個影片是爆炸後的異象，相對而言並不急迫，各位你們先看第一個影片由成像間諜衛星鎖眼所拍到的動態資料。」

檔案透過投影機投射在螢幕上，科希博士說：「你們看這段第一個影片有何異樣？」這段正是美國間諜衛星鎖眼所記錄，那是導道彈體當時從上方開始沒入71號公路沙塵內的過程，以及爆炸時爆出巨人火球衝出沙塵的驚人影片。

眾人擠到螢幕前詳細端詳影片。「沒有什麼不對啊！」國防部長多塞一臉茫然的說。

科希博士說：「不！大有問題！」科希博士將影片倒轉回到導彈剛沒入沙塵的瞬間畫面，然後慢速重播。「非常重要！請仔細看，問題在這裡。」此時科希博士指著畫面沙塵上方說：「看到沒？」

施密特瞇著眼：「對不起！我還是看不出來！」

「你們看！」科希博士再度指著沙塵上方。「各位，我估計沙塵上方距離地面約有100公尺。」此時科希博士停格影片的運轉。「你們看，導彈現在還未進入沙塵的上方，可是沙塵上方瞬間已經被爆炸的凸波開始向上擠壓衝出了！」科希博士大聲的強調說。

「唉呀！我知道了！」突然間施密特局長大叫。「導彈還在沙塵之上根本還未引爆呀！可是底下已經發生大爆炸了！」

科希博士大手指著施密特。「沒錯！局長你終於看見了！」

國防部長多塞大聲嚷著：「我的天！怎麼會是這樣，這真是天大的機密啊！這代表什麼意思呢？既然那爆炸不是導彈造成，那麼是什麼東西造成的呢？」

「不只如此，還有一個疑點！」科希博士用鐳射筆照射在已經停格的導彈上。「你們再仔細看看，爆炸時造成底下沙塵向上凸起時的中心點也與導彈的入射點不同。」

施密特緊盯著科希博士所說的地方。「天啊！這是說明根本沒有反物質爆炸這回事，是嗎？」

科希博士忙著搖頭解釋。「不！不！不是這樣的，各種證據顯示那確實是反物質爆炸，但是由剛才的分析表示，爆炸並非由導彈造成，我認為那是中國故意誤導的錯誤訊息。」

「我現在了解科希博士的意思。」國防部長多塞看著博士。「那代表中國與伊朗是在沙塵之下引爆，或許那枚反物質是放在固定的地方。」

科希博士撫摸著自己的下巴，思考片刻後回答說：「部長說的正確，但只猜中一半而已。」科希低頭再度思考，然後再抬頭對著大家。「反物質應該如同部長所說，確實是在沙塵之下引爆，但是卻有個更重要的『大事』隱藏在背後。」

部長多塞及局長施密特同時大喊：「大事？」

科希博士說：「是的，你們想想看，如果反物質不是放在導彈上面。第一，那代表中國的反物質容器尚未發展到精緻地步，所以無法小型化到導彈上面。第二，這表示中國的高溫超導體材料科學還未突破到可以大量節省能源。第三，這也表示那枚反物質炸彈必定巨大無比，不但無法移動，我認為還需要巨大的電力供應。這也就是說反物質炸彈附近必定有發電廠專司供應電源，另外還需要電纜線連接到炸彈上，才可提供強大磁場支撐科學界儲存反物質粒子的所謂潘寧陷阱（Penning Trap）。」

施密特說：「科希博士，你是說這顆反物質炸彈是在固定地點上。換句話說，他們是在守株待兔等我們上門才引爆？」

「簡單的說法是這樣的，但是反物質炸彈體積必定龐大。伊朗的美軍坦克部隊群不可能自己撞上去，所以更實際的作法應該是事先埋在固定地點。」

國防部長多塞用雙手手掌摀著臉，喃喃自語：「嗯！現在我終於完全了解。」部長打開雙掌，重新面對所有人說：「自從伊朗戰爭開打，一直有無法解釋的奇怪現象，多虧科希博士的細心觀察讓我毛塞頓開。回想之前的情報，我認為科希博士的判斷正確，這顆反物質炸彈應該是埋在美軍必經之地等待我們。不僅如此，估計還有更多的伊朗要地都埋有反物質炸彈，就等美軍自己送上門。」

施密特局長顯露驚訝的眼神：「更多反物質炸彈？」

「這顆爆炸的反物質炸彈是在南部靠近波斯灣區域，事實上我們最終目的是『斬首行動』，當時主要目標就是西部的首都德黑蘭。現在看來西部首都附近的要道必然有更多反物質炸彈等著我們。」不寒而慄的部長陷入深度回憶繼續說：「伊朗戰爭初期，紅外線間諜衛星既發現71號公路附近山區大有問題，當中多處有大量蒸汽排放外溢現象，因而懷疑藏有發電廠。前導轟炸機的精靈炸彈曾經攻擊此地，轟炸後紅外線特徵只是轉移至山區其它出口，並無改善。隨後美軍正式發動『癱瘓行動』的首波巡弋飛彈攻擊，當時總部認為並無大礙，只列為黃區歸類注意。那時美軍伊朗東戰區指揮中將約翰．威廉姆斯還特別於杜哈會議中建議前線總指揮傑夫．胡恩上將注意大量蒸汽問題。最後此問題由總部以間諜衛星鎖眼和長曲棍球共同鎖定，並以B2隱形轟炸機用精靈彈再加以複炸結案。」

科希博士難忍心中疑惑：「難道陸軍攻擊部隊當時沒有發現地面狀況有任何異樣嗎？」

國防部長多塞繼續痛苦的回憶。「科希博士，你說的沒錯。確實有，但如今想來當時都被我們過度的自信給淹沒了。由於伊朗不具備高科技能力，當時東區指揮中將威廉姆斯就無法理解，為何伊朗指揮當局會愚蠢到與美軍在平坦的察汗特區（Sar-chahan）坦克會戰呢？事過境遷現在終於了解，那是伊朗精心策劃的一場坦克引誘式反獵殺大戰。」同時部長轉身詢問科希博士。「博士，一開始時提到還有第二段可疑影片，那是……」

「沒錯，還有第二段影片。」科希博士從檔案夾中開啟影片。「各位這段影片一樣是間諜衛星所拍，這是事後原爆中心的影像，各位看到甚麼異象嗎？」

施密特局長有點納悶，他不解的說：「你是說原爆中心還有伊朗的人造沙塵暴存在？」

「不！是原爆中心上空的雲附近。」科希手指著螢幕。「各位看這兩個一閃即過的異常小黑雲。」

「嗯！是有點怪異，這兩個小黑塊是雲嗎？」部長多塞想了一下說：「我認為這黑區是反射光造成的，雲不可能跑那麼快呀！」

「部長、局長，我們有驚人的發現，你恐怕萬萬都想不到。」科希重新以慢速播放影片。「你們看這是反射光、雲還是……」

「啊！不是雲，目標太小了，好像是飛行器，難道是中國的新武器？」施密特局長訝異的叫著。

「局長你對中國已經帶有恐懼了，我敢保證這不是飛機。這物體經過計算有40倍音速之譜，在大氣層內，以目前的地球科技不可能飛出這樣的高速。」由於這是間諜衛星所拍的高解析度影片，科希開始大幅放大影片後，目標終於被揭開神祕面紗。

這時所有人全都站起來，大家都目瞪口呆。「哇！我的天啊！這是飛——飛碟呀！」部長多塞未經思索說出他的所見。「這怎麼可能？超乎想像太勁爆了！」

「部長，這兩個飛碟一大一小，設計外型長相各異，好像在說明他們還是來自不同的地方呀！」

「不可能吧！美國到現在都還未接觸過外星文明呢！難道真有地外高度發展的外星人？而這又與中國、伊朗、反物質爆炸有何關聯呢？」

科希沉思後說：「我無法回答部長的問題，據說當年廣島核爆時也有人見到飛碟在附近徘徊，不過此次高解析度間諜衛星已經清楚的照到影像，這或許是地球由史以來第一次可明白證明外星文明的存在呢！」

忽然間，沉默已久的情報局行動處處長德雷納臉色一垮，大喊：「唉呀！不好了！」

眾人停止交談，回頭望向許久未發表意見的行動處長德雷納，並同聲問：「怎麼啦！有什麼不對嗎？」

德雷納投以憂鬱的眼神對著大家：「剛才討論如果正確，這表示中國只在反物質大量生產技術上突破，而另外一項重要指標容器材料尚未克服。」

施密特局長對自己屬下的反應有點詫異。「德雷納，看起來應該是如此呀！你還發現有什麼其它問題嗎？」

德雷納說：「一件重要的事，今天兩位中國反物質專家正在費米實驗室訪問。可是別忘記，他們來訪的其中一項要求就是親眼見到我們的反物質容器材料科技。」

部長多塞聽了反倒笑出聲音來。「德雷納你多慮了。」自信的部長對著德雷納說：「我確實同意局長安德森專程到費米實驗室向兩位中國專家解說美國的反物質容器材料科技現狀。但僅止於此，我已經下令局長安德森將所有涉及敏感的技術列在禁止洩漏範圍內，這你可以放心。」部長面帶微笑的安慰德雷納。

事實上今天的會議檢討，更加證明中國在反物質材料科技上尚未取得全面性的成功，如今部長突然發現中國在大量生產反物質粒子上確實技高一籌，但是美國在反物質容器材料的研究上卻捷足先登。多塞部長原以為中國在反物質領域整體遙遙領先，可是現在看來中美兩國在反物質科技上實力相當各擁自有王牌。

伊朗反物質大爆炸以來，國防部長多塞心中層層積累的晦氣一直難以消散，如今事實證明美國現在手握反物質武器的兩大科技法寶：「反物質容器材料」及中國專家的「反物質粒子大量生產方式」。現今狀況更是對美國有利，相對中國目前反而處於極度弱勢情況。優勢如今傾向美國，更何況「矛與盾」皆在麥克・多塞部長的掌控之下，無怪乎部長並不擔心德雷納的憂慮，反而對未來更加胸有成竹。

然而幾百公里外的費米實驗室……

40 救援

門外FBI人員已經無暇他顧，匆忙間幹員進入正如火如荼開會的會議室，個個神色慌張手拿武器。「三位博士我們時間不多，我們認為外面有點狀況將會引響到你們的安危，總部要求現在必須立即離開費米實驗室。」其中一位FBI人員大聲嚷著，此舉頓時讓會議室內所有人不知所措，氣氛緊張凝重。

機警的安德森局長見情勢有變，立刻收回直徑約兩公分的高溫超導體材料，並將材料置放於原本的鋁合金小盒子內。「各位，對不起！我還是將材料放在盒內比較安全。」安德森局長說。

向凌川一直目不轉睛的盯著安德森，眼見他將高溫超導體材料盒放於他自己西裝口袋內。向博士心想，這可是好東西呀！同時屏氣懾息內心暗自竊喜，莫非這股騷動是我方的人已經開始行動了？

向博士回頭對著翻譯故意說：「不行！不行！各位先別著急走，我們還有很多問題尚未釐清，我認為還需要更多的時間進行互相研討呀！」

狄維路所長在旁邊似乎已經感受到希望，一向嚴謹的所長竟然也加入附和。「是啊！我們還要與安德森局長繼續討論反物質容器的材質問題呢！」

沒想到話才剛講完，得到指示的FBI人員也顧不得太多，開始連拖帶拉的強迫三位中國科學家離開。「各位博士對不起了，我們只是奉命行事。」

在數名FBI幹員的戒護擁促下，狄維路、向凌川、張文濱及安德森來到行政大樓（Wilson Hall）的樓下，FBI值勤人員在大樓外邊荷槍實彈的就位，原本穿梭於大廳的各地訪客及實驗室內工作人員見狀，開始呈現不安狀態，驚慌失措呼喊聲不絕於耳，整棟建築物陷入混亂。

數輛黑色汽車在費米實驗室周遭的59號公路快速疾駛，車隊已經進入費米實驗室的外緣公路，此時前導車隊轉入巴達維亞路（Batavia Rd）後向西繼續前進。

嘶嘶的無線電聲響起。「東北虎，到達行政大樓後首先對大樓附近實施包圍淨空。」這是代號「龍珠」行動開始以來，華天顧問透過無線話機所下達的第一道命令。「完成後由雄鷹接手，隨後就展開救援行動。」這同時也是揭開中國救援行動的正式序幕，目標直接指向著名十六層梯形玻璃帷幕的行政大樓。「整個行動必須控制在十分中之內迅速完成。」華天堅定的說著。

「顧問，收到了！我們即將就位。」外號長城的東北虎特戰小隊長冷酷而簡短的回答，口氣像冰山般的堅固。

車隊繼續前進，經過費米附近小巧的法律湖（Lake law），隨後車隊左轉，駛入費米的核心區域「道路D（Rd D）」，這時道路右邊實驗室的費曼電腦計算中心（Feynman computing center）已經近在咫尺，而行政大樓建築物已經清晰可辨。

長城隊長搖下車窗，陽光直接灑落在隊長黝黑的皮膚上，強烈對比下襯托出訓練有素的剛毅臉龐。「哥兒們，任務就在眼前了！」手裡正忙著調整衝鋒槍的小隊長長城提醒大家。

另一邊指揮車內，顧問華天繼續佈達指令，他的命令宛若神奇音頻，散發令人無法質疑的鋼鐵般意志。「東北虎控制局勢後，雄鷹你就可以直接強行救人了！雄鷹組要記住，唯一的任務是目標毫髮無傷，另外其它飛龍、獵鷹各組人員已經完成後續脫離的接援備案行動，尤其是備案中芝加哥附近的直昇機及動力船包租。」

「是的，顧問。」徵調自濟南軍區的雄鷹，小隊長「鐵拳」話不多，簡單扼要的回覆。

東北虎前鋒車隊再度左轉來到費米巨大矩型水池的a-1路（Rd a-1），然後穿過卡茨路（Kautz Rd），雄偉的十六層行政大樓（Wilson Hall）即刻呈現在眼前。

FBI在行政大樓外面的警戒人員早已獲得外圍人員的警告，敵方正運用大樓旁戶外停車場的車輛為掩護。一位FBI幹員見到東北虎車隊到達，大叫：「留在原地不要動！」高昂的氣魄令人心驚肉跳。

伴隨著尖銳的煞車聲，救援車隊緊急停車於大樓前面，尚未下車的東北虎組員二話不說，隨即以衝鋒槍對著大樓右側停車場的威脅處掃射而去。突如其來的槍戰令FBI人員急忙躲回車體後方尋求可靠安全掩護，看似槍聲大做情況危急，不過這只是東北虎隊員的強勢火力壓制行動，目的是讓其它大批東北虎組員有充分時間快速移動至FBI人員附近形成包圍。

正當此時，一個東北虎的支隊從戶外開放式停車場的另一側迅速包抄而去，五、六位FBI人員在子彈的壓制下毫無進退餘地，只能暫時固守原地不動，速度驚人的特戰人員乘機到達FBI人員固守的停車場。

東北虎組員舉著衝鋒槍大聲吆喝：「放下武器！」

專注於槍擊聲來源的FBI人員，對於後方包抄而來的敵人一臉錯愕，幹員頓時恍然大悟，這才發現剛才打得他們無法抬頭退回停車場躲避的子彈掃射，只不過是特戰人員聲東擊西的戰法。面對十幾位來勢洶洶的救援特種部隊，人員單薄的FBI幹員，目前唯一也只有棄械投降別無他法。

東北虎的長城隊長馬上以無線電對組員說：「刀鋒，立刻帶隊確認停車場的所有威脅已經被清除。」

同是另一隊準備攻堅搶救的雄鷹特戰隊聞風而動，他們以雷霆萬鈞之勢快速進入行政大樓大廳，此時剛好撞見才下樓未久的參訪人員，這時陪同的FBI人員、狄維路、向凌川、張文濱、安德森正好在大廳後方的邊緣處。

機警的向凌川高舉著雙手大喊：「我們在這裡！」聲音之大立刻引起救援隊的注意。

向博士如此突兀的舉動迫使在旁的FBI幹員瞬間舉槍對著救援隊射擊，沒想到雄鷹救援隊的組員，未經思索馬上以衝鋒槍瘋狂掃射回敬。

「啊！啊！我的天啊！不要再打了！你們弄錯了，我們是自己人呀！」狄維路、向凌川及張文濱同時發出慘叫。

救援隊槍管冒出的火舌加上震耳欲聾的槍聲，使得FBI幹員、狄維路、向凌川、張文濱及安德森眾人驚聲尖叫，紛紛用手護頭倒退尋求隱蔽物。狄維路及向凌川心想著：子彈竟然射向我們，會不會搞錯了？難道這並非中國的救援隊？但說也奇怪，如此多的子彈射向他們居然無人受傷，只見隊長鐵拳及所有隊員趁著隊員攻擊之際，向著被攻擊區迅速合圍。

雄鷹隊員來到驚慌的FBI幹員旁邊，特戰人員迅速解除FBI護衛幹員的武裝槍械，隊長鐵拳則伸手扶起三位博士，激動的說：「各位博士，我們來晚了，讓你們受委曲了。」

只見三位博士各自倒臥於地板上，恐怖的槍戰經歷使得他們依然無法相信是否獲救，狄維路所長以恐懼的臉龐顫抖的聲音回覆：「你們是……」

「是的，博士！我們是中國特戰隊。」

「可是那些子彈……」不解的向凌川問為何衝鋒槍會向他們掃射。

「博士，沒事的，那是空包彈。」隊長鐵拳堅定的說：「主要是你們距離FBI幹員太近了，隊裡組員見到你們後不敢隨意真的放槍，怕閃失造成誤擊，只好以準備好的空包彈讓子彈密集槍擊此區，這樣可以壓制在場的FBI人員，同時又可以保障絕對不會誤傷兩位。」

一位救援隊員精神抖擻的走到雄鷹鐵拳隊長旁耳語。「隊長，時間不多了！指揮官認為美國的後備支援很快就會到達。」

「嗯！沒錯！」隊長鐵拳高喊著：「兄弟們，收隊！」大批人員擁護著三位專家開始撤離。

撤離人員才走到行政大樓出口大門，突然間向凌川靈機一動。「對了隊長！我有一件非常重要的大事，請你再給我一分鐘的時間。」

由於情勢緊張，在美國支援人員未到達前，必須將所有人員盡快撤離以策安全，向凌川的這項要求讓鐵拳隊長大為為難。「博士，我們真的沒時間了。」隊長開始心急。

「我知道，馬上就好！」向凌川說完，竟脫離隊伍反而大步往回跑，他來到大廳角落安德森局長旁。

「安德森局長，剛才謝謝你對超高溫超導體詳細的介紹，我對此材料應用在未來的反物質容器非常感興趣，中國有完整的反物質粒子生產能力，若加以貴國的材料科學，或許真可以加速反物質應用。不如這樣，從現在開始就由我來幫你保管吧！」說完，向凌川將手伸進他早已注意甚久的西裝口袋，拿出鋁合金小盒。

還在驚嚇中的安德森只有眼睜睜看著重要反物質材料落入向凌川之手，事實上反物質材料易手後，將完全改變中美兩國日後的戰略佈局。

對FBI人員而言，這真是一場出乎意料之外的救援行動，首先三位中國科學家的拜訪是極度機密的行程，當時認為太多FBI戒護人員陪伴反而太過招搖容易啟人疑竇，再加上身處美國自己國境內，過度自信心使得FBI最後以單薄的人員面對中國特戰隊，最讓FBI始料未及的是，中國救援隊規模竟然如此龐大、分工如此細密！

41 放射線碘I-131

在七人座的箱型車內，雄鷹組員正從車後面搬出幾個黑色旅行箱，這時鐵拳隊長對三位博士說：「博士，接下來需要你們的幫忙了！」

雖然心有餘悸，但對救援結果仍然興奮不已的向凌川自告奮勇的說：「喔！沒問題，是打開箱子嗎？」

「不！我們需要博士配合，換掉所有身上的衣物。」難得鐵拳隊長輕聲細語的提出要求。

狄維路博士顯然並不了解箇中原因，他好奇的問隊長：「你是說換掉這身衣服？喔——的確，我們是把衣服弄髒了！」

「狄博士你誤會了！我們相信兩位身上必定被安置許多電子監視器。華顧問早已由博士的家鄉取得兩位的尺寸，這個箱子裡就是你們的新衣服。」隊長轉頭對著張文濱說：「這裡要向張博士道歉，當初並未盤算到會有額外的驚喜可救到博士，這新備的衣服獨缺博士您的。不過沒關係，石頭會將張博士有問題的電子監視器部份挖除，處理過以後您身上的衣物絕對安全。」鐵拳隊長對車內另一位組員說：「石頭，快將另外一個箱子裡的探測儀器拿出來。」

「是！隊長。」隊員石頭從箱子裡拿出電子探測儀，那是一個黑色有如掌上型電表般大小的偵測器，雖然小巧但卻可以感應出任何電子訊號發射源。

一般間諜使用的電子訊號發射源主要有聲頻、影像及定位多種不同類型。通常聲頻、影像包含錄製及訊號發射器，雖然主機稍大，但精密科技已經可以將整體體積縮小到比小型打火機更小的空間。至於定位器就更神奇了，高科技微縮電路加上微量的電池即可正常發射訊號源，大小居然可小到有如硬幣般，這使得對目標定位追蹤的運用更加多元化而且難以被發現。

張文濱臉色不變，伸手摸著掛在脖子上的白金項鍊。「隊長的意思是我們身上可能有電子發射訊號？」

「不是可能，顧問認為一定有。」鐵拳隊長語氣堅定。

隊員石頭首先開啟手上偵測器電源，沒想到還未接近衣服，「喀吱喀吱」的聲響已說明發射源的存在。

「哇！博士，依據儀器顯示，美國情報單位在你們身上佈滿了電子發報機呀！」隊員石頭滿臉驚訝的說。

狄維路似乎對此又有所疑問：「這就奇怪了，可我怎麼也沒發現我身上有何不對勁之處？這電子訊號發射源從何而來？」

「博士，你們看！」隊員石頭的儀器首先指向西裝外套扣子。「博士的西裝袖扣就是電子訊號的發射源。你看，扣子中間的小孔，這正是電子訊號的發射孔。」石頭接著說：「另外你們的皮帶頭也是偽裝品，其實是訊號發射源。而且連對方提供的筆也都是定位訊號發射器。」

這可讓三位博士聽得兩眼直冒金花，不知如何是好。同時隊長鐵拳從箱裡拿出預先準備好的抗電子訊號輻射袋子，鐵拳快速將已經確認有電子訊號發射源的衣物放入袋內，這袋子可有效的隔絕電磁輻射源。但此項動作看在狄維路所長的眼裡卻產生更多的疑問：「隊長，如果這衣物確定具有定位訊號源，美國的電子科技非常發達，貿然留下來，反而會敗露眾人的行蹤。我建議，不如立即將此物拋棄了。」

「狄博士你說的沒錯，以安全為由，應該盡快銷毀此批發射源。」但鐵拳隊長繼續將衣物放入袋內，壓根兒未打算拋棄此物。稍後，隊長抬頭對博士微笑的說：「事前救援演練時，華顧問認為這裡是美國國土，要想安全將兩位送回中國恐非易事。顧問認為，必定會歷經千辛萬苦，他認為留下這些訊號源或許可以做為將來逃亡過程的欺敵工具，至少在反搜捕上可以聲東擊西，短暫分散風險。」

「嗯，果然聰明，這倒是個好方法。」

這時鐵拳隊長反問：「這是什麼東西？」

向凌川驚訝的喊著：「呀！這可是非常重要的材料盒，不可以隨便放置。」說完隨即將鋁製的反物質材質盒子塞入剛剛新換的褲子口袋內。

「華顧問！」向凌川回憶起在渡假村時所閱讀到的華爾街日報，那是極具創意的中國式密碼植入式廣告，若非報紙廣告暗示費米實驗室，如今也難以獲救，尤其是驅車至費米實驗室途中的T形廣告看板更是一絕。「隊長，聽你的口氣，好像華顧問是這次救援隊的指揮，是嗎？」向凌川開始對「華顧問」這個人產生濃厚興趣。

「你這就猜對了博士，華顧問是全權負責美國區的總指揮官。」鐵拳隊長大聲回應。

就在此時令人費解的事出現了，電子偵測器「喀吱喀吱」的喇叭聲音依然發響著不停，這說明還有其它電子訊號定位源持續在散發著。

「不會吧！居然還有啊！那就讓我們來看看華顧問這次是否又算對了。」隊長有點懷疑的說。

「博士，麻煩將你們的皮鞋脫下。」隊長語氣堅定的請求。

這次連向凌川也面露懷疑：「你是說華顧問事前就告訴你連我們的皮鞋都有問題？這未免太神了！」

隊長默默不語，右手從腰間快速的拔出特戰隊專用鋼製小刀，對著左手上博士的皮鞋跟與鞋底中間用刀使勁剖開。就在此時分離的鞋與跟中間，瞬間顯露出微小的電路板、連接線材與小型的水銀電池。

當場狄維路與向凌川異口同聲發出「哇！」的讚嘆驚訝聲。「鐵拳隊長，你們這位華顧問可神了！真說對了，真是奇啊！」

鐵拳隊長瞪大眼睛接著說：「鞋底還真有耶！該不會只有電子定位訊號而已吧！當時華顧問推測可能還有輻射標記呢！」隊長手指著旁邊灰色箱子。「快，石頭。將裡面的輻射探測儀器拿出來。」

「輻射？不會吧！這太離譜了！」向凌川一臉茫然的說。

隊員石頭迅速從旅行箱內拿出黃色外觀具有手提把的德國格雷茲（GRAETZ）放射線偵測儀，它不足1公斤重量外表有著LED螢幕可顯示受污染的種類及範圍大小。石頭熟練的從盒內取出外接劑量率探頭，打開偵測儀的電源開關，螢幕立刻自動跳換至nSv/h, μSv/h, mSv/h（Sv/h＝西弗／小時，為輻射單位。n＝納10^{-9}，μ＝微10^{-6}，m＝毫10^{-3}）單位，不久儀器開始工作，LED燈光閃爍不已，緊接著蜂鳴警笛聲響起。

「哇！看來又被華顧問猜中了。」鐵拳隊長心中頓時油然敬佩之情。「呀！這可是放射線碘I-131。」隊長鐵拳緊縮著眉頭望著已經是滿臉驚訝的博士說。

放射線偵測儀不斷在各位博士身上仔細來回掃描，這時石頭露出微笑。「張博士恭喜你了。」此時眾人看著張博士。

「恭喜！何喜之有啊！」張文濱皺著眉頭反問石頭。

石頭說：「你是三人中唯一沒有放射線碘I-131的輻射反應呀！」

狄維路不可置信的回應：「這是說，我與向凌川兩人身上都有輻射反應。這怎麼可能，我不記得曾經接觸過任何輻射源啊！會不會是搞錯了？」博士仍然無法相信。

「依據華顧問在之前的預演時說，美國為了隨時掌握兩位的行蹤，情報單位有可能在你們前往費米實驗室之前的食物中加入放射線標靶。」鐵拳隊長面對著狄博士。「當時華顧問猜測最有可能是碘123、碘124或碘131的其中一種。」

面對自己體內的放射線，向凌川不得不提出相關的問題：「為何主要是碘的同位素呢？這些放射線元素進入體內，會造成身體日後多大的傷害？」

鐵拳隊長將記憶中華顧問告訴他的資料轉述給向博士：「那是因為這些放射線都具有醫學的臨床用途。例如碘123用於醫學上的核造影；碘124則適用於正子造影；另外碘131可同時釋放出貝它放射線（β）及伽瑪（γ），因此在核醫療及核醫學造影皆有用途。同時碘131的半衰期特性約為八天，換句話說數天後即可大幅減低放射能量，降低對人體的影響。實際上這些適量的放射線同位素可在不影響健康下獲得良好的定位標靶。只要儀器夠靈敏，監控對方甚至可以由天上間諜衛星追蹤到兩位博士的行蹤，也就是說，如果我們不做任何措施，你們不可能脫離美國中央情報局的即時掌握。」

向凌川摸摸自己的身體，無法想像自己已經成為一個輻射訊號發射源。「太不可思議了！我們倆在不知不覺中已經吃進碘131標靶放射線，美軍只要打開探測儀器，我與所長恐怕插翅也難飛離美國了！」

鐵拳隊長點頭說：「在毫無所悉的情況下，理論上你說的對。但是若提前知情，我們卻可以破解。」狄維路忍不住問：「太好了！這麼說我們有解藥可以沖淡體內輻射，並且避免被偵測的可能是嗎？」

「不！倒不是有任何解藥。」隊長用手指著剛才裝德國格雷茲（GRAETZ）放射線偵測儀的灰色旅行箱子。「這箱子內有華顧問為兩位博士準備的輻射隔絕防護衣服。還好張博士身上並未有碘II31的反應，否則我還真不知道到哪兒為張博士找隔絕防護衣。」事實上在儀器的下方，華顧問早已經備妥兩套深灰色的隔絕衣、適合兩位反物質博士度數的特殊隔絕眼鏡，以及頭套手套。

「不會吧！你是說我們要穿這種全套的隔絕衣？」向凌川一想到今後幾天都需穿如此複雜的隔絕衣，一時不由自主的頭暈目眩起來。「我的天啊！這下麻煩大了。好吧！往好處想，現在是秋冬時節，就把它當作是禦寒衣物吧！」

向博士一想到碘131的半衰期為八天，這表示需穿戴至少長達八天以上或更久，心裡有莫名的無奈。不過此時向凌川更希望提早會會這位神奇的華顧問，回顧之前的狀況，若非顧問縝密的安排，今天也不可能掙脫美國的控制，現在的向凌川開始覺得有可能回到中國了！

註解

8 在醫學上放射線碘的用途繁多，若是用於甲狀腺治療，一般又稱為「同位素治療」。由於碘131的半衰期僅有八天，此後碘131將會衰變成為安全無害且穩定的氙元素，隨後大幅降低能量至安全範圍內。正因為碘131此種特性，才會在醫療放射線造影的標靶佔有一席之地，同時情報單位也因為碘131方便安全及快速衰變性，而選用作為追蹤定位的放射線標靶元素。

42 雷根紀念高速公路

約莫二十人座的小巴士，不斷在費米實驗室外圍道路環繞行駛，為避免過度張揚，車子外表並不醒目，灰色的外皮烤漆加配以深色玻璃窗戶，保守緩慢的行車速度實在難以引起外人注意。這正是華天顧問的救援行動指揮車。

車內佈滿各式各樣的高頻通訊設備儀器，裡面的技術人員及網路控制高手正忙碌操作對外聯絡設備。車內的無線高頻設備除了可以對芝加哥幾處固定機房連線以外，還可透過天上中國的間諜衛星系統與中國本土取得聯繫。在精確定位上，北斗二代衛星系統提供華天行動指揮車即時定位資訊，緊急時甚至可以使用北斗二代定位衛星系統的短報文通信特殊能力，以加密方式每次傳達一百二十個漢字訊息對外指揮連繫。

指揮車內技術人員轉頭對著前座的顧問嚷著：「華顧問，依照我們各區崗哨及無線監聽回報，美國聯邦調查局FBI（Federal Bureau of Investigation, FBI）調動的各地州警正在前往支援中。」

「終於開始了！美國的動作比我想像還要快很多。」華天自言自語的說著。「他們是往費米實驗室調動嗎？」坐在前座的顧問回頭問技術人員。

「不是！從各地情資及天上成像衛星的資料顯示，情況對撤離的救援隊非常不利。」技術人員憂慮的說：「FBI調度而來的支援人員……」技術人員停頓片刻，目不轉睛盯著螢幕資料判讀，突然不自主的拉高說話語調。「怎麼會那麼巧！以對方行進的方向看來，幾乎所有人員都是衝著雄鷹救援隊而去，難道美國人在兩位科學家的身上裝有定位器？」

華天簡直無法相信，直呼：「怎麼可能！」原本計畫以優勢人員爭取時間閃電救援，然後在美方還來不及反應期間，撤離隊伍，運用高速公路盡快遠離費米實驗及大芝加哥地區，隨後轉入一般道路。照理說應可順利脫離，可是事實遠非如此，沒想到美國的反應如此之快速，更令人驚訝的是美國支援隊竟然直接找上雄鷹車隊。「只有兩種可能。」華天接著說：「要嘛是兩位科學家身上的電子追蹤訊號未清除乾淨，否則就是美國手上有魔法水晶球，可以直接看到雄鷹救援隊的一舉一動。」華天當機立斷大聲對著車內的技術人員說。「快！以高頻通訊器，幫我聯絡各隊隊長。」

技術人員：「華顧問，鐵拳隊長在線了。」

華天焦慮的說：「隊長，我們不願見到的事發生了！你們現在開始有危險！我認為計畫必須改變。」

「危險？」雄鷹鐵拳隊長重複。「顧問，你是說美國的支援部隊已經動員是嗎？」

「不只如此！」華天警告：「大批警力正快速的接近你們，預計直接逼近雄鷹隊伍合圍。」華天停頓片刻。「我也正在納悶為何會如此……建議你再仔細掃描科學家身上，我懷疑還有其它殘留的電子定位訊號未被發現……」

隊長立刻下令：「石頭，我們的行蹤洩漏，顧問要我們再掃描一次，確認電子訊號完全清除。」鐵拳隊長皺著眉頭再度對著高頻通話器說：「華顧問，我們的計畫如何變更呢？」

華天以堅定而沉穩語氣對著高頻對話機那頭的鐵拳隊長心說：「隊長，跳過乙計畫，讓我們直接啟動緊急方案『丙』。」華天將上半身躺回車內椅背不忍的說，他知道接下來將有一場硬仗要打。

「是的顧問，我們沒問題，全聽你一句話。我隊裡兄弟的忠誠度無庸置疑，他們個個只有任務，全部將個人生死置身事外，出發前生死狀都自願簽了還怕甚麼？就讓我們在市區決戰吧！」鐵拳隊長對於狀況惡化並不在意，養兵千日用在一時，達成任務的榮譽才是他們追求的目標。隊長知道最高當局當初下達的是一級指令，只求讓兩位重要科學家安然返國。

「你們雄鷹的行蹤已經曝光，原本運用88號高速公路快速撤離的計畫已經不復存在，現在公路被封閉得反而像是個大型囚場，對你們非常危險。」局勢急轉而下對撤離人員相當不利，沉重擔子以鋪天蓋地之勢撲向總指揮華天顧問。華天為因應計畫變更開始緊急抽動各方人馬，急促的命令語調使得氣氛快速昇溫。「依照即時衛星資料顯示，美方的大批支援隊將會前後包夾圍堵。鐵拳隊長，前方數公里與25號公路（S River Rd）交接處有個最近的交流道，你必須從那裡盡快離開88號高速公路。」

鐵拳隊長：「收到了顧問，我會讓雄鷹前導人員先到交流道做障礙清除動作。」

「不！不需要！隊長你的雄鷹任務主要是保護科學家的安全。」華天糾正鐵拳隊長的想法。「資料顯示FBI的地面支援隊還來不及到達88號高速公路與25號公路的交流道。雄鷹下交流道後，那裡有飛龍、獵鷹隊伍接應，他們會負責你們車隊離開交流道到市區的安全警戒。另外我會讓長城隊長帶領東北虎隊員的車隊在88號高速公路後方押隊守護後翼。」

不知何時88號高速公路的北方傳來「喀——喀——喀——」旋轉葉槳的吵雜聲，逐漸加大的聲音證明目標正接近中。「那是什麼聲音？」正與華天顧問通話中的鐵拳隊長，將眼光對著車窗外。

跟鐵拳隊長同車的向凌川大聲說：「是直昇機的聲音，不！等等！另外還有警笛聲。」車內眾人向後看，向博士叫喊著：「在我們後面遠方還有大批州警警車。」

東北虎的長城隊長發出呼叫：「華顧問，讓我們來吧！我們負責雄鷹的斷後。」長城隊長大聲嚷著：「刀鋒，快把後面給我堵死，在雄鷹及科學家還未下交流道前，一輛車也不准放行。」

刀鋒打開車子窗戶，伸出手臂指著後方並做出圍堵動作。隨後手部作握拳頭狀態，然後彎曲手肘向上，手臂還不斷上下來回運動，示意後方東北虎車隊隊員趕快行動。

兩輛隸屬東北虎成員的哈雷重型機車隊員從手語中接獲指令，迅速穿梭於車陣中高速前進，指揮東北虎車輛搶佔車道。此時原本只在中央兩個車道的東北虎車隊，有如變形蟲般開始向兩邊迅速擴展至全部5個車道，橫向排開。東北虎車隊後方正好是兩輛重型的拖車也只好跟著放慢速度。

一輛在東北虎車隊後方的老美貨運拖車，司機不耐煩的對副駕駛抱怨。「搞什麼鬼！這道路是他家開的嗎？車子佔據整個五線道還減速慢行，有這種開法嗎？」拖車司機火冒三丈猛按喇叭，接著拉下窗戶比著中指以英文大聲叫囂。「嘿！你們這些混帳，會不會開車啊！快點滾離開道路中央，別擋路！」

後面大批州警發現前方行進速度變慢，顯然狀況有異，紛紛開始鳴按喇叭，希望其它車輛避開以便州警可以迅速超車至前面。東北虎車隊見狀乾脆一不做二不休全面停止前進，讓大批一般車輛夾在東北虎與州警警車之間當做雙方的緩衝區。至此整個東西向88號羅納德・雷根紀念高速公路（Ronald Reagan Memorial Hwy）向西行進方向全面癱瘓，車輛卡死動彈不得。

刀鋒手拿衝鋒槍率領東北虎特戰隊人員開始搶佔制高點，刀鋒動作敏捷跳至貨運拖車車門旁，打開車門毫不客氣的以北京話大叫。「給我下來！」

拖車司機看著刀鋒手上的衝鋒槍，被這幕突如其來的插曲嚇得臉色鐵青，嘴唇上下不由自主直打哆嗦，口裡喊著：「不——不——別開槍！我不是故意的，我願意對剛才的粗魯道歉。」

司機連珠炮般的英文說得刀鋒有點暈頭轉向。心想：這兒可不是中國，美國人肯定聽不懂「給我下來」是什麼意思。「好吧！」刀鋒說：「Hey! get out!」手指向下以便加強他的用意。但司機看見如此多人手持衝鋒槍，早已魂不守舍不知如何是好，居然仍然呆立於駕駛座內。刀鋒瞪著大眼大叫。「OK?」

這時司機及副駕駛才會意回神，連忙說：「Yes, Yes! No Problem, No Problem!」兩人嚇得前腳貼後腳、連滾帶爬的離開駕駛座讓出貨運拖車，頭也不回的直往後方州警警車方向逃將而去。

被夾於中間的眾多車主紛紛棄車，一路驚聲尖叫隨同貨車司機向後撤離。州警下車手拿出手槍，還來不及上前與東北虎特戰隊人員對峙，即刻面對撲面而來的棄車人員，州警對著向後撤離的百姓指揮喊著。「向後跑！向後跑！快點離開此地。」

忽然間，前方東北虎阻擋的車隊開始向前移動約50公尺，隨後兩輛大型貨運拖車在刀鋒及隊員的駕駛下緩緩駛出，竟然橫向佔據88號羅納德・雷根紀念高速公路的所有車道。在兩輛拖車的佔據下公路已經完全如同關閉的水庫閘門，滴水不漏，沒有任何車可以再通行而過了。刀鋒拔下拖車鑰匙回到自己的東北虎車內開車離去，徒留尚未與東北虎交手的州警，個個一臉錯愕處境尷尬，只能眼睜睜目送對方大模大樣的離去。

FBI支援直昇機漸漸靠近88號高速公路交流道前，與25號公路（S River Rd）交叉的陸橋上方。此時懸停於陸橋上方的FBI直昇機阻撓了車隊前進，雄鷹鐵拳隊長遂減緩車子前進速度以策安全，但最終還是無法越過直昇機佔據的陸橋轉下交流道。

鐵拳隊長以冷酷眼神遙望著地形與直昇機的相對位置，數秒鐘後狀況評估完成，隊長毅然決定親自出馬。「三位博士，你們放心吧！讓我親自來清除障礙。」說完轉頭面對車內的石頭。「兄弟，科學家的安全暫時交給你照顧啦！」

隊長下車召集隊裡人員配合計畫行動，同時透過高頻通話器，從東北虎長城隊長的手裡借調兩輛哈雷重型機車，面授機宜後開始行動。

兩位東北虎成員以左手撥下黑墨色的全罩式頭盔護目鏡，右手不斷扭動車把的旋轉催油加速器，全身閃亮的哈雷金屬巨無霸機車，頓時充滿強力引擎能量，發出怒吼，車手入檔、鬆放開離合器後，一匹有如脫韁野馬全身是勁的向前奔馳而去。隨後雄鷹鐵拳隊長獨自駕車跟著哈雷的車跡，目標是FBI懸停於高速公路陸橋上方的直昇機，以便解除對即將下交流道科學家車隊的阻擋。

FBI直昇機上兩位槍手刻意將機槍伸出機外，架式十足的擺出威脅意圖。突然間不協調的由直昇機上傳來擴音器聲音，妙的還是北京話呢！「這是FBI聯邦調查局，你們已經被包圍了，放下手中的武器吧！我們將保證你們的人身安全。」機上一位精通中文的老美發出招降宣達。

「狗屁，什麼被包圍！就你這架直昇機單獨飛到這兒撒野而已，其它的隊員還在外圍呢！」雄鷹靠近直昇機的前方隊員坐在車內叫罵著，這些特戰人員見多識廣不怕生死，對FBI直昇機的廣播不屑一顧。「隊長才剛來電指示，我正好要送一點顏色給你們瞧瞧呢！」隊員橫著臉擠出一抹輕視的微笑。

「禿熊，咱們亮傢伙啦！」

隊員將槍械伸出車外，隨即火光四射，顆顆子彈直向美方。這種遠距離衝鋒槍的輕子彈雖難以穿透直昇機鋼甲，卻也達到遏阻效用。美方隨即報以機槍子彈回應，雙方開始駁火。FBI直昇機為了安全起見，立即將直昇機飛離88號羅納德．雷根紀念高速公路的陸橋上方，並轉移至高速公路陸橋旁邊，懸停的角度幾乎與高速公路同樣高度。

車內的雄鷹隊員紛紛下車，迅速移動至高速公路陸橋旁的護欄，尋求掩護體躲避來自直昇機的子彈。「哈哈！」大腳提著槍低身靠在護欄旁邊，卻對著附近的禿熊開懷大笑。「他們中計啦！沒想到這麼快。」大腳繼續笑。「鐵拳隊長交代的事辦到了，被隊長猜對了，美國人真怕死，一下子就上當了。這個角度真是好到不行！」大腳樂歪了。「禿熊，就這樣耗著吧！千萬別再開槍，現在就等隊長的行動了！」

遠方「轟——轟——」的哈雷機車引擎聲逐漸逼近，後方雄鷹隊長鐵拳駕駛的車子亦步亦趨跟隨而來。下午強烈陽光毒辣的照在哈雷機車上，滿身金屬的哈雷映射出閃閃亮光令人不可逼視。此時直昇機上的FBI幹員一時之間無法了解機車來意，手持機槍警戒著哈雷的快速接近。怪事發生了，哈雷上的騎士並未舉槍對著直昇機，突然間騎士稍稍轉彎撇胎，整輛哈雷開始側倒向地面，由於衝力致使哈雷在倒地後側向滑行，騎士迅速以翻滾之勢脫離機車。巨大的「吱吱——吱吱——」聲來自機車金屬與高速公路路面的摩擦聲響，直到哈雷碰到護欄停下來才終了停止。顯然騎士早已經控制好適當的速度，刻意讓兩輛橫躺的哈雷重型機車剛好停止並交疊於高速公路護欄邊。

緊接在哈雷重型機車後的車子加足馬力，在接近直昇機時，鐵拳隊長打開駕駛座車門同時向右旋轉方向盤，車頭偏離公路衝向88號高速公路由東向西的右邊護欄。隊長在車子撞擊護欄前猛然跳車離去。只見那車子繼續奔向半個車身高的護欄，由於兩輛哈雷機車早已橫躺護欄旁，硬生生的將路面墊高，汽車輪胎壓過哈雷機車，整輛車子有如裝了翅膀般騰空飛起，頓時越過高速公路護欄，大刺刺的衝向懸停於高速公路陸橋旁邊幾乎同樣高度的FBI直昇機。

「喔！我的天，快點跳機啊！」直昇機駕駛眼見汽車橫衝直撞，說時遲那時快，偌大的汽車已經飛衝而來，嚇得駕駛驚恐大叫。

機上眾人不顧機體離地尚有兩層樓高，兩位機槍手、直昇機駕駛及手持擴音器的FBI人員爭先恐後紛紛棄守直昇機下跳。棄逃人員尚未觸及地面，來勢兇猛的車體在轟然巨聲下將懸停的直昇機撞離原地，跳機的聯邦人總算撿回一命。狂亂飛舞的直昇機旋轉葉槳及飛散機體碎片散落一地，接著是灑落汽油造成的爆炸，這真是聯邦調查局始料未及的結果。

「那是什麼聲音？發生什麼事了？」摔落地面的直昇機駕駛員無線耳機傳來FBI總指揮官弗朗索瓦絲・庫姆斯（Francoise Combes）的詢問。

「喔！指揮官。你得重新檢視中國這批人員。」駕駛強忍身體的痛苦回答。

庫姆斯大聲的問：「你說什麼？」

「直昇機被摧毀了。」駕駛無奈的回答。「這批人組織嚴密、訓練有素、行動快捷，絕非泛泛之輩，我們得加派專業人手應對這批高手呀！指揮官。」

43 危險的定位訊號

在五角大廈「2E775」會議室裡，國防部長麥克・多塞、白宮核武首席專家杰羅姆河・科希（Jerome R. Corsi）博士、情報局喬治・施密特局長與行動處處長丹尼斯・德雷納才剛結束會議未久。喜形於色的部長多塞正準備帶著手握反物質材料與反物質生產的雙重喜悅離去時，部長的祕書行色慌張走進會議室。

看到祕書的匆忙，部長隨口問：「有什麼要事嗎？」

祕書靠近多塞耳朵輕聲說：「卡爾・安德森局長來電，他說有緊急要事向部長報告。」

「安德森！」部長發出愉快的笑聲。「我正想找他呢！沒想到安德森倒是自己先上門了。大概他那邊會議又有好消息了。」部長笑容可掬。「把電話轉進『2E775』會議室吧！潔西卡（Jessica）。這裡可是有很多人想向安德森請安呢！」

祕書回答。「沒問題，馬上就轉進來。」

多塞部長說：「各位，看來你們先別急著走嘍！」

電話切入「2E775」會議室。「是多塞部長嗎？」高科技計畫研究局（DARPA）局長安德森明顯語氣急促惴惴不安。

「是的，我是。喔！安德森，我這裡還有科希博士及情報局長施密特。我們正想知道你在費米實驗室有什麼反物質的好消息可以讓我們提神呢！」會議室裡的眾人哄堂大笑，大家興致正高昂。

情報局施密特局長接著說：「我聽到背景聲音非常吵雜，你們還在費米實驗室……」

安德森再也按耐不住打斷施密特局長的話。「不！各位聽我說，你們想的與實際剛好相反，這裡出大事了！」安德森驚魂未定說話明顯顫抖。「被劫走了！」

會議室忽然轉為安靜，國防部長多塞一臉茫然，他抬頭看著會議室眾人，然後收起笑容對著擴音電話說：「劫走？我不懂你的意思，請你說清楚一點。」

「約莫二十分鐘前，中國特種部隊衝進費米實驗室，由於對方擁有優勢的大批武力人員，立刻控制了警戒的FBI幹員，三位中國專家已經被他們帶走了！」

這太聳人聽聞，多塞部長原本快樂的心情突然間化為烏有，久久不能言語。「這怎麼可能！沒有多少人知道中國專家今天會造訪費米實驗室，這可以說是祕密拜訪的行程，其它人不可能知道的。」部長無法理解為何會造成如此結局。「我當初同意盡量減少FBI隨同人員，就是為避免人多嘴雜消息走漏驚動外人，不過當時為了安全起見，我還特別要求FBI在外圍必須有相當的戒備支援人員。」

「部長，我並不了解FBI的人員佈置。不過……」安德森局長忽然的話語哽咽，一時之間中斷描述。

情報局長施密特追問：「情況如何？您受傷了嗎？」

「不！我沒有問題，不過我們有更嚴重的事。」安德森欲言又止，他知道這件事可麻煩了。「部長，我們有更大的問題！他們連超高溫超導體的材料一併帶走了，那是用來製造反物質容器的材料呀！」

眾人有如被電擊般頓時驚呆。「不好了，超高溫超導體材料若掉入對方手裡，這表示中國將來可以製造出超完美的反物質導彈，地球上將無人可匹敵。」白宮核武首席專家科希博士憂心忡忡的喊著。

「等等！等等！各位，慢慢來，先不要被複雜的局勢嚇壞了！」多塞部長已靜下心來，就目前情勢緩緩抽絲剝繭。「若我們的尖端材料已經被劫走，這的確是非常嚴重的大事。問題是，這裡是美國，這批人如何逃出去呢？」

安德森心有餘悸的說：「是的部長，這正是我為何打電話請求你的協助。」

「FBI有定位訊號及可靠的消息啊！」多塞部長回應：「出發至費米實驗室時，你與FBI都知道的。」

情報局施密特滿臉疑惑：「定位訊號？」

多塞部長胸有成竹。「沒錯，這是保護措施，材料盒內具有超高頻間隔訊號發射源，由於定位訊號是採用長時間瞬間突波編碼訊號發射，一般人是難以掃描發現的。」

「不，部長。情況比你知道的還要糟糕，幾分鐘前我才接到FBI指揮官弗朗索瓦絲．庫姆斯的電話。」安德森激動的說：「FBI前導直昇機跟隨材料盒的定位訊號及可靠消息追擊對方，結果直昇機被擊落，初次攔截受到阻礙。指揮官認為，對方有可能因為行蹤敗露，反其道而行進入芝加哥市區，這將會大大的增加圍捕困擾。」

「我們有雙重定位訊號，中方的攔截隊假若真敢進入芝加哥市區。」多塞部長語帶微笑說道：「那不就剛好成為我方的甕中之鱉？想逃都插翅難飛了。」

「我不知道部長的假設是否正確，但是庫姆斯指揮官認為進入市區後，接下來情勢會對我們極為不利。」在電話那頭安德森清清喉嚨繼續說：「當初中央情報局在兩位中國專家身上的電子定位訊號皆已被中方清除，連天上衛星對輻射訊號也無法收訊。這表明中國是派出非常專業的隊伍，庫姆斯指揮官認為，很快這支隊伍會發現材料盒的祕密定位訊號，這時龐大的芝加哥市區與遼闊的五大湖區，恐怕很快會讓我方失去目標。」

情報局施密特大表驚訝。「這不可能吧！安德森，你是說中方人員破解了輻射碘的訊號？」安德森無奈的說：「是的，庫姆斯是這麼說的，我們天上的衛星搜尋後毫無所獲。施密特局長，我們現在只剩下材料盒的定位資料了。」

專家科希博士憂慮的嚷嚷著。「天啊！這太危險了。如果對方發現材料盒的祕密，只帶走裡面的超高溫超導體材料，那局勢就對美國相當不利了。」

如科希博士所言，雖然中國救援隊還在美國境內，但是若不幸被FBI庫姆斯指揮官言中，那麼中國將同時擁有反物質容器材料與反物質粒子生產的兩大法寶。美國將陷入戰略性的全面敗退，世界霸權將從此交棒給東方的中國，這嚴重後果已經超出國防部長所能想像。

「安德森，看來你的擔憂確實是有道理的，我們可不能冒這個天大的危險。」部長多塞站起來，在會議室裡來回踱步，考慮著該如何設定風險停損管控。「我了解了，你這通電話是要我抉擇，是否該即時『捨棄』是吧！」

施密特局長問：「捨棄？此話怎講？」

「各位有所不知，國防部在任何時候都有如果『風箏斷線』後的斷尾處置。對如此重要的超高溫超導體材料必然有緊急程序，以避免危機擴大。」

安德森：「部長，FBI指揮官請部長您慎重考慮，我個人認為已經到了箭在弦上不得不發的地步了。」

部長坐回椅子，面色鐵青一言不發，他知道安德森的建議是正確的，情勢瞬息萬變拖延不得，該是到了做個了結的時候了。

44 飛彈危機

自從救援隊行蹤暴露後，運用高速公路脫離的方式已經具有難以評量的高風險。華天兵行險著，他知道目前最危險的地方就是最安全之所在。在不得已的情形下，「丙案」啟動！這是當初規劃的險棋，各路接應的人馬及幕後技術人員早已就位等待。載著三位科學家的雄鷹車陣正緩緩進入芝加哥市區外圍，然而一件重要但尚未解決的問題仍然困擾著總顧問設計師華天，這將極端嚴重影響科學家接下來的脫困及安全問題。

跳車的鐵拳隊長渾身是傷，但依然精神百倍在雄鷹車上與顧問通話。「華顧問，或許你不相信，但是重新掃描後，儀器並未發現新的訊號源，科學家的身上應該乾淨沒有問題。」

華天不放心的說：「隊長，一定有我們疏忽的地方，FBI直昇機根本就是針對三位科學家所坐的車子而來。這麼多我方的特戰車隊，單單就挑上你們這隊，這絕對不是不期而遇的巧合！」

鐵拳隊長說：「有這種怪事？難道美國有特殊訊號不成？這也不對啊！科學家身上所有的衣物全被我換光了，現在除張博士外，兩位反物質博士身上所穿戴的全是顧問幫他們準備的全新衣服。」

「鞋子呢？」

「換了，連眼鏡、手錶都是新的。」鐵拳隊長說：「華顧問，我實在不知道還有何種發射源存在車內，反正臨時也沒有其它辦法，不如這樣吧！我們把科學家分成兩組，由雄鷹的不同車子分開載運。顧問，你看如何？」

華天停頓片刻思考，認為此法可行。「隊長，這真是另類的方法，倒是可以一試，就算對於發現發射源沒有幫助，將三位科學家分開保護也是對的。」

就在此時，華天指揮車內技術員發現了不尋常的問題。「顧問，從我方天眼紅外線電子偵察同步軌道衛星的資料顯示，發現可疑的美方軍機活動。」

「軍機活動？」華天懷疑道：「這對我們有影響嗎？」

技術人員回答：「目前尚難判斷對救援隊的影響，不過天眼同步衛星的紅外線軌跡顯示飛行方向對我們不利。」

華天問：「每天美國上空民航機及戰機的飛行次數不計其數，你如何判斷這是戰機，而且還不利我方？」

「民航機通常在國際許可的固定航線，透過已經輸入的資料，軟體可以非常容易的將民航航線排除在外。」技術人員回答。「從飛行的速度、活動的軌跡，及發動機噴尾的溫度也可以判斷是導彈、飛彈，還是一般軍機。」

華天問接問：「喔！非常好。你認為這是戰鬥機？」

「不！還不確定戰鬥機，只能說是軍機。」指揮車內的技術人員非常有經驗的剖析。「若是導彈，它靠的是火箭引擎，可以飛行於無空氣的外氣層，它將會到達飛彈及軍機所無法實現的高度，此時的北京導彈預警系統將會警示，顯然此次並非導彈。若是飛彈，它的速度應可達1.5～3.0馬赫，遠大於現行的民航機及軍機，以我方紅外線衛星的軌跡判斷應該也不是飛彈。由起飛的地點，目前可以判斷的是軍機。軍機方位確實朝向我們的救援隊，計算機顯示還有約略十分鐘的飛行時間。」

「十分鐘」華天自言自語的重複說著。

車上技術人員繼續說：「華顧問，不只軍機朝向科學家座車，資料顯示連FBI支援的地面人員也正在向他們集中。」

「鐵拳隊長你聽到嗎？『十分鐘』！事不宜遲，將三位科學家分開到三輛不同的車上吧！」華天細心的叮嚀：「記得，兩分隊的行進路線必須不同，但最後的目標同樣是芝加哥——我們原定地點。」

分車後，向凌川、張文濱屬鐵拳隊長此分隊，張博士的車緊緊跟隨向凌川車之後，隊長刻意取道不同路徑進入芝加哥市區。這時向凌川從口袋內拿出小巧的超高溫超導體材料盒在手上把玩。心裡正暗自盤算著：如果「十分鐘」後確實有事，我該如何保護此盒內比性命還重要的材料？向博士因而心思紛亂著。

向凌川顯露出憂慮的眼神對著同車的鐵拳隊長說：「隊長，等一下若真有急事，麻煩你將此物帶回中國。」

「這是什麼？」

「不要小看此物，東西雖小卻是無比重要。」向凌川一說到材料盒，兩眼炯炯有神：「隊長，這可是目前中國夢寐以求的材料物質，此物可成就我國千秋萬世的國家安全，比我的生命還重要萬倍。如果有緊急要事，記得先搶救此超高溫超導體材料盒。」

「超高溫超導體！有這麼重要？你放心，向博士。我們全部特戰隊都會保護你的安全，這種事不會發生的，我與雄鷹全隊以身命保證會達成上級的指示。」

向博士笑著說：「鐵拳隊長，我當然相信你們……」

隨後，緊張的氣氛開始瀰漫於救援隊。顧問華天透過高頻通話器十萬火急的呼叫，打斷了向博士的說話。「美國圍捕人員是衝著你們而來的！」顧問高聲說著：「隊長，美國的軍機也正對著你們啊！是向博士，博士身上必然有我們不知道的隱藏訊號！。」

隊長：「怎麼會呢？」

指揮車內警笛蜂鳴聲嗡嗡作響，擾得車內所有人緊張萬分。「那是怎麼一回事？」華天問。

技術人員快速轉頭面向顧問，兩眼驚呆：「不得了，是飛彈警報。那是一架戰機，美國的戰機發射飛彈了！」

這真是駭人聽聞，指揮車內亂成一團，幾位技術人手忙腳亂，忙碌的想從資料中精準確認。此時華顧問不禁大叫：「快！快幫我查飛彈的目標及撞擊時間！」

技術人員快抓狂了！「沒錯，目標就是向博士的坐車。天啊，只剩兩分鐘的反應時間而已。」

鐵拳隊長著急的喊著：「向博士，你想想，你身上還有什麼東西是我們疏忽的。」

六神無主的向凌川一時之間也不知如何是好，臉色泛白兩手向前一攤。「我不知道啊！我真的不知道啊！」向前攤開的左手空無一物，但右手依然緊抓著從高科技計畫研究局卡爾·安德森局長手中奪得的材料盒。「不，不行！這樣會影響大家。」向博士在車上大聲叫著。「停車！停車！快點停車！讓我下車，我不能在這裡，我要出去，我在車上會害死所有人。」

緊急狀況下鐵拳隊長橫眉豎眼爆怒的喊說：「博士，這是什麼話？雄鷹是人民解放軍，絕非貪生怕死之輩，我怎麼可能讓你一個人到外面受死。」

在指揮車內的技術人員對著螢幕瞪著眼睛。「撞擊時間六十秒，同時FBI的地面圍堵車隊也到達前方交叉路口的附近。」

華天再也按耐不住了：「停！停！靠邊停車！」開門下指揮車的華天手拿通話器喊著：「隊長，沒時間了。快點幫向博士在附近就地找掩體保護。」

「對！華顧問你說的對。」鐵拳隊長叫：「停車！給我馬上停車。」司機緊急停車，連同護衛的幾輛車子突然間在行進的道路中停止前進，不巧正好就停在馬路的十字路口上，造成四面八方的車子全面跟著堵塞，叭叭聲此起彼落，後面車子不耐煩鳴按喇叭。

技術員叫：「撞擊時間四十五秒。」

鐵拳隊長、向凌川及另一車的張文濱皆開門下車。「隊長，材料盒交給你，無論如何請你幫我帶回中國。」突然間向凌川急中生智，大叫：「我的天啊！這材料對中美兩國都非常重要，會不會是這個材料盒在作祟？」

隊長：「材料盒子？」

指揮車內技術員大喊：「撞擊時間三十秒。」

華顧問在路旁對著通話器大聲嚷嚷：「不要管其它的事了，快找掩護。」

技術員大叫：「撞擊時間剩下二十秒。」

這驚人的飛彈攻擊迫在眉梢，張博士嚇的連忙後退回自己車旁找掩護，這慢慢與向凌川有了距離，口裡說著：「怎麼會這樣！那……那材料有問題，難道美國飛彈是要攻擊材料？」

向凌川打開盒子，拿出盒內的超高溫超導體小球說：「沒時間解釋了！隊長，快！快點幫我將盒子拋開，甩得越遠越好。」向凌川在最後緊要關頭居然還花時間取出材料球，拿著自己生命孤注一擲。

技術員大叫：「撞擊時間只剩下十五秒了！」

不明就裡的隊長已無時間考慮，憑著對任務的執著，狠下心來已經準備犧牲。「好！咱們就死馬當活馬醫吧！博士。」鐵拳隊長面對十字路口正在猶豫拋向何方。

向凌川手指著與他們垂直交叉的對街，大喊著！「那邊，往那邊，那邊正好是FBI的攔截車隊。」

隊長此時已經無選擇餘地，他聽從向凌川的建議，死命將空材料盒子擲向交叉十字路口的另一端。

「啊——啊——管你什麼跟什麼，去死吧！」

隊長大腿跨出，向前助跑幾步路，透過強而有力的臂膀死命將材料盒子向遠方拋出。盒子在空中向前翻滾最後落在FBI的攔截車隊引擎蓋上。FBI人員還來不及反應，隨即被一顆由F16戰鬥機所發射的反輻射飛彈所擊中。強大爆炸聲響伴隨烈焰沖天，一時火光四射，幾乎摧毀方圓數十公尺內的物品。倒楣的FBI支援隊員，幾分鐘前才被告知暫時停頓於此。無非是想等待反輻射飛彈擊中持有材料盒的中方車隊後，才進入收拾殘局。哪知禍從天降，真是人算不如天算，最後竟然被鐵拳隊長無意間反將一軍，結果美國飛彈跟隨材料盒內的特殊高頻定位訊號而來，造成FBI的攔截人員死傷慘重。可是四散紛飛的彈片，也造成向凌川腿部受到流彈波及。

45 網路控制戰

前座的FBI人員唐納德．蘭德里（Donald Landry）組長正在跟車內的駕駛說話。「你確定資訊處是要我們走這條路嗎？」

駕駛不慌不忙的說：「沒錯啊！資訊處是這麼說的，他們是依照成像間諜衛星的跟蹤資料標示，事實上我們已經漸漸逼近中方車隊了。」FBI駕駛如是說。

「嘿！這就奇怪了，大家都說中國人聰明，如果他們真是選擇走這條西傑克遜大道（West Jackson Boulevard）做為他們逃逸路線，我覺得可能他們還太愚蠢呢？」

車內一陣笑聲。「你說得沒錯。」FBI的駕駛笑著回答：「這可是路普西區（West Side of the Loop），是芝加哥的行政及金融中心。要是我，絕對不會在接近下班時刻闖入此地。」接著又是笑聲一片。

「是啊！如果是我，最多只願意在假日及非上下班時間到此地。」蘭德里組長非常同意駕駛組員的看法。「我認為中國的後勤人員可能對此地交通狀態不熟，或是根本怠忽職守睡著了，才會選擇西傑克遜大道。」輕視的哈哈笑聲再起。

駕駛說：「不過說也奇怪，西傑克遜大道兩旁都是準備下班的人潮，但交通不但不塞車，而且還街道冷清、車輛稀少。」FBI駕駛用手指著街道。「還有我們的運氣奇佳，在只有三線道單向的傑克森大道上，我們居然沿路都碰到綠燈。我看前方另一FBI攔截隊伍還未圍堵到目標，可能我們反而先趕上中國車隊捷足先登呢！」

是的，長久以來芝加哥是美國中西部的重要農作物集散地，自然形成美國重要的股票證券、期貨、選擇權交易場所。在金融區西傑克遜大道與拉薩爾街（LaSalle Street）交叉的丁字路上，正是國際赫赫有名的芝加哥期貨交易所（CBOT）。採精緻建築的芝加哥期貨交易所，低層外表大時鐘兩側刻有手持小麥、玉米穗的守護農民及印地安人，大樓頂部則立了一尊鋁製的穀物司女神，說明此地是專為農業產品的期貨重鎮。

位於芝家哥市區內的資訊處為FBI重要指揮所，此時再度下達指令要求。「蘭德里組長，你們前方的目標轉彎了，你們得跟隨著左轉進入拉薩爾街。」

當蘭德里組長所率領的FBI車隊亦步亦趨跟隨進入拉薩爾街後，眾人開始懷疑眼前的景緻。「喔？這是怎麼一回事？是我們走狗屎運還是見鬼了？」FBI的駕駛開始懷疑他眼睛所見。「不可能吧！」駕駛說。

蘭德里組長：「我知道你心裡在想什麼。」蘭德里拿起手上的通話器。「老闆你們成像衛星可以看得到嗎？這有可能發生嗎？我認為其中必定大有文章呀！」

正在資訊處大樓坐鎮的FBI總指揮官弗朗索瓦絲．庫姆斯（Francoise Combes）深表同感。「蘭德里，你說的沒錯，確實有問題。」庫姆斯停了一下下。「真希望我的憂慮錯誤，否則這恐怕只是序幕而已。」庫姆斯一臉嚴肅，突然大聲叫喊FBI衛星訊號監看人員。「可靠訊號到底接收到了嗎？」

「老闆，可靠訊號一片空白呀！」

一頭卷髮的庫姆斯顯然非常不悅，手掌用力拍打著桌子。「該死！這僅要關頭居然還不出現，在搞甚麼鬼？」

蘭德里以懷疑的語氣回覆庫姆斯：「初期在西傑克遜大道時車輛稀少，我們以為運氣好。但是轉到拉薩爾街時，街道上車子依然是空空蕩蕩。問題是每個與拉薩爾街交叉的路口對街都是車滿為患壅塞不堪。這讓我感覺好像有如上帝在背後為我們開道。」蘭德里突然不寒而慄冷汗直冒。「老闆，我們經過的每條街都是綠燈，我有不祥的預感，這背後應該有人為操弄。」

「蘭德里你說的沒錯，我們正在研判情況。事實上由間諜成像追蹤衛星的及時影像資訊顯示，整個大芝加哥道路呈現兩種完全令人驚訝的不同交通狀態：『極度壅塞』及『極度淨空』。」庫姆斯由憤怒轉為冷靜繼續說：「芝加哥各區域街口的攝影機，所呈現回來的道路狀況竟然是『極度壅塞』區域的紅綠燈大亂，已經完全失控。更怪異的是你們車隊行進路段的前方永遠是綠燈暢通『極度淨空』。我們懷疑對方已經透過特殊方法，掌控了整個大芝加哥地區的交通號誌控制。」

蘭德里激動的對庫姆斯抱怨：「老闆，如果你剛才的推論正確，那表示對方正在應用芝加哥的交通號誌，來控制並引導我的車隊去追擊他們早已為我設定好目標。也就是說我向北轉入拉薩爾街有可能是被對方誤導的，更有可能是完全相反的錯誤方向。那麼我們要追擊的兩位科學家以及重要材料或許根本不在被我們鎖定圍捕車上。」

就在蘭德里組長抱怨的同時，資訊處的監看人員忽然發出令人不安的警訊，這令在場的FBI指揮庫姆斯一時之間有如霧裡看花，同時也暫時打斷庫姆斯指揮官與蘭德里組長的通話。

「哇！老闆你看。」一位資訊處FBI監看的判讀人員大叫著，大廳眾人不約而同轉頭目視。「我們的掃描儀器終於偵測到電子定位訊號了。」

「太好了，可靠的內部訊號終於來了。」庫姆斯高興的對衛星監看人員說！

「不是的老闆，目前衛星截獲的是兩位科學家出發前往費米實驗室時，CIA幹員刻意在他們身上藏有電子定位訊號發射器的訊號，如今終於可以收到第八號定位器的訊號了。」

庫姆斯緊繃嚴肅的表情瞬間轉為興奮。「第八號定位器！也好，快回報應該是誰身上的，又是哪一個部位？」

監看人員高興的說：「是向博士鞋後跟的定位器。」監看人員又發出驚呼。「啊！真是好消息呀！這訊號源的位子不就是蘭德里組長正在追擊的那部車嗎？」

「六號定位器也被接收到了。」另一位監控人員突然從另一端喊著。「等等！五號、還有七號也收到了。」監看人員站起來面對庫姆斯指揮官。「老闆，向凌川博士身上的四個電子訊號發射源全被我們的第五代同步電子偵察衛星入侵者接收到。目前除了博士身上的輻射碘外，入侵者偵察衛星已經可以掌控向博士身上全部的電子定位訊號發射源。」

庫姆斯問：「全部是向凌川身上的嗎？」

監看人員說：「是的，五到八號發射源都是向博士的，而且這些訊號來源都是從蘭德里組長預計圍捕的車內發出，這表示向凌川目前的確還在車上。」

庫姆斯消瘦的嘴角勾起一抹冷冷的奸笑，自言自語的說：「『表示向凌川還在車上』是嗎？這些人果然是菁英中的高手，連我訓練有素的手下都信以為真，我可碰到真正的對手了。」庫姆斯板起原本就已經令人生畏的臉孔，對著廳內眾人鏗鏘有力的說，聲音之大有如喇叭足可傳達到資訊處大廳的任何一個角落。「好啦！各位。雖然這裡是美國本土，但是敵暗我明反而使我們處於極度弱勢，這表示對方絕對是大有來頭的一等一專家，大家給我聽好了！」

一位FBI隊員對著旁邊同僚面露喜色的說：「嘿！你看。老板又開始發威了，依照他的習慣絕對不會善罷甘休。你等著看好了，對方這下可有罪受了！」

隊員露出得意的微笑，經驗告訴他庫姆斯從不認輸。深陷的眼窩加上有如毛蟲般的捲曲毛髮，隊員私底下都稱他為「暴君」。嚴厲的要求連小細節也吹毛求疵，平時大家恨得牙癢癢、盡量敬而遠之，可是當有重大事故時，庫姆斯每每可從蛛絲馬跡中令人嘖嘖稱奇的判斷出正確方向，帶領隊員抵達目標完成任務。緊急狀況時庫姆斯異常冷靜的頭腦也是一絕，最令FBI組員津津樂道、俯首信服的往往是複雜狀況，此時庫姆斯對局勢的分析如此精準，對任務的分派也是分毫不差。

這時監看人員再度驚叫，但臉色卻露出滿意的笑容。「哇！老闆我們期待已久的可靠信號終於進來了。老闆判斷的沒錯，向凌川身上五到八號發射源及蘭德里組長圍捕的車確實是調虎離山計，那是假訊號呀！」

庫姆斯等得有點不耐抱怨說：「該死，這麼晚才送訊號，莫非是被飛彈攻擊給嚇到了？」庫姆斯看了一下螢幕最新的定位訊號並且滿意的說：「嘿嘿！我判斷的果然沒錯，這些人就是要往湖區裡鑽。」

庫姆斯冷眸有如寒光般射出，任何視力相接者皆感受到一股莫名的無形壓力。「約阿希姆・阿迪斯

（Joachim Adis）。」庫姆斯喊著某人的名字。

大廳角落邊，一位四方臉帶著金絲邊框眼鏡的男子，左手拿筆右手舉著手回應。「在這裡，老闆。」

「不要再咬你的筆了！」大廳眾人傳來此起彼落的咯咯發笑聲。「你這組人員馬上進入大酒瓶同步軌道衛星，取得芝加哥方圓二十公里地面的無線及高頻通話監聽頻段。聽好，我把最好的中文翻譯員給你，我要的是滴水不漏全面監聽。」

約阿希姆．阿迪斯答道：「知道了，老闆。頻道過濾後有任何重要發現會立刻通知老闆。」

「對方必定是透過網路入侵，他們對整個芝加哥地區實施交通號誌的遠端控制了！」庫姆斯此話一出立刻引來眾人驚訝聲！「你們還在作夢嗎？該醒醒了。依照資料研判，敵人是以網路控制號誌來隔絕FBI的圍捕，同時以淨空車道的方式誘導我們錯誤的方向。如果繼續放任此種局勢蔓延，我們不可能完成追補任務。」庫姆斯舉起手心急如焚的說：「國防部長已經下達指令，目前最重要的任務是搶回材料，不得已的情況下可以摧毀它。至於其它已經不再重要，包含兩位在逃的中國科學家。」庫姆斯將眼光轉到右前方並點起名來。「羅伯托．吉立（Roberto Gilli）。」

身材魁梧留著山羊鬍鬚的吉立揮手回答：「老闆我正等著你的吩咐。」

「很好，就是要這種士氣。」庫姆斯豎著拇指讚賞說：「帶著你的重要隊員，立刻接掌整個芝加哥地區的電力網控制權。」大廳眾人滿臉納悶。

吉立疑惑道：「掌控電力網？」

「對方反客為主，情勢對我方不利，現下我們的網路反制已經緩不濟急。我認為對方進入芝加哥市區只是手段，他們想經由市區燈號控制來牽制我方的大批人馬，致使FBI的重要人員在繁忙的交通網絡內困守市區。我認為他們主要目標在芝加哥東邊的大湖區，那裡可以提供逃亡者四通八達的交通網路，甚至可以跨境進入北方的加拿大。」平日以頭腦清晰辦事果斷著稱的庫姆斯接著說：「依判斷對方的人員現在應該接近市區中心，我們必須減緩他們移動至湖區的時間。」庫姆斯眼神對著吉立：「嘿！大個兒。我要你立刻切斷路普東西兩區（East and West Side of the Loop）及近北區（Near North Side）的全部電力供應。」此時眾人騷動紛紛交頭接耳，大家知道對全美第三大城芝加哥斷電這事可鬧大了。

「哇！老闆這次可是玩大的啊！不過這正符合我的重口味喜好，我喜歡幹大事的感覺。沒問題，這事就交給我吧！」平時膽大性好激進的吉立躍躍欲試正想痛快淋漓大幹一場。「老闆，馬上嗎？」

庫姆斯手指著吉立，以命令的口吻說：「事不宜遲，立刻動手做吧！」

庫姆斯再度轉移目光，對著坐在他眼前的約翰．倫尼（John Rennie）：「倫尼，我需要更多的人力物力支援，之前交代的事你辦得如何？」庫姆斯流露出期待眼神。

倫尼長年跟隨在總指揮庫姆斯身旁，深闇人力支援調度。「老闆，芝加哥的警力已經沒有問題，你可以隨時調動整個區域的警力。但是直昇機的調度及國民兵的投入恐怕在時間上無法達到老闆的要求。」

庫姆斯又自言自語的說：「該死！這是我最擔心的事，沒有及時大批直昇機執行湖區警戒任務，這張網就有嚴重的漏洞，我們太晚警覺到敵人的意圖了，真是個令人意外的高招，幾乎令我措手不及。」抬起頭逕自思考的庫姆斯忽然又對著約翰．倫尼說：「目前估計的時間還需要多久？」

「軍方的基地離此地尚有距離，直昇機及國民兵從動員然後到達芝加哥約需半個鐘頭。」倫尼知道庫姆斯老闆不可能接受半個鐘頭的等待，他接著說：「我運用關係，暫時可以調度到部分民間直昇機及快艇運用，但仍然需要十五分鐘的時間。」

平時庫姆斯對倫尼的能力不曾懷疑過，唯獨民間直昇機的取得令他不解。「這我就不懂了，附近直昇機為何還需要長達十五分鐘的時間呢？」

倫尼手拿著調度清單說：「老闆你絕對想不到，芝加哥附近有關湖上所有動力，包括直昇機、快艇、帆船，及水上運動的任何交通工具事前皆被租走或包下。」

「是對方幹的！」庫姆斯驚訝的指著倫尼。「這麼說，他們事先已經誆下所有湖區的可機動交通工具，真是聰明的魚，可見對方佈局用心之深。」庫姆斯握著拳頭感嘆：「可是不要忘記，這兒是美國，國防部長同意FBI可以動員一切資源，我不認為他們可逃出我們的掌握。」庫姆斯銳力的眼神對著倫尼問：「那你如何在十五分鐘內調到部分民間直昇機呢？」

「我跳過租賃，直接從民間企業手中強制徵調。」倫尼臉露出滿意的微笑。「這部分肯定對方無法阻攔是吧！」

雙手擊掌的庫姆斯喊著：「好啦！所有人給我打起精神，不要再打盹了。待會人員到齊後，我將親自帶領支援部隊圍剿對方。如果你認為自己是最好的，那麼是時候表現出來了。不過我可警告你們對方絕對是中國的菁英，你們只有打敗敵人才能證明自己是高手中的高手。」此時指揮官庫姆斯對著通話器裡的蘭德里說：「蘭德里你在通話器裡應該聽到目前的情勢了，我要你的屬下繼續追擊原有目標車。」

蘭德里在通話器那頭懷疑的嚷嚷：「繼續追擊？老闆，這怎麼會呢！主要目標不是往市區東邊的大湖區移動嗎？我的組員再繼續追也只是假目標而已。」

庫姆斯說：「不！繼續跟隨假目標是要戲耍對方，既然敵人以交通號誌幫你們開道，我們可不能辜負他們的好意。那麼就將計就計，讓他們完全相信FBI真的上勾了，你的組員繼續追擊可減少他們的懷疑。」

「我了解了！老闆的想法是讓小部分人員佯裝上當，但是將大部分人員開始轉調進入重要地區是吧！」蘭德里說。

46 全面斷電

芝加哥河北邊的近北區是大芝加哥集娛樂、名牌、美食，文化、購物的熱鬧地區，各集團公司總部大樓、高級店面及豪華星級酒店不一而足，皆是相互帶動發展而生。國家北大街（North State Street）靠近芝加哥河畔旁兩棟六十層圓柱狀外觀，有著高聳建築如被啃過的玉米穗軸，當地人稱大樓為船塢城（Marina City），又稱其為玉米大樓。事實上當年設計的建築師伯特蘭·戈德堡（Bertrand Goldberg）為了減輕芝加哥著名強風的威脅，刻意採取圓形建築減少大樓風壓。為了商業考量，十八低層樓以下為停車場，大樓內餐廳、劇院、銀行、辦公室及船碼頭一應俱全，是個十足多功能完善的娛樂大樓群，宛如一座小城市。

飛彈爆炸後，在華天顧問的要求下，雄鷹隊長鐵拳在有遮蔽的陸橋下調換向凌川乘坐的車隊，以便避開天上即時成像衛星的追蹤。車內鐵拳隊長才剛為身穿輻射隔離衣的向凌川包紮腿部止血，但前方開始堵塞的交通卻猝不及防開啟另一驚天動地的危機序幕。

向凌川與鐵拳隊長的車隊沿著國家北大街直行前進，正要穿越東西走向的東瓦克大道（E Wacker Dr）、還未邁過芝加哥河橋面就遇上塞車。原本井然有序的芝加哥市區，不尋常的車輛喇叭聲由四面八方湧現。

一位老美所開的白色豐田汽車，正好在向凌川座車的前面，這位駕駛不耐的對東瓦克大道方向的公車說：「嘿！老兄你擋在十字路口馬路中央了！請你再往前走一點好嗎？」

「對不起，你沒看到嗎？」黑人公車司機還算客氣。「我沒辦法呀！我前面的車陣有如一灘死水動也不動。」司機攤著手掌表情無奈。

豐田汽車駕駛說：「是呀！我知道，但是你前面還有一點空隙，你的公車只要再往前一點，我就可以閃過你的公車尾部，直接上橋過芝加哥河了。」

公車果然接受建議往前挪動，白色豐田汽車及緊接的向凌川車隊才得以在間隙中穿越東瓦克大道，不料立刻又塞在跨越芝加哥河的橋上動彈不得。

白色豐田駕駛失去耐心罵著：「該死，芝加哥政府收了我們這麼多稅，這交通號誌卻死到哪兒去了。難怪會塞車，紅綠燈根本就不亮嘛！」事實上這已經不是單一街道問題，麻煩的是市區靠湖東半邊全部處於斷電狀態，看來芝加哥的交通全盤陷入史無前例癱瘓中。

「怎麼一回事？」鐵拳隊長驚覺狀況有異問道。

駕駛司機大手向前一比，不解的回答：「怪事了，居然堵車？不應該發生這種事的。」

「堵車？」這似乎超出鐵拳隊長的理解，下意識重複司機的話。「我們不是已經完全掌控交通號誌嗎？怎麼可能還會堵車呢？」隊長拿起高頻電話試圖由顧問那裡得到合理解釋。

「華顧問……」話語才出口立即被華天打斷！

「我知道，即時衛星告訴我，你那裡正嚴重塞車是吧！」華天的話透出淡淡憂慮口吻。「隊長，正確的說法應該是停電，而且是大半個芝加哥全部停止供電。」

隊長大聲說：「華顧問，你是說停電造成交通大塞車，可是……」鐵拳隊長的話再度被打斷。

「隊長，這不是好預兆，沒電就表示我們將會失去從網路對交通燈號的完全掌控。」

「你是說我們失去交通燈號主控權了？」隊長驚訝的問。

向凌川不祥預感如湧泉般不斷冒出佔據他心頭：「隊長，可以讓我與華顧問講幾句話嗎？」

「沒問題！」隊長點頭將話機交給向凌川博士。

「向博士終於聽到你的聲音了，希望能有時間會會你這位除了是科學家外又是戰略規劃高手。」兩人同時發出笑聲，華天在電話那頭繼續說：「這次從頭到尾沒有你的機警暗示，救援隊是不可能順利找到你們的行蹤，我最大的願望是親眼見到你們安然回國。」

「我相信在你的擘劃下很快可以實現，不過眼前停電可能是最大的危機。對手能夠大膽切斷全美第三大城電力供給，這說明美國追擊我們的指揮官絕非等閑之輩。」跟華天一樣善於緯地經天通盤謀略的向凌川，分析起眼下局勢可是熟稔門道不遑多讓。「華顧問你看，停電後對方不但破了你的網路燈號控制大局，還反將你一軍，使我們的救援車隊陷入交通壅塞迷陣之中，難以脫身。對我們而言，這絕對是他們破釜沉舟的反制高招，我個人認為對方指揮官絕對是握有上層授權的戰略高手。」

華天回答：「向博士，你說對了。停電造成的混亂，將大幅度的降低你們車隊行進速度，但如果不盡速到達湖區，你們的曝險性將大幅增加。」

向凌川強忍著腿部的傷口疼痛，幾經盤算，他知道再待於車上也無濟於事。「我知道你的意思，如果繼續陷在車陣內，我們被FBI追擊的可能性將會昇高，我們得下車步行，自己往目標區前進是嗎？」

「你所在地區離目標尚有1,400公尺之遠，我知道你腿部受傷不良於行，但在鐵拳雄鷹本隊幫忙下應該有機會到達。依據衛星資料，我認為FBI會提早追上你們。向博士你說的對，我建議你們下車走路，然後立刻進入國家北大街芝加哥河旁的船塢城大樓，你們在下方碼頭等待，我會派出快艇前去接應。」

47 船塢城

芝加哥不曾因為市區大停電致使交通混亂，寸步難行的交通使得所有駕駛下車探詢，街道兩旁櫛次鱗比高聳入雲的辦公大廈員工相繼下樓躲避停頓的冷氣造成室內空氣混濁。IBM芝加哥摩天大樓總部正好位於船塢城（Marina City）對面，這兩棟具有獨到建築風格，用途卻大不相同的大樓，隔著狹小的國家北大街（North State Street）面面相望，同時又能眺望芝加哥河岸美景。樓高四十七層的IBM大樓是20世紀中葉最著名的四大建築師之一路德維希・密斯・凡德羅（Ludwig Mies van der Rohe）遺留之作。正門位於北瓦巴什大道的330號（330 N.Wabash Avenue），當地人又稱此樓為北瓦巴什330大廈，21世紀經改造後，如今部分樓層已經改為高級酒店。

由於局勢直轉而下，為因應救援，車隊無法繼續前進，尤其是進度嚴重落後的向凌川這支救援隊。華天顧問決定：與其在車內坐以待斃，不如起而行動，因此要他們放棄乘坐的車隊，進入左邊船塢城大樓下層的碼頭等待接援快艇。

鐵拳隊長吩咐雄鷹隊員：「禿熊、大腳，下車後由你們兩全權負責照料兩位博士安全，向博士左腿受傷剛才包紮止血，目前還不良於行，接下來就由兩位輪流揹負博士，至於你們的隨身武器及裝備就暫時交由其它隊員幫忙攜帶。」

大腳心有疑問：「是的隊長，不過槍不離身，沒有武器若遇到危險很難提供保護博士。」

鐵拳隊長：「你能拿著槍大剌剌的出去嗎？不要忘記，外面街道現在站滿各公司因為停電下樓的辦公人員，武器外露反而會引起騷動嚇到一般公民。你們放心，所有雄鷹隊員下車至船塢城期間，武器全部放置於袋子內以避免百姓不必要的恐慌。」

失序的街道車輛橫七八豎，有如散落一地的彩色糖果。國家北大街（North State Street）橫跨芝加哥河的橋上，鐵拳所帶領的數十人棄車前進，大漢們身揹堅實黑色大袋子，行色匆匆。「陳師傅，看緊你的大箱子，裡面可是重要的大傢伙，彈藥分開就交由小許攜帶吧！」那是一個長條型的硬殼木箱子，隊長鐵拳特別交代是因為這是他們唯一可攜式的重型武器。

長相凶惡，平日不苟言笑的陳師傅橫眉豎眼的說：「隊長放心，沒事的，有我在一切可以搞定。」

大夥兒越過橋面向船塢城玉米大樓移動，忽然有人大聲說：「隊長你聽到聲音了嗎？」

鐵拳皺著眉頭說：「啥聲音？」

饅頭興致高昂同時手向東邊指著遙遠的芝加哥河面，大聲叫著：「那裡！是快艇，顧問的船來了！」饅頭是來至四川大山裡頭的羌族，平時山裡來山裡去，大自然長期洗練讓他練就了一身無人能及的千里眼、順風耳功夫，他可以比一般人看得遠，同時也可聽到常人所無法接收到的微弱聲音。

芝加哥河遙遠的那端，小黑點正逐漸接近，那正是救援隊期盼的希望之船，是華天特別由芝加哥市與密歇根湖（Lake Michigan）的湖岬大廈（Lake Point Tower）附近調派過來。

鐵拳鐵著臉回頭望著隊員喊著：「快！大夥兒加快腳步向船塢城的碼頭前進，別給我愣在那裡。禿熊、大腳你們兩個只要照顧好博士，其它的事就別管了！」

向來聽力超群出眾的饅頭，耳朵裡不時傳來嗡嗡作響的聲音，饅頭不自主的發著牢騷：「怎麼變了調似的？這聲音、方向都不太對勁！」才說完，饅頭猛然回頭向著南方天空用力的瞧過去。「隊長，我總覺得有直昇機在那頭。」

鐵拳不敢大意，他知道饅頭長年與大山大江為伍感官異於常人，他的警告絕非空穴來風。「饅頭，我沒有看到南邊有什麼動靜，你確定那邊有直昇機？」

「隊長，應該沒錯，聲音越來越明顯了。」

中等身材的小許負重耐力非比尋常，揹著沉重彈藥依然臉不紅氣不喘，他向鐵拳建議：「隊長，饅頭的話不可等閑視之，他的眼力不輸老鷹、聽力比蝙蝠還靈，他的感官可從來沒錯過啊！」

鐵拳心想：果真是直昇機，那麼對雄鷹的任務將有沉重打擊。隊員兩條腿以及救援快艇就算再快也趕不上直昇機速度。

此時隊伍才剛越過國家北大街芝加哥橋面，到達對岸的船塢城玉米大樓，頓時緊張氣氛加濃。突然站著不動的鐵拳喊著：「陳師傅你箱子裡的大傢伙要準備了。」鐵拳繼續中氣十足的說：「我看周邊的地勢，那玉米大樓倒是可以應用，你自個琢磨琢磨！」

「隊長，你說的沒錯。那兩根玉米穗的停車場可以居高臨下，是個不錯的地點。不如這樣，我與小許先到停車場上面佈局以備不時之需。」

船塢城玉米大樓十八層樓以下闢為大眾停車場，建築師將十八層以下的停車區設計成無圍牆阻攔，開闊的區域確實是極佳從上至下的制高點。

「好極了陳師傅，你們兩人先將設備及彈藥安置完成。」這時隊長轉頭對著向博士說：「向博士你得撐住呀！禿熊、大腳兩人會送你至船塢城下層碼頭等待顧問的快艇到達。」

「隊長我沒問題，實際上我還可以自己到下層碼頭，並不需要你們的陪伴。」

「對不起，向博士這種事不可能發生，他們兩人要隨伺在你身邊，這是本次任務的核心所在，絕不容任何疏忽。」鐵拳手指著禿熊、大腳。「目前情勢晦暗不明，在快艇未進入碼頭前，我們需要人手先行佈局戒備以防萬一。兩位兄弟，博士安危就是我們雄鷹全隊的安危，絕對不能有閃失。快艇到達後立刻通知弟兄們到碼頭集合上船離開。」

大腳豪不猶豫的回答鐵拳隊長說：「隊長放心吧！我們會以生命保障兩位博士安全的。」

隊長叮嚀：「記得美軍間諜衛星已經開始監視地面通訊，華顧問已經要求放棄一般無線電通話器使用，改用中國衛星為中繼的高頻通訊器聯絡方式，極機密則運用北斗定位衛星提供的120個漢字加密，以短報文通信為主。」

48 飛鷹—6

奇特建築湖岬大廈（Lake Point Tower）具有相隔120度角的三翼大樓，大廈緊臨湖濱大道。快艇就是由密歇根湖（Lake Michigan）邊的湖岬大廈附近碼頭出發，船沿芝加哥河西航，路經由芝加哥最精華的曼麗芬大道（North Michigan Ave）附近河面。再經過大道左側有著鐘樓的白色建築瑞格里大樓（Wrigley Building），此為赫赫有名的口香糖霸主箭牌口香糖營運總部大樓。過了瑞格里大樓後，船塢城的河邊碼頭就清晰可見。

這時嚴重交通壅塞致使中美兩邊的地面人員寸步難行，FBI透過天上間諜同步軌道衛星掌握地面不尋常高頻通話及特殊的可靠間諜定位訊號，定位技術使得陷入車陣的向凌川車隊迅速洩漏敏感位置。對於鐵拳隊長，所幸是饅頭靈敏的感官提前預知危險，這提供雄鷹隊長寶貴的事先佈局。而此時FBI匯集的直昇機圍剿機隊，已經由芝加哥南方進入城市，雙方人馬幾乎同時到達船塢城的芝加哥河附近水域，激烈衝突一觸即發。

四架FBI直昇機在空中緩慢接近芝加哥河，原本全部試圖在狹小的東瓦克大道（E Wacker Dr）及國家北大街（North State Street）的交接空地降落，顯然兩架機長臨時接獲總指揮庫姆斯的指令，改變降落意圖，直昇機突然轉彎向東沿著芝加哥河河面前行，很快的即在曼麗芬大道與芝加哥河東方，迎頭攔截到由湖岬大廈駛來的兩艘中方接援快艇。FBI此次行動快速敏捷，不再重蹈88號羅納德·雷根紀念高速公路上的勸降畫面。

FBI機內的攻堅隊員迅速打開直昇機側門，每架直昇機各兩挺由FBI隊員操控的機槍對準河上快艇，一位幹員大聲喊著：「該死的傢伙，想穿過我下方河面到船塢城是嗎？怪怪！可沒那麼容易，你得先問問我的機槍同意否！」隨即「喀——喀——」槍聲大作，槍管前有如火龍般吐出毒辣辣的死亡火光，子彈如同下暴雨似的筆直撲向中方快艇而去。

那快艇駕駛見狀立刻搖動方向盤躲避，試圖在有限的芝加哥河面上躲避來自上方直昇機強力攻擊。艇上一位戒備人員也非省油燈，馬上操起特戰人員隨身槍還以顏色，可惜特戰人員所配備衝鋒槍主要以突擊近戰目的為主，對於輕短槍身搭配小動能子彈的衝鋒槍，根本難以對遠距離直昇機構成威脅。

這時小許雖然揹著大批彈藥，但是爬著船塢城玉米大樓樓梯依然健步如飛，一個箭步就到了船塢城停車場的十一樓。小許回頭催促陳師傅。「快！快！快！陳師傅，河面那邊已經駁火了。美國直昇機居高臨下，快艇不可能撐得住來自空中的火力攻擊。」

玉米大樓建築師採開放式無圍牆設計，這使得兩人可以因無外牆阻礙而輕易瞭望芝加哥河面。陳師傅扛著長箱子建議：「小許，不要再上去，時間緊急，我們就在十一樓架設吧！」

「我先開箱拿出發射筒。」陳師傅大聲嚷嚷，他以熟練手法快速去除外箱，取出飛鷹－6（FN－6）中國製的單兵便攜式防空發射筒。「快──快──小許你的飛彈。」

「我知道！我知道！」小許取出具四元探測的全方位熱輻射彈，這是氟化鎂材料所組成的八稜錐外形便攜式飛彈。「該死的美國人，老子就給你一點顏色瞧瞧，看你還能耍狠到甚麼時候。」

就在此時，芝加哥河上中方快艇對上空直昇機的反擊有如以卵擊石毫無成效。原本懸停在河面上方的FBI直昇機為躲避快艇子彈襲擊，駕駛稍稍向南後退到河南岸的東瓦克大道上方，這快艇衝鋒槍的射程立刻不足以威脅直昇機。

「搞什麼，在河面蛇行是嗎？」直昇機上的機槍手馬上調整機槍口，然後不屑的對著下方咆哮罵著。「在河面上你這一丁點速度也逃得過我的機槍子彈嗎？」說罷，重機槍再度毫不留情，以更加密集的子彈掃射下方快艇。

在兩架空中直昇機共4挺重機槍災難式的猛攻下，前方快艇開始起火燃燒，未久轉為可怕的爆炸，巨響撼動周遭高層建築，隨後烈焰沖天，灼熱火球在芝加哥河上空昇起，十分駭人。

「啊！」小許驚訝的大叫：「怎麼會這樣！完了，我們的一艘接援快艇報銷了，該死的直昇機。」小許內心震撼不已。「陳師傅，快！快！我們需要再加快呀！」

「我知道！我知道！」陳師傅手裡拿著「飛鷹－6」便攜式防空發射器的單兵空情搜索機說：「這該死的搜索機總要幾秒鐘的目標定位搜索呀！」陳師傅度秒如日般心裡焦急萬分，不由得罵道：「快呀！為什麼定位還未完成呢？」

小許情緒緊張的看著單兵空情搜索機說：「啊！終於出來了！」小許大叫，同時手指著船塢城玉米大樓停車場的左邊天空。「剛才直昇機視角不佳，被附近摩天大樓遮住，現在直昇機恰好往南移動，搜索機終於定位成功。哈哈！這下換你們報應了吧！」小許幫忙喊著。「陳師傅，直昇機的方位東方約略85度左右。」

射手陳師傅啟動紅外探索器，並將飛鷹－6發射筒約略指向攻擊目標，此時導引頭捕獲直昇機目標並回傳光電信號。

小許大聲說：「可以了！快，發射吧！」

首艘被摧毀的快艇並未使得FBI直昇機停止攻擊，機槍手轉移目標，咄咄逼人的指向第二艘快艇。不敵四挺重機槍同時攻擊的第二艘快艇，引擎冒煙方向舵失效。高速航行下悲劇性的撞上河岸堤防，船身瞬間解體沉入河底。

「啊哈！航道敵人目標全部清除。」FBI直昇機上駕駛勝利式的高聲吶喊著，笑顏逐開的經由無線電對FBI資訊處總指揮庫姆斯報告好消息。

但是一枚便攜式的飛鷹－6飛彈由船塢城玉米大樓停車場快速逼近直昇機，飛鷹－6飛彈的戰鬥部捨棄傳統直接命中觸發引信的摧毀設計，採用的是感應式近炸引信爆炸來保證擊殺目標。彈頭內部更使用鈦合金預置破片取代一般鋼珠，這使得爆炸後的高溫由鈦合金破片瞬間帶入日標，極易造成目標區油料易燃物品一發不可收拾的火勢。

兩架並肩的FBI直昇機幹員還沉浸在勝利的喜悅中，尚不知螳螂捕蟬麻雀在後的陰暗危機。此時直昇機駕駛眼角隱約看到快速接近的飛彈，只聽到駕駛說：「那是什麼？」

說時遲、那時快，飛鷹－6飛彈急急如令已經逼近直昇機，並由近炸引信點燃爆炸。鈦合金破片以飛快的速度向四面八方散射開來，首當其衝的直昇機有如紙片般輕易裂解，機體破片四射，火光沖天熱氣逼人。附近大樓在爆炸震波的轟擊下，窗戶紛紛震裂破碎往下掉落。當場毀滅的直昇機，四散紛飛的螺旋葉槳有如高速大型刀片衝向四周。一片碎裂葉槳飛行後撞擊到緊鄰旁邊的第二架直昇機尾舵，第二架直昇機即刻失去控制不斷向下旋轉搖晃掉落。首當其衝是站在機艙門旁邊的機槍手，他被突如其來的失控旋轉拋射出機外，驚心動魄的掉落到東瓦克大道塞車車陣的車頂上，反而幸運存活下來。

「嗶！嗶！嗶！」直昇機內部警報聲不斷鳴笛！「我的天啊！尾舵中彈直昇機失控。」機長大聲緊急警告機內全體隊員。「快跳機呀！直昇機即將要墜毀了！」

可是此時跳機逃生談何容易，旋轉晃動機體完全無法讓人控制個人身體的穩定度，機艙內隊員幾乎撞成一團，更別說是奪門跳出失控的機體。最後整架直昇機墜毀在東瓦克大道與芝加哥河的河堤上。

陳師傅跳起來簡直樂極了。「啊－哈哈！命中目標，而且是一箭雙鵰，這也算是為隊友報一箭之仇啊！」

小許手指著船塢城停車場正前方芝加哥河對面的東瓦克大道說：「等等，先別高興太早，那兒還有兩架直昇機正準備降落在對街上。陳師傅，快點補一發飛鷹－6給他們瞧瞧。」說完小許快速拿起另一枚飛鷹－6飛彈填入發射筒內。

「不！不！這目標太近了。」陳師傅搖頭說：「飛鷹－6飛彈需要至少500公尺的最短發射距離呀！」

小許嘆息。「該死，這該如何是好？」小許考慮片刻，拉著陳師傅的手。「不行！我們倆再待在這裡幫也不上忙，不如下去幫忙隊長吧！」

49 衝突戰

火爆的戰爭衝突活生生在芝加哥河面上演，市區人們由剛開始看熱鬧的心態轉為驚慌奔逃，人們各自以附近建築物尋求人身安全掩護。這時唯獨中方救援隊的饅頭站在船塢城玉米大樓停車場與橋面邊緣，他面向南方有如雷達天線般聚精會神的豎起耳朵監聽遠方，試圖收納來自遠方氣若游絲的聲音，以便提早判別FBI接下來的行動。

饅頭從橋旁跑到隊長鐵拳身邊，再度提出令人擔心的警告：「隊長這裡不是久留之地，我們得盡快走人了！」饅頭憂鬱的眼神已經足夠說明一切。「我感覺到這裡越來越危險了！」

饅頭的警告使隊長鐵拳心頭為之一驚，他知道饅頭的感覺特別靈驗，因而不敢輕忽大意，隊長相信這中間必然又有令人驚訝的壞消息隨伺在後。「饅頭，沒什麼好隱瞞的，有話就直說吧！」

「我聽到南方有兩批直昇機正向這裡直撲而來，較前面約兩架直昇機，葉槳聲音清脆浮躁，應該跟前面幾架一樣是徵調而來的輕型民航機，但是後面引擎聲音沉重預估是軍方的重型直昇機，要命的是數量。隊長，後面軍機數量之多我已經無法正確估計了，我們得提早有所準備。」饅頭惴惴不安的對隊長說：「自從行蹤徹底曝光後，我認為這裡已經無久留的必要性。隊長，我感覺到這次對方出動的數量相當龐大，我們雄鷹的隊員恐怕應付不來。」

隊長深思片刻，以沉穩語氣泰然自若的說：「我知道你的意思，不過眼前已經著陸的這兩架直昇機上的敵人將會如影隨行，如果我們行動前不解決，恐怕一樣會影響本隊的任務安全。我們除了等待華顧問安排的下一波接應外，我決定同時自行突圍準備向湖區前進。饅頭，你的行動最快，你立刻到船塢城下方的碼頭接應禿熊、大腳，一同保護兩位博士先行撤離船塢城的行動。」

饅頭：「是，隊長。我馬上前去完成。」

隨後隊長鐵拳對著雄鷹其它隊員開始不斷下達命令，他知道情況岌岌可危時間有限。「現在快艇沒了，顧問正在想辦法調集其它交通工具，我們需要爭取更多的反應時間。」隊長手指著國家北大街（North State Street）跨於芝加哥河上的橋，他橫眉豎目咆哮大喊著：「快點！大炮、鯊魚、軍爺，跟我到前方堵住橋的那頭，在向博士還未從碼頭上來向湖區移動之前，無論如何也要頂住橋頭絕不可讓FBI人員過橋越雷池一步。」

大炮提著衝鋒槍跟隨隊員正要前進時，忽然轉頭往回跑到壓後的隊長旁邊。「隊長，我突然想到，萬一情況危及的話是否乾脆炸了？」大炮右手化成手刀作勢向下。「萬不得已，這可爭取部分時間，讓博士安全撤離。」

鐵拳拍著大炮的肩膀。「兄弟，設想得好。你回去船塢城那裡，帶上我們的炸藥盡快跟上來。」

這時雙方人馬隔著芝加哥河可謂涇渭分明，河的北面與橋上由中方救援隊佔據把守。河的南方及與芝加哥河平行的東瓦克大道（E Wacker Dr）則由8位剛由直昇機以繩索滑降下來的FBI幹員守候，他們躍躍欲試作勢前進急欲奪取北岸毫不相讓。

隊長鐵拳壓低身段環顧四周後嘖嘖發聲提出要求：「軍爺，盡快確認橋上的每一輛車內是否無人，我可不願意殃及無辜百姓將來落人口實。」橋上佔滿了各式各樣因塞車卡在上面的車子。如今雙方對峙，車主們早已經棄車逃之夭夭。

「是，這就去辦！」

「兄弟們稍安勿躁，守住橋頭盡量拖延時間直到博士……」身先士卒的隊長已經衝到橋頭，他以車輛為掩體對旁邊雄鷹人員下令，但話語未完就被來自FBI幹員的機槍掃射打斷，子彈從隊長身旁飛過險象萬分，此時氣氛更加劍拔弩張。

「混帳！」這可惹惱了隊長，鐵拳破口大罵。「原本只想採取守勢爭取時間，並且減少攻擊降低對方傷亡，免得被人說咱們來美國過度撒野。」怒火中燒的隊長越說越氣。「沒想到適得其反，FBI倒是咄咄逼人先下手為強。」

鯊魚鐵青著臉冷冷笑說：「隊長，都已經這時候了，還講什麼菩薩心腸，如果不還以顏色讓他們瞧瞧，FBI還真以為我們隊裡沒人呢！」

「我看FBI平常抓抓幾個強盜還可以，碰到我們就得倒大楣了。」鐵拳依然憤恨難消，開始消遣起河南岸的FBI來。「想玩玩是嗎？行啊！就派幾個人跟你們這幾個兔崽子周旋周旋，讓你們見識見識啥叫特種部隊。」

軍爺自告奮勇。「隊長，鯊魚的槍法夠準夠快，就讓我跟鯊魚過去殺他一陣，我保證那群FBI必定向後退卻，你們只要在此提供我們兩人的火力掩護就可以了。」

隊長鐵拳說：「不！是我們三人互相掩護，咱們就好好過去痛快轟他一圈，打他個措手不及。這裡就留給大炮，他還有更重要任務要執行。」

大炮握著拳頭激動的說：「在橋上埋炸藥是吧！隊長，你們放心出擊，炸藥就交給我解決。」

鐵拳提醒：「注意橋上是否有無辜人員。」

鐵拳昂首闊步，眼觀六路耳聽八方，率先由中路採正面攻擊但卻僅是佯攻對方，這主要是引誘敵人注意力之用。前進後的隊長向隊員打出手語，此時隊長「手指彎曲」，像握著圓柱狀物體放在眼前，如同狙擊手通過瞄准鏡進行觀察一般。接下來手指著前方並以手指比著「四」的數字，這是在示意左右掩護的隊友注意，前方發現四位敵方狙擊手。

隨後快速前進的另兩位隊員鯊魚、軍爺分頭嚴密把守左右兩翼，他們步步為營、大膽進逼。百步穿楊的鯊魚槍法快狠準無人能及，戰場上不留痕跡常讓對方措手不及、無還手餘地。軍爺是中國河北省深州人，一手形意拳硬武功使得虎虎生風、令人生畏，從小便在農閒時與父母勤練武術，滿身是膽的軍爺以行動敏捷著稱，跳躍式戰法有如鬼魅般深入敵後，令人防不勝防。左右兩翼護員隨即作勢回應，他們打著手勢回覆隊長

「大拇指和食指畫成的圓形OK手勢」，表示訊息收到馬上配合動作。

行動快速的隊長鐵拳前進數十米後，再度發出手語通知鯊魚、軍爺兩位。隊長「手指分開呈碗狀，罩住面部的鼻子和嘴巴」，這表示隊長鐵拳即將發動催淚彈攻擊。

鯊魚、軍爺收到訊息後紛紛送出手語，兩人「把手舉到頭上，彎曲手肘，掌心蓋住天靈蓋」示意他們即將就位並且竭盡全力提供掩護及後續截殺動作。

前方兩兩一組的FBI幹員，分別以馬路上大型巴士的車體為掩護，正準備向前發起突破攻勢。沒想到動作迅速的鐵拳早先一步架好機槍隨伺等待，鐵拳發現FBI幹員後立刻送上硬梆梆的金屬子彈封鎖去路，衝鋒槍連發子彈出匣，「碰——碰——碰——」的聲響正式拉開雙方激戰的序幕。

那FBI也非泛泛之輩，馬上回防至巴士後，並對另一組人員大叫：「不要！不要！不要前進！前方有埋伏。」

一位FBI幹員急忙躲回，接著大聲嚷嚷：「搞什麼鬼，明明一分鐘前這批人還在橋那邊，怎麼現在會在我們的面前出現？」這時子彈還不間斷的以點狀的方式從前面發射而來，FBI的幹員們神情肅然，注意力全在子彈的聲響上。

突然前方拋出冒煙的東西，有人大叫：「呀該死！是催淚彈。」前方的幹員不由得淚水奪眶而出，幹員喊著：「後退！後退，是催淚彈，快點後退！」原本該保有的兩兩掩護隊形，瞬間居然慌亂到無法形成攻擊力量，前方四位FBI幹員臉上兩行淚水有如永遠栓不緊的水龍頭，視茫茫的失去前方清楚影像。幹員們一手提著槍，另一手摀著口鼻急著向後面尋找乾淨的空氣。

當FBI被鐵拳的子彈牽引之際，一時之間躊躇不前。雄鷹隊員的鯊魚、軍爺兩人趁亂有如幽魂似深入，迅速滲透至危險的左右兩翼。

此後催淚彈造成FBI幹員的混亂，這又再一次提供鯊魚、軍爺兩位救援人員絕佳的行動時機。「碰——碰——碰——」，鐵拳隊長在正前方不斷的釋放子彈，原本催淚彈已經造成FBI幹員極大混亂，再加上機槍聲音催促著，情急之下無法正確判斷前方狀況，FBI幹員各各直覺向後退縮。不料中方救援隊鯊魚快如閃電般由左側快速切入，兩位FBI幹員還來不及反應就遭到快槍手鯊魚的攻擊。

「唉呀！」兩位FBI幹員腿部中彈倒地，痛入心扉的哀嚎聲造成其它幹員不少心理負擔。

鯊魚熟練的拿起已經倒地的FBI幹員手中武器，二話不說即往芝加哥河裡拋出。就在此時軍爺沿著河邊步道正面截擊到另外兩位正要後撤的FBI幹員，來不及用槍的軍爺情急之下使出從小練習的內家拳法與FBI幹員面對面肉搏戰。那形意拳講究的是「硬打硬進無遮攔」，戰鬥時形意拳要「快」，講究主動進攻，直取猛打，必須在最短的時間內解決戰鬥。有著很強攻擊力的形意拳，在與人交手時往往是「不招不架，只是一下」就解決對方。軍爺沉著穩健，「乘其無備而攻之，出其不意而擊之」。軍爺手腳拳路進即閃、閃即進、起如風、落如箭、邁步如行犁、落腳如生根。一時之間FBI幹員隨即失去重心，軍爺腳踏中門襠，兩位FBI幹員先後輕易的被甩入芝加哥河裡喝水去了！

鯊魚、軍爺雙雙得手之後正想趁勝追擊直搗黃龍，來個一網打盡。沒想到忽然聽到隊長鐵拳的一長數短口哨聲，這表示即刻鳴金撤退不可戀戰。

50 芝加哥論壇報大樓

鯊魚在隊長面前握著拳頭大嘆可惜：「唉呀！對方的防線已經被我們突破，搖搖欲墜不堪一擊，如果隊長可以再多給我們一點時間！那麼只差一步就可以完全清除芝加哥河南岸來自FBI的威脅。」

隊長鐵拳一邊向橋這裡撤退一邊反問：「多一點時間？」隊長回頭指著遙遠的天空說道。「鯊魚，你聽天空的南方。」

鯊魚回頭面向南方。「隊長，你說那遙遠的兩架直昇機是嗎？嗨！不就那兩架有什麼好發愁的？我們三個合作不就一下子就清潔溜溜了。」鯊魚笑嘻嘻的說。

隊長鐵拳說：「唉！你們這幾個兄弟只要打起戰來就沒完沒了，搞不清楚狀況。我剛收到禿熊的衛星電話，博士已經安全離開船塢城碼頭，他們正準備向湖區目標後撤，我們已經無需在此地久留戀戰。再說這裡是美國國土，他們的支援隊很快到達此地，依據饅頭的預測，後面還有更大批美軍軍方支援直昇機，我們現在要以保護博士的任務為主。」

「鯊魚，還抱怨呀！」正在跑步過橋回防的軍爺嗆著一旁的老搭檔鯊魚說：「你懂什麼？依照著隊長的命令，儘管打你的戰就對了，哪有這麼多廢話？」軍爺轉頭向著隊長。「隊長，別理他。他還真以為自己是鯊魚呢！」

隊長問：「鯊魚，剛才那些人沒被你打死吧！」

「隊長，放心吧！你不是說強龍不壓地頭蛇嗎？我們不能在美國地盤太過撒野是吧！遵照你的指示，所有那些FBI兔崽子，我只不過在他們腿上打個小洞，讓他們動彈不得而已，死不了人的。不像軍爺把人都甩進河裡去，這就麻煩大了。誰知道三不五時可能就會出人命的，沒錯吧軍爺。真不知道軍爺平常有沒有將隊長的話聽進他那豆腐腦裡。」兩人一搭一唱，在瀰漫著緊張戰鬥的氣息裡，這倒是逗著後撤的幾位救援隊員會心一笑。

芝加哥河北岸，船塢城玉米大樓旁，剛完成摧毀FBI直昇機的小許及陳師傅，迅速的從船塢城十一樓回到地面與鐵拳隊長會合。「隊長，河南岸的直昇機距離太近了，我們飛鷹－6無法發揮作用啊！真是該死，就這麼巧。」對於無法用飛鷹－6飛彈將眼前FBI直昇機擊落的陳師傅，心中一直耿耿於懷，見到隊長時立刻宣洩他的無奈情緒。

「我了解，沒事的。」隊長安慰陳師傅。「鯊魚、軍爺已經痛快的到對方陣地走一遭，殺他個措手不及，問題被他們倆解決大半了。」隊長滿意的說：「這都不重要，華顧問的短訊文說明將會再派3架直昇機過來接援我們，現在當務之急是安全護送兩位博士。不過此地不宜久留，我已經讓禿熊、大腳、饅頭帶著博士先撤往湖區。」隊長鐵拳比著東邊密歇根湖區，語調宏亮態度果決。「大炮你押後，負責誤導對方，讓他們以為我們的人馬依然還在此地，若是FBI試圖過橋就引爆炸藥嚇阻。記住，你一個人無法對抗眾人，只要拖延時間就算達成任務，然後立刻撤離，並用北斗定位儀與我們會合。」

大炮信心十足的說：「沒問題，隊長。我在國家北大街及北瓦巴什大道兩條跨於芝加哥河上的橋面埋有炸藥，這足夠暫時阻擋FBI幹員快速過橋，應該可以爭取部分時間讓大夥兒撤離。」

坐落於曼麗芬大道名牌街，靠近北密歇根大道橋的芝加哥「論壇報」，一直以來都是該市最負盛名的報紙。哥德式藝術建築讓論壇報大樓（Tribune Tower）有如曼麗芬大道的地標，它是「論壇報」的總部大樓，也是目前芝加哥市的市級古蹟。另外引人注目的是論壇報大樓外牆，其上鑲嵌著一百三十個來自世界各地的建築石片，其中包含美國白宮、911倒塌的世貿中心殘骸、阿波羅15號從月球帶回的月球岩石、埃及金字塔石塊、印度泰姬瑪哈陵、德國柏林圍牆、中國紫禁城、中國長城等。

這時中方救援隊沿著芝加哥河岸北邊的東坎齊街（E Kinzie St）向東方湖區跑步挺進，但東邊湖區及南邊天空分別各有不同直昇機正逐漸靠近。「看到沒，那正是我們的救援機，這下比老美的老爺機早先一步，咱們這下真的有望了。」鯊魚望著千呼萬喚由華顧問調來的直昇機，樂陶陶的說著，高興全寫在臉上。

為了堤防雄鷹位置及溝通內容洩露出去，鐵拳隊長盡量保持衛星高頻通話電訊的靜默，隊長只送出北斗衛星的加密簡訊給指揮官華天顧問。鐵拳對華天提出建議，他希望即將到來的三架接援直昇機可以選擇降落於論壇報大樓右側空地上。那是論壇報大樓與東北水街（E North Water St）間的小廣場，在那後方還有三處較大的露天停車場，顯然這附近是不可多得的絕佳接援空地。而此時雄鷹全體隊員正在東坎齊街，他們離論壇報廣場只剩一街之遙，相當接近了。

「快！快！再跑快一點呀！」饅頭邊跑邊鼓勵隊員，他的眼神掛著濃濃憂鬱，心情與鯊魚截然不同。雖然芝加哥大樓林立遮蔽天空，但饅頭早已感覺到大批美國軍方直昇機即將到達，他知道一旦「慢了」將會是一場難以言喻的災難。

雄鷹救援隊快速前進，即將到達論壇報大樓之際，忽然間饅頭停止跑步動作。「啊——那是……」饅頭驚天動地的大聲吼叫！「飛——是——飛彈！美軍直昇機發射飛彈。隊長，快點通知華顧問，美軍的飛彈將會對救援直昇機造成不利。」饅頭轉頭對著隊長鐵拳面露驚恐的說。

隊長鐵拳也隨饅頭停止腳步，但一時之間尚未反應過來。「你說什麼？飛彈！」鐵拳雙眼對著天空有如雷達般仔細搜索。「哪裡有飛彈？」

饅頭指著南方晴空萬里的天空。「在那裡！那裡的美軍直昇機發射飛彈。」

未過多久，隊長鐵拳果然看見南方天上一道長長的凝結尾，飛彈火速的由南向東北飛速邁進。隊長心中大驚，這才想起剛才饅頭情急時所說的「通知華顧問」。「唉呀！我的天啊！怎麼會……」緊急時刻哪有時間打字送機密簡訊，管它什麼電訊靜默及洩露軍情位置等問題，隊長拿起衛星高頻通話器正要向華顧問示警。可是那飛彈以兩倍音速前進何等快速，彈指之間芝加哥河東方上空最前方的救援機就化為火球。

「啊—」一往論壇報大樓奔赴的雄鷹全體人員停止腳步，眾人大驚失色望著遠方的火團驚叫著，這原本是他們逃離美國的希望之所繫，卻在分秒間被毀去。這幕情景驚呆眾人，隊長一時之間竟然忘記已經接通華顧問的高頻電話。

兵荒馬亂之際，雄鷹隊員軍爺大聲喊說：「隊長！隊長！」宏亮的聲音立刻喚醒隊長。「電話，隊長你的電話已經接通了！」軍爺接著說：「快告訴華顧問，他們的直昇機飛太高了，快讓另外兩架直昇機盡量低飛。」

軍爺話才說完，來自饅頭的恐怖告誡再度令隊員心驚肉跳。「又發射了！」饅頭警告。「是……兩發，這次是兩發，兩發飛彈同時射出。」饅頭激動的幾乎是跳起來嚷著。

隊長對著通話器著急的說：「飛彈……飛彈！兩枚飛彈又來了！」鐵拳對著高頻通話器叫著。「低飛！低飛！顧問，太危險了，快點讓兩架直昇機飛低一點。」

剩餘兩架中方救援直昇機在前方友機被擊落後，其實早已意識到低飛的重要，可惜對方是號稱科技大國的美國，飛彈電子雷達科技領先世界硬是了得。直昇機的反應速度再快，也趕不上飛彈的超音速衝刺，令人血脈賁張的戰場獵殺場景再度火辣辣的在雄鷹隊員面前上演，那一雙奪命飛彈有如風火輪似的，竟然像在中方救援直昇機上綁著無形的索命繩索，無論直昇機做任何空中閃躲戰術變動方向，飛彈彈頭前的雷達依舊鎖定目標毫不放鬆。雄鷹眾人屏氣慴息，忐忑不安不知如何是好。那救援機見狀況危急，飛行員孤注一擲扭轉飛行方向試圖挽救，可是兩架直昇機依然力有未逮，最後幾乎篤定災難降臨。

兩枚由美國軍用直昇機發射的空射版「刺針導彈」（AIM-92 Stinger），前面導引頭使用致冷硒化鋁紅外線探測器，其波長為4.1～4.4μm。兩顆飛彈直接命中目標，強烈空中爆炸震撼人心，兩架被毀滅直昇機的殘骸散落於芝加哥河附近沿岸，同時也斷絕了地面雄鷹救援隊對空中接援的最後希望。已經接近論壇報大樓附近廣場的雄鷹隊員，大家心裡有數，生存的希望已經幾近流失，接下來的路途將是無比艱辛困難。

「快！快點放我下來，隊長我這裡有極端重要的事。」在禿熊背上的向凌川突然掙扎的說。

向博士的喊叫點醒了寂靜無聲的隊員。「向博士，現在情況十分危急，雖然沒了救援機，但目標只剩下約1,000公尺，我們還可以用兩條腿全力奔跑到湖邊的目標區。」隊長鐵拳試圖安慰向凌川。

禿熊放下腿部受傷的向博士。「不！不！不是這樣的。」向博士非常嚴肅的說：「我了解現在情況非比尋常，不過我這有一個比我及全體隊員生命還重要的東西。」向博士從口袋裡拿出小圓球。「隊長，你應該還記得這顆材料。」向凌川右手拿起小球，這吸引了張博士及雄鷹全體隊員的圍觀，大家不知與此微小的球體到底有何關鍵。

「這球！」隊長鐵拳兩眼注視說：「我記得這球……」

向凌川搶著說：「是的隊長，不久前我們兩還差點為此球命喪飛彈之下，這可是我們以生命搶救下來的。」

鐵拳用手比著東邊密歇根湖區的方位。「我看得出來這東西對向博士的重要，不過現在時機不對，我們全體隊員得爭取時間到達……」

向凌川再度打斷隊長鐵拳的話。「對不起隊長，我必須插話。我的重要性遠遠不及此球，這球的材質可以運載反物質，而它的威力遠大於氫彈。」說到科學的事，博士振振有詞似乎將危險全拋諸腦後。「簡單的講，這小玩意可以成就中國未來後代子孫不受他國武力威脅，甚至可以毀滅地球上任何國家，包含美國在內。」此話一出，立刻震驚全體救援的雄鷹隊員。

「不會吧！」隊長鐵拳訝異得連嘴都合不攏。「怪怪，就這小東西！我怎麼也看不出它的價值。向博士你不說，我肯定當它是無用的垃圾丟棄呀！」鐵拳目不轉睛盯著球體。「我可以摸摸看嗎？」鐵拳好奇的問向凌川。

向博士搖著頭說：「摸摸看？不，隊長。我們已經沒有時間了，不只看看而已，我要正式的把它交給你。」向博士低聲回應但態度堅決。

「博士，不要開玩笑了，這麼重要的東西！」

向博士說：「隊長，請你挑一個反應敏捷、體力超群的人，此人必須迅速、能耐長途奔跑且不怕辛勞。」

隊長問：「這是……」

「千萬記得，突破重圍將此球交給湖邊的狄所長，無論困難險阻有多大，務必請華顧問將此球同狄所長一起安全帶回中國。」向凌川仰著頭看著天接著說：「其它的事已經都不重要了！」

「好，我馬上辦！」隊長鐵拳鏗鏘有力喊著。「饅頭！」

饅頭叫：「在，隊長。」

「你平常在川西高山裡討生活，這裡面就屬你最有資格了！」鐵拳以渾厚的嗓音說：「我命令你以自己的生命立刻護送此球，沿路不準暫停，不達目的絕不罷休。」

饅頭睜大雙眼看著隊長。「沒問題的隊長，這是我的榮幸，我以性命發誓絕不辱使命。」

此時已經聽到大批美方直昇機沉重螺旋槳的聲音，鐵拳隊長繼續說：「饅頭你跟我多年，私底下大夥兒就像兄弟一樣，這恐怕是隊長最後一次給你下的指令。」隊長用拳頭在饅頭的胸前用力擊打著。「兄弟去吧！隊長希望你安全的完成任務。」鐵拳中氣十足大聲的說著。

饅頭向隊長行了舉手禮後立刻出發，他像在老家深山裡追殺獵物般，瘋狂的向前邁步，遇到危險時，擅於偽裝的饅頭還可欺敵。才過幾秒鐘，饅頭的背影已然遠離本隊，這時遠處傳來饅頭堅定的豪語。「隊長放心，我一定會成功的！」

這時眾人安靜無語面面相望，空氣中只剩饅頭的豪語來回震盪，與空中美軍的螺旋槳聲音形成強烈對比，在旁的向博士聽聞饅頭回音，忽然淚水盈眶，心中蕩氣迴腸激動不已，其實大家心裡有數，大敵當前雄鷹的希望已經微乎其微。

隊長鐵拳打破眾人沉靜。「大夥走呀！別愣在這裡啊！」

51 中美熱線

同一時間，美國國防部長麥克．多塞（Michael Doser）在五角大廈內，他的心情有如搭乘驚異奇航的雲霄飛車般，上下伏動變化巨大。剛開始時，部長還沉醉於美國手握「反物質容器材料」及兩位中國專家這兩大科技要件。未料情勢瞬息萬變，中國救援隊迅速的動作，竟然截走國王皇冠上的兩顆無價珠寶。隨後局勢急轉直下，雙方在美國境內爆發衝突已經在所難免。中美對於「反物質」志在必得之勢，恐釀成令人意想不到的激烈戰爭。

事實上在小布希（George Walker Bush）為總統時，中美為防範2001年南中國海撞機緊張事件重演，兩國特別設立元首專屬的緊急熱線。隨著中國經濟蒸蒸日上、國際影響大幅攀昇，尤其2008年金融風暴後G2成型，中美兩國躍昇為世界兩大強國，左右著國際局勢。隨後因應眾多實際需要，開始增闢多條不同需求的熱線，國防軍事熱線因此誕生，以防止出乎意料之外的中美衝突影響世界安定。

五角大廈的會議室內，核武首席專家杰羅姆河．科希（Jerome R. Corsi）博士及中情局局長喬治．施密特（George Schmidt）雙雙對國防部長麥克．多塞（Michael Doser）建議，希望部長經由雙方早已經建立的電話熱線，透過溝通化解兩邊歧見，防止中美兩核子大國因「反物質」爭奪，造成事態進一步惡化至難以收拾的地步。

此時維吉尼亞州阿靈頓的五角大廈為下午四點四十分，部長多塞回到自己辦公室內正準備與中國國防部長熱線會議，部長祕書潔西卡（Jessica）則忙碌於熱線密碼設定，而多塞部長的翻譯人員也已經就定位。

「部長，熱線連線成功。」祕書潔西卡低聲但親切的對部長說：「中國國防部長及翻譯人員就在線上。」隨後潔西卡離開部長辦公室。

多塞首先開場：「我是麥克．多塞，你好！陳部長，這時北京時間應該是早上六點多吧！大清早與你連線真是過意不去呀！」

遙遠的北京那端，陳部長寒暄回應多塞。「好久不見啦！多塞部長，勞您親自連線必有要事相談！」事實上陳部長早已心裡有數，今天商討的議題將會針鋒相對。

「我相信陳部長已經知道，中美雙方人員正在我國芝加哥市區有著嚴重的歧見，我想透過熱線會議，討論出兩國可以接受的解決方式，避免芝加哥的衝突加劇。」

中國國防部長語氣稍稍加重。「多塞部長，你可能健忘了！幾天前我國駐美大使還向貴國外交部長當面抗議我方失蹤科學家事件。當時貴國部長回覆，那時美方接獲伊朗內陸GMDSS國際標準求救訊號，貴國特種部隊還曾經參與救援行動。可是事過境遷，中國科學家依然下落不明，重點是為何現在中國科學家居然會在芝加哥被我們的人找到啊！這是鐵錚錚的事實不容否認呀！」陳部長趁機反問，語氣不悅。

美國國防部長多塞聽到後不由得開始反擊毫不相讓。「芝加哥是我國重要城市，中國特種部隊竟然出現其中，中國軍隊進入我國，這可是侵犯美國國土的行為啊！陳部長。」

「當時貴國部長否認犯行，直言若是美國特種兵所為，只要中國提出證據，貴國願意懲戒失職人員。如今罪證明確無可爭辯！多塞部長，請問現在美國處罰令何在？貴國總要給中國一個交代吧！」中國國防部長提出實證步步進逼，熱線才剛開始不久，雙方國防部長卻各說各話，火藥味十足。

多塞逐漸大動肝火，反擊中國國防部長的指控。「不！現在的問題是中國軍隊侵略美國本土。陳部長，現在是你該給美國一個理由。」多塞開始理直氣壯反問。

電話裡忽然傳來陳部長哈哈大笑，一時之間弄得多塞滿頭霧水。「多塞部長，你不覺得好笑嗎？我的科學家目前在你們手裡，而閣下卻要我給你個正當理由，天底下有這種道理嗎？」陳部長不以為然回應。

多塞回說。「不！不！陳部長，你所言不符事實，你們的特種部隊已經將人劫走。」

陳部長馬上不客氣的糾正多塞的說詞。「劫走？多塞部長，請注意你的用詞，兩位科學家是中國的公民，這可是不爭的事實。我們是去救援，不是你所謂的『劫走』。那些我們派去的人只是接我們的科學家回國而已。」

多塞說：「不！不對！中國特種部隊不但劫走人員，還搶奪我國的重要『科學材料』。這是不折不扣軍事入侵再加財產掠奪的卑劣行為，美國無法容忍。」

「你的說法是強詞奪理的霸權心態，所有的爭端都來自美方先行強押中國科學家一事。」中國國防部長不甘示弱的說：「多塞部長，你的想法偏激，將會陷兩國墜入危險的對抗局面，大大不利世界和平趨勢。」

多塞加重語氣的要求：「我認為中國需無條件立即交出我國的『科學材料』。」

陳部長大聲回應：「美國是大國，做事要光明磊落，我建議貴國馬上護送我方科學家及相關人員回中國，展現誠意。」

多塞語帶威脅。「陳部長，你要知道芝加哥市在美國國內，如今貴國特戰人員的位置完全暴露，就算中國有再多的特戰人員加入又如何？美軍已經動員正規軍前往圍剿，我不認為中國的特戰人員能抵擋多久。我們得談談，讓兩國各取所需。」

這句深深刺入中國國防部長的心坎裡，部長心頭為之一震。他知道多塞說的沒錯，中方人員行蹤洩漏後，面對無窮盡的美國正規軍，即使有再多的特戰人員派往美國也是無濟於事。最終可能兩位科學家連同所有人員全部犧牲，並且將掀起中美兩強軍事對抗的結局。

「我同意去異求同，在兩國平等的條件下各退一步，讓事件盡早落幕。」陳部長問：「不知多塞部長有何建議？」

多塞部長漸漸退去怒火中燒的心情，開始理性的對著陳部長提出兩全之計。「我認為由陳部長親自出面，勸降所有在美國境內的中方人員。只要他們願意放下手中武器，不再對抗。同時必須將從我國得到的科學材料無異議歸還美方。美國便同意將所有中方人員安全的送回中國本土。」事實上美國之所以同意送回中方人員，主要是著重於搶回反物質容器材料。多塞知道中國若是獲得此材料，那麼中國將擁有反物質的兩大要件。這可怕後果是美國將無法與中國競爭21世紀的霸權寶座！美國國防部長當然要全力圍堵此事發生。

原先對於科學家的綁架耿耿於懷的陳部長，知道進一步強硬無益於科學家的返回，而退一步則可和平落幕。「我們可以接受你的提議，但是我認為在『勸降』的用詞上必須稍加修改。中國不可能接受『勸降』詞語，我認為雙方應簽定『中美共同和平協議書』。」陳部長接著說：「我知道貴國以科學材料為重點，但是中國卻以兩位科學家的安全為主軸。假若無法讓兩位科學家安全回國，則和平協議將不復存在，我想多塞部長應該同意吧！」

多塞如釋重負同意的說：「可以，這我們可以接受。但是部長要加快腳步，目前芝加哥時間下午五點五十五分，據我所知雙方在芝加哥幾乎已經到了劍拔弩張一觸即發的地步。美軍地面及空中軍隊已經集結完成，隨時要發動圍捕的殲滅戰鬥。」

熱線會議結束，中美雙方各取所需，但令人意外是芝加哥的戰況卻提早啟動，一發不可收拾令人大感意外……

52 犧牲

華天以衛星高頻通話器正與鐵拳通話。「隊長，直昇機及河面快艇都相繼接援失敗，目前我請東北虎及飛龍兩隻地面隊伍加快趕往論壇報大樓（Tribune Tower）你所在的方位。」經歷快艇在芝加哥河上方受襲解體，及直昇機被飛彈擊落事件後，顯然華天已經放棄經由空中及河上的救援方式，改由陸上援助。

鐵拳在快速奔跑中，同時看著天上逐漸接近的美方直昇機，知道情況已經到了危急的臨界點。「華顧問，芝加哥大停電，造成交通號誌完全停擺，市區道路壅塞。我怕時間緊湊，兩隻隊伍恐怕難以快速到達論壇報大樓附近提供支援。」鐵拳隊長短短幾句話，幾乎已經說出雄鷹本隊目前遭遇的窘境。

「我知道現在處境困難。」停頓數秒後，華天反問鐵拳：「隊長，你那裡還有多少顆飛鷹—6飛彈呢？」

「喔，飛彈！我得請隊裡清查看看。」隊長回應華天。

鐵拳暫時放下手中的通話器，轉頭大聲叫喊著跟在後面一起奔馳前進的隊員：「小許、陳師傅，我們手裡頭還剩下幾顆飛彈可以用啊？」

小許喘了口氣馬上回答。「在玉米大樓十一樓停車場用掉一顆，我們還有三顆飛彈，隊長。」

雖然在跑步的微喘中，鐵拳依然氣定神情的回覆華天：「僅剩餘三顆飛彈。華顧問，莫非你那裡有解危良策。」

「還有三顆飛彈！好吧，我們就用這三顆飛彈來測試殺雞儆猴是否可行。」

「顧問，不會吧！這麼多重型軍用直昇機，三顆飛彈怎麼說也不夠用的。」鐵拳橫著臉對著通話器說：

「我認為美軍想在前頭堵住我們的去路，而論壇報大樓後方停車場正好適合他們的大型軍用直昇機使用。我們現在已經在論壇報大樓（Tribune Tower）旁的廣場，不如在直昇機還未降落前，全隊咬牙加快向前衝過後方停車場，顧問你看如何？」

華天連忙搖頭說：「這些直昇機的速度比你快多了，而且離停車場太近，以你們的速度怎麼也跑不過直昇機。不過隊長，這個問題應該可以用你手中的飛彈來解決。」

「飛彈？」隊長鐵拳突然靈機一動轉頭看著陳師傅、小許兩人。「華顧問你是說用飛彈打下空中美方武裝直昇機？以嚇阻作用減緩對方著陸時間？」

「沒錯，我正是此意。」

「行啊！華顧問。我們馬上下手。」

「陳師傅、小許」隊長鐵拳立刻下達指令。「空中的麻煩事就交給你們兩人來解決。你們就地架設飛鷹－6，使用飛彈來減緩直昇機武裝人員空降的速度。其它雄鷹隊員則繼續護送博士向湖區跑步前進。」

這時空氣之中充滿重型直昇機的葉槳拍打聲，兩批共約二十架美軍低空鋪路者（MH-53JⅢ）重型軍用直昇機，在高樓林立的芝加哥邊際線上出現。首批十架，目標直指論壇報大樓，以鋪天蓋地之勢壓將而來。低空鋪路者擁有兩位重機槍警戒手，每架鋪路者乘載著二十五名全副武裝的正規戰鬥兵員。更後方第二批，另外十架低空鋪路者則直接劍指密歇根湖區，肅穆緊張之勢有如大軍壓境，一場戰爭即將展開。

小許提起身旁的長條型硬殼木箱子，轉身立刻說：「事不宜遲，陳師傅我們走，現在就架起發射統，馬上給對方一點顏色瞧瞧。隊長說得對，只要打下兩三架空中直昇機，就足以暫時嚇阻美軍繼續靠近我們。」

陳師傅、小許停下腳步，逐漸脫離雄鷹本隊，此時小許從箱內取出一枚八棱錐外形的飛鷹－6紅外線熱追蹤飛彈，陳師傅則快速將單兵便攜式防空發射筒放置於自己的肩膀上，陳師傅啟動發射器的單兵空情搜索機，搜索空中目標。

不過空情搜索機的回應竟卻出乎意料之外。「唉呀！搞什麼鬼。」陳師傅抱怨。「這空情搜索機回授的訊號怎麼這樣微弱，難怪這麼難定位。」

小許臉色慘白面對陳師傅。「真是該死，該不會這些是美軍的隱形直昇機？」

自從20世紀F-22、F-35戰鬥機成功隱形後，美軍在新世紀的飛行載具開始大量使用隱形概念。改良式的低空鋪路者重型軍用直昇機，其加強了機身對熱輻射的抑制功能，原本由飛機發動機產生的熱發射源，被設計者刻意將熱排氣口向後挪移並且遮蔽沖淡，由於巧妙安排熱排放口位置，因而有效的對紅外線具有隱形功能，再加上同時在機體外殼噴上可吸收雷達電磁波塗料。因而當直昇機正面迎敵時，前方敵人雷達所視的直昇機正面卻大幅減少電磁波反射截面積，經由這些科技措施致使便攜式飛鷹－6的空情搜索機難以有效鎖定低空鋪路者直昇機。

時間緊迫，如果對空中目標難以正確定位，飛彈將無法順利發射攔截空中直昇機，這將造成向前奔赴湖區的隊伍在停車場前遭受美軍正面攔堵，後果將不堪設想。

小許在情急之下靈機一動：「我有辦法了！」他左手拉著陳師傅的手臂，右手指向東方的天空說：「陳師傅，換個方向，我們瞄準東邊那裡的直昇機。」

陳師傅疑惑的說：「可是隊長希望擊落靠近我們的直昇機，這可以起得嚇阻作用。」

「我知道！我知道！」小許迅速回應：「不過現在沒時間解釋，反正飛鷹－6的空情搜索機目前也無法鎖定，不是嗎？」

低空鋪路者直昇機為避開熱追蹤飛彈的鎖定，設計者已經將引擎熱排氣轉移至後方。也就是低空鋪路者的優勢紅外線隱形在前方，後面反而是他的弱點。此時小許對陳師傅的建議，是一個有科學根據的權宜變通。他要求陳師傅放棄眼前目標，轉移至第二批直昇機，正因這些直昇機正撲向另一個目標密歇根湖（Lake Michigan）區，此批直昇機面向湖區，但機體側後方卻面對陳師傅的飛鷹－6導彈，而機體後方正是低空鋪路者最弱的防空危險區。一般來說，此種方位乃是隱形機體最危險忌諱區，就連最出色的隱形戰F-22，其機體正上方及後方也不具隱形能力。

「啊哈！真的可以鎖定了！」陳師傅意外高興的叫著。

小許說：「太好了！不要考慮了，發射吧！」

陳師傅扣下發射紐，口裡激動叫罵著：「去你他媽的死老美，俺就用導彈送你們到地獄一程。」

尾焰狂嘯迸發，飛彈從陳師傅肩上發射筒射出。風馳電掣的飛彈以音速奔馳邁進。飛鷹—6專為熱追蹤而設計，在無反制作用下可高達8成以上的命中率。在國際軍火市場上獨樹一格，佔有重要的地位。

老鄉山東的陳師傅，擁有多年的發射經驗，他知道利劍一出非死即傷，按耐不住心中的興奮：「哈——哈——哈——這下讓你們美國人有機會到中國的閻王爺那裡報到了！」

眼看低空鋪路者直昇機即將在飛鷹—6飛彈直擊下被摧毀，可那低空鋪路者並非無助的軟腳蝦，這時美國開始發揮高科技電子戰，整批直昇機群見招拆招，出乎人意料之外的事開始發生了。只見那直昇機機群開始聯合作戰，低空鋪路者機體下方掛著電子戰吊艙迅速動作。強力電戰吊艙發出高功率變頻雷達、連續波雷達等高頻段範圍干擾波，有效距離雖然未達咆哮者電子干擾機如此大區域，但也有數十公里遠。而這已經足夠壓制區域內對直昇機具威脅的任何電子雷達鎖定。

與此同時，被鎖定的低空鋪路者直昇機也採取必要行動，機體下方快速釋放出為數龐大的紅外線誘餌彈，這些誘餌干擾彈各自作用於不同紅外線溫度範圍，試圖以高溫燃燒彈來模擬直昇機引擎產生的熱度，借以混淆來襲導彈的熱追蹤系統。另外低空鋪路者訓練有素的駕駛員，在電腦系統警告下快速靈敏的採取反制行動。駕駛在系統的幫助下暫緩前進，只見被鎖定的低空鋪路者掉轉機身，快速將隱形弱點的機尾熱源倒轉背對導彈。

飛鷹—6飛彈失去低空鋪路者直昇機的熱源目標後，很快將紅外線誘餌彈產生的1~6微米波段範圍高溫熱輻射誤鎖定為新的攻擊目標。飛彈高速飛行很快就接近高溫誘餌彈附近，此時近炸引信感應到並啟動爆炸。美軍的紅外線誘導成功解除危機，對陳師傅而言真是為山九仞，功虧一簣。

陳師傅跳起來大叫：「唉呀！我的天啊，怎麼會這樣！」

小許驚訝異常，心情悵然若失但卻不屈不饒再接再厲。「不行，絕不能放棄，咱們再來一枚。」說完立刻從箱子內再取出一顆飛鷹—6導彈，以迅雷不及掩耳之勢裝填入發射統內。「陳師傅，快點鎖定，再發射一枚。」

再度發射的飛彈依然碰上同樣狀況，有備而來的低空鋪路者早已備妥紅外線誘餌彈嚴陣以待，此時飛彈對於低空鋪路者設下的科技銅牆鐵壁可說是一籌莫展，局勢對中方雄鷹救援隊不利已是不爭事實。

向凌川親眼所見最後希望的飛鷹—6飛彈，竟然在空中脫鉤無法順利擊落低空鋪路者直昇機，事已至此他知道大事不妙。「隊長，我必須與華顧問通話，請你將衛星通話器借我。」正在大腳背上的向博士提出請求。

向博士對著衛星話筒提高聲量說：「華顧問，我是向凌川。」

「向博士，這是我的嚴重誤判……」華天語氣嚴重自責，但談話卻被向博士打斷。

「不！不！不！華顧問聽我說，你已經完成所有你應該做的事，我個人生死及其它事都不重要，最重要的是隊長鐵拳給你的機密衛星簡訊中提到，會有隊員突破重圍攜帶『特殊物質』給你，記得那才是核心。」

華天眼眶泛淚語帶哽咽，他知道手中可用的籌碼已凋零且時間有限。「向博士，我知道那物質的重要，但是請告訴鐵拳隊長一定要堅持住，兩支隊伍正前往支援中。」

「來不及了，我知道這裡接下來很難有結果。」向凌川對接下來的危險瞭然於胸，但依舊著眼國家的未來：「請你接到隊員送去的『特殊物質』後，帶著狄所長立即啟程回國。」

「不！一定有辦法的。」

向博士深謀遠慮的說：「華顧問你無須自責，接援失敗主因在我對『特殊物質』的情勢誤判。我未料到該物質外盒竟有特別定位能力，使得我與鐵拳隊長的行蹤提前曝光，事實上這才是造成現在難以收拾的居面。好在此次狄所長的車隊不受影響，另外若真能帶回『特殊物質』，無疑是為中國添加額外百萬雄師。若分析失與得，這反而對國家有大利，只要你能將它帶回中國，就算失去我們都值得啊！」

華天知道已經是無力回天。「向博士你放心，我一定會做到的。無論如何，我拼了這條命也要帶回狄所長與材料。」

「你是聰明人，我猜你也是圍棋高手，問題是關鍵時刻必須縱觀全局，即使棄車保帥在所不辭。下圍棋時最怕因小失大，最後落得滿盤皆輸得不償失。」向博士安慰華天：「此事之後兩國必然激烈衝突，世界再難安定，但若順利帶回『特殊物質』後則可以達到正如孫子所倡導的『不戰而屈人之兵』，華顧問你要切記。」

芝加哥時間下午五點四十五分（此時兩國國防部長尚未達成協議）。隊長鐵拳心裡早已有數，他帶著隊員進行全局準備，試圖背水一戰，絕不投降。「禿熊快點召回橋那頭的大炮。另外突圍時鯊魚、軍爺你們倆各負責左右翼，小許、陳師傅、我三人打前鋒，禿熊、大腳負責向博士安全。」隊長指著論壇報大樓後方的停車區。「美軍的重型直昇機準備在那空降武裝人員，記得他們人多，咱們人員有限，死纏爛打對我方不利，非必要盡量不做正面衝突。」

鯊魚問：「隊長，這四周已經全是美軍武裝人員，那我們要從哪裡開始突圍起啊？」

「論壇報大樓及停車區旁太靠近芝加哥河，極易招致空中直昇機直接火力攻擊。另外，芝加哥停車場地下道雖然寬敞但封閉，空間出口有限，這犯了兵家大忌。敵人只要務守隘口掐死進出口，將會造成我們全軍覆沒。我們可改走東伊利諾街，這是向密歇根湖方向的單行道，不寬的街道或許可減少直昇機的武力干擾。」

聰明的美軍使用成像衛星引導首架低空鋪路者直昇機突破重重障礙，兵行險著，竟然就堵在東伊利諾街前方十字街口，完全出乎鐵拳隊長的盤算。直昇機內立刻放下的二十五名全副武裝正規戰鬥兵員，交叉掩護前進，他們立刻就碰上前頭的中方人員，激烈的攻防戰在不大的東伊利諾街於焉展開。

隊長鐵拳向前跑，在大樓的石柱前停下腳步，並且大聲嚷嚷：「小許、陳師傅，發射筒內還有一發飛彈是吧！」

陳師傅回答：「是啊！小許那裡還剩最後一枚，不過對方直昇機太近了，根本無法定位啊！」

隊長說：「不管，射了！」

陳師傅喊：「小許拿著彈頭，跟我來。」陳師傅及小許兩人向前跑至一輛車旁取得掩護。

小許快速裝填飛彈入筒內。「行了！就前面那架，瞄準那架直昇機，試看看，發射吧！」尚未取得定位的飛鷹─6熱追蹤飛彈離筒而去，那飛彈竟然隨意亂飛，嚇得剛下機的美軍武裝人員紛紛走避，逃向大樓建築物，最後飛彈在低空鋪路者直昇機前撞地爆炸，直昇機毫髮無傷。這時鐵拳與左右兩方的鯊魚、軍爺趁爆炸掩護之際，迅速前進靠近鋪路者直昇機，搶佔有利位置。

飛彈爆炸擊毀部分街道建築物，威力震驚低空鋪路者內的機員。「那裡！那裡！」直昇機駕駛比著前方旅行車。「飛彈射手在車子旁！」駕駛急著對機內的機槍手大聲叫喊著。

兩位美軍重機槍手快速掉轉槍管，直覺的向飛彈發射區採取報復性猛烈攻擊。「我來，讓我來收拾他們！」一位M2勃朗寧重機槍（M2 Machine Gun）手自告奮勇。「啊──啊──啊──」機槍手邊射擊邊大喊，機槍的反作用力造成機槍手全身不斷的振動著。「我看你們往哪裡逃啊！」槍手瘋了似的連續擊發，子彈有如流水般不停射向陳師傅及小許附近的車旁。

這種服役已久的M2勃朗寧重機槍俗稱50機槍，子彈口徑達12.7mm，射程遠、爆發力十足、破壞力更是驚人，主要用途是攻擊輕裝甲目標及低空防空之用。

小許最後一顆導彈發射後，身體揹負彈藥重量大為減輕，正要撤退另找掩護時，M2勃朗寧重機槍子彈以排山倒海、摧枯拉朽之勢襲擊而來。「陳師傅，不要管發射筒了，拋棄了。」小許大喊著：「手──手──手──手給我。陳師傅，手給我！」小許試圖拉陳師傅進入後方的車體另尋掩護。可子彈來勢兇猛，如潮水般綿密不絕，陳師傅中彈倒地。小許見狀不離不棄，向前緊抓陳師傅的手企圖將他拖離射程內。口裡不時喊著：「老哥，你不能死在這啊！我們是搭檔，一定要一起回國呀！」可是陳師傅並無回應。

陳師傅要全身而退談何容易啊！他扛著沉重的飛鷹─6根本反應不及，而M2勃朗寧機槍射速每分鐘高達

550發，打得前方旅行車爆裂解體，毫無招架之地，車旁的陳師傅幾乎體無完膚當場身亡，小許則腿部受到重創無法動彈。

雄鷹隊員見小許、陳師傅被機槍攻擊的慘狀，深受刺激。鯊魚傷心之際，出奇制勝的由掩體旁突出，發揮神槍手百發百中的能力。「混帳東西，你那爛機槍了不起是嗎？老子就一槍送你歸西見你老祖宗去。」鯊魚說完，一槍正中直昇機內M2勃朗寧機槍手眉心，槍手當場格斃，鯊魚握拳大叫：「啊哈！又是咬到靶心，一顆就了結對方，沒浪費子彈。」神槍手一出，M2機槍子彈到處亂飛的場面終於戛然而止。

受過特殊訓練，身手矯健的隊長鐵拳及軍爺，乘機迅速挺進有利位置。直昇機周遭的美軍在M2勃朗寧機槍手中彈殉職後，才剛回神要試圖反擊，但為時已晚，鐵拳在軍爺火網掩護下，點狀連發子彈射擊，被激怒的隊長喃喃自語：「找死嗎？」只見為首兩位美軍過於躁進暴露身形，頓時胸膛重彈倒地，其餘美軍見勢不妙，就地尋找路旁車體躲避。

默契良好的軍爺早備好催淚彈伴攻，準備伺候亟欲進入躲避體的美軍。剛進入車後的美軍，腳步尚未站穩，便發現催淚彈早已經兵臨身旁。情急之下再度後撤，未料神槍手鯊魚的狙擊槍已經架好隨伺在側，以百步穿楊的槍法盡將美軍納入彀中。鯊魚透過瞄準鏡，口裡說著：「吃我幾槍子彈，送你們去見閻王爺。」接著連發四槍，分擊中四人，彈彈命中要害。剩餘美軍大驚之下全力後撤，只待重整旗鼓再行攻伐。

事實上這是雄鷹特種部隊的陷阱戰法之一，先由起頭者發起假的攻擊行動，待敵人急忙尋找掩蔽的兵荒馬亂之時，神射手已經如麻雀在後般，對已露出行蹤的待宰羔羊下手。

已成驚弓之鳥的低空鋪路者直昇機，見態勢惡劣開始昇空準備飛離，忿怒的鯊魚豈肯罷手，舉槍連射兩發，目標直昇機駕駛，可惜機體防彈玻璃堅硬以致無功而返。

鐵拳隊長喊叫：「想走？沒那麼容易，交給我料理。鯊魚用你的火力掩護我。」在鯊魚的火網射擊保護下，隊長離開大廈掩體，快速拔除手上手榴彈的插銷，算好爆炸時間差，猛力向空中直昇機拋擲。手榴彈不偏不倚落入敞開門戶的低空鋪路者機體內部，隊長乾笑：「哈哈，混帳東西！這下不死也半條命。」小手榴彈頓時爆炸，可那機體裝甲厚實，機身竟然損害不大，但駕駛員受創，機體歪斜失衡，直昇機爬高約十二公尺後，失速撞上附近大樓墜落毀滅。大量掉落機體碎片及斷裂葉槳四散紛飛，有如飛行刀劍，地面美軍意外大量死傷。

雙方激烈戰鬥後，第一架低空鋪路者直昇機載來的二十五名全副武裝美軍，僅約剩一半成員安然無恙，撤退的美軍暫時蟄伏，等待第二波攻擊時機。令人心驚的是空中另外九架鋪路者，正以驚天動地排山倒海之勢，以雄鷹隊員為圓心，陸續降落形成圍捕之勢。

隊長鐵拳再是如何英勇，仍寡不敵眾，前有敵人、後有追兵。「鯊魚、軍爺！快扶起小許，我們不能再前進了，先行後退重整再說。」鐵拳不得不做此決定。

鯊魚含著淚：「陳師傅呢？」

軍爺拍打老友鯊魚肩膀沉重的說：「陳師傅堅守任務，只是早我們先走一步，他沒丟我們雄鷹特戰隊的臉，讓他在此安息好走吧！我的好兄弟。」

陳師傅是鐵拳親手調教訓練而出，是深具革命感情的雄鷹隊員。隊長聽聞鯊魚之言，一陣鼻酸，但依然挺起胸膛堅強的說：「是的，陳師傅好樣的。」隊長拍著鯊魚的肩膀。「到後面重整旗鼓吧！後頭還有更硬的仗要打啊！」鐵拳知道目前無論進退都是難題。

原本預期直昇機僅在停車場降落，但出乎意料之外，美軍其餘九架低空鋪路者重型直昇機在軍事指揮官應用高科技戰略，以包圍雄鷹之勢強行在大樓林立的十字路口垂降。這無疑對雄鷹是雪上加霜的壞消息。

向博士見到退回的雄鷹人員及重傷的小許，兩行淚水潸然落下。博士知道眼前的美軍還只是冰山一角，接下來暴雨將傾洩而來，雄鷹如此少量隊員不可能抵擋，如今回國之路已經是遙不可及的夢想。「隊長，我不想連累大家，你們走吧！」博士哽咽的坐在石階上流著心碎的淚水。「都是我一時貪圖『材料』才會害你們陪我落得如此下場。美國人要的是我，雄鷹隊員無需與我一起葬送異國，以你們的身手應該還有機會突圍而去。」滿臉淚水的博士，看著依然像鐵一般堅定的鐵拳。

張文濱博士在一旁抖著雙手聲音顫動，自言自語小聲的說：「我的老天啊！實在沒想到會演變成如此局面。」張博士心情沉重手抓著脖上白金項鍊，他此時兩眼無神雙腿攤軟一樣坐在石階上。

隊長怒目而視。「博士，這是什麼話！我們豈是貪生怕死之輩！雄鷹是中國軍人，解放軍的特種部隊從不放棄投降，對於軍人只有完成任務，其它不在選項內，我們不放棄！」隊長大聲而堅定的說。

剛歸隊的大炮握著拳頭大聲說：「隊長說的對，我們不接受這種恥辱，絕不投降。」

鯊魚、軍爺、禿熊、大腳紛紛表態：「對，只要有一口氣在，我們寧願犧牲也不投降。」

「好，既然如此，那麼大家一起貢獻力量。」向博士擦拭眼淚後提議：「隊長，至少給我……一把手槍也好……一起禦敵吧！」博士面露憂鬱，支吾其詞。

鐵拳還道博士文人出身，對於槍械深有恐懼，但思考半晌說：「也好，就當作博士自己防衛用吧！」隨後轉身。「禿熊，給博士一把92手槍。」

禿熊給的是一把92式5.8毫米中國特種部隊制式手槍，平常主要提供軍隊指揮官、特種部隊人員用於50米距離內的近距離激烈戰鬥或自衛所用。

周遭情勢堪稱風雲變色，各處皆有美軍低空鋪路者特有濃重直昇機葉槳「喀——喀——喀——」的巨大吵雜聲響。大批降落的美軍士兵全副武裝開始收縮包圍網，雄鷹插翅難飛，反抗也是困獸之鬥，無濟於事了。

退回論壇報大樓旁廣場的鐵拳隊長說：「走，我們到大樓那邊。」

正當大夥起身行動之際，向博士的舉動令眾人大吃一驚！「博士你這是幹什麼？」鐵拳驚訝不已，大聲的喝斥。

向凌川裹足不前，右手拿著剛從禿熊那裡得到的92式手槍，挺著胸膛將槍口對著自己右邊的太陽穴，面對眾人，嘴裡毫不猶豫大聲吆喝：「走，通通走！你們快點離開這裡，再不走就來不急了！」現在的博士反而不悲傷了，態度竟是如此堅定。

鐵拳搖著雙手，手掌向下極力安撫的說：「博士把槍放下，有話好說，我知道現在情勢很困難，這事交給我們處理，你千萬別做傻事呀！」鐵拳說著說著試圖接近博士。

向凌川心裡明白的很，狄所長已經到達湖區，脫險的機率大大增加，但若是自己不幸被生擒，局勢將大幅逆轉。美軍會以他做為要脅，喝令救援隊交出他苦苦盜取的「高溫超導體」材料。但材料不保，接下來狄所長的安全也將遭受威脅。聰明絕頂的他清楚知道自己應該要做什麼。「不，不要過來。」博士喝令。「走！全部走，不要再耽擱了！」此時向凌川開始拔除一直穿在身上，主要為防止他身上碘—131輻射造成行跡洩漏的輻射隔絕衣。

鯊魚忍不住向前，試圖阻止博士脫掉隔絕防護衣的舉動。「不要呀！博士。你的行蹤會完全曝光啊！」博士用槍抵著太陽穴，再度吆喝：「不要過來！」另一隻手繼續拆解輻射隔絕防護衣。「太多美軍了，湖區的狄所長恐怕也有危險，這樣可以吸引更多美軍往這裡來。」

鐵拳隊長：「美軍就交給我們，這是我們的任務。你放下槍，一切都可以商量的。」隊長心急如焚。解除隔絕防護衣後的向博士說：「我知道你們都是鐵錚錚的漢子，不輕言放棄。」博士睜著大眼睛泰然自若，心中似乎了無遺憾的對鐵拳隊長說：「我現在鄭重的告訴你們，任務已經結束，大家就地解散，快點離開這裡吧！」博士知道鐵拳的雄鷹特種部隊是吃了秤砣鐵了心，絕不放棄。

鐵拳全身緊繃，握著拳頭，脹紅著臉頰，大聲叫喊著：「沒有，任務沒有結束！」鐵拳大聲嘶喊：「沒有安全把你帶回去，任務不可能結束，就算任務再困難，付出生命代價換取我也在所不辭。」聲音之大上及天際令人動容。

向博士知道自己一旦落入美軍手裡事態將非常嚴重，事已至此無可挽回，博士心無雜念閉上雙眼，右手食指扣上92式手槍板機，「碰！」槍擊聲震撼雄鷹隊員，卻只能眼睜睜看著博士壯烈倒下身亡。隊長卸下手中所有武器裝備，拋棄隨身衛星高頻通話器，緊握雙拳，抬頭仰天長嘯：「啊——啊——

啊——為什麼？」一聲音之大如同震波傳入周遭，即使逐漸緊縮圍困區域的美軍也為之震懾。鐵拳跪著托起向博士的身軀，以憤怒的眼神瞪視周圍剩餘的雄鷹隊員，肌肉緊繃致使脖子藍色靜脈有如蛇般蜷曲浮出。「博士，我說過，這是軍人的責任啊！你為何要自裁？」鐵拳把眼光轉回向博士斷氣的身體，不捨的看著。

雄鷹隊員慢慢合圍在博士身旁，眾人皆知大勢已去，「任務失敗」。這時大批全副武裝的美軍，手握制式武器，有如潮水從四面八方而來。美軍各自尋找有利掩體位置，正等待指揮官下令發起最後殲滅攻擊指令。

稍早中美軍方高層熱線會議才在爭吵中取得共識，在芝加哥時間下午五點五十五分，兩方國防部高層紛紛致送急電至各區人馬，要求停止對抗。FBI總指揮官弗朗索瓦絲·庫姆斯（Francoise Combes）親自指揮，正要下達收網之際，剛好接獲國防部緊急電話，要求美方停止任何軍事行動。美方雖然暫停動作，可是中方已經一敗塗地，局勢急轉無法挽回。

這時一旁的張文濱舉止怪異，竟然起身趁著全體雄鷹哀傷之際，他一步步慢慢後退遠離雄鷹。「張博士注意，你後面是美軍呀！」鯊魚發現大喊。

鯊魚的喝斥驚嚇了張文濱，令人不解的是張博士轉身乾脆拔腿跑向層層包圍美軍，所有雄鷹隊員被這幕突如其來的意外震驚不已，隊員們再度警覺緊握著武器怒目而視包圍的美軍部隊，狀似反擊。

隊長鐵拳發現狀況有異，舉起出手制止隊員，口裡說著。「等等！難道張博士要投降嗎？」

眾多美軍密密麻麻將雄鷹圍的水洩不通，來到美軍的張文濱被帶到總指揮官庫姆斯面前，張博士早已嚇的牙齒不斷上下打顫。「太可怕了！指揮官我現在可以離開這裡吧！」張文濱臉上顯露著安全的渴望。

庫姆斯將他那令人生畏的頭湊近張文濱，嘴角勾起一抹使人寒顫的冷冷奸笑。「張博士，就這樣走了嗎？可是為救你的同胞還在做最後掙扎呢！」

「這是甚麼意思，我已經完成你們要我做的任務了。」

這時一位會中文的FBI人員突然從張文濱的背後大腳一踹，他以中國話說：「對不起，美國不歡迎叛國者。」張博士被踹回雄鷹附近。「滾吧！我們無法接受會咬主人的狗，我們很擔心哪天張博士會反過來啃美國一口呀！」

「我的天啊！你們……你們怎麼可以過河拆橋。沒有我的幫忙FBI如何精準掌握中方行蹤呀！」張文濱倒在地上，不滿的大聲咆哮。

「甚麼？」鐵拳隊長放下向博士斷氣的身體，起身跑至張文濱邊雙手抓著他的衣領，隊長硬是將張文濱拖至雄鷹隊員處。「你給我說清楚，這是怎麼一回事！」暴怒的鐵拳緊抓著不放。

張文濱知道大事不好，帶著發抖的身軀向鐵拳隊長哀求。「隊長……我……」張博士低著頭不敢正視鐵拳。「我因為受到對方的誘惑，一時利益薰心做了對不起你的事。」

「對不起我？」鐵拳大罵同時揪著張文濱的頭壓按到向凌川博士旁。「你給我看清楚向博士的臉，這就是你幹的好事，就因為出你這種漢奸，任務才會失敗。」憤怒的隊長氣得一巴掌重重甩在張文濱臉上，張博士倒臥在地上，嘴角立刻滲出鮮紅的血。

「你是如何通知對方的？」

張文濱抖個不停的手從脖子上拉出白金項鍊說：「就是這個定位器，隊長我知道錯了，請你高抬貴手放我一馬。」

「不！不行！絕不能放過漢奸。」鯊魚、軍爺、禿熊、大腳、大炮異口同聲。

「就是有這種敗類任務才會走到如此地步，向博士還以為是材料盒洩漏大家的行蹤，沒想到是你這個漢奸，我們一定要讓反叛者付出代價。」軍爺從向凌川手上拿起博士自裁的92式手槍。「我斃了你這個混帳。」

張文濱嚇壞了，在地上不斷的後退，口裡喃喃的說著。「饒了我……饒了我，以後不敢了。」

鯊魚擋住張文濱的去路，嘴裡大叫。「軍爺等等！」

張文濱以為出現生路，連忙說：「謝謝！」

「甚麼謝謝！」鯊魚一腳踩住張文濱。「軍爺，將向博士的槍交給隊長，就由隊長替向博士處決漢奸。」

鐵拳從軍爺手上接過向博士的手槍，口裡大聲說：「我們容不下你這種敗類。」說完對準張文濱的腦門扣下92式手槍板機，結束他一身的罪惡。此時隊長鐵拳的衛星電話在地上不斷振動，可是無人接聽。隊長回到向凌川旁撫著他的頭說：「博士你錯了，任務並非結束，而是失敗！」隊長看著全體雄鷹隊員說：「軍人的榮耀在於成功完成任務，如今重要任務失敗，我無顏面對上級長官。」鐵拳放下博士身體起身站立，看著隊員。「各位，兄弟一場，隊長無能，有負你們了！」說完，掏出隨身手槍往自己頭部射擊，壯烈自殺。

庫姆斯指揮官見到此景，心中震驚不已，這樣的情勢無異是判定中美雙方高層和解將會破局。「快點，過去阻止。」指揮官對旁邊的人員說。

美軍才離開掩護體準備前去阻止，鯊魚、軍爺、禿熊、大腳、大炮各自舉槍對著美軍。「要攻擊嗎？」軍爺叫囂。

美軍退怯，再度回掩體後方。

「大哥，我是軍爺。幾年來謝謝你的照顧，我來追隨你。」說罷，當場自我了斷。

「老友，我陪你。」鯊魚拿槍對著頭一樣結束自己。

禿熊、大腳、大炮紛紛喝道：「我們是中國特戰軍人，不做俘虜。」說完各各慷慨就義，自我了結。

腿部重傷的小許，拿起地上鐵拳的衛星電話：「顧問，這是小許。任務失敗，全體隊員不願做階下囚，『絕不投降』！我代為轉告向博士及鐵拳隊長的最後願望，請盡快安排狄所長及重要物質回國。」說完飲彈結束生命。

53 湖岬大廈

風景如畫、遊人如織的密歇根湖（Lake Michigan），夏秋時節氣候合宜、溫度適中，湖面上帆船遊艇星羅密佈，點綴得五彩繽紛、好不熱鬧。湖岬大廈（Lake Point Tower）位於密歇根湖邊，為建築師亨瑞奇（John Heinrich）與奇波瑞特（George Schipporeit）的得力作品。大樓特殊三翼造型，各間隔120度，是為符合芝加哥冬令時來自密歇根湖強勁北方季風所設計的導流概念風格大樓，外形獨特極具湖區地標及美觀。由湖岬大廈再往前突入密歇根湖的區域，則是芝加哥頗富聲望的海軍碼頭（Navy Pier）。此地並非海軍基地，而是遠近馳名的休閒遊憩中心，尤其是人氣最旺的15層樓高摩天輪。再往東已是浩瀚的美國五大湖區密歇根湖了。

芝加哥密歇根湖湖畔，一艘小型具有動力馬達的雙層遊艇正停靠於湖岬大廈附近的簡易馬頭。中方救援隊的總指揮華天顧問，正在此調度後續的接援路線，旁邊則是停靠著他那滿佈電子儀器的指揮巴士車。

代號「龍珠」的搶救行動至此仍未終了，鐵拳隊長所帶領的雄鷹本隊在論壇報大樓旁與向凌川博士一起遭遇災難式的覆沒仍然歷歷在目，但好消息是另一支保護狄所長的隊伍安全抵達湖區。然而犧牲一支隊伍的沉重壓力讓有天才之稱的華天，臉上掛著一絲絲揮之不去的愁悵。

華天經由衛星高頻電話正與北京老長官賀鴻飛副軍委通話。「我了解雙方國防部長當初同意放下各自武器結束敵對，但是向博士自殺身亡情勢完全逆轉，和平協議已經不復存在，現在我不可能交出狄博士及材料。」憤怒的華天向他的上級長官分析最新局勢。

「我知道現在的情勢與部長的和平協議差異甚大。」賀鴻飛副軍委停頓片刻，似乎在思考。「華天啊！我只想問你，目前情勢險惡，你可有把握將狄所長安全帶回國？」

「我們已經在湖區，接下來把握度相當高，我以性命擔保，傾我全力必能順利脫困。」

賀鴻飛一向信任華天，當下決定：「好，那就去做，我全力支持你，北京的事就交給我來處理吧！」

華天兩眼閃爍著淚光，可另一項艱巨使命接踵而至。他打起精神，依舊以神奇低嗓的音頻發號司令，意志像山一樣的堅定。「石頭、饅頭，你們倆與其它隊員帶著狄所長先行上船，我們得讓狄所長先行脫困。」

饅頭從湖區遙望著僅僅不到一公里遠的西邊，他那敏銳的感官早已聽到那端之前激烈的戰鬥聲，但聽到華顧問的催促，心頭一震，忽然想起隊長交給他「特殊物質」時所說的最後一句話：「這恐怕是隊長最後一次給你下指令！」饅頭不祥的預感湧上心頭。「現在？難道我們不等鐵拳隊長到達？」饅頭鼻頭一酸，眼眶已濕，隱約感覺到全隊隊員或許凶多吉少。

石頭在旁邊接話說：「華顧問，莫非要分兩批離開？」

華天再度拭淚。「不了！他們不來了！為了堅持共和國軍人榮譽，拒絕投降，全隊犧牲無一倖免。」

石頭毫無心理準備，難以接受此噩耗，頓時落淚。「顧問你說什麼？怎麼……怎麼會落得如此結果？」

華天撐起無力的身子安慰他們：「現在不是傷心的時候，我們得盡快送狄所長離開才是。兩位記住，此刻時機不宜，千萬別讓所長知道此事，以避免他心裡崩潰。」華天抬頭極目眺望東方的中國，口裡說著：「他們與二千年前漢朝將軍李陵、韓延年西域戰匈奴一樣，歷史會紀錄他們的英勇事蹟。」

約2120年前，中國漢朝正與匈奴激烈爭奪西域及漠北控制權，這是漢民族生存戰的前哨戰爭。漢朝第七任皇帝劉徹（漢武帝）的將軍李陵、韓延年，率領五千步兵從今甘肅居延縣出發，做為貳師兵團主力的前鋒，不料竟遇上匈奴第九任單于纙提且鞮侯的3萬兵團。單于發現中國竟出動如此少量兵員，毫不在意，不料正面迎擊後，匈奴戰士意外被斬殺數千人，被迫後撤。消息傳開，西域諸國震動，御駕親征的單于怒道：「若五千步兵尚無加以殲滅，將來如何號令整個漠北匈奴兵團？」單于纙提且鞮侯於是徵召東、西兩部共8萬餘強騎兵團加入，李陵、韓延年最後戰敗，僅四百餘人突圍回到邊塞。但是，以五千步兵面對約十萬如現代重裝甲戰鬥車的古代騎兵，還能斬殺比自己兵員還多的匈奴騎兵，雖敗猶榮，名留青史。

遊艇馬達啟動，隊員們忙著解開碼頭的繫繩，船身搖晃著撇離碼頭，狄維路博士不禁問起：「怎麼一回事？船要開動了！那向凌川他們怎麼辦？」擔心之情溢於言表。

「別擔心，另一隊人馬會接應他們。」華天不與狄維路目光相接，語氣卻是斬釘截鐵，彷彿真的一切皆在完美的控制之下，這是無可奈何的善意謊言。

饅頭在一旁幫腔：「華顧問說的對，所長別著急，向博士有我們鐵拳隊長親自保護著，不會有事的。」饅頭為轉移狄博士注意力繼續說：「所長，我交給你的『特殊物質』可要保管好。我讀書少，不知道那小玩意有何用途，但向博士交給我的時候是如此甚重，有如他的生命，我想應該非常重要吧！」

「喔！沒錯。這材料不得了，我非帶回去不可。」狄博士看著天空。「可我所擔心是天上那些橫衝直撞的美軍直昇機，他們難道不會發現我們的行蹤嗎？我們真可以安然無恙脫困嗎？」狄博士心中滿腹疑問。

華天聽到狄博士問題，趕忙回應：「好問題！博士，美軍部隊因交通問題暫時無法到達此地，而天上美軍直昇機面對湖上千萬艘當地民間快艇、帆船，一時半刻尚難分辨敵我，也就是現在暫時還無安全問題。」

「顧問意思是說現在還好，但接下來危險會浮現，為什麼呢？」博士眼睛仍然盯著湖上盤旋的直昇機。

「因為那裡！」華天手比著西邊太陽。「現在已經是下午六點出頭，太陽下山了。」

狄博士將眼睛投向湖上，果然密歇根湖上所有休閒遊艇陸續往碼頭回靠，但此時只有他們這艘雙層遊艇孤伶伶的出航。

狄博士將眼光從湖區船隻漸漸轉移到華天身上。「你說的沒錯，我們的方向正好與別人相反，天上的直昇機很快就會辨認出我們的身分。」博士嘴角上揚露出淡淡的微笑。「不過……華顧問，我知道你胸有成竹，早有解決的辦法對不對？」

「狄博士，是有辦法。」華天轉頭對饅頭說：「快幫博士穿上防水衣物。」

船離開碼頭後開始加速向密歇根湖深水區前進，這個舉動果然有如夜裡明燈立刻吸引天上的美軍直昇機，他們接二連三往行進方向特立獨行的雙層遊艇迅速靠近。

54 密歇根湖

秋天晚間六點的高緯度芝加哥，天色昏暗一如往常，可是今日市區東邊的密歇根湖（Lake Michigan）面卻顯得異常忙亂，數十架美軍重型直昇機的螺旋槳咆哮聲增添湖上不尋常的詭異氣氛。陸續歸航的湖上休閒遊艇上，船主們好奇的舉頭注目難得的滿天直昇機奇景，奇特的是直昇機從廣闊湖區四面八方不約而同的向一艘雙層遊艇聚集。這時雙層遊艇上的中方人員正忙碌於接下來的行程，除了狄博士以外，沒人理會正向他們靠近的軍方直昇機，好個泰山崩於前面不改色的從容氣度！

饅頭在船頭協助博士穿潛水用具。「狄博士，這是依造你的體型特別訂做的潛水衣，主要可防止在密歇根湖裡造成體溫過低。」

博士緊張的問：「我們要下水？可是我不懂水性呀！」饅頭擔任起心理輔導師。「博士別擔心，我們全部會跟著下去，船裡全是潛水高手，大家會幫你的。」饅頭指著華天。「待會顧問會親自向你說明他的行程安排。」

饅頭接著為狄博士穿上BCD浮力背心（Buoyancy Compensator Jacket），此種背心可藉由背上的氧氣筒將釋出的空氣用來調整使用者在水裡的平衡。隨後饅頭再為博士穿戴上氧氣筒、氧氣減壓的調節器、潛水鞋、附有博士視力矯正及防輻射外洩的面罩鏡片。

著好潛水裝的華天走過來，坐在狄博士面前。「博士，待會我們要入水，可能會稍微折騰。不過船上水下都有我們的人，您儘管放心。」華天低沉具磁性的嗓音，極大的安慰了博士不安的心情。

博士慢慢寬心。「我可以的華顧問，可是……」狄博士比著天上越來越接近的直昇機。

華天篤定的說：「沒事的，天色已暗了，這些高科技直昇機只適合天上當王，現在兵荒馬亂之下，他們萬萬沒想到咱們居然要水遁，下水後他們就拿我們沒輒了。」

狄博士問：「你是說水下還有我們的人？」

「不只水下，未來北京出動的人超乎博士您的想像，沿路各種不同的逃脫路線都有人把關護送。爬山、行萬里路，目前也只是剛啟程的暖身而已。」華天食指與大拇指相接畫成圓圈。「博士，那圓形材料小球可要收好，這可是向博士用生命搶來的。」

說到此，華天面容突然消沉，眼眶泛濕，在夜幕低垂的湖面上，狄博士雖然無法看見顧問的淚水，卻可感受到華天那股發自內心的傷心。

「華顧問！」博士直覺的問：「我可以感覺的到，你好像有事瞞著我……是向凌川的事嗎？」

「我……」

饅頭在旁忽然沖沖忙忙打斷兩人對話。「華顧問，天上直昇機恐怕有威脅，我可以感覺到機上的人即將動用武力，我們得提高警覺有所準備。」

華天知道饅頭的感應可不是鬧著玩的，若非危機一觸即發，饅頭不會提出嚴厲警告。「動武？」華天站起身子，左手抓著饅頭的手臂，驚訝的說：「那事不遲疑，饅頭、石頭你們兩個先帶博士下水，我們必須提早行動減少風險。」

石頭情急之下問：「顧問，可是我們的船尚未到達會合區域啊！」

「不管了！快下水！所有人記得打開定位儀。」直昇機群逐漸接近，情勢驟然昇溫。「不要管設備了，饅頭、石頭帶著博士先走呀！」華天忙著指揮臨時有變的行程。

猛然間，狄博士左右兩邊手臂被饅頭、石頭抬起，隨即一同跳入湖中。冰涼的湖水透徹心扉，狄博士顯然難以適應。「喔！我的天啊！」博士在水裡打了一個寒顫！「這……這……這密歇根湖水還真冷。」

可話才說完，還來不及喘息，只聽得石頭在博士身旁說：「博士對不起，我們沒時間了。」即刻將博士拖入水中，開始由氧氣筒供應氧氣。

船上其它人員動作迅速，立刻將船上小型「水中推進器（Sea Scooter）」裝備逐一拋入密歇根湖裡，饅頭則迅速至湖面撿拾由船上拋來的「水中推進器」。

華天原本計畫透過夜色掩護，遊艇直接航行至深水會合區，再由水下接援者使用特種部隊獨有的大型強力水下推進器甩離追蹤者，不料狀況緊急超乎預期，華天決定提前下水，使用遊艇上備用小型可攜式「水中推進器」自行到達原來會合區。長條狀有如炸彈般大小的小型「水中推進器」，潛水者只需抓住左右各一把手，在水中即可自行操控上下左右的方向，其內置小型馬達用以轉動螺旋槳使潛水者前進，使用者鬆手後即可停止運轉前進待立原地。

拿到水中推進器的饅頭正要下潛時，忽然回頭，手指著天上的直昇機，對著自己剛離開的雙層遊艇大喊著：「注意，他們要發射飛彈了！快！全部人員快跳水啊！」

船上眾人回頭望著天空，只見一枚導彈從鋪路者機體下方射出，船上八人見狀，同時有如天女散花般全部奮力跳水逃命。最後一人剛下水未久，僅差數秒遊艇即刻爆炸燃燒起火，真是險象環生令人心驚。

浩瀚的密歇根湖東西寬100公里、南北長約400公里，華天與狄博士運用昏暗夜色，潛入如此龐大湖體水下，對美軍搜索人而言，基本上有如海裡撈針難以發現。面積廣達的湖區，沿岸各城鎮密布，加以美國公路發達，這正應驗了華天所說的「下水後他們就拿我們沒輒了」。

55 央行行長

美國四艘航母艦隊陸續開入阿曼灣及霍爾木茲海峽，在準備對伊朗動武前，敏感炒家有如嗅覺靈敏的禿鷹，貪婪的跳入原油期貨市場哄抬價格，他們知道若是戰爭啟動，伊朗日產400到500萬桶原油的缺口，即使石油輸出國組織OPEC（Organization of the Petroleum Exporting Countries）也無法彌補戰爭所造成的原油短缺，到時價格飆漲將一發不可收拾。果然2021年戰爭開打前，北海布蘭特（Brent Crud）原油期貨市場在國際大鱷爭先恐後的簇擁下，竟然站上無法想像的每桶198美元歷史新高，硬是比2008年金融風暴前所創造的147美元還高出甚多。高攀的原油價格促使原物料及糧食跟著上漲，其中金、銀、銅、黃豆、小麥、玉米行情皆創下歷史新高價位，這使得全球經濟再次遭受2008年以來的重創，並且引發各國嚴重的通貨膨脹問題。

未料伊朗戰事發展出乎眾人意料，最後竟然演變成世界兩強暗中較勁。芝加哥事件爆發後，中美衝突浮上檯面，兩強相爭，經濟前景黯淡，原油開始暴跌，大戶海撈之後順勢倒貨坑殺小戶，頓時國際間原始炒作石油、原物料、糧食的資金大舉撤出，轉進長期處於貶值弱勢的美金避險。經濟早已疲憊不堪的美國，意外獲得大批轉進資金支撐，原本弱勢的美元竟行情看好。

「我很擔心中美兩國現在的緊張關係。」方行長坐在北京的辦公室內，對著刻意來訪的北京危機反應中心指揮官賀軍委說話，行長毫不掩飾點出他的憂慮。「短期內我國有足夠工具可以平衡人民幣的穩定度，但若衝突時間拉長且我方趨居於下風，則人民幣將有由強轉弱反向貶值的壓力。其實這時外資資金已經開始大量外逃，若時間拉長幅度加大，則對我國經濟將是沉重打擊。」中國人民銀行行長方翔一邊說著，一邊為來訪的賀軍委泡一壺上好的凍頂烏龍茶。「軍委對此次兩國緊張情勢有何見解？」

「自從芝加哥事件白熱化後，致使全球股匯市暴跌，我知道此時國際間大多看好美國軍事實力，況且現在中國境內的投機資金也開始套現匯出，這必定會造成人民銀行強大幣值穩定壓力。」這時賀軍委開始說明他的來意。「我想向行長分析目前情勢，以便讓總裁您可以了解兩國對弈後的利弊要害，以避免過當的反應造成金融政策混亂。」

事實上政經不離，此趟行程是華天從美國捎來的特別請求，請老長官賀鴻飛前來拜訪央行行長方翔。華天想透過賀軍委向行長的分析，結合經濟力量達到國家最高利益。

「軍委專程跑來，先喝喝我的凍頂烏龍茶，順口氣吧！」方翔招呼軍委坐下緩和緩和氣氛。「此茶產於臺灣南投縣的半發酵茶，烘乾後重複以布揉捻，再以陳年炭烘培而成，其味醇甘美後韻十足，是難得的冠軍名茶，在臺灣好茶中素有南凍頂、北包種之稱。待會品嚐完保證氣定神閑，軍委必定會有另一番心情。」

一口香醇美茶入口後，軍委豎著大拇指讚美說：「嗯！這茶果然甘醇回味香氣濃郁，真是令人心神沉澱、瞬間思緒豁達。難怪臺灣高山茶經常囊括茶品冠軍，看來寶島的茶葉盛名絕非浪得虛名呀！」

行長方翔微微一笑。「哈哈！描述夠貼切，可見軍委已經揮別心中牽掛。」方翔看似深闇茶道，他從後方拿出一罐水緩緩灌入水壺燒水。「軍委，這水得自北京陽臺山金山寺附近泉水，名茶配好水才可泡出令人回味的優質香茶呀！」再為軍委奉上一小杯烏龍茶的行長說：「既然心情已經寬鬆，就請軍委分析目前情勢了！」

軍委拿起小茶杯再度品嚐一番。「我想行長所擔心的是匯率波動問題。」軍委喝完後放回茶杯。「我認為雙方衝突已經無可避免，但兩國知道這至關全球大事，目前各自會有所節制。」

美國經濟雖然早以癱軟多年，預算赤字高聳、貿易逆差巨大、地方債高築、房市買氣疲弱、就業市場低迷、失業率高掛……但長達一世紀的軍事霸權，其高科技武器仍然無人能撼動。此時國際軍事專家紛紛表態看好美國，理由是美金為世界金融儲備，而其強大軍力則做為美金的強力後盾。這種雙引擎動力正是中國人民幣短期內所無法取代美國的原因。

行長方翔對賀軍委說：「中美情勢晦暗不明，現在全球資金為躲避風險，大幅度轉進美金與黃金，美金展現多頭行情大漲。由於逃離中國的金額漸漸龐大，我們正要拋售部分美債，並將所得匯回中國抵銷資金撤離所造成的缺口，以避免人民幣反向貶值損害經濟。」行長方翔雙手合抱放於自己的脖子後方，腦筋似乎再盤算著。「1.5兆的美國國債，其實暫時足夠我們支撐強勢人民幣約好一段時間。但若外匯長期處於外逃現象，將威脅我國經濟動力，不可不慎啊！」

軍委內心斟酌，然後說：「行長，就我所知，我國常年設置兩大資金水庫暫存區，今年2021為止可共央行調配的活水資金龐大，應該足夠應對人民幣未來的波動吧！」

「哈哈！」行長方翔大笑。「真不得了，現在連軍委都懂得經濟事務！我們快沒飯吃嘍！」方翔將那金山泉水加熱至95度左右，隨即將水沖入小小茶壺內。「軍委莫要見笑，我是跟友人學得的泡茶手藝。這凍頂烏龍屬重發酵茶，外型緊縮密實需高溫茶水才可泡開。如果是臺灣北部的包種茶，因為發酵輕、焙火少，開水溫度則以85度為宜。今天就班門弄斧為軍委服務展示茶道。」方翔繼續說：「軍委說的沒錯，另外之一是央行放在國外以不同型態方式共儲存約4.5兆美金的外匯資產，這就相當於人體心臟向外輸送血液，但有朝一日國內需錢孔急時，這些外儲資金可以像外送的血液一樣再度回歸心臟。另一個是香港，專為收納想要進入中國本土的外國資金而設立，這有如人體腎臟一樣形成一個大水池。任何投機性大額資金會被留置香港等待，以避免過度衝擊境內的穩定。」

「所以行長的央行同時擁有兩樣寶劍，應該不用太擔心呀！」

「不！這中間有許多讓人難以預料的結果。」央行行長方翔說：「假設我們佔上風，人民幣的幣值必將穩定，只要央行不大量捨棄1.5兆美國國債，美金頂多只是再度由強轉弱回貶而已。如果中國在衝突中偏向弱方，外資將大舉撤出，央行必須拋售美債匯回國內，支撐反向趨貶的人民幣，這主要是避免國家經濟危機。」方行長舉杯再度飲用龍井茶。「這兩種情勢，最糟糕的是中方落敗。當我拋售美債解救人民幣時，美國龐大的資金缺口將會造成美金的崩解。這有可能引發一場意外的全球金融危機或經濟蕭條，而中國也將無可避免的被拖入此場危機之中。面對經濟，美債拋與不拋皆是兩難。」

賀軍委再度盡飲一小杯烏龍茶，那甘甜回味直入腦門。「聽行長的解釋，我反而有疑問。行長認為無論衝突對中國成或敗，最好都不要大幅動用美債，主要是怕世界經濟動盪反撲中國是吧？」茶飲中的黃嘌呤、茶鹼對人體產生的中樞神經興奮作用，正清新著軍委的思緒。「若是如此，咱們的1.5兆美國國債不就永無贖回之日，像是扔入水裡給美國人白用幾十年了。待時過境遷、物換星移，多年後美金貶值，我們所得到不就只是一堆廢紙毫無用處啊！」

「不！不會的。央行會等待好時機換回。」行長將熱至95度的北京金山泉水沖入約莫有三兩茶葉的茶壺內，想重新泡一壺熱茶。

「等待？換回？」軍委想了一下，忽然咧嘴微笑。「方行長，你要等待的時機剛好現在出現了！這正是我來此的目的。」

「現在！不，衝突結果尚待時間沉澱才能得知，我現在只是以穩定人民幣為主，未來不確定因素太多，大量拋售美債衝擊太大，還不在我的選項之中。」

軍委咯咯大笑，笑聲還真不小。「果然被華天料中了，行長以穩定為主。」軍委舉起方行長剛剛泡好的茶壺說：「這茶熱呼呼的，剛泡好，正所謂選日不如撞日，可說是時機正好，現在不喝涼了口味就差了，還等何時啊！」軍委若有所指的說著：「來，就換我為行長服務。」軍委為行長倒茶水，可小小的茶杯，一會而就斟滿，茶水不停的向外溢出，但軍委似乎若無其事的繼續加茶水。

方行長非常困惑的嚷著。「滿了，滿了！賀軍委，已經滿了，不要再倒了。」茶水外流，弄濕了整個桌面。

賀軍委說：「唉呀！這白花花的銀子就因為滿了給浪費掉，實在可惜啊！這不就像扔進水裡一樣啊！既然已經滿了，不但不應該再倒入，我們應該立刻將杯內的茶水喝了才對，否則涼了風味肯定變差，時機不對，反而會壞了大事呢！」

軍委話中有話，方行長是聰明人，一看軍委倒茶方式及回答結果就知道箇中要傳達的理念。「軍委，軍事我不懂，我想……」

軍委打斷行長的話。「行長，軍事我們在行，交給我們來辦。至於詳情因為機密不便多說，但可以負責的說，我們絕不會吃大虧。」軍委比著手掌，加強語氣。「建議行長趁著各國對美國的信心，一時之間美金回神大幅昇值的時候，正是下檔有限接盤有人。此時我國抛售美債，除可回國救援人民幣，更是賣得好價格，而且也無道德缺失之憾，正可謂是一舉數得。」

「是，軍事或許軍委說的對，我們不會吃虧。但是經濟上卻有蕭條的觸發可能！」行長以經濟出發，說明他的想法。「總而言之，若是出現大範圍貨幣或衍生性產品暴跌，這可能演變成蕭條，而無法遏制的全球通膨、中國貿易逆差、石油危機、美國衰退等也可能造成全球蕭條的種子，中國不可能置身事外不受影響。」

「行長你說的沒錯，就是因為無法脫離，所以我們不可能隻手撐天。剛好100年前，美國正要崛起，可是1920年那時的大不列顛才是真正的世界霸主，只不過當時英國過度軍事擴張，正處於夕陽西下的下坡階段。」軍委拿起桌上一杯茶喝下肚後繼續說：「當時大不列顛與現在的美國幾乎境遇一樣，貿易及預算雙赤字，大不列顛帝國儲蓄不足且不斷向外借貸，這使帝國成為不折不扣的淨負債國。當時國際間各國提供盈餘借貸給大不列顛帝國，美國即是當時最大的融資提供者。當時的美國跟咱們現在中國一樣，是所謂的世界工廠，同時也是供應大不列顛帝國的最大淨債權國。如今百年過後，角色互換，現在換成我們有大量的外匯可融資給美國。大不列顛帝國這種以消費為目的的經濟型態，不可能持久，最後終於崩潰。美國的結果完全與當時大不列顛帝國相同，儲蓄耗盡、債臺高築，世界就算要滑向蕭條，也已經不是中國頭頂著青天強出頭可以解決的。這種消費方式，使美利堅帝國勢必走向同一世紀前的大不列顛帝國一樣，盛極而衰最後崩潰的命運。」

方行長沉默片刻，接著說：「美國霸權雖說是軍事超級強權，還不如說是依靠國際儲備的美金，其一國

GDP即佔有世界總量20%以上，但無限量供應美金卻是由地球上所有人來承擔，這確實萬分不合理。若我國大量拋售美債，美金有可能失去全球信用，並將造成世界金融動盪，中國無可避免也將遭受如2008年金融風暴的波及，到時失業率將攀高，社會趨於不穩定，這種作法可說是變數太多令人難以善後。」

「不！我的看法略有不同。現在局勢下，拋售部分美債支撐強勢人民幣已經是不得不發的要事，這已經由不得行長猶豫了，事實上行長所擔心的是否拋售手上全部1.5兆美債問題？」軍委從椅子上站起來，手卻只拿著茶杯。「這問題並不難解決，就像茶杯裡的茶水，若是茶水太燙，我們不一定要一次將杯裡的茶水一次喝個精光，或許分幾次喝完也行，是吧！兩國相爭國際局勢動盪，各國為避開戰爭風險，紛紛由原物料、農糧期貨市場抽掉資金反向搶進美金、美債。我建議行長可以先拋售部分，只要美金未轉向趨貶的情形發生，再加速拋售剩餘部分。我預估各國瘋狂搶購美金的動機下，全部1.5兆美債也不至於造成美金貶值。」

「軍委，或許你說的對。其實中國在2008金融風暴前就遇上兩大經濟難題，其一是鉅額的農村勞動人口無法順利就業，其二是低端產業無法實現向中高端轉型。惡性循環的結果，使得中國過剩勞力及產業進入糾結而走不出矛盾。2008金融風暴使得糾結矛盾更加嚴重，但卻也開啟轉變的契機。原本中國培養的眾多退場門企業，為我們賺取大量外匯，但2008金融風暴時退場門企業紛紛倒閉，失業開始高漲。未料倒閉企業中較優質的反而被其它公司購併，最後形成大型母企業公司，優化了企業型態並且向中高端專業市場挺進，這是當初我們始料未及的好結果。我想此次若在發生金融風暴也未必對中國全然不利。」

56 白宮

華盛頓哥倫比亞特區的賓夕法尼亞西北大道1600號，矗立著一棟典雅的古典砂岩白色建築，外型有如愛爾蘭風格。這正是美國最高政治中心，也是總統辦公室兼具官邸所在的白宮（White House）。當時由南卡羅萊州的愛爾蘭人詹姆斯·霍本（James Hoban）以都柏林的萊恩斯特宮公爵府（Leinster House）為設計藍圖，並獲得喬治·華盛頓總統選擇定案。耗時8年的建築，白宮於1800年11月1日竣工，並成功為近百年的國際政治中心。

建於1909年的橢圓辦公室（Oval Office），位於白宮建築群的西側，是美國總統處理公務，也是象徵最高權力之處。橢圓辦公室中的總統書桌，是1880年由英國維多利亞女王致贈的「堅毅桌（Resolute Desk）」，這是以當時英國北極考察船「堅毅號」的船骨製成，歷經百年後依然完好如初。這時，秋天大自然陽光，經由橢圓辦公室前三組高達3米5的法式落地窗透射而來，懶洋洋灑落在頗負盛名的總統辦公桌上。

「這是誰主導的！這等大事為何事態演變到如此嚴重我才知道此事？」男子靠在堅毅桌前，雙手交叉抱於胸前，顯然氣急敗壞怒形於色。

「堅毅桌」前方左右各一組三人座沙發，國務卿胡安·奧利弗（Juan Oliver）及參謀長聯席會主席史蒂夫·米爾斯基（Steve Mirsky）坐在右邊沙發，但兩兩尷尬相望不發一語。

坐在左邊沙發的國防部長麥克·多塞（Michael Doser）說：「是我同意特種部隊帶回中國科學家。當時伊朗『反物質』爆炸後，我們急思對策，剛好中情局情報顯示有兩位中國『反物質』專家就在戰區附近。」眼前的男子正是當今美國總統凱文·巴萊斯（Kevin Bales），國防部長多塞正向這位三軍統帥的美國總統報告。

總統巴萊斯可不這麼想。「你們可曾想過，這個國家跟我們一樣是核子大國？」總統對著多塞攤著雙手強調。「中國可不是伊拉克、阿富汗這等國家，可以讓我們呼之欲來、揮之即去。不得了！這個古老國家有13億人口啊！」總統想了一下。「若把歐盟、美國、俄羅斯及日本人口相加恐怕也只有這個數字吧！我不認為招惹中國對美國有何利益可言！」

坐在右邊的國務卿奧利弗想緩和有點僵的氣氛，抓準時機接著說：「我猜部長當時是希望得到這兩位專家，盡快彌補美國在製作『反物質』技術落後的問題。」

「國務卿的話一點都沒錯，『反物質』是新型態的世紀武器，對我軍的震撼就有如上世紀核彈在日本爆炸一樣。這種武器威力更強更大，核武氫彈已經望塵莫及，『反物質』沒有輻射殘留污染，使用上也沒有人性道德的牽絆問題。『反物質』技術的落後將造成無法提振軍人士氣，這簡直是地獄來的完美武器。」部長多塞說。

「那可好，對方直接找上門了！如果中國沒有證據倒也還好，現在連人都死在芝加哥。事件演變成在我國境內衝突，真讓我左右為難。」總統巴萊斯對著麥克．多塞，語氣沉重、臉色難看。「多塞，你想想看。美國若直接挑戰中國入侵我國本土，中國人會說只是執行單純救援行動。但如今鐵證如山，美國已經無法否認綁架中國科學家，這表示我們理虧。中國軍人在美國撒野，美國身為世界首強不可能置之不理、毫無反應。但現在無論如何處理，兩國衝突已經無可避免。」

部長多塞宣稱：「我很遺憾事件演變成如此境地。假若中國願意歸還『高溫超導體』材料，我們或許可以不追究中國軍人在芝加哥造成的傷害。」

總統巴萊斯搖頭不表認同。「部長，這話有嚴重瑕疵。據我所知，除了向博士及部分人員在芝加哥自殺身亡以外，其餘目前已經成功脫逃不知去向。中國人怎麼可能這時候歸還高溫超導體材料！中國人聰明的像一條泥鰍，若是那麼容易妥協，這國家怎麼可能存活數千年！你想，若現在歸還高溫超導體材料，中國的談判籌碼盡失，如何保障狄博士可安然回中國？」總統回頭看了「堅毅桌」後方的兩支立旗，美國國旗及總統旗。「中國官方公佈的洲際彈道導彈僅有數十顆，竟然比英國、法國還少，別說你國防部長，連路人百姓也不相信。是的，美國軍力大於中國，帳面上美國核武可以毀滅中國數十次，但只要中國有能力摧毀美國一次，這數字就毫無意義。」總統指著後面的旗幟。「這次衝突完全不符合美國利益呀！」思考半晌，巴萊斯總統接著追問國防部長：「你當初如何知道在伊朗的中國科學家消息。」

「是中情局CIA的幹員在伊朗查探情報時意外得知，那時我認為機不可失，所以下令讓海豹部隊進行攔截抓捕。」

國務卿奧利弗對總統說：「這事件真是賠了夫人又折兵呀！當初想從中國科學家身上截獲反物質粒子大量製作的方法，加速我國的進展，未料現在反倒賠進去我國的先進高溫超導體材料，一旦此幫人順利返國，中國在獲得此材料後，軍事將如虎添翼更難駕馭。」

「現在首要任務是盡快搶回高溫超導體材料。」總統巴萊斯相當擔心材料最後真的被帶入中國國內。「部長，軍方與FBI目前追捕的狀況如何？」

多塞說：「高溫超導體材料體積太小極易夾帶出境，又難以追蹤。我們的方法是透過抓人追材料的方式。至於人，我相信還在美國境內，只要抓到關鍵人物狄博士，就可以人換物的方式索回高溫超導體材料。」

國務卿奧利弗從右邊沙發站起來，憂慮的在橢圓辦公室的麥色地毯踱步。「總統，我認為部長是對的，昨天傍晚才從密歇根湖水下脫逃，在我方的陸海空全力封鎖下，相信人應該還在美國境內才對。」

部長多塞：「這確實是龐大又聰明的計畫，對方早已計算好配合低垂的夜色，加以應用面積巨大的密歇根湖做為水下脫身之處。現在FBI與國民兵已出動，負責境內城市、公路、機場大範圍搜尋，軍隊則對漁港、邊境、海岸、沿岸船隻、潛艇進行圍堵防止偷渡出境。」

華天的密歇根湖水遁計畫大出美軍意料之外，若非反叛者及高溫超導體材料盒的祕密定位訊號洩漏位置，造成鐵拳隊長及向凌川博士的失敗，整套營救博士的脫身計畫的確是相當出色。

最後在備用可攜式「水中推進器（Sea Scooter）」的幫助下，提早進入密歇根湖的華天救援隊，立刻在漆黑背景下，迅速甩離僅適合空中戰鬥的低空鋪路者直昇機糾纏。黯淡無光的浩大湖區，美軍根本難以臨時調度具有水下聲納系統的軍方船隻，幫忙掃描搜捕。雖然可攜式「水中推進器」僅能以每小時5公里左右的慢速度前進，但華天以北斗二代定位衛星的獨特密電簡訊，迅速通知水中特種部隊立刻趕至附近馳援。動力強大、行進快速的特種部隊以專用的「水中推進器」，很快便帶領華天一行人駛離湖區至附近小鎮脫險，再由接替的地面人員接手，運用美國發達的公路系統離開大芝加哥地區。

總統巴萊斯抬頭思考，然後轉頭對著坐在國務卿旁邊的參謀長聯席會主席史蒂夫・米爾斯基（Steve Mirsky）說：「史蒂夫，依局勢你有何看法？」

聯席會主席米爾斯基上將筆直的坐在右邊沙發上，開始為總統分析。「我發現北京的發言人拒絕評論此事，事實上中國的外交辭令一向晦暗不明難以捉摸。但是由衛星情報卻顯示中國已經有所反應，我國間諜衛星測得中國沿海艦隊有異常活躍跡象。另外南中國海我方所佈的海底聲納也顯示，中國海南島三亞潛艇基地的戰略潛艇也開始調動。換句話說，中國已經開始動作，我擔心向博士的自殺，對中國的民族主義具有刺激作用，這次中國人恐怕不願輕易妥協了。總統，我雖然不願見到雙方進入對抗，但我方軍隊也應該開始準備部署以備萬一。」

總統巴萊斯坐回「堅毅桌」後方的椅子，這是當年約翰・菲茨杰拉德・甘迺迪總統（John Fitzherald Kennedy）所設計的椅子，這已是第十位總統繼續使用這把椅子。總統面有難色的說：「事到如今，要以美國自己的安全著想，我必須下令不擇手段搶回『高溫超導體』材料，在不得已的情況下可以摧毀任何阻攔者。」總統對著參謀長聯席會主席米爾斯基說：「史蒂夫，這是嚴重危機，我希望你與多塞部長得為三軍調度好萬無一失的『紫色』境界，以備未來可能的嚴厲挑戰。」

在美國綠色代表陸軍、藍色為空軍、白色則為海軍，紫色是指美國參謀長聯席會主席必須將三軍調度到有如水乳交融的合作顏色，以達到最高的戰鬥效率。

57 海釣船

平常毒辣的太陽熱輻射攪得地面人們紛紛走避，現在夕陽西下，太陽斜斜的掛在遙遠西邊，有氣無力的餘暉彷彿在做下沉前最後一口的掙扎。少了氣焰高照的烈日，黃通通的有如可口蛋黃，令人垂涎欲滴。

此時加利福尼亞州（North California）一艘不起眼的海釣船（Sport Fihing Board），早上與多數人一起啟航海釣，傍晚眾人準備回航時卻反向往西邊的海裡駛出。約略12公尺長的流線型船身，白色底黑長條邊，船頂一根根長線狀似龍蝦鬚，排列整齊的以45度角向船尾的天上延伸，這正是各種不同頻率的接收天線。船裡大型螢幕可顯示雷達訊號、衛星導航的經緯度、大海海水深淺度、海洋溫度、魚群的距離及方向，以及大洋的即時氣象資料。顯示器上邊還可展示三臺發動機的巡航速度、油耗等，這些都是海洋海釣船的基本配備。奇怪的是船邊並無海釣釣竿蹤影，幾名人員正風馳電掣的開動三臺發動機加速前進，很快的離開海岸消失在海浪的另一頭。

太陽更加西斜，半顆球體已經浸入水下，令人產生錯覺，彷彿熱呼呼的太陽正浮在水上游泳。即將熄滅的陽光，殘弱不堪的照向天邊浮雲，映照出令人滿心溫暖的紅澄色晚霞。向下則灑落在海浪的波峰上，反射出有如稻穗的金光閃閃。離海岸邊一公里處，突然間，從海裡竄出幾個小黑點，在夕陽的襯托下，黑點在海面載浮載沉著。

饅頭拿下頭上厚重的潛水蛙鏡，四處轉動尋找目標。「華顧問，看那邊！那應該是我們的船。」

在敏感時刻美國海岸線的國土防衛甚嚴，軍方及海岸巡防單位加強把關、以防偷渡。海釣船為避嫌，中午就從碼頭出發，狀似一般休閒出海釣魚的船隻，實則等待太陽下山天色朦朧暗的時刻，應用艇上定位儀，至定點接援從岸邊潛泳出發的華天等人。

魚釣船由高速衝刺前進，轉為慢速靠近。「快點，時間不多，幫狄博士及華顧問上船。」浮在海面上的石頭對著艇上的人員說：「小心一點，博士身體不舒服，有點發燒！」

狄博士、華天、饅頭及石頭四人相繼攀上魚釣船，時間緊迫，一刻不得停留，彈指之間魚釣船再度啟動，3具馬達馬力全開。「等等，那些人怎麼辦！他們不上來嗎？」狄博士臉色蒼白身體發抖，指著還在海上漂浮，一路護送他的其它十幾位隊員。

華天說：「博士不用擔心，這些人都是特戰人員，海就像他們的家，即使冬天他們也不怕。他們的任務只是安全送我們離岸，剩下的行程會交由其它人員擔任。」此時華顧問對著前頭魚釣船上的救援人員喊話：「衣服！衣服！快點把外衣全脫下來立刻給博士保暖，他發著燒呢！」話語急促，華天知道狄博士年紀已大，身體狀況不佳，必須先保住博士體溫。「饅頭、石頭，先將博士身上所有潛水器具卸下，再蓋上衣服保暖。」

一路危機四伏、心情緊繃，加以脫逃時密歇根湖水及現在的海水皆相當冰冷，平時以靜態腦力激盪為主的博士，那禁得起如此身體煎熬，博士全身抖個不停，蜷曲於海釣船狹小的甲板上。

狄博士問：「脫掉潛水衣，這表示我們不再下水了是嗎？」

華天知道博士的身體已經受夠了。「是！是！是！我們接下來不再泡水了，博士您辛苦了！」

狄博士閉上眼睛養神。海釣船高速前進，船身顛波震盪加劇，使人懷疑到底是博士發抖還是船體搖晃。毫無遮掩的海釣船，無法阻擋快速行進下的海風襲擊。華天緊緊抱著博士，並將大批衣物裹在他身上，試圖保持住快速外溢的體溫，口裡安慰的說：「沒事！沒事！博士再過幾分鐘就好了！」

「在那裡！」華天手指著前方隱約映入眼簾的船隻，由於海面霧氣及距離尚遠，一時之間無法判定船的大小。「快點！依據北京的衛星情報顯示，美國海岸巡防很快會到達此地，只有十五分鐘的時間讓我們換船了。」華天吩咐海釣船掌舵者，並且不時看著從北斗二代衛星所傳來的衛星簡訊，資料上面告訴華天美國海岸巡邏隊目前的最新位置。

掌舵男子說：「顧問，沒問題的。我們擁有三臺發動機，五分鐘內就可以到達那艘大船。」

狄博士張開眼睛不解的問華天：「我們不是才剛離開海岸嗎？現在馬上又要換船，莫非那是一艘中國船？」

「不！狄博士。我們這條只是掩人耳目的海釣船，小船不適合做遠洋航行，目的只在離開海岸並銜接漁船的航線而已。」華天指著那條船。「那艘是遠洋魚船，我們得靠它進入太平洋深處。」華天接著說：「平常時期無須大費周章，又是潛水、又是海釣船、最後才是大船。主要是目前美國海岸嚴格管制，天上又有衛星監視，不得不出此下策。」

「好，大家辛苦了！」疲憊的狄博士再度閉上眼睛。

華天手裡抱著博士，他知道博士身體虛弱，登上大型漁船是目前的希望，非得成功不可。「沒事的博士，再給我幾分鐘，只要上了大船就不會那麼克難了！」華天以安撫的口吻對狄博士說。

58 新聞發言人

簡單天藍色背景，使用著白色線條勾勒出中國巨大長城及敵樓素描，這正是中國國防部外事辦公室發言場所的背後佈景。各國新聞媒體單位，各自依造事先所安排的座位入席。由於中美情勢混沌不明，外間傳言紛飛，正式場合上兩國又道貌岸然裝模作樣，全然看不出雙方立場。好不容易等到了國防部的例行記者會，熟闇此道的媒體幾乎擠爆發言場所，各各磨拳擦掌想從箇中探得未來趨勢先機。

小小講臺上面立著兩支麥克風，臺前貼著五星旗國徽，講臺左右後方各豎立著中國國旗，紅色旗幟與講臺地面的粉紅地毯相映成趣。一身軍裝的李上校是中國國防部新聞事務局副局長，他頂著平頭，對著麥克風開玩笑的說：「真沒想到，今天座無虛席，是個滿堂彩。」臺下鴉雀無聲，但眾人微笑以對。

「各位記者先生女士，大家下午好。我是國防部新聞發言人李冰，今天的例行記者會由我主持。」李冰嘴角上揚，手指著臺下。「除了老面孔外，今天加入的新媒體還真不少呀！」李冰將兩隻手放在講桌的兩端。「依照往常，我會先發佈幾條消息，再由下面的記者先生、女士提出你們的問題，隨後我再回答問題。」

李冰開始說：「首先，由中國南海艦隊天津號航艦所帶領的西安號、蘭州號導彈驅逐艦，和青海湖號綜合補給艦組成的數十艘艦隊，將前往南中國海實施例行軍事演練。」

「喔——」臺下開始騷動，雜音此起彼落。一位英國泰晤士報記者對旁邊的美國華盛頓郵報說：「我們猜的沒錯，中國南海艦隊開始動作了，別聽他講甚麼演習，中國的發言一向都是如此保守，我可是在中國磨了十年的記者了，早搞清楚他們的思維，這種官話我們聽聽就好不要太認真。」

「你是說這次南海艦隊的目標其實箭指美國？」軍事敏感度不夠的華盛頓郵報記者壓低聲音問：「美國

在中國遙遠的東方，南海艦隊向南行駛，顯然不對盤啊！」

泰晤士報記者：「話雖如此，可是艦隊是活的，隨時可以轉向到南太平洋部署呀！另外一個星期前，東海艦隊才以軍事演習的藉口穿越琉球群島的第一島鏈，向太平洋深處航行。」記者口沫橫飛，好似他正是中國海軍的調度者。「我認為中國在事先部署，使兩個艦隊在太平洋佔據有利的犄角之勢。」

李冰對於下方聽講人員的蠢蠢欲動，根本視之不理，他繼續發言：「南海艦隊部分艦隻將與亞丁灣及索馬裡海域執行國際分工護航的船艦換防。這些護航編隊將提供中外船舶對區域內的接援、掩護、營救任務，並對海盜嚴格施予痛擊。」

李冰的第一條新聞發佈才說完，隨即引起記者們躍躍欲試，紛紛舉手搶著問問題。

李冰見狀立即安撫群眾：「記者先生、女士，對不起。依規矩，新聞發佈完後，才會有記者提問時間。」這時現場喧嘩聲慢慢歸於平靜。

李冰繼續他的新聞發布。「第二是應斯洛伐克的邀請，中國將參加北約組織舉辦的第二十六屆國際特種兵競賽。我方將由濟南軍區代表八人參賽。」李冰停頓片刻，顯然大家對此議題興趣不高。「第三項是我國將應巴基斯坦軍方邀請，造訪瓜達爾港（Gwadar port），並慶祝兩國共同開發十周年。」結果下方聽席依然安靜如常。

發言人李冰目視聽眾，他自然瞭解記者們所為何來。「好了，那麼下面歡迎各位記者提問。」大家知道慣例，提問時間不可能太長，會場混亂的風暴立刻掀起，記者們八仙過海各憑本事，已經到了失控的地步。李冰見會場難以控制，乾脆指者貌似溫文，離他咫尺的女士。「各位，請安靜。我們請這位記者提問。」

不想，此位法國「法新社（Agence France Presse）」記者看似優雅，可是問題一針見血、字字驚人毫不留情。「請問南海艦隊至南海，主要是為截堵美軍的第五艦隊羅斯福號（CVN-71）航空母艦由中東進入南海嗎？」眾人回望著李冰，正想看發言人如何回答此麻辣問題。

沒想到李冰四兩撥千斤，直接以老練的回覆消弭騷動。「剛才說過，中國南海艦隊是例行操演，並無針對性。」大家因過度訝異而反應不及時，李冰快速指著右邊的日本朝日新聞（Asahi Shimbun）記者。「現在請你提問。」

朝日新聞記者：「中國已經對外公開，南海是貴國重要的核心利益。可是美國參議院決議，南海為國際自由航行區，美國時常與南海的菲律賓、越南、印尼等國舉行海上聯合演習，且拒絕中國干涉。請問此次天津號航艦所帶領的數十艘艦隊會與美國為首的南洋諸國發生對抗嗎？」

「多年來外交部早已對南中國海表明中方堅定一貫立場，該區和平穩定，至關各國的共同利益，我們堅決主張當事國之間透過雙邊協商，希望能和平排除南中國海爭議問題。這裡特別強調，非該區當事國者，請保持中立切勿操弄區域安定。」

美國紐約時報（The New York Times）記者在下面搶著問：「請問這是對美國提出的嚴厲警告嗎？」

李冰制式回答，了無新意。「請不要誤會，我們不針對任何國家預設立場。中國希望維持區域和諧，並且尋求共同發展契機，任何第三者介入只會激化矛盾，無益和平進展。」

臺下舉手踴躍，皆欲取得提問機會，李冰接著指向「美國華爾街日報（The Wall Street Journal）」。

「中國海軍三大艦隊近來頻繁實彈演習，是針對中美緊張局勢而來嗎？請問對此有何評論？」

李冰再度不痛不癢的化解敏感問題。「中國海軍的訓練課程皆是按照年度計畫做出的例行操演，與當前局勢無關，媒體朋友勿過度揣測，如果報導不當極易誤導造成人心惶惶。」

泰晤士報記者乾笑，同時以不屑的眼光再度對身旁的記者說：「這些記者真是太不上道了，中國發言人從來不會正面回答這種尖銳問題的。」

華盛頓郵報記者說：「那你認為應該如何問問題呢？」

泰晤士報記者驕傲的述說他的經驗。「這簡單，其實發言人很想經由記者會暗示國際中國未來的舉動，我們得先預測中國要表達甚麼，然後再迂迴轉進順勢提問，通常他們會隱約透漏其中玄機，這樣才可以達到事半功倍的提問效果。」

華盛頓郵報記者聽得出神，正想如法泡製試試仙丹妙藥是否靈驗。

「好吧，讓我來試試看！」

泰晤士報記者倚老賣老的說：「不，你是新面孔，發言人不可能現在點你提問的。我已經是老鳥了，尤其是這種混亂時刻，他們又早已習慣我的風格，比較有可能中選。」說完，手拿精裝書本高高舉起過頭。

還真是怪事，這位泰晤士報老兄才一舉手便屏雀中選，發言人李冰說：「請泰晤士報記者提問！」

「請問南海艦隊例行事務完畢後，是否可能與早先出海的東海艦隊舉行海上聯合操演？」

李冰面露微笑，點到為止。「艦隊間加強默契，這種演練是非常有可能的。」發言人見好就收。「好，由於時間關係，今天記者會就到此結束，謝謝各位參與。」

泰晤士報記者咧嘴微笑一副滿意模樣。「看到沒？我沒騙你吧！對於中國發言人的反應需要慢慢摸索，有時還要按圖索驥。」泰晤士報記者非常得意。「南海艦隊到南中國海的軍事演練只不過是掩人耳目演演戲而已。李冰不是說了！兩大艦隊會合是可能的。你說這兩大艦隊同時到中太平洋及南太平洋會做甚麼呢？這表示中國準備南北夾擊，至少先行佔住有利位置吧！」

59 巴基斯坦漁船

船舷高聳多出海面約兩層樓，白色外舷牆配上暗紅色船底，在汪洋大海中孤伶伶的獨自漂浮前進。這是一艘兩千多噸的巴基斯坦遠洋漁船，在美西忙碌運補日常所需後，原計畫駛入南洋漁場撈捕漁貨，再進入南海、印度洋打道回府巴基斯坦。在惡劣天候下，清晨六點多陽光早應露臉普照大海，但濃重的烏雲在天上快速詭譎變化著，遮去了早晨應有的寶貴曙光。天空飄來一陣陣忽大忽小的雨勢，不時夾帶海上強風，吹襲著難得洗刷乾淨的漁船甲板。漁船纜繩井然有序緊綑著，幾隻吊桿下擺緊扣固定於支柱上。這真是不甚搭調的整齊，顯然這艘大型魷魚船近期並不打算再做捕撈作業，進入南洋似乎另有打算。

這艘船艏舷外印有166號的巴基斯坦遠洋魷魚漁船，在孤海上賣力前進，船上上下下、左左右右晃動極大，可船長並不以為意。此時船長正在艙內看著海圖，並對著旁邊的二副說：「早先依據中國提供的氣象資料，還好北京要求我們提早變更目標，轉向西南行駛避開低壓帶，否則我們這艘船的安全將會遭受更大威脅。」船長顯然已經相當滿意能夠避開危險區域。

二副手指著風暴區的海圖。「船長你看熱帶低氣壓（Tropical Depression T.D）1001百帕（hPa），中心目前在東經141.1523度、北緯16.3833度。我們的位置在風暴區南方約260多公里處，可是沒想到距離如此遙遠風浪還是很大。」

船長還是不擔心。「熱帶低氣壓向西北西轉西北前進，我們則往西行進，暴風雨影響力應該會越來越小。」邁力前進的漁船，「蓬——蓬——蓬——」的引擎聲浪被淹沒在惡劣天候下，船身激烈搖晃，船長手緊抓著欄杆穩住身子。「我們有點逆風，雖然只剩下380幾公里，但我預估還是要到今天下午才會到達新的預定海面。」

二副跟著答腔。「嗯！你說的對。希望在日落前能到達目的，這樣船上人員海上轉送會比較安全可靠。」

船長說：「是啊！日落前應該沒問題，你去請大副來接手，我要下去幫忙招呼艙裡的中國客人用早餐。」

在船艙寢室內，華天對狄博士建議：「外面風浪強，船搖晃得兇，到餐廳的路雖然不遠，但卻因風強雨急浪高船搖，可真是舉步維艱。博士身體才剛恢復體力，再多休息幾天，還是我讓人把早餐帶來這給你吧！」

在不大的船艙裡，大小物品不斷的碰撞摩擦，艙內所有東西都像自動發音器似的發出「唧——唧——唧——」、「喀——喀——喀——」的聲響，聽久了簡直不勝其擾。「喔，不不不！我已經躺了數天，簡直是心裡發慌呀！再說船艙裡這些雜音也真是煩死人了。你看這小空間，再加上搖晃造成的吱吱喳喳有如百萬蟲鳴蛙叫聲，再不出去走走，身子真會悶出病來。」

華天了解博士的煩悶，不過還是溫暖的提醒：「好吧！其實也對，這的確太悶人了。去用餐區倒也還好，可若是到駕駛室，那裡是開放空間不比睡艙有良好鐵殼隔絕，博士就得穿著麻煩的輻射隔絕防護衣服、頭套以策安全。」

狄博士聽到華天同意，臉上有如孩子似笑的燦爛開心。「嗨！行行行！只要能見見外面陽光，你說甚麼我都行。頂多只是多穿點行頭在身上而已，這一點也不麻煩，我非常願意的。」博士迫不及待的樣子，惹得華天開懷大笑。

雖然千噸級的遠洋漁船體型龐大，但在強勁熱帶低壓海風掀起的層層巨浪，將漁船有如玩具般任意擺佈。那忽上忽下的艙梯，可不比路地上堅固的道路，實在難以掌握。狄博士在華天、饅頭、石頭等六人擁護下一同來到狹小的用餐區享受早餐。這已經是狄博士成功脫逃多日以來最愜意的一頓。餐後眾人再陪同博士到這艘166號巴基斯坦遠洋漁船駕駛艙參觀解悶。

船長以不甚流利的英文向狄博士及華天說明船現在的位置。「我們約略在這區域，大概再航行205海浬（約382公里）就會到達新會合點。依照速度，我認為就在今天傍晚前吧！」船長對著海圖，指著166號漁船位置西邊的會合點。

狄博士高興極了。「華顧問，船長指的位置應該就是你所說的，咱們的航母艦隊群。」心想：不過就個把鐘頭時間而已，只要登上自家艦隊，成功回中國已經是指日可待。這時博士腦筋一閃，突然間覺得會合時間不太對勁。「這不對呀！現在才早上七點鐘左右，漁船及艦隊兩方船隻應該是對開，不管再怎麼算205海浬（約382公里）也不需要拖到日落才到達會合點啊！」

華天哈哈大笑。「狄博士果然是科技人員，這點簡單算數的確瞞不過所長您的眼光。」華天說著說著，手比著海圖的另一端。「博士你看，主要是這島嶼的關係。」

「這島嶼？」島嶼太小，而狄博士身穿輻射隔絕衣及戴著隔絕輻射的特殊眼鏡，暫時無法摘下。早有老花眼的博士，抬高眼睛調整適當焦距後這才明白。「喔！」博士驚訝的回望華天。「怎麼會是這樣，這不就是關島，我們漁船也在關島附近？」

一個大浪洶湧的拍打在166號漁船上，船身左右劇烈搖晃，大夥被這突如其來的船體位移甩得東倒西歪。饅頭及石頭隨伺在博士身旁，立刻上前牽扶。

「你說對了博士，我們目前的位置剛好在敏感區。」華天看著博士那奇怪有如太空人的特殊全罩式眼鏡。「我們漁船剛好在關島的正西方大約302海浬（560公里）處，而我們艦隊又在漁船的西邊約205海浬（約382公里）。這說明我們所處的漁船在關島與艦隊之間，但稍稍靠近我們自己的艦隊。」華天詳細的描述著位置。

狄博士抬起頭滿臉疑惑，穿過特殊眼鏡看著華天顧問的臉龐，不過這樣結果實在讓他無法理解。「這我就實在不懂了……大家都知道關島及夏威夷是美國在太平洋的兩處重要海、空軍基地，為何我們偏偏要冒這種風險在它旁邊呢？」

巴基斯坦船長說：「這讓我來解釋吧！」船長用右手食指敲打著海圖上的一點，這舉動果然吸引眾人的目光。「都是這個1,001百帕（hPa）的熱帶低氣壓造成的影響。這個低氣壓一形成就在關島西北邊附近徘迴，氣壓不斷下降風速卻不斷向上加強。每年在太平洋如此深處生成熱帶低壓是有，但數量並不多。通常在關島附近區域生成的熱帶低壓，因為有漫長的海洋水氣可提供低氣壓快速成長，最後大多會形成每秒51公尺以上不可收拾的強烈颱風，有時甚至演變為每秒68公尺以上的可怕超級颱風，暴風直徑超過700公里，影響範圍大破壞力遠勝過F4～5級的強烈龍捲風。」船長將手指由海圖上「熱帶低壓中心」向西北移動，然後接著說：「北京氣象預測此熱帶低氣壓即將增強為正式颱風，由於北方太平洋高壓將向北稍稍退縮，這造成熱帶低氣壓會先向北漂移，接著再沿著太平洋高壓邊緣向西北西前進。」船長轉頭，眼睛由海圖移動到狄博士與華天身上。「這造成我們這艘166號漁船必須跟著轉向。」

「船長描述完全正確。」華天接著說：「我們原本計畫漁船航道應該在北緯18到20度間，遠離關島美軍海空基地。這位置剛好在我國東海及南海兩大艦隊之間，未料天有不測風雲，中間居然殺出一個讓人意外的程咬金，打亂了我們的行程。因為此區域熱帶低氣壓或是颱風的行進方向，皆是往西北西居多。在北京專家的建議下，為了漁船海上航行安全起見，兵行險著，只好採取航道向南修正的權宜之計。這也是為何關島、我們的166號遠洋漁船，以及南海艦隊全都擠在同一個北緯14度上。」

「原來如此。」狄博士終於獲得漁船位置在關島附近的解答。「可是一般軍艦高速度行進時約在30節左右，若再加上漁船速度。我實在不懂為何還要到傍晚才能到達會合點呢？」狄所長本著科技人提問的精神，對問題緊追不捨、步步進逼。

華天微笑。「好問題！博士。主要是因為我們的南海艦隊已經在關島西方將近540海浬（1,000公里）處。這可是一個敏感的距離數字，南海艦隊若再往前行駛就會逼使關島美軍不得不出動戒備，這反而對我方不利。就因為這原因，整個洋面上的南海艦隊停止前進，目前處於海上靜止狀態。」船越搖越大，華天緊抓桌沿繼續說：「博士不用擔心，海面如此，但水下則不同。據我所知，北京有特殊深海靜音潛艇可突破美方聲納，這隻水下祕密武器可不受距離限制，仍然繼續快速接近我們，提供必要的緊急應變。不過這海面剩餘的205海浬（約382公里），還是全得要由這艘166號巴基斯坦漁船自己努力完成。不幸的是漁船目前還是在熱帶低氣壓的逆風帶，漁船動力不像軍艦強勁有力，目前已在馬力全開的向前衝刺下，日落前能夠到達會合區已經是不錯了。」

狄博士勉強騰出右手，正要指向海圖。可風浪越發使勁的撞及漁船，強烈搖擺伴隨著海浪波峰波谷的上下震盪，船裡面的眾人有如乘坐雲霄飛車似的跟隨移動。饅頭、石頭試圖捉住狄博士，但巨大的晃動仍然使博士失去重心向後跌倒，撞到漁船駕駛艙的鐵殼牆壁。在吵雜的風蕭浪擊聲中，眾人隱約聽到「嘶——」的撕裂聲。饅頭、石頭快速扶起倒在牆邊的博士。

當博士轉身時，華天卻放聲大叫：「我的天啊！博士你後面的頭套！」

原來狄博士在向後跌倒時，輻射隔絕防護頭套不慎勾到牆上掛鉤。雖然博士並未受傷，但除了眼罩及部分臉頰上的隔絕套還在外，整個防護頭套幾乎已經全部被掛鉤扯破露出。

華天一個箭步向前，身手敏捷拿住還掛在鉤上被扯下的隔絕頭套，迅速往博士露出部分遮掩。華天對著饅頭、石頭大聲嚷嚷。「快！快！快點帶博士回去睡艙躲避，我們在那裡貼有足夠隔絕物可防止博士體內的放射線碘I131散發至大氣空間。」

60 北美防空司令部

北美防空防天司令部（North American Aerospace Defense Command, NORAD）位於美國科羅拉多州（Colorado, CO）的夏延山（Cheyenne Mountain）山洞裡。1957年蘇聯成功發射第一枚洲際彈道導彈，震驚了美國朝野，在艾森豪總統的同意下與加拿大協議，於1958年共同成立北美防空防天司令部。冷戰期間為了防禦核彈攻擊，1963年成功在夏延山內將2萬平方米的純花崗岩挖出，行成巨大洞穴，裡面可容納十五棟大樓及八百多人三十天自給自足的需求。此外又建成兩百多個大中小型電腦中心，及六百多條專用線路，完成後同時擁有監控防空、防天的兩大指揮中心。

冷戰結束後，美國的敵人性質不變，主要的威脅轉為打擊恐怖主義。為有效貫徹反恐任務，提高各單位協調，2006年美國將有狼穴之稱的夏延山地底北美防空防天司令部，轉到10公里外的「彼德森空軍基地」2號建築內，以反應實際需求。

前方環形牆上掛著為數眾多、大小不一的巨型螢幕，這些都是北美防空司令部對全球空間的監控。在螢幕下方一位監控人員興奮的叫著：「啊哈哈！往哪裡跑，這下被我逮個正著了！」監控員拿起專線電話，片刻不停的向上呈報。

指揮官克里斯．赫魯斯卡（Chris Hruska）快速的到監控員旁。「是輻射線訊號嗎？」

監控員指著自己桌上的螢幕，非常有自信的回答指揮官說：「是的長官，正是輻射訊號，而且間諜衛星所測得的訊號，正好是國防部所頒佈要搜尋的碘131（I-131），只是信號非常微弱。」

指揮官赫魯斯卡：「國防部長應該也收到同樣的警示資料吧！」

監控員回覆：「是的長官，這套系統自動連線至各個相關單位，部長的確是在選項之中。」

指揮官赫魯斯卡問：「位置座標在哪裡呢？」

「約略在這兒。」監控員指著南太平洋的一點。「紀錄顯示為東經140.196289度，北緯14.732386度。」

指揮官赫魯斯卡看著前方監控員的桌上螢幕，頓時驚訝不已！「你說甚麼？這位置不就在關島附近？」

指揮官摸著自己下巴，陷入思考。「這怎麼可能？中國人精得很，這種地方幾乎是羊入虎口，我不相信他們會幹這種沒腦袋的蠢事！」

「導彈預警衛星DSP」組長在一旁接著問：「那麼碘131的訊號還在嗎？」

「不，消失了！」監控員馬上移動著桌上的滑鼠，點閱之前的資料。「系統顯示總共只出現短暫的11秒鐘，而且劑量也只有少少的幾十微西弗（1×10^{-5}～2×10^{-5}Sv）。」

「這種劑量！」「導彈預警衛星DSP」組長看著指揮官說：「確實非常的微小，但卻剛好符合國防部所發出的可能衰減數值，從所得到劑量說明真實性可能極高。」組長接著幫忙解釋：「我們可以假設，這是中方的一場意外洩漏，十一秒後被發現而即時阻止，假若碘131輻射訊號是長時間出現，作假的可能性反而昇高。中國人虛虛實實確實難以判斷，無論如何我們得要先行動，以避免錯失良機。」

「還有一種方法可以試試！」指揮官赫魯斯卡突然大聲的叫喊：「鎖眼KH-12成像組，馬上將影像切換至前方大螢幕，然後輸入東經140.196289，北緯14.732386的座標。」指揮官冷冷的說：「我們直接透過間諜衛星，用看的。」

鎖眼KH-12是美軍的間諜衛星即時影像系統，更厲害的是可透過精密計算變更主透鏡表面曲率，補償因大氣氣流擾動所造成的影像不規則變形。

即時影像切換至前臺螢幕，但下方眾多監控人員忽然此起彼落的發出嘆息聲！「怎麼一回事！」北美防空司令部指揮官赫魯斯卡向前看著大型螢幕，可是結果令人失望，螢幕上居然只看到一堆雜亂無章的雲，指揮官立即吩咐：「鎖眼組這影像過度放大了，擴大成像範圍（Zoon out）到500公里的幅度，我要看看海面上大範圍的影像呈現。」

大範圍影像除了距離較遠的關島上空無雲以外，其餘較北區域皆覆蓋在厚厚的雲層裡，難以窺視。

這時鎖眼組長喊著：「指揮官，是低氣壓雲系，那裡現在有熱帶低氣壓壟罩，隨時都可能轉化成正式颱風，大片烏雲遮住海面，衛星根本無法窺視。」

此時一位工作人員走到指揮官赫魯斯卡身旁。「長官，國防部長及關島司令官正在3號專線上。」指揮官心想：系統真管用，才幾分鐘時間國防部長就來了，可見此事還真是緊急。

指揮官赫魯斯卡迅速回到自己辦公室內，拿起專線時發現國防部長麥克・多塞（Michael Doser）正與關島司令官萊昂納多・威特拉（Leonardo Vetra）通話中。

「威特拉司令官，我看到系統對碘131輻射線的警示，看來總統與我所關心的訊號就出現在離關島不遠處，你認為可信度有多少？」

關島司令官威特拉：「我不知道這些人是如何離開美國本土，但是由美國西岸走太平洋回中國是合理的路線，這總比東岸出發，經北大西洋再繞非洲南端回去要省事多了。」

赫魯斯卡突然加入提問：「可是訊號竟然在關島附近出現，這可行性太小吧！這麼大的太平洋，中國人怎麼可能偏偏選擇最危險的路徑回去呢？」

「指揮官，我覺得不無可能。」關島司令官威特拉開始他的分析。「中國人出動東海、南海兩個艦隊。以兩國直線距離來講，應該是東海艦隊的路線較可能。但是關島附近冒出一個出乎意料之外的冒失鬼『熱帶低氣壓』。我認為這可能大大的打亂中國人原先的回程佈局。」

國防部長多塞：「你是說關島附近的熱帶低氣壓造成中國人變更路線？」

「極有可能。」關島司令官威特拉繼續分析說：「中國人知道關島附近生成的熱帶低氣壓極具爆發性，絕不可掉以輕心，有時由熱帶低氣壓成長至強烈颱風只需二至三天的時間就可完成，我們確實也發現附近許多漁船修正航道向南躲避航行。通常這種暴風半徑覆蓋之大難以想像，船舶在這種惡劣海象下無法正常操作，災難性的沉沒時有所聞。我不認為中國人會冒這種無法掌握的危險，就算是我也會做向南躲避的同樣決定。此外，我們關島的預警機發現幾個奇怪現象，原本中國的南海艦隊停泊在菲律賓東方海面上，可是昨天一天就向東趕了1,200多公里之多，一直到距離關島西邊1,000公里處才停止繼續前進。」

國防部長多塞恍然大悟。「你的分析極有道理，正常情況下南海艦隊沒有必要冒險前進靠近關島，這說明南海艦隊正執行著極重大的任務。現在停在關島正西邊約略1,000公里處，只是為避免過度靠近造成我們的海軍出動警戒，反而壞事。」

北美防空司令部指揮官赫魯斯卡建議說：「部長，依照國防部下達的機密指令，只要不涉及直接攻擊中國部隊，我們一律可對懷疑目標實施摧毀攻擊。以目前情勢而言，關島基地看似須做必要行動！」

關島司令官威特拉說：「我們確定東經140.196289，北緯14.732386的座標內並無中方軍艦存在，我相信碘131訊號應該是由一般漁船外溢而出的。我們只要對外公佈該漁船涉及走私，並且反抗逃逸，這就提供關島駐軍絕佳的軍事攻擊藉口。」

國防部長多塞從電話那端高興的說：「好極了！就這麼辦吧！由關島派出戰機前去執行摧毀任務，但記得目前還不要與中國軍隊起任何衝突。」

「是的部長，距離僅有302海浬（560公里），我們會讓F/A-18大黃蜂攻擊機擔任此次攻擊任務。」

國防部長在電話那頭沉思片刻，忽然大聲說：「不！萬萬不可由大黃蜂前去執行任務！」

關島司令官威特拉：「為甚麼？」

部長多塞說：「F/A-18不具有雷達隱形能力，戰機只要一昇空，中國航艦及天上預警機就可由雷達知道，到時兩方戰機在同一區域內，極易造成擦槍走火意外。」

關島司令官萊昂納多．威特拉：「國防部長的意思是要出動……」

61 F-22隱形戰機

位於西太平洋馬里亞那群島（Mariana Islands）西南端的關島，有著世外桃源般不受污染的潔淨海洋，島上有著豐富的查莫洛人（Chamorro）傳統文化。屬亞熱帶海洋氣候的關島，全年高溫多濕，秋季時節多颱風。地質北部多為石灰質臺地，南方則為火山丘陵地。

安德森空軍基地（Andersen Air Force Base）即是位於關島北部，佔地82平方公里，隸屬美軍太平洋空軍第36聯隊，主要任務是西南太平洋及印度洋的前沿基地及後勤支援中心。

這時，一架長約62呎（18.9公尺）、翼展達44呎6吋（13.5公尺），外型有如凶猛飛禽的戰機緩緩從機堡中拖出。這是國際間赫赫有名、令人聞之喪膽的F-22猛禽戰鬥機（F-22 Raptor），F-22猛禽戰機採用翼前緣下方兩側進氣，並與引擎一樣具有匿蹤的抑制紅外線設計。後方雙垂尾向外27度傾斜尾翼，以及4個內置於機體彈艙中的武器掛載，皆是F-22猛禽戰機為對付敵人雷達波而設計的隱形考量。此時飛行員啟動戰機開關，使系統進入作用狀態，戴上頭盔顯示器（Head Mounted Display, HMD）並與戰機介面連線，當戰機各個次系統自我檢查完成後，已經處於待命狀態。約莫三分鐘，飛機駛向跑道，飛行員鬆開煞車器回覆塔臺：「塔臺，系統一切正常，請求起飛許可。」

塔臺：「請求照准。」

飛行員先讓F-22猛禽戰機在跑道上以22節初速滑行，很快飛行員加足馬力達到110節速度，最後戰機到達130節高速，飛行員拉起操縱桿，F-22猛禽戰機順利離開跑道並且以60度角插向天際。飛行員不斷的加油讓戰機爬昇至40,000呎（12,192公尺）高空，同時加速到1.5馬赫（1.5倍音速）（Mach Number）的高速，接著按下設定按鈕讓F-22猛禽戰機保持在1.5馬赫的超音速巡航狀態。

由於F-22為重型戰鬥機，美國軍方為它裝上兩具超強推力的F-119-PW-100普惠（Pratt & Whitney）渦扇二元矢量引擎，這使得F-22擁有一般戰機夢寐以求卻難以達到的超音速巡航能力，在世界戰機市場上，F-22已經無出其右了。關島安德森空軍基地隨後共起飛3架F-22猛禽戰機及一架支援的空中預警機。

雖然關島距離出現硨-131訊號的巴基斯坦遠洋漁船尚有302海浬（560公里）之遠，但在F-22猛禽戰機的超音速巡航能力下，僅需時十八分鐘即可到達目標區。戰機在自動駕駛的掌控下平穩前進，飛行員開始專注於後方送來的戰情資料。F-22不愧為世界最出色的匿蹤戰機，其外型皆設計為前方敵人雷達的最小散射截面，再加上機體本身複合材料合金，以及表面塗上可吸收雷達波的吸波漆料（RAM），使得這架體積龐大重型戰鬥機，在雷達正前的掃描下僅剩下驚人0.01平方公尺（m^2）面積（Radar Cross Section, RCS）。

同時位於安德森空軍基地內的北美防空司令部，其內的「導彈預警衛星DSP」不斷閃爍，提醒監控者有重要的發現，監控人員二話不說即時拿起專線電話：「長官，我們監測到中國本土有導彈發射動作，地點大約在中國的東南沿海一帶。」

螢幕立刻被切換到北美防空司令部前方巨型主螢幕上，超級電腦即時的繪出導彈發射地點、高度、時間及導彈運動的方向，北美防空司令部分析人員開始忙碌應對。

導彈預警衛星組組長大聲唸著數據。「導彈目前13,000呎，撞擊地點及時間目前尚未正確算出。」下方眾多人員似乎對此顆導彈爬昇角度存有意見，人員開始騷動。

正與國防部長麥克．多塞、關島司令官萊昂納多．威特拉（Leonardo Vetra）連線通話中的北美防空司令部指揮官克里斯．赫魯斯卡，從座位上望著前方螢幕顯示的資料。「喔！部長、司令官。我們這的衛星資料顯示，中國剛發射一顆導彈，從中國東南方指著關島，他們開始有動作了。」

國防部長多塞在話機中發出微微笑聲，好似一切皆在他的掌握之中：「赫魯斯卡指揮官，看來被你料中了，我們關島的F-22隱形戰機才剛上天，遠在數千公里外的中國本土馬上察覺了。不過讓我出乎意料之外的是，中國人竟然發射導彈。這我就不懂了，導彈通常用以攻擊固定目標，可這枚導彈如何威脅我們的F-22隱形戰機呢？」

赫魯斯卡說：「部長，中國已經事先知道他的威脅來至關島，天上的遙感成像系列衛星及紅外線間諜衛星系統，應該二十四小時不間斷監視關島的安德森空軍基地動向。我們的F-22隱形戰機對空間中的雷達波形成隱形，但對於一般光學系統則無可奈何。」

關島司令官威特拉接著答道：「赫魯斯卡說的對，但是只要F-22隱形戰機昇空以後，在高速飛行下對方的光學系統就難以再追蹤。只是F-22隱形戰機這隻釣竿怎會引來遠在中國本土的導彈？真是不得而知……」

國防部長多塞馬上在他的辦公室連上系統，可是發現竟然缺了最重要的資料。「指揮官，為何導彈預警衛星沒有列出運算後的撞擊地點？」

眼尖的關島司令官威特拉立刻發現不合理現象，並對五角大廈那頭的國防部長說：「哇！這可新鮮了，我從未見過如此導彈的軌跡。衛星資料顯示這顆導彈不斷的在修正方位，由於軌跡不甚穩定，難怪電腦無法算出正確的撞擊位置。」關島司令官驚訝之餘也判斷說：「部長、指揮官，我沒看過導彈可以一直大幅變更軌道，這不像是導彈呀！反倒比較像飛機的飛行運動。」

北美防空司令部指揮官赫魯斯卡發現更多無法解釋的事。「這太奇怪了？為何我們的導彈預警衛星DSP在10,000呎的高空才發現此枚導彈呀？」

是的，這的確有點不合邏輯，一般導彈發射時尾端即有熊熊大火，這是因為導彈引擎內的高溫，造成燃料燃燒時氣體極速膨脹向後爆發。地球同步軌道導彈預警衛星DSP以五顆衛星組網，其中三顆同步軌道在軌工作，而另二顆則備用，就是專門監測此種高溫形成的紅外線熱輻射，並對來襲導彈提供事先的地點、襲擊目標、預計到達時間等預警。通常導彈在陸地發射時，就開始向外散發大量紅外線熱輻射源，為甚麼此顆導彈在低空時預警衛星未發現呢？這正是北美防空司令部指揮官的質疑。

導彈預警衛星DSP組組長回應：「長官，這有兩種可能。其一是中國此顆導彈裝有降溫的製劑，就如同

F-22猛禽隱形戰機導流低溫空氣至引擎尾端，來抑制熱紅外線特徵一樣，這可分散發射時的熱幅射源，以便減低導彈發射地點曝光的可能性。其二是發射點附近剛好有雲層，這大幅減少我方監測的DSP衛星感應到熱輻射紅外線源的能力。」

「組長，我知道你講的這兩種可能，可是導彈預警衛星DSP發現的時候，這枚導彈已經爬至10,000呎的高度，抑制劑不可能長時間作用。另一個問題是這顆導彈的彈體軌跡本身就是完全不合理。」指揮官赫魯斯卡將炯炯有神的目光轉移至前方螢幕，眼前立即呈現出這顆導彈的運動軌跡。「這就奇怪了！這是哪門子的導彈啊？這東西從中國冒出以後，高度就一直在大氣層以內，這與一般導彈衝離大氣層非常不同。」

導彈預警衛星組長摸著自己的後頸，無可奈何的說：「是無法解釋，若以飛行速度高達18馬赫（18倍音速），這的確是導彈才能達到如此速度。可是飛行高度達70公里的大氣中間層（Mesosphere），遠高於戰鬥機高度，但卻又停留在稀薄的大氣層內，這可低於一般導彈飛行的位置。更奇怪的是這顆導彈還可隨時大幅度變更方向，簡直令人費疑猜。」

突然傳來關島司令官威特拉的大喊：「哇！部長、赫魯斯卡指揮官，你們一定不敢相信關島的預警機發現了什麼？中國的航艦已經悄悄起飛了九架艦載機，我相信這是殲—15戰鬥機，他們正向著輻射碘131目標前進，那裡快要變成火藥庫了。」

62 連環計

大氣因為熱帶低壓的影響，海面正吹拂著每小時19海浬（36公里）的西南陣風，由於航艦距離熱帶低壓中心尚遠，西南陣風並未對航母作業造成巨大困擾。中國航母為了艦載機起降的安全性，嚴防在側風狀態下的起降作業，航艦早已經大幅度的180度調頭，由原來向東調轉成逆風的西南方向。甲板上航母工作人員正在調整彈射器所需的淡水量，以便讓彈射動能達到艦載機所需的最低彈射末速度。此時航母甲板上一架殲－15（J-15）艦載機正在待命彈射，這已經是本次彈射任務的最後一架了。

彈射官大聲的對彈射工作人員說：「現在海面吹西南風，時速19海浬（36公里），逆向風，盡快將彈射器的末速調整到戰機離艦時每小時330公里所需。」

「是的，長官。」彈射人員將已經計算好的大量淡水注入航母彈射專用鍋爐內，應用蒸氣加壓後推動唯一露出甲板的滑梭，而滑梭正是推動戰機彈射出去的掛鉤。

彈射官回覆航母塔臺：「應付海面風速增加，彈射器強度已經加強調整完畢，可以再度發射作業了！」

塔臺以無線電通知戰機隊長：「隊長，發射程序完成，請將戰機推力開至最大，鬆開煞車器，準備發射作業。」

隊長：「一切完成，請啟動。」

彈射官按下彈射鈕，飛機引擎動力加上彈射器的蒸氣壓力，竟然使龐大的殲－15艦載機在短短幾秒內加速到每小時330公里的戰機離場速度。

「這是紅色1號回報，起落架回收正常，航速穩定，報告基地起飛順利。」紅色1號隊長例行的向航母報告。

中國的天津號航母塔臺在紅色1號戰機順利起飛後，正給予適時的導引。「隊長，你的目標區座標已經輸入戰機，目標方位正東方，距離205海浬（約382公里），以亞音速巡航，約略估計需時二十分鐘的航程，祝你完成任務。」

殲－15戰機昇空後未久，即迅速轉彎調整飛行方向往東，隊長加足殲－15動力，除了與其它8架友機隊員會合外，最主要將盡速趕赴巴基斯坦漁船所在的北緯14.73、東經140.19海域提供必要空中支援。同時隊長在隨後的巡航裡，無線電將盡量保持在發射靜默狀態，以避免行蹤洩漏。至於訊號接收則隨時在暢通狀態，以便可獲得來至前方預警機及航母基地的戰情指示。

艦橋外壁內傾有如美國伯克級驅逐艦（Arleigh Burke Class）呈現的錐型，為抑制雷達反射波，全艦外表光滑並塗以特殊雷達吸波材料。這是具有隱身性能的中國導彈驅逐艦（052D），排水量高達10,000噸以上的南海艦隊指揮旗艦西安號。

這時西安號戰情官正在向南海艦隊司令官葉步翼上將呈報最新狀況。「報告司令，在巴基斯坦漁船附近已經發現美國的預警機（Air Early Warning, AEW），但是對於有威脅性的戰機，目前仍然毫無所獲。」

「怎麼會呢？是對方的隱形能力太強，還是我們的方位有問題？」葉步翼上將有點訝異：「我們預警機此刻位置在哪裡？」

戰情官說：「為了克服地球本身的彎曲率，獲得較佳的遠距雷達掃描，我們讓艦隊的預警機飛行在10,000米的高度，並且已經突出艦隊約162海浬（300公里）。理論上預警機的有源相控陣雷達（Active Electronically Steered Array, AESA），其上面的先進L波段（1.2～1.4GHz）及X波段（8.5～10.7GHz）應該有機會在它的前方92海浬（170公里）處，發現RCS（Radar Cross Section）3平方米以上未有隱形的戰機。即使對於F-22這種僅有RCS 0.01平方米的隱形戰機，我們航艦的預警機應該會在前方54海浬（100公里）處掃描到。」戰情官推敲情勢後說：「司令，或許F-22尚未到達此種距離。」

上將搖著手、心有千千結的說：「情勢似乎不太對勁，依照北京成像間諜衛星發現F-22在關島起飛的時間換算。這F-22隱形戰機若以1.5馬赫（1.5倍音速）超巡航速度，應該已經在我們的可探索範圍內才對。」

葉步翼上將認為事有變化，這或許是暴風雨前的寧靜。「難道連預警機內的紅外線搜索系統（Infrared Search and Track, IRST）也未發現？」將軍問。

21世紀後，大國的飛行器對雷達隱形已經越發精進。葉步翼上將心裡頭正擔心，美軍可能更換表面塗料配方，而使F-22對於各波段雷達的隱形能力更上一層樓。可是紅外線搜索系統IRST就沒有這層問題，雖然F-22在發動機噴口採取降溫措施，但是F-22在高速巡航飛行下，機體金屬材質與大氣高速摩擦產生的溫昇，這種紅外線熱輻射是難以被抑制的，這也是紅外線搜索系統IRST一直都是探測隱形飛機的良好輔助工具之一，不過IRST對於機體與大氣摩擦溫昇的探測距離極限約略在81海浬（150公里）左右。

戰情官答：「是的司令，紅外線搜索系統也無所獲。」話才剛說完，接戰電子系統立刻警聲大作。「發生甚麼狀況！」戰情官走向前，詢問電子作戰室內的電戰員。

「在巴基斯坦漁船附近的美國預警機，竟然極不尋常用機載雷達鎖定我們的前線戰機。」一位西安號導彈驅逐艦上的電戰人員驚魂未定的對戰情官說。

葉步翼上將問：「應該是附近美國隱形戰機鎖定的吧！」

「司令，一般美國預警機並無隱形能力，他的RCS在雷達上反應數字相當高，我們確定鎖定的雷達波束是來至美國的預警機。」電戰人員神情緊張。「美國人鎖定的不只前線殲－15戰機，連我們的預警機也在雷達鎖定範圍內。」

戰情官納悶的說：「美國人在搞甚麼鬼呀！」

葉步翼上將思索後大聲的說：「情況不對，漁船周圍60～70海浬內一定有F-22隱形戰機，我們的戰機及漁船有危險！」

戰情官說：「我們知道有隱形戰機，但是美國人不至於發起攻擊，挑起兩國的緊張吧！」

戰情官的判斷合情合理，但美國人思維卻超乎戰情官的理性。這就有如1999年5月8日，當時有誰會料到美國為首的北約竟然襲擊中國駐南聯盟大使館。

「啊！」電子作戰室內的電戰人員有如被電擊一般，跳了起來。「我的天啊！他們……他們……發射飛彈！」工作人員驚嚇的神情表露無疑。

這完全超乎戰情官意料之外，作戰室內頓時緊張氣氛籠罩。「怎麼會！」戰情官無法理解的說：「這飛彈從何而來，預警機僅做雷達搜索掃描及電子作戰，飛彈不可能從它身上射出呀！」

艦隊司令官葉步翼上將說：「是隱形戰機，這絕對是F-22隱形戰機幹的，他們就在附近。」葉步翼上將大聲要求電戰人員。「快！快點找出飛彈的目標在哪裡，還有把飛彈發射的位置抓出來，我要知道隱形戰機目前的經緯度。」

電戰人員：「報告司令，他們共發射六枚飛彈，除了一枚針對預警機外，其它全部鎖定殲－15戰機。」電戰人員接著說：「司令官猜測的沒錯，依照我們預警機傳回來的最新前線雷達資料。這六顆飛彈的確是由距離美國預警機約6海浬（11公里）外的地方發射，這區域應該有美國的隱形戰機，只是隱形戰機相距於我們的預警機仍然在54海浬（100公里）以上，而我們預警機在這樣距離下，仍然無法對F-22隱形戰機的匿蹤性能加以探測發現。」

葉步翼上將：「這麼說美國的隱形戰機、預警機都非常接近華天與狄博所乘坐的巴基斯坦漁船是吧！」

「是的司令官，預計僅距離10海浬（20公里）處。」電戰人員提醒：「不過，長官，現在最重要的是飛彈對我們殲－15戰機、預警機的危機。」

戰情官面帶憂愁向葉步翼上將分析：「司令官，F-22戰機在距離達54海浬（100公里）以上就開始發射飛彈，可見是發射射程超過110公里的長程攻擊飛彈，這有可能是AIM-120C-5中程空對空飛彈。這種飛彈命中精度高，若是我們的殲－15戰機、預警機現在立即反應，我認為還來得及挽回。」

的確，發射後不管的AIM-120（AMRAAM）是美國研發第四代先進空對空全天候超視距作戰（Beyond

Visual Range, BVR）飛彈。當攔截遠距離目標時，AMRAAM使用兩段導引。首先它會利用空中預警機或紅外線搜索系統送來的資料，實施初段的飛彈內部慣性導航系統（Inertial Navigation System, INS），當AMRAAM接近目標時，會啟動飛彈內的主動雷達精準定位目標。在沙漠風暴中AMRAAM大出鋒頭，擊落眾多目標。由於命中率極高，美國戰鬥機飛行員常說「放瘋狗咬人（Mad Dog）」即是指先進的AIM-120（AMRAAM）空對空飛彈。

「戰情官，我知道你的意思。」司令官葉步翼用右手拇指與食指按摩自己的雙眉，陷入天人交戰的思考，他知道由於距離遠達54海浬（100公里）以上，現在撤回殲－15戰機、預警機尚可脫離飛彈的射程範圍，足可免受AIM-120空對空飛彈的致命攻擊。「戰情官，我總覺得這中間有著難以解釋的陷阱。你想想，美國戰機為何要在如此遙遠地方發射飛彈，讓中國飛機隨時有脫離的機會。若真要開火，F-22隱形戰機只要再接近至43海浬（80公里）處我們就難以脫身不是嗎？」將軍實在不解，到底美國人葫蘆裡賣的是何等玄機？

戰情官解釋說：「長官，將飛機留在那裡恐怕難逃飛彈襲擊，更何況我們的戰機及預警機目前皆無法有效探測出美國隱形戰機的位置。即使勉強發射飛彈，彈頭內的雷達也無法掌握隱形戰機，要反向擊落對方確實仍然有困難。」

這時司令官葉步翼上將已無選擇餘地，僅能無奈的下達指令。「戰情官，我們別無選擇，就向後撤離吧！」

「是，長官。」戰情官立刻下達指令，要求作戰室內電戰人員發出撤離訊號給殲－15戰機及預警機。

可是飛機撤離後僅數分鐘，空中無法理解的怪事開始發生，這不合理的事件困擾著作戰室內電戰人員。

戰情官神情緊張的向司令官說：「報告司令，美軍F-22隱形戰機發射的六枚飛彈，全部在雷達螢幕上突然消失了。」

「消失？」葉步翼上將心想：我的戰機才剛往回撤離，尚未脫離美國AIM-120空對空飛彈的攻擊範圍，這飛彈怎麼可能消失。「不！不是消失吧！」將軍大聲的說：「應該是它們自我引爆銷毀了。」將軍心想：

這美國人到底在玩甚麼把戲？

戰情官：「那附近並無其它飛行器，六枚飛彈不可能攻擊到其它目標引爆。」戰情官不解。「如將軍所說自我引爆！這不無可能，可是為甚麼飛彈放棄追擊我們的飛機呢？」

忽然間作戰室內的電戰人員又開始驚呼。「啊！長官，我們預警機終於發現F-22隱形戰機了。有三架在東方，離我們的預警機剛好在54海浬（100公里）處。」

葉步翼上將說：「這RCS 0.01平方米的隱形戰機果然了得啊！我們的預警機要近到54海浬（100公里）處才可發現它的蹤影。」

電戰人員回答。「對不起，讓司令誤會了。我們預警機雷達並非抓到F-22隱形戰機機體，是F-22隱形戰機開啟機上雷達掃描而自己暴露行蹤的。」

司令官：「你說咱們的預警機是逮到F-22隱形戰機送出的雷達電磁輻射？」

電戰人員：「是的長官，若非雷達的電磁輻射，我們現在還是無法發現F-22隱形戰機蹤影。可是只要F-22關閉它們的雷達掃描，我們還是會失去目標。」

戰情官：「F-22在掃描我們，想要確認我們的方位。」

司令官：「不！戰情官你錯了，沒那麼簡單，我認為F-22是故意洩漏它自己的行蹤讓我們知道。」

戰情官：「故意！這怎麼可能？」

懸疑的六枚失蹤飛彈問題尚未解決，另一件F-22怪異行蹤的事又發生了，這使得葉步翼上將傷透腦筋無法解釋。

司令官葉步翼上將手掌貼放於自己額頭上，不斷思索中間有何關鍵之處，將軍心神不定，知道其中必有隱情。中方飛機撤離數十分鐘後，突然間將軍靈光乍現，終於參透箇中奧妙，也了解美軍故佈疑陣的用意。

葉步翼上將突然回頭看著戰情官。「我知道了，該死，我們中計了！」將軍大聲喊叫：「快調回我們的殲—15戰機到漁船附近保護。這是美國人的完美連環計。」

戰情官一頭霧水不知所措。「長官……」

將軍說：「待會兒再分析，現在沒時間解釋，快點執行。」將軍繼續說：「快點聯絡漁船，讓華天及特種部隊準備潛水用具，他們可能需帶領狄博士跳海求生，無論如何先讓他們待命。另外我要知道攻軌、磁流潛艇098的位置，這兩樣是我們最後的希望了。」這時葉步翼上將突然喃喃自語：「天呀，我做了甚麼錯誤決策，竟使得任務陷入如此的危機！」

作戰室內所有人都被艦隊司令官的舉動嚇壞了，沒人知道情勢已經到了非常危急的地步，戰情官懷疑的問司令官。「長官，所有的命令都已經發出了，到底這是怎麼一回事？」

將軍雙手抱著頭，問戰情官：「你想想看，美國對狄博士所乘坐漁船到底有何企圖呢？」

戰情官回答得倒是簡單明快。「長官，中國不可能公佈漁船上有我們從美國救回的重要科學家，我認為美國會隨意安一個走私罪名給巴基斯坦漁船，然後將計就計『摧毀漁船』。」

「你完全說對了戰情官，他們會摧毀漁船。」將軍手指著海圖上漁船的位置，以銳利的雙眼看著戰情官。「可剛才美國F-22隱形戰機距離狄博士所乘坐漁船僅短短的11海浬（20公里），漁船不就是他們的主要攻擊目標嗎？為何F-22隱形戰機不下手攻擊近在咫尺的漁船呢？」

戰情官侃侃而談：「那是因為F-22隱形戰機為第四代空優戰機，它的設計主要用以壓制對方空軍為主，並奪取有效制空權。至於對地對海攻擊並非它的強項，這由F-22隱形戰機所配置武器系統全為空中攻擊所需即可一窺究竟。」

這時司令官葉步翼上將以堅毅的眼神再度看著戰情官。「說的好，既然美國以『摧毀漁船』為主要任務，那麼為何派出無法對海攻擊的F-22隱形戰機打頭陣呢？」

戰情官突然臉色大變，久久無言以對，戰情官來回踱步，心理湧現不祥預感。「難道F-22隱形戰機只是虛晃一招？」

「不！」葉步翼上將雙手比著作戰室的海圖。「不止如此，你太小看美國的謀略了，我認為美國有更深一層次的戰略打擊即將展開。」將軍大聲吆喝：「把海圖放大，我不需要包含中國本土在內的遠東地圖，只要顯示關島方圓1,000公里的海域圖即可。」

作戰室工作人員馬上調整電腦，一張含括中國南海艦隊、殲—15戰機、中美兩國預警機、關島及可能的美國F-22隱形戰機位置海圖立刻經由投影機投射在作戰室的螢幕上。

「美國人的策略是這樣的。」將軍手拿簡報用雷射指標器，將紅色小光點投放在螢幕上關島的位置上。「美國知道中國的成像間諜衛星早就在天上不停的監視著關島，於是關島駐軍配合起飛三架F-22隱形戰機刻意展示給我們看。」

戰情官表情有點吃驚難以相信：「刻意？司令官是說F-22隱形戰機不是主力？」

葉步翼上將點頭。「說的好，的確不是主力。更明白的應該說F-22隱形戰機只是此次計畫中佯攻的角色，它是用來混淆我們的戰略思考。」將軍移動螢幕上雷射小紅點到關島西邊約540海浬（1,000公里）處的南海艦隊停泊點。「美國人知道，南海艦隊在北京的要求下必定會昇空艦載戰鬥機及預警機到漁船附近保護警戒。問題是間諜衛星可以守株待兔抓到關島起飛的F-22隱形戰機，但是起飛後高速飛行的F-22卻不可能跟蹤。」

戰情官回憶思索之前的情景。「是的，司令官，當時我們的殲—15戰機及預警機緊急起飛，最終到達離漁船不遠處，而這已經是向東飛離航母艦隊群約162海浬（300公里）處。」

將軍再度移動雷射小點至漁船附近可疑的隱形戰機位置。「即使美國的F-22隱形戰機已經到達預警機前方54海浬（100公里）處，可是我們預警機上強力雷達還是無法發現匿蹤隱形戰機的蹤影。對於無法掌握匿蹤戰機確定位置，美國人知道我們心裡必定發慌。可是美軍更了解F-22隱形戰機有其隱形距離限制，如果再往前飛行必將因距離太近而最終暴露行蹤。此時美軍發射中程長距飛彈AIM-120C-5，這其實是要嚇唬我們的飛機離開戰場，美軍知道我們在無法發現隱形戰機下只有選擇離開，而射程110公里的飛彈，對於100公里外的目標沒有急迫威脅，只要我們飛機返航就無被擊落的危險，這說明美國不願擴大事端造成兩國全面軍事衝突。」分析精闢的將軍繼續說：「果然我軍殲－15戰機及預警機開始返航不久後，美軍立即自我引爆飛彈。我認為如果我們堅持讓飛機繼續前進，美軍依然會自我引爆飛彈，否則兩國必將引起不可預測的海空大戰，這與美國的最大利益明顯不符合。」

戰情官：「司令官，可是F-22隱形戰機曾經開啟機載雷達，它試圖掃描確認我們的方位呀！這或許表示隱形戰機可能有企圖再度開火襲擊已經往回飛的戰機。」

葉步翼將軍搖動著手。「不！事實證明隱形戰機並未再度開火。其實F-22開啟機載雷達是故意洩漏隱形戰機方位，目的只是刻意讓我們知道美國隱形戰機還在原海域，並警告中國後撤的戰機、預警機不要再返回。」

戰情官此時已經充滿疑惑。「司令官，為何美軍不希望我們再度返回呢？」

「好問題，這也正是整個計謀的重點。美國人只要確認中國戰機、預警機回撤確認，計謀就算成功了，而隨後的重頭戲才要上場。」將軍開始激動的說：「我認為後方跟隨而來的正是不具有隱形、無超音速巡航的F-18大黃蜂攻擊機，此時中國因為預警機後撤，與F-18距離甚遠，因此不具隱形的F-18依然可以保持匿蹤不被發現。在沒有中國殲－15戰機的干擾下，F-18大黃蜂攻擊機可以大大方方的攻擊海上的巴基斯坦漁船完成任務，而且還不會與中國海空軍正面衝突，爆發全面戰爭。」

戰情官聽了大驚失色，臉色丕變無法相信。「不……不會吧！司令官，這太詭異了！這怎麼可能……」

令人心驚的系統忽然跳出警告，雷達提醒在漁船東方發現兩架貼海飛行的戰機。不幸的是，這正是葉步翼將軍所預測的F-18大黃蜂攻擊機，此時F-18戰機開始拉高海拔高度，正準備發起對漁船的空對艦飛彈攻擊，戰場情勢顯然對中方極其不利。雖然葉步翼此前已經下令回調殲－15戰機到漁船附近，但為時已晚。此時華天及狄博士所乘坐的漁船正一步步邁向無可挽回的毀滅。

63 次軌戰機

才剛結束與國防部長多塞、關島司令官威特拉連線通話的北美防空司令部指揮官赫魯斯卡，腦海還沉浸在F-22隱形戰機及F-18攻擊機交叉運用得宜的戰略成功。滿心喜悅的克里斯正準備前往戰情大廳監看，他知道進入圈套的中國殲—15戰機（J-15）正在後撤中，而關島西方的漁船目前正處於虛弱空窗期，只要美國「F-18攻擊機」進入射程內發射空對艦飛彈成功，擊沉中國科學家所乘坐漁船的任務即可順利達成。

不知為何，導彈預警衛星監視組長與資深專員兩人，氣喘吁吁的衝進赫魯斯卡辦公室，顯然兩人有緊急要事呈報。「發生甚麼事？」指揮官赫魯斯卡對於突如其來的報告感到詫異！「是F-18攻擊機提早發射飛彈嗎？」赫魯斯卡心想：事情發生的還真快呀！我才正要到前方戰情大廳親眼見證，沒想到你們就迫不及待的帶好消息過來。

導彈預警衛星組長先說：「不是……不是的指揮官！」組長驚恐的說：「我們發現那不是導彈呀！長官。」

正要起身前往戰情大廳的赫魯斯卡聽了組長所言，再度坐回自己辦公室的高背大椅，露出牙齒微微淺笑，搶在資深專員開口前說：「對付漁船這檔小事，關島基地當然不可能發射導彈，我們的F-18攻擊機只要發射空對艦飛彈就已經綽綽有餘了。」赫魯斯卡向後躺在舒服的椅背上滿意的說：「為了保險起見，關島司令官威特拉還出動兩架F-18攻擊機呢！也好，這樣比較保險……」

組長連忙搖頭，打斷指揮官赫魯斯卡的話，他知道長官的心思正與自己南轅北轍、完全不同調。「不！不！報告長官，你誤會了！我們是說剛才從中國沿海發射那顆並非導彈呀！我與亞歷・布朗（Alex Brown）專員都同意，它應該是屬於一種特殊飛行器。」

指揮官赫魯斯卡終於知道屬下在說另一件事。「你說甚麼？特殊飛行器！」他雙手一攤。「怎麼啦！這有何不同呢？」

組長眉頭緊皺，憂心忡忡的說：「長官，問題可能很嚴重！這物體不是導彈，但卻有導彈的超高飛行速度。這物體不像洲際導彈運載的核子彈頭，專門攻擊已經設定好的固定目標，它可任意變更，就像戰鬥機一樣。這物體不像導彈不易變更軌道，它可隨意轉彎、隨時變更，軌道彈性極大。」

赫魯斯卡指揮官搓揉著雙手，似乎有點不耐煩。「組長，等等！我真的被你搞糊塗了。我看得出來你很急，無論如何你的描述也太繞舌了，你不妨直接告訴我吧！那東西到底是甚麼物體呀？」

既然長官都要求直說，組長乾脆撇開拐彎抹角，說：「對不起，長官。我是說那物體就是所謂的次軌飛行器。」

次軌？指揮官赫魯斯卡眼睛為之一亮，他從椅背彈起，驚訝的大聲嚷嚷。「你是說像我們的X-51高超音速飛行器獵隼（Force Application Launched from Continental United States, FALCON）！」赫魯斯卡張大眼睛，以懷疑的眼光瞪著眼前的導彈預警衛星監視組長與資深專員兩人。這事非同小可，赫魯斯卡寧願自己的耳朵聽錯！「話不可亂講，你如何證明那物體是次軌、不是導彈？」

預警衛星監視組長看著身旁的專員。「長官，我認為應該沒錯。布朗專員之前在俄亥俄州（Ohio State, OH）的賴特帕特森空軍基地（Wright-Patterson Air Force Base）工作過，曾經參與X-51A在2010年5月的試驗性首飛。當時B-52空中堡壘轟炸機的左翼載著X-51高超音速飛行器獵隼實驗機，並且飛至50,000英尺（15.24公里）高空釋放，隨後由戰術導彈的固體火箭助推至4.8馬赫（4.8倍音速）高速，最後才正式啟動X-51高超音速飛行器獵隼的沖壓引擎。我國當時在低空獲得成功的實驗。」組長轉頭看著專員。「是吧！布朗。」專員布朗毫不猶豫的點頭同意。

赫魯斯卡指揮官非常慎重的問專員：「布朗，甚麼資料讓你認為那物體是中國的次軌飛行器？」

「長官，一般以空氣浮力的飛機，根本難以飛到30公里以上的高空，除非飛行器本身有本事以十倍以上的音速向前運動。這次發現的物體飛行於70公里高的高空，這已經是大氣中所謂的中間層（Mesosphere），且速度更高達18馬赫（18倍音速），這已經足夠讓我們懷疑它是次軌飛行器。」

赫魯斯卡指揮官問：「這樣飛行條件也有可能是洲際導彈吧！」

布朗專員說：「不，不會的。導彈使用的是火箭引擎，它自我攜帶燃料，無須大氣中的氧氣助燃，為了去除空氣對飛行的阻力，增加飛行速度以便更快速打擊跨洲以外的目標，導彈通常運行於無空氣阻力的外太空。至於此次發現的物體在70公里高空，這並非導彈的飛行高度。」

赫魯斯卡從座位站起來，大聲說：「不可能！這不可能是中國的次軌。我知道次軌飛行器可以貼近稀薄大氣的太空軌道邊緣飛行，可是次軌飛行器開發異常困難，即使是美國也是費九牛二虎之力，前後共費時30年才漸漸掌握沖壓引擎技術，連我國也才剛成功，我不相信中國人已經擁有這種第六代戰機技術。」

「長官，這不無可能。」布朗專員分析說：「據我所知，中國人次軌飛行器的試飛早於2007年就已經開始，當時就有相片顯示中國轟六機腹下方掛載著一個縮小比例的空氣動力飛行器。這個白色機身，機頭機尾皆為黑色的小飛行器，看似有可重返大氣重複使用的阻熱材料，上面還印有『神龍』字樣。據情報顯示，中國後來在航天權威庄逢甘的帶領下，2011年於西安閻良國家航空試驗基地試飛成功。中國人當時的進度與美國幾乎同步。隨後美國因為預算赤字龐大，經費拮据。中國從此趕上美國進度，並且下線裝配軍方執班任務也不無可能。」

驚訝的赫魯斯卡雙手撐在桌上，無法相信的說：「天啊！如果真是『次軌戰鬥機』，那我們的……」赫魯斯卡話說到一半忽然戛然而止。

布朗專員知道赫魯斯卡心中的顧忌。「長官，次軌戰鬥機速度奇快無比，飛彈頂多二至四倍音速，根本無法對付。我建議讓F-18攻擊機盡早發射飛彈攻擊漁船，然後F-22隱形戰機與F-18攻擊機馬上離場回航。我想發射飛彈後，這足夠讓中國次軌對已經發射的空對艦飛彈與解救漁船中忙碌了。」

註解

9 一般30公里到200公里之間的稀薄空氣稱之為次級軌道，人類目前並無合適飛行器在此區域飛行。一直以來，人們希望開發出特殊引擎，既不像火箭引擎巨大且需自帶龐大助燃氧氣，同時又可以像戰鬥機引擎一樣，自由運用次軌內的極稀薄氧氣，並翱翔於次軌之內，這種引擎稱之為超燃沖壓引擎，但卻極其難開發。當次軌戰鬥機於地面起飛時，首先啟動一般渦輪噴射發動機，當速度超過每小時2,400公里（約兩倍音速）時，「次軌戰鬥機」會轉換成沖壓發動機，理論上這可使次軌戰鬥機以二十五倍音速飛在約90公里高的大氣與太空邊緣。八十分鐘次軌戰機可繞地球一圈，四十分鐘內可打擊全球任何地方。無怪乎全球強權傾全力開發沖壓引擎，以期達到第六代戰機的全球打擊能力。

64 神光系統

中國指揮旗艦西安號內的作戰室工作人員緊盯雷達螢幕神情緊張高喊著：「四枚空對艦飛彈，長官。漁船危險了！」作戰室內的人員開始心神不定，大家對漁船內科學家的命運，人人心情七上八下緊揪著。

葉步翼上將對於空對艦飛彈早已經有心理準備，但他並未料到F-18攻擊機竟然發射四枚飛彈，這說明美軍非得擊沉漁船不可的決心。「我知道！我知道！」將軍指著工作人員問：「次軌戰鬥機呢？」

站在旁邊的戰情官，神情肅穆的立刻接答：「長官，次軌戰鬥員已經在線上了。」戰情官眼見飛彈對漁船的威脅，忍不住提醒葉步翼上將。「長官，那飛彈對漁船……」

葉步翼上將上下晃著手安撫戰情官，隨後馬上對著無線麥克風喊著：「這是南海艦隊司令官葉步翼，神龍聽到了嗎？」作戰室內所有人面面相望，眾人不知何為神龍。

加密無線電那頭傳來代號神龍次軌戰鬥機飛行員清晰嗓音。「長官，神龍待命中，請指示戰情。」

葉步翼將軍：「神龍，暫時放棄追擊F-22隱形戰機及F-18攻擊機，請回覆是否可擊落威脅漁船的飛彈。」作戰室內一陣騷動，眾人紛紛猜測這神祕的「神龍」到底有何本事可擊落魚叉（AGM-84A）空對艦飛彈。

美軍戰鬥機通常會將目標傳入魚叉飛彈計算機內，當F-18攻擊機發射魚叉反艦飛彈後，彈體會以亞音速前進，並且下降至50公尺的巡航高度，接近海面掠海飛行，當魚叉反艦飛彈接近攻擊目標時，飛彈會突然躍昇，最後以攻頂的方式俯衝穿入對方艦體內摧毀爆炸。

神龍回覆：「長官，神龍的速度及神光武器系統不是問題，但是現在海面氣候惡劣，雲霧及海面水氣將會大幅影響神光的能量及打擊距離，請長官明示我有多少時間可應用。」作戰室內眾人再度議論起神光武器系統，這太神祕了，沒人知道這是怎麼一回事。

司令官葉步翼將軍對著戰情官說：「快！快點！馬上計算出魚叉飛彈對漁船的撞擊時間。」

作戰室內的工作人員立刻從電腦資料中獲得訊息。「報告長官，魚叉飛彈在漁船外東方70海浬（130公里）處發射，飛彈以0.8倍的亞音速前進，我們預計四百七十三秒（七分五十三秒）後撞擊漁船。」

葉步翼司令官。「神龍，你只有四百七十三秒。」

神龍：「長官，四百七十三秒對付四枚飛彈，如果海面氣候良好，這將綽綽有餘，我只需幾十秒就可搞定。可是現在海面有熱帶低壓、雲量及水氣的影響，很難保證效果，讓我試試吧，長官！」

葉步翼司令官回頭向戰情官指示，他低聲的說：「為保險起見，你立刻請漁船上的特種部隊，準備潛水及定位工具，若是神龍任務失敗，立刻讓特種部隊人員保護狄博士與華天跳海自保，而北京早有預備的靜音潛艇目前已經非常接近漁船了，它可就地救援。」

神龍次軌道戰機搭載的武器是中國歷經40年研發的神光系列，2007年神光Ⅲ取得成功後，立刻分支在各領域運用。在能源方面神光Ⅲ支援慣性約束核聚變（核融合）點火工程，期望將來以氘、氦3的準無中子核聚變（核融合）取得乾淨能源。這其中的氦3則主要蘊藏在月球表面，而另一個已經成功的「神舟」太空船計畫最終目標即是以到月球開採氦3為主要任務。神光Ⅲ的另一分支則運用在軍事反導彈襲擊防衛工程。而神光Ⅲ後續開發超級電容，並且將之小型化，主要用於052D驅逐艦的近防導彈工程。目前在「次軌道戰機」上就是以神光Ⅲ激光武器（雷射光）取代一般戰鬥機的飛彈，這是攻擊性武器劃時代的革命性變化。

神龍飛行員發現下方烏雲在熱帶低壓中心的吸引下，層層疊起、變換多端，越靠近低氣壓中心雲層越低、越密、越厚，不巧「F-18攻擊機」發射的魚叉飛彈正是掠海巡航於50公尺超低空高度。由於熱帶低壓雲層水氣會吸收神光的激光能量，造成超高能量的激光渙散難以聚焦。神龍飛行員又發現魚叉飛彈朝著漁船方向，正好是雲層越密氣壓越低的地方，這表示魚叉飛彈越往前跑低雲越多，神龍的激光就越不容易對付，這影響帶給神龍飛行員超乎預期的困難。

「神龍」飛行員呼叫航母基地：「長官，為了擊毀飛彈，我必須降低高度，縮短與飛彈距離，盡量減少水氣吸收激光的能量。」

葉步翼司令官回覆：「基地了解，重返濃密大氣層，神龍應該降低飛行速度吧！」

神龍飛行員說：「是的長官，神龍會先從230,000英尺（70公里）降至沖壓發動機仍可運作的50,000英尺（15.24公里）高空，而速度則會從18馬赫（18倍音速）減低至4.0馬赫（4.0倍音速），希望在中高空等待好機會。」

此時由北京可見光衛星傳來的資料，立刻激起南海艦隊指揮旗艦西安號作戰室內的人員莫大騷動，戰情官高興的將即時衛星影像投射在作戰室的螢幕上。「司令官，我們的機會來了！」興奮的戰情官高聲喊著，眾人知道時機稍縱即逝，全體作戰室人員側頭傾聽。「這是北京傳來的可見光衛星資料，長官你看這裡。」戰情官走到螢幕前，乾脆用手直接指著一塊雲區，充滿希望的大聲說：「這裡有個小雲洞，神龍裡的強激光這下可以發揮功用了。」戰情官握著拳頭幾乎快要跳起來。

「太好了，這就是機會！」葉步翼司令官臉上點燃了希望。「快將座標傳給神龍。」

神龍進一步降低高度及速度，達到沖壓發動機能力的邊緣下限。「長官，神光的跟蹤定位系統已經就位，我估計這雲洞可以提供神龍約十秒鐘左右的行動時間。」

作戰室內的人員迫不及待的回應：「我們使用系統已經幫你算好，依照神龍降速後正確應該是十三秒的時間。」雷達工作人員回頭，將目光移至他的上司戰情官，低聲的說：「長官，只剩下最後的一百九十秒（三分十秒），這太危險了，是該考慮任務雙保險的時候了。」

戰情官：「你是說漁船那邊同時動作？」

雷達工作人員：「如果神龍任務失敗，漁船降下救生艇也要時間啊！現在不做，一旦『萬一』恐怕會來不及反應！」其它幾位作戰室內的人員心急如焚，各各點頭同意。

戰情官：「我了解司令官的意思，他認為漁船所在區域風強、浪高、雨急，海上環境惡劣，即使拋下救生艇也毫無作用，司令官是要到最後實在不行時，才讓所有人員著潛水裝、帶定位器跳海，海裡頭並無風浪，正是等待靜音潛艇救援的好方法。」

神光系統的強激光是以光速每秒162,049海浬（299,792公里）前進，理論上神光僅需要二至三秒鐘即可解決一枚飛彈，十三秒鐘已經足夠清除飛彈對漁船造成的危機。此時神龍已經進入發射神光的倒數，作戰室內人員紛紛站起，人人心情高漲，但卻詭異的鴉雀無聲。

「出現了！」神龍飛行員大叫，他知道時間不多，不容遲疑，接著大喊：「發射！」一道強烈雷射激光束以每秒162,049海浬（299,792公里）的速度，由高處射向雲洞中最前方的魚叉飛彈彈頭。以0.8倍亞音速前進的魚叉飛彈，相對於「神光」激光束以光速（874,030倍音速）邁進有如靜止不動，而數萬億瓦的超大雷射激光能量卻只集中在彈頭上小小的幾平方釐米內。魚叉飛彈金屬彈頭哪裡禁得起如此巨大能量照射！彈頭幾乎在瞬間熔化崩解，並且爆炸化為烏有。

雷達工作人員高興的大叫：「啊哈！第一枚飛彈被摧毀了！」作戰室內全體人員高興的跳起來拍手叫好。

雷達工作人員繼續回報好消息：「司令官，第二枚飛彈也清除了，第三枚……」

眾人摒息以待。

「清除了！」雷達工作人員大聲的說：「重複，第三枚飛彈確定清除！」

此時作戰室內再度陷入鴉雀無聲，只剩下最後的第四枚飛彈！

神龍飛行員以無線電傳來的呼叫震撼航母基地。「長官！」飛行員激動的說：「第四枚飛彈海面附近水氣微粒太多，神光激光束能量受到水氣嚴重吸收分散，無法擊落。」飛行員聲音顫抖，他知道漁船已經籠罩在危險之中，任務遭到嚴重威脅，飛行員說：「神龍決定直接降到低海拔的低空實施近距離攔截。」

「低空？」司令官葉步翼知道低空對神龍次軌戰機是一種嚴酷的挑戰。「你是說要再度降低速度？」

神龍飛行員顫抖著聲音回答：「是的，長官。」

最後一枚飛彈再度進入低氣壓雲區內，神龍唯有關閉專為次軌高空稀薄大器的沖壓發動機，然後重新啟動可在濃密大氣中飛行的渦扇噴射引擎。但這將嚴重降低神龍飛行速度，當降到海面幾百公尺高度時，飛行將只有1.5倍音速左右而已。

作戰室內的雷達工作人員大聲說：「神龍的速度在降低中！現在已經低於四倍音速了！」雷達人員回頭看司令官。「神龍正式重返濃密大氣層內。」工作人員大聲說。

神龍：「呼叫航母基地。長官，神龍已經關閉沖壓發動機，渦扇噴射引擎重新啟動成功。」

雷達工作人員再度大聲說：「司令官，『神龍』高度快速降至13,120英尺（4,000公尺），速度則降至2倍音速了！」

司令官葉步翼大聲嚷著，緊張的情境感染至全體作戰室內的人員。「回報！還有多久時間？」

工作人員說：「司令官，只剩下一百秒（一分四十秒）飛彈就會撞擊科學家的漁船！」

神龍飛行員知道任務艱巨，以惶恐的聲音說：「長官，再給我一點時間！」

雷達工作人員神情激動回報：「司令官，神龍已經降至離海面984英尺（300公尺），速度現在只有1.5倍音速了！而且還在減速中……神龍已經在風暴區內了。」

司令官葉步翼心裡想著：現在全靠神龍飛翼下兩具傳統的渦扇噴射引擎了，這種高度不是「神龍」的強項，尤其還要在強風驟雨不穩定的海面上摧毀飛彈，這任務太困難了。

戰情官心急如焚走到司令官葉步翼前低聲的提醒說：「長官，保險起見不能再等了，漁船那邊必須先自保行動了！」

這命運多舛的任務讓葉步翼不得不下最後抉擇。「你說的對，吩咐下去，讓漁船立刻行動。」

風暴使神龍機體顫動，更增添飛行員對任務的難度，飛行員高喊著：「航母基地，強風使神龍震動太大，我必須再減低速度。」

工作人員：「剩下四十秒！」近乎不可能的任務使作戰室內人人心情狂亂糾結，心臟砰砰跳著。

神龍飛行員大叫：「跟蹤定位器鎖定了飛彈！」作戰室內人員全跳起來，大家知道時間不多。

「發射！」眾人期待這一聲「發射」後，能迎來勝利的呼喊。

飛行員抱怨：「唉呀！這雨勢、水氣阻絕了神龍激光，能量渙散，這樣下去還是失敗！」神龍飛行員焦慮的尋找最佳時機。

此時魚叉空對艦飛彈忽然放棄掠海飛行，向上衝高躍昇，原來魚叉準備俯衝撞擊漁船。

神龍飛行員大喊著：「機會來了！」

西安號作戰室內眾人不知所謂「機會」從何而來？

神龍飛行員再度降低飛行速度說：「基地，風使機體晃動過大，我得非常接近飛彈才行。」作戰室內眾人大驚失色，所有人緊握拳頭，心臟幾乎跳出。

工作人員：「剩下十秒！」

神龍向下俯衝，肉眼幾可見到飛彈。「發射！」飛行員大叫。

在狂風猛吹的搖晃下，神光的激光只偏射到飛彈尾部，熔化的彈尾至使正在俯衝的魚叉飛彈稍稍偏離，但飛彈依然向下衝向漁船，這時……

65 反擊

快速飛奔的雨雲致使天空灰暗陰霾，海上強風夾雜著滂沱陣雨聲勢驚人，同時也掀起上下起伏的滔天巨浪。隨著波浪上下擺動，已經停止前進的巴基斯坦遠洋漁船166號，隨浪逐波搖曳，險象環生。

惡劣天候的海面，非常突兀的忽然竄出4顆人頭，原來是幾位中國特種部隊人員，跟隨著顧問華天浮到海面上，石頭跟在華天旁邊，不解的說：「華顧問，海面風浪太大，躲到海面下反而安全，咱攜帶的氧氣足夠讓我們撐到潛艇到達。」

華天滿臉是水，分不清來自傾盆大雨或是撲面而來的狂濤巨浪，只見華天擔憂的眼神。「狄博士呢？你有看到他嗎？」大浪使華天載浮載沉，他卻東張西望的在尋找狄博士，大自然的怒吼掩蓋所有人聲，華天不得不費力的對石頭說：「我在海面下看不到他呀！」

石頭將蛙鏡向上掀起，安撫華天：「顧問，別擔心！狄博士身邊有饅頭及幾位特戰人員貼身保護著，絕對不會有問題。再說我們全部都帶有衛星定位儀器，不可能失去聯絡。我相信他們與巴基斯坦船員都在前方的水下。」石頭繼續說：「大家剛棄船下海不久，因為風浪大只是暫時沖離分開，這就讓我陪顧問到水裡頭與他們會合吧！」

石頭重新裝好蛙鏡，正準備帶領華顧問再度回到水裡時，東方空中由遠至近傳來巨大的「轟——轟——」引擎飛行巨響。華天與幾位特戰人員不約而同的轉頭向東邊望去，卻被大浪漸漸衝出彼此間距離。這時見到遙遠海平面上方，一枚飛彈拖曳著紅紅的長尾焰快速接近他們身邊漁船，後方還跟隨著一架飛翼造型的飛機緊追不捨。

石頭大叫：「啊！危險！是美軍的飛彈呀！」石頭奮力的想再度接近華天，一邊大聲對其它特戰人員喊著：「快！快！快！快將顧問拖到水裡頭，有危險呀！」

「次軌戰機」——魚叉（AGM-84A）飛彈展開攻擊，忽然從貼海飛行拉高準備俯衝，雖然飛彈速度快，但那後方「次軌戰機」一道強烈激光仍然至使魚叉飛彈彈尾熔化受損，魚叉從天向下俯衝但軌跡偏移，原本彈體應該直擊漁船核心，卻因尾翼失去修正能力，最後撞擊到漁船偏左側外舷，漁船外舷爆炸，爆裂彈片及漁船鐵殼殘骸四散射入海面。

爆炸震波衝擊海面，華天被震得面朝下漂浮於海面之上，石頭快速靠近華天。「華顧問！華顧問你沒事吧！」石頭伸手想扶華天，卻發現顧問後背有異物突出，石頭趕緊抱住華天，他知道出事了！「華顧問！」石頭以顫動的手將華天翻回面朝上，發現華天已受傷，一條爆裂的漁船鐵片從上方飛射而下，插入華天的肚子直到背部。

「不！不！」華天搖著頭隨著海面波浪搖晃，他以虛弱的聲音說：「不……不……不能拔出來呀，石頭！」

「顧問，我知道……我知道！現在拔出來會無法控制失血。」石頭傷心的淚流滿面，他緊抱著華天，深怕再出任何差錯。「怎麼會這樣？為甚麼在最後會發生這種事！」他奮力高喊著在海面上的另兩位特種部隊同伴。「快！快呀！」聲音之大蓋過海面巨大呼嘯。「快點來幫忙，顧問受傷了！」一位特戰人員提醒石頭：「石頭，這裡不適合，海面搖晃太大了，讓我們帶顧問暫時進入水裡再說。」

此時航母基地知道神龍次軌戰機對最後一枚飛彈攔截任務失敗，西安號作戰室通過緊急通話器，連絡已經棄船擁有通話器的饅頭、石頭，想要確認目前海面實際狀況。「這裡是基地，聽到請回答！」未得回音，作戰室知道海面氣候惡劣狀況不佳，繼續呼叫。「這裡是基地，聽到請回答！」仍然沒有消息，工作人員開始擔心，正要再次呼叫時，無線電突然傳來「嘶——嘶——嘶——」的反應，作戰室人員高興的大聲說：「這裡是基地，聽到了嗎？」

石頭浮出水面回覆基地，這時作戰室的擴音器傳來「嘶──嘶──」作響的石頭激動聲音。「基地，你們在哪裡？」石頭哽咽的聲音加上風雨背景呼嘯聲，更加深了作戰室內工作人員的悽涼感。「顧問因為飛彈爆炸受重傷了，到底潛艇在哪裡呀？」石頭悲傷的叫喊。

葉步翼司令官聽到擴音傳來的壞消息大為震驚！「你是說華天？」葉步翼知道華天是整個任務的靈魂人物，也是軍委的重要人員，他的受傷將會牽動廣泛。「怎麼會呢？你們不是提早棄船下海了？」石頭急得對緊急通話器大喊：「爆炸流彈四處竄飛，碎片貫穿顧問腹部，潛艇再不到達，我怕顧問有生命危險呀！」

作戰室內工作人員急著回覆：「到了！到了！依據回傳定位資料顯示，磁流潛艇098應該就在附近了。」司令官拍打著桌子。「該死的美軍！」怒不可遏的葉步翼吶喊：「從頭到尾他們就蘊藏著邪惡，我們不能僅有防衛，是反擊的時候。」將軍對著無線電大喊。「神龍呢？」

「神龍在，神龍還在線上，司令官有何指示？」

葉步翼的舉動讓戰情官大為緊張，他擋在司令官的面前。「長官，千萬注意不要造成兩國正規軍交火啊！」

「注意？」葉步翼對戰情官的說詞可火大了，他大聲傾洩積壓已久的情緒。「你沒看到嗎？對方用飛彈證明我們的容忍根本一文不值，現在還跟敵人講甚麼仁義道德呀！現在不給對方一點教訓，他們還以為中國沒底氣虛，不敢還手呢！」

「不對！不對，司令官容我提醒，出發前上級特別指示，此次以救援狄博士為最終目標，過程中要避免與美軍擦槍走火，以免造成日後不可收拾的可怕後果。」

「擦槍走火！」葉步翼握著拳頭，曲著手肘咆哮的說：「戰情官，你眼睛瞎了嗎？『F-22隱形戰機』剛才還向我們的戰機發射了六枚飛彈。」葉步翼氣忿難消，手比著六的數字不斷搖晃著強調。「戰情官，六枚啊！這是哪門子避免衝突呀！」

「我知道！我知道！可那是美國的戰略，之後馬上自我銷毀，並未造成我軍傷亡呀！」

「沒有傷亡嗎？」司令官把手指著西安號指揮艦的外頭。「咱們的顧問已經被打成重傷了，現在還泡在海裡頭喝著美國人送的太平洋鹹水呀！」司令官越講越氣。「到現在我們還在怕甚麼『擦槍走火』？告訴你，受傷的華天就已經證明早就『走火』了！美軍根本不在乎，那我們還要等到甚麼時候才醒啊！」

戰情官硬是擋在司令官的前面。「長官，聽我說。神龍是六代戰機，一旦開火，眼前美軍戰機不可能抵擋，場面將會失控。更何況美國可不是吃素的，他們也有次軌六代機，到時必定會傾全力反撲，屆時的烽火連天將超過我們所能想像。」戰情官接著說：「我知道長官與軍委華天是舊識好友，這等事您心裡頭悶，怨氣不吐不快，但是無論如何還是要以大局為重，千萬不可輕舉妄動，壞了上級當初的交代呀！」

葉步翼撥開戰情官。「不成，非得給對方一點顏色瞧瞧不可，我們解放軍可不是擺著裝飾當好看而已。人不犯我，我不犯人，人若犯我，我必擊之。我可以不發動攻擊性反擊，但是非得給對方下馬威不可。」

戰情官回望葉步翼司令官好奇的問：「我不懂，你是說……」

66 以戰止戰

龐大艦身，錯綜複雜而昏暗的廊道，這是一艘巨大潛艇但卻有著如地下迷宮的走道，極易使人失去方向。前方親自帶路的是靜音潛艇098艦長，後方則緊跟著饅頭、石頭及幾位潛艇內官兵，合力抬著華天所躺的擔架。華天痛苦的臉龐，側躺於擔架上隱忍未發一語。大夥七嘴八舌的嚷嚷，眾人知道顧問在海上漂流後狀況不佳，一分一刻耽擱不得，所有人在狹小潛艇內部加快步伐，拼命向前邁進的同時卻也不免在低矮走廊上跌跌撞撞。

098艦長不時的提醒：「快！快點！」艦長手比著左前方。「再往前左拐就到醫務室了。」

心情焦急萬分的石頭問著一旁醫官：「華顧問失血過多，待會得先實施輸血。我剛才問過顧問本人，他的血型是『A』型，潛艇內可有足夠的血漿供應？」

醫官憂慮的說：「這是一艘還在海測的核子動力戰略導彈原型艦，此次任務原本以各項設計參數驗證為主，人員以原設計工程師及部分艦上官兵混編而成，但離正式的艦上配額滿員尚有極大差距，恐怕醫療藥品及血漿遠遠不及呀！」

一位軍官跑來，在艦長耳旁低聲的說：「與北京指揮所連線已經準備妥當。」

艦長點頭。「知道了！」艦長引導眾人前往醫務室的同時說道：「醫官講的沒錯，血漿的確是不夠用。不過沒關係，這我可以想辦法解決。」艦長對旁邊的屬下說：「馬上傳令下去，凡是血型是『A』的官兵，無論階級大小全部到醫務室外排隊等候，我們緊急要收集更多的『A』型血液。」

這艘試驗原型艦的醫務室因陋就簡，事實上根本沒幾個像樣的醫療儀器，醫務室反而像是藥品堆放中心，橫七豎八雜亂無章，誰也沒想到極端祕密重要的中國下一代革命性潛艇，測試中途臨時竟然接到緊急任務。

這時醫官惶惶不安的說：「醫務室到了，先將顧問放在檯上，他失血太多了，我們首要先輸血。」饅頭：「醫官，華顧問他……」

艦長打斷饅頭的問題。「戰士，這邊說話。」艦長暗示饅頭、石頭等特種人員到醫務室外說話。

醫務室外，艦長語重心長的說：「幾位戰士，這是一艘試驗的原型潛艇，根本沒有良好的醫療器材，華顧問如此重的傷，醫官及這裡的設備只怕都無法勝任。」

石頭急的提問：「可是醫官正在幫顧問輸血，這不就表示馬上要進行手術嗎？」

艦長萬分無奈的道歉。「對不起！我知道這位醫官是臨時被調來測試潛艦上，他對一般輸血或許還可以，可是這麼重大的外科手術是不可能的。北京中央指揮中心要我們盡量延長顧問的生命。」艦長雙手緊握，他知道098靜音潛艇對於華顧問目前傷勢幫助不大。「我真的非常對不起各位！」

石頭、饅頭聽聞，雙雙潸然落淚，饅頭大聲的說：「延長時間……那能多久？這些血根本不夠顧問流失的速度，顧問不可能撐多久呀！難道沒有其它辦法嗎？」

這時醫務室內傳來顧問微弱的呼喊聲音，石頭、饅頭、艦長聞訊再度回到醫務室內。「石頭、饅頭，不要為難艦長，這樣的重傷……這裡的醫官及儀器不可能處裡。」面容痛苦身體虛弱的華天，臉色蒼白四肢微微顫抖，卻仍然關心後續情勢發展。「艦長你與南海艦隊指揮官葉步翼熟識。」華顧問以虛弱的聲音問著：「外面艦隊的最新情況如何快讓我知道。」

艦長安撫顧問：「華顧問你的傷勢如此嚴重，現在安心養傷為主，暫時先別擔心其它事情。」

「不！」華天虛弱的僅能小幅度搖頭。「你我都了解葉步翼司令官的硬脾氣，我深怕受傷事件會引起他的衝動反擊，壞了大事。」華天痛苦的詢問，但艦長面有難色，雖然一臉心情沉重，但還是保持不發一語。

「快讓我知道。」華天的體力在分秒逐漸消失中，卻還是打起精神再度追問，只是艦長依然沉默不語。「出事了嗎？快說，這攸關兩國大事啊！」

艦長終於點頭。「華顧問說的沒錯，司令官確實已經反擊了，他以次軌戰機打下了一架正在返航關島美軍基地的F-18攻擊機做為對此的報復。」

「完了！大事不好。」華天以無神的眼光看著艦長。「我所害怕的事終究還是發生了。可慘了！葉步翼司令官太情緒化了！」華天有如遭受電擊般，突然加大顫抖的聲音。「中美兩國現在局勢丕變、險惡至極，海上即將爆發雙方對抗，衝突已經不可避免了。」華天忍受身體的痛楚，忽然以無力又冰冷的手，輕輕握著艦長的手掌。「不行，要發生重大事情了，艦長一定要幫我跟北京中央指揮中心的軍委連線……我有要事交代。要快……千萬耽擱不得。」華天對著艦長強調說：「艦長，在我意識還清醒時，我有許多重要事情要跟軍委商量通話。請你無論如何要聯絡上軍委指揮官。」

艦長紅著眼框，強忍著淚水，哽咽的回覆華天：「華顧問，你的傷勢如此嚴重，命在旦夕，我及潛艇全體官兵完全無能為力。可在您生命的最後時刻，依然關心國家局勢，此鞠躬盡瘁真讓我傷心不已。」艦長說到深層傷心處，兩眼再也抵擋不住，原本在眼框裡打轉的淚水有如潰堤似的向下竄流。

「為安全起見，我想艦長無需讓098浮出水面，潛艇只需放出拖曳天線置於海面上，即可與外界取得聯繫是吧！」華天知道098為噴水磁流潛艇，由於應用磁場對導電海水的電磁作用，使海水向船艉噴射出去，根本上消除傳統潛艇機械轉動摩擦所產生任何震動。只要不浮出水面，它早已消失在海洋背景噪音下，現今聲納科技無法發現其蹤影。

「其實軍委早在線上等候，可是他知道顧問傷勢不輕，吩咐暫時不要打擾你呀！」艦長接著說：「好！我讓098潛艇接近海面，放出拖曳天線，盡快讓人備妥，再度取得與北京的連線。」

華天的擔架被移至098噴水磁流潛艇的艦橋指揮控制中心，旁邊醫官盡全力在為華天爭取寶貴的一分一秒時間，吊掛桿上血漿不停的在補充著，但沒有人知道何時有限的血漿將耗盡終了，但可以確定的是「那不會太久」。

副軍委賀鴻飛在北京那頭忐忑不安的勸著華天。「你的狀況非常不好，再連線只會繼續惡化。」

華天以微弱的聲音跟著遙遠的北京軍委對話。「軍委，那已經不重要了！現在當務之急是亟思對策，減緩即將爆發的軍事衝突。」

軍委說著最新衛星情報資料。「衛星已經發現南海美軍的第五航母艦隊及來自日本橫須賀北方的第七艦隊，它們已經轉向直接對著我們中國南海艦隊而來。」

「沒想到這麼快就開始了。」華天氣若游絲的接話：「聽我說，軍委……」話語斷續而虛弱。「現在已經不可能阻止美軍的報復軍事行動，你還記得棄船前一小時我們的連線對話嗎？當時我對各種可能情況加以分析。」華天強忍著身體的痛苦。「現在看來只有選擇最不願意的以戰止戰，只有這方法可以避免軍事戰爭爆發。」

賀鴻飛軍委極端憂慮的回答華天：「我知道你的想法。」軍委想了一下。「不！不！華天，這風險太大，太危險了，只要稍有不慎，甚至可能爆發全面戰爭，到時將難以控制局面。」啟動以戰制戰實在讓軍委難以下定決心。

這時醫官低聲的在艦長耳邊叮嚀。「華顧問的心跳下降，衰竭現象快速上昇，生理狀況非常不好！現在僅僅靠著強心針、藥物、血漿維持生命，若以這速度演變，顧問撐不了多久的。」

艦長：「我知道……我知道！唉……」艦長拭淚。「醫官就盡你所能吧！」艦長緊握著華天冰涼的手，他知道死亡隨時會來臨……

華天聲音更形虛弱。「論軍事能力，我方雖然在部分軍事科技有所突破，達到領先局面。但是美國已經發展長達一百年的軍事歷史，累積的軍事爆發能力難以想像。」在一旁的饅頭將無線麥克風更加靠近顧問嘴邊，華天幾乎提起最後的元氣繼續說：「尤其是美國海軍，十一艘超大型航母艦隊，分佈於全球世界各地，平均實力超過我方甚多。軍委，現在海面有『熱帶低壓』，船隻大多向南偏航遠離風暴，此時只要中國公佈演習並再劃分區域，將可迫使海面船隻再度南移，這正是絕好時機，中國只要善加使用『不對稱區域軍事優勢』，絕對可以化解危機，轉為對我方有利局面。」

賀鴻飛已經感受到華天更加無力的聲調，擔心之情湧上心頭。「我知道你的論述，可是……」

華天繼續說：「這風險其實不大，說穿了與美國關島出動F-22隱形戰機一樣，只是試圖遏阻我方南海航母艦隊的戰機前往漁船附近保護，兩者之間其實是有異曲同工之妙。」

軍委賀鴻飛：「可是數批艦隊在同一區域，那時區域內將有如火藥庫，這恐怕極易擦槍走火釀成不幸。華天，這有極大難度。」

此時華天旁邊的人員開始騷動，他的心跳及衰竭開始越過危險值，華天逐漸進入昏迷階段，艦長開口說：「軍委，華天的心跳快速下降，他恐怕已經不行了。」

華天是軍委最重要的幕僚，他的狀況讓軍委心痛不已，若非情勢需要，也不至於提命對話，其實此番連線大家早有最壞的心理準備，眾人知道無論是否與北京連線，以098潛艇目前的設備都無法挽回華天性命。

「華天……華天……」軍委喊著，但語氣顫抖，心裡有數。

醫官不捨，但也只能再度施打強心針。「艦長，這針已經幫不上甚麼大忙了。」醫官傷心的說。

忽然間回光返照，華天提出他最後一口氣，喊著：「軍委，別無選擇，你要『發射』呀！」

隨後098噴水磁流潛艇的艦橋指揮控制中心陷入極度安靜，所有艦上官兵低頭起立。

軍委：「艦長，現在……」

艦長哀泣的說：「長官，華顧問報國了！」

艦上所有聞言者莫不啜泣掉淚，艦上再度進入寂靜。

軍委賀鴻飛哽咽不已的說：「華天你好走，我會慎重考慮你的提議。」軍委繼續說：「艦長，我知道海軍規矩，但098離中國近海僅有數千公里，全力航行所需天數不多，懇請艦長保留華天大體，我希望能夠回國以軍禮安葬。」

註解

10 中美兩國每一世代的潛艇皆是成雙成對研發，一艘為攻擊性潛艇，專為獵殺海面上軍艦、船舶及海面下各型軍事潛艇而設計。另一艘為戰略潛艇，由於潛艇航行於深海之中，甚少浮出水面不易被敵人發現，此類戰略潛艇專為核戰時國家可實施二次核戰略反擊力量。通常一艘戰略潛艇可攜帶約二十枚以上的洲際彈道飛彈，每枚洲際飛彈還可搭載六至十顆核子彈頭，因此一艘戰略潛艇已經足夠毀滅一個地球上的超大型國家了。噴水磁流潛艇098更是萬噸級的超級龐大戰略潛艇，西方國家稱中國的098潛艇為「秦」級潛艇。

67 導彈演習區

中國官方通訊社「新華社」發表新聞通告，宣佈解放軍的二炮導彈部隊將大規模演習，文件並正式發給各國有關公海導彈演習的通知。文件內容說明：中國二炮導彈部隊將於2021年12月15日起共兩日，實施公海導彈軍演，本次演習的主題為新型號導彈再入軌，目的是設計參數驗證及導彈反應能力。為對南菲律賓海（Philippine Sea）海域實施例行性的區域導彈演習，演習地點的經緯度及區域大小將公佈於新華社網站。中國要求上述時間內船隻請勿進入被劃分範圍內，對於區域內的船舶請盡快駛離該海域，以避免導彈飛行期間受到不必要的外界電波干擾，造成軌道偏移的意外撞擊危險。

一般導彈演習的區域不大，僅需要數十公里見方已經足夠了，可是這次中國公佈的竟然是一個大面積海域封鎖，區域之大已經超過正常導彈演練所需要的範圍。這時世界各國及新聞媒體並未對導彈演習提出質疑，顯然各國已經習以為常，大家認為這只是普通的長距離導彈測試實驗，除了演習面積不尋常過大以外，其餘不足以大驚小怪。

在寬廣無垠海面所提供充足溫暖水氣下，熱帶低壓（Tropical Depression）經過兩天的發展迅速茁壯強大，已經形成中心達到940百帕，風速達到平均每秒48公尺的中度颱風上限。由於強烈太平洋高壓勢力向北小幅漂移後，隨即轉為大幅向西延伸，中度颱風在高空引導氣流的強烈變化下，颱風中心行進速度開始減低至每小時8公里的慢速，這表示中心將要轉變方向。果不期然，醞釀半天後整個颱風隨之沿著高壓邊緣前進，同時開始由西北轉為向西行進的方向，這是颱風明顯受到太平洋高壓勢力壓迫的影響。這樣結局並不在各國氣象專家早先的預料之外，只是令人納悶的是，中國的導彈演習區為何如此巧合，竟然就選在「颱風」的南方，更怪異的是導彈落海的演習區域不是正方形面積，而是南北瘦小、東西寬度極長的大範圍矩形，這完全不符合邏輯，令人跌破眼鏡。

司令部設於中東小國巴林（The Kingdom of Bahrain）的美國第五艦隊（United States Fifth Fleet），管轄區域從波斯灣、紅海到印度洋一帶。由於伊朗察汗特區（Sar-chahan）的反物質爆炸事件，美國於伊朗外海集結的各航母艦隊全處於暫停攻擊的觀望狀態。同時因劫持科學家事件造成中美雙方軍事對峙，遠東局勢劍拔弩張、一觸即發的緊張態勢持續蔓延。美國從中東調派第五艦隊羅斯福號（CVN-71）航空母艦群趕赴西太平洋支援，第五艦隊經南海進入菲律賓海海域，並與駐紮日本橫須賀的美軍太平洋艦隊第七艦隊南北呼應，形成夾擊之勢，對中國航母艦隊開始實施包圍。

第五艦隊司令官接獲來自美國國防部對中國將於南菲律賓海（Philippine Sea）海域演習的警告指示，艦隊旗艦拉薩爾號（AGF-3 USS La Salle）艦長心有疑慮的對第五艦隊司令官說：「司令官，中國此次演習地點非常奇怪，明顯具有針對性，說白了應該是衝著第五艦而來，我認為這是對方刻意的警告。」

艦隊司令官站在拉薩爾號左舷欄杆旁，但颱風造成的低壓磁吸效應，使得風從西南吹來。由於艦隊距離颱風尚遠，這時從艦尾吹拂而來的是陣陣清涼小風，卻也將司令官項上髮絲吹成一頭蓬草。司令官用右手梳理日漸稀疏的頭髮，然後指著北方海面並對著拉薩爾號艦長說：「北方烏雲密佈，霧氣衝天，似乎正隱藏著我們無法理解的風暴。艦長，我同意你的看法，可是前方迷霧阻擋，我實在難以摸透中國人到底葫蘆裡在賣什麼藥呀！」

艦長將頭上的海軍圓盤帽摘下，以防海風突襲，掃落他的軍帽。「演習區域就剛好夾在颱風與我們艦隊之中，好像中國在幫劃分我們可行進的方向，我總覺得有說不出的關聯牽扯在內，真讓我理不清、看不遠。」艦長額頭上深陷的橫條皺紋，正好也說明著他的懷疑有多深。

第五艦隊司令官轉過身來看著拉薩爾指揮旗艦艦長，這時的司令官中將臂章明顯可見。「我不知道你的擔憂是否合理！」對於惱人的海風，司令也只有再度理順自己的頭髮，以保持將軍的威容。「我們艦隊行進方向本來就是往東，目標是要靠近中國的南海艦隊，這長條型的演習劃分區對我們一點也沒影響。若說造成不便，那就是暫時與北方第七艦隊喬治·華盛頓航空母艦（USS George Washington CVN-73）切離。」

艦長聳著肩，兩手掌張開向上表示無法理解。「是啊！我想不透的就在這裡，難道區隔開我們兩大艦隊有這麼重要嗎？中國官方公佈演習時間僅有兩天而已，這樣短的時間對我們沒有實質傷害。這也就是說，中國應該另有圖謀才對呀！我絕對不相信僅僅是導彈演習如此簡單。」

司令官背部靠著欄杆。「你說的對，但是到底是何目的呢？現在看來依然是個謎，或許我們需要更多一點時間來判斷，希望我們的考慮都是多餘。」

西南陣風繼續吹著第五艦隊及拉薩爾號指揮旗艦，令人不解的演習越想越模糊，北方的颱風中心有如黑洞般，將所有問題都吸入深不可測的「颱風眼低壓中心」，使人摸不著頭緒。

68 油輪

海面上一艘巨大的超級油輪正向東行駛，目標為美國西岸，這是美國籍的安德魯．杰克遜（Andrew Jackson）超級油輪。為了增加載重、降低運輸成本，安德魯．杰克遜號外型豐滿肥胖，而船上為了安全及防止油料流動，一共作成十幾個密閉隔艙。造型結構獨特的杰克遜號超過20萬噸卻只有二十三位船員，龐大的容量可以運載250萬桶原油，簡直有如漂浮的海上油庫。

船長舉起大咖啡杯，正要品嚐時，忽然想到航道問題，他不經意問在旁邊的大副。「還要多久才能離開那區域？」

大副苦笑回答：「船已經由東轉為向東南方向行駛，我看以這艘船18節的速度，應該需要到明天晚上才可脫離。」

船長開始喝用義大利特濃咖啡加上蒸氣泡沫牛奶混合而成的卡布奇諾（Cappuccino）咖啡，他先喝下層，並且盡量保持上層泡泡的厚度，這是因為保留泡泡可避免咖啡香氣及溫度的快速散逸。船長說：「如果直接改為正南方向呢？」船長似乎相當滿意他的咖啡香味，臉上掛著一絲絲滿意的微笑。

大副盯著自動巡航駕駛系統的螢幕。「那會快很多，但也要到明天早上九點左右。」大副從螢幕轉身看著船長，接著搖頭說：「船長，只有直接轉為向南筆直行駛才有機會，但即使如此也只是剛剛好在時間內離開那區域。船公司為了省油，難怪要船長向東南行駛，看來不管船怎麼避，除非向南，否則不可能在導彈開始演習時就完全脫離中國人所畫的範圍。」

船長沉浸在咖啡香的微笑突然消失，改變成嘴角向下的苦惱面容。「中國人在搞甚麼呀？要演習也不早通知，如此緊迫還真麻煩。我們船才因為『颱風』被迫修正向南行駛。現在可好了，換成中國演習又要再一次往更南的方向修正，花這麼多額外油料，換成我是船公司老闆也不願意啊！」

大副無可奈何的說：「船長，這趟運油可真是甚麼怪事都有，你不知道還有更麻煩的事呢！」大副嘆息的說：「由於我們兩度向南修正航道，如今竟然太靠近美國軍方的航母艦隊。幾個小時前接到美軍送來的資訊，要求我們提供未來幾天的航向，另外可能還會派直昇機造訪我們。」

船長喝完卡布奇諾後將杯子放回檯上，不以為然的說。「造訪？不需要吧！我們只是運油的船，跟軍方可從來就是井水不犯河水，跟軍方沾上邊可不會像喝咖啡一樣讓人齒頰留香的，更多時候是麻煩不斷。」

大副說：「海軍說他們了解油輪必須躲避颱風及遠離導彈演習區。但是為了安全理由，軍方必須先登船卻認，當一切安全無慮，航母艦隊可以接受我們的油輪極度靠近他們附近。」

船長不屑的說：「真是麻煩，好吧！航母艦隊要派人過來，我們並無選擇餘地，就隨他們意思吧！」

69 導彈發射程序

副軍委賀鴻飛在最重要幕僚華天犧牲捐軀後，決定實現華天臨終前再次強調的大膽計畫。此計前衛得令人驚訝，副軍委知道這需配合海上良好時空條件，錯失此次良機，華天的精心擘畫將付諸東流難以實施。為搶的第一先機，副軍委馬不停蹄即刻招開高層祕密緊急會議，希望說服北京中南海國家領導及集體高層。在經過全體中央軍委、參謀長及國防部長等的激烈論辯下，最後取得最高軍委及多數高層同意，顯然北京決定兵行險著，挽回局勢主導權，大家認為華天策略勇闢蹊徑卻不失為可行良方。會後中國馬上動用國家建政以來首次二炮導彈部隊投入實戰，同時實施率先突擊行動代號「天戟」。由於導彈演習訊息此前已經由新華社對外發佈日期，現在內部將更正由演習轉為實彈攻擊，因此牽扯相關部隊極為廣泛。最終決定2021年12月15日清晨時，由副軍委賀鴻飛帶著機密「和氏璧」到二炮指揮所展開機密軍事行動。

賀鴻飛副軍委帶著國家最高領導所交付的軍符，一刻不停直奔北京西郊太行山山脈的二炮司令部最高指揮所，準備動用中國的神祕導彈部隊。二炮指揮所是堅固的地下城堡，即使戰時同一區域遭受高當量兩枚核彈先後攻擊，也依然屹立不搖，更何況南北長達90公里、寬約60公里的太行山山脈，完全無人知曉何處才是地下指揮所的確實位置，真到了魚死網破民族存亡之際，太行山山脈所指揮的對敵報復打擊將是無法想像的，戰爭時期敵人還真有不知從太行山何處下手之嘆。

此時賀鴻飛副軍委的專屬直昇機，正降落在太行山山脈邊緣，這裡是眾多指揮所入口處的其中一個。指揮所的軍官早已在停機處候駕多時，軍官幫忙開啟直昇機的艙門後說：「軍委，辛苦了。司令、參謀及總設計師都已經到達指揮所內。」軍官看上去表情甚為嚴肅。「讓我來帶路，軍委這邊請。」

軍委手提著輕質鈦合金手提箱，看來極為重要尊貴。賀鴻飛問：「軍官，他們多久前到達呢？」軍委同時在指揮所入口處輸入代表個人通行的專用密碼，以便系統確認入內者層級。

軍官站得筆直，回答更是鏗鏘有力，他知道眼前的副軍委來頭可大了，或許哪一天他將接下一任國家最高領導的棒子也說不定。「報告軍委，二炮司令官及總設計師早已在指揮所內多時，至於參謀總長則剛剛到達。」

系統機器確認無誤，入口大門自動開啟，軍委說：「軍官，就有勞您為我帶路了。」

「是的，軍委。」隨後軍官帶領著賀鴻飛副軍委乘坐山體隧道軌道車，車行十分鐘後下車，接著改為昇降梯垂直下降進入太行山山體深處，這正是機密的二炮總指揮所最核心處。

二炮司令部最高指揮所位於一整塊龐大岩層所鑿出的巨型岩洞，上面覆有太行山厚厚的地表土壤，幾乎是任何武器皆無法動搖的岩盤結構指揮所。巨大岩洞內劃分數個控制區域，各有軍事職責分工。右邊為天上間諜衛星控制區，包含著長空電子偵察衛星、成像偵察衛星的遙感及尖兵1至15系列衛星、合成孔徑可高度透視地底的雷達衛星。入口前面是定位到釐米階段的北斗二代衛星系統，空間端包含五顆同步高軌靜止衛星，三十顆非靜止低軌道衛星。後邊則是天眼紅外線陸海空合併型衛星，它是由三顆高靈敏度熱感應衛星所組成，用以監測飛機、導彈、水面艦隊和潛艇。左邊是特高頻後繼通訊衛星，用於特高頻和極高頻聯絡海軍艦隊通信衛星系統。中央區域是為防備二炮司令部指揮所的反導彈攻擊系統，安置於山頂的近防神光激光系統控制區也在中央區，這可極大防範已經極為接近的導彈、巡航飛彈的襲擊。右後方是超級遠距天波雷達陣及地波雷達系統，主要用以監控4,000千公里內的海面大型艦隻，這是大擊敵人航母艦隊非常重要的超長距追蹤系統。二炮司令部最高指揮所的規模宏偉，遠遠非北京衛星控管反應中心所能相比。

軍官隨即引導賀鴻飛副軍委進入最核心的導彈啟動驗證區域。這時二炮司令官站起來，向周邊代號「天戟」的幾位重要人員說：「喔！軍委到了，快！我們要準備開始導彈驗證程序了。」

身材微胖的賀鴻飛一臉歉意，事實上軍委已經一夜未眠了。「各位，對不起。大家久等，我來晚了！」

總參謀長搖著手表示：「不！你沒來晚，時間剛剛好呀！其實我也剛到兩分鐘而已。」參謀長拉著賀鴻飛。「不多說了，任務的時間有限，現在我們幾個馬上開始吧！」

賀鴻飛將隨身的鈦合金手提箱置於桌上，謹慎的從內取出一塊缺少圓心，外型只有四分之一圓形的金質物體，黃金表層向內壓印有大大的「政」字樣，其邊緣有凸出的插槽，副軍委雙手拿著面對總參謀長說：「參謀長，我們兩人各四分之一的圓形得要先合併才行。」

參謀總長帶著銳利眼神自信的點頭，雖然此種導彈的發射步驟不知演練過多少次，但參謀長知道此次可是破天荒的實戰，意義非同小可。「是呀！我們四人分兩組，必須兩兩相併形成兩個半圓後才能進一步再併成完整『和氏璧』。」參謀長手上四分之一圓形的黃金表層同樣印著字，但與軍委不同上面是「軍」字，這厚一公分的準「和氏璧」，中間層採內凹插槽卻與軍委的不同，但是剛好可以插入合併。

軍委賀鴻飛將他的四分之一圓形插入參謀長手上另一個後，成半圓型狀的「和氏璧」開始動作。軍委說：「參謀長，指揮權已經合併完成了。你看，它開始有反應了。」半圓外緣的弧邊LED開始閃亮，內緣直徑處伸出額外插槽待命。事實上軍委與參謀屬於指揮系統，合併後被譽為「軍政高層」的完全授權確認。

同時間，二炮司令官與中國導彈系統總設計師也完成手上半圓的合併，這時半圓內緣直徑處自動打開內凹插槽待命。司令官那塊印有「彈」，而總設計師上則為「導」，這被解釋為軍方執行面及導彈工程系統整合完畢。二炮司令官捧著完成的半圓說：「軍委，我們也完成了，這剩下必須由你親自來合併。」

依規定最後必須由國家領導合攏，此時由副軍委賀鴻飛代為執行合攏動作，這象徵軍政、執行大權已由國家最高領導直接管轄指揮。賀鴻飛拿起兩個半圓，小心翼翼的將兩塊合璧，最終行成完整厚一公分、直徑十公分、但有三公分中空的同心圓「和氏璧」。其正面右半邊寫著「政軍」、左半邊是「導彈」字樣。「和氏璧」背面靠近同心圓中空處則有導線槽溝，重要資料可由此處讀出。

賀鴻飛將「和氏璧」置於檯上同樣具有同心圓凹槽的驗證機內，機器自動關上透明的上蓋，隨後計算機以語音要求依照「政、軍、導、彈」的順序確認人員身分無誤。賀鴻飛將自己的雙眼靠在驗證機旁的導孔，以便檢驗雙眼的虹膜紋路，這是項幾乎不可能出錯的驗證手續，平均而言一眼虹膜相同特徵僅有十萬分之一，軍委受檢的是雙眼，世上若要尋找兩眼相同虹膜其概率只有一百億分之一而已，比指紋相同的機率還要低甚多。

計算機迅速讀出「和氏璧」內藏的機密資料。這時二炮司令官及總設計師突然臉色大變雙雙愣住，兩位此刻才驚覺事態嚴重。賀鴻飛將臉湊至二炮司令官前，輕聲細語的說：「將軍，這是重大事件，本次可不是演習啊！」

二炮司令官張大眼睛，語氣微微顫動。「這會引起……」司令官打住心裡想說的話，回到執行任務的嚴肅心情。「我知道！我知道！發射導彈是二炮部隊職責，我們會即刻執行中央軍委的命令。」司令官打了個寒顫，心跳不由得向上加快。「我馬上讓人準備，立刻送二炮指揮所軍官帶著發射指令至廣東導彈發射場，現場監督執行導彈發射任務。」

70 天波雷達

由於雷達探索距離受限地球圓形曲率問題，即使預警機，這也僅能延伸低空物體探索至216海浬（約400幾公里）公里內，對於中或高空戰機、飛彈等目標探索可加長至324海浬（約600幾公里）公里左右而已。為對敵先探、決戰千里之外，彌補傳統雷達科技之不足，美、中、俄超級大國紛紛另闢蹊徑，科學家使用地球高空電離層對短波構成反射的物理學原理，研究而成所謂的超地平線天波雷達（OTH-B）。天波雷達的頻率經高空中離子層反射，可掃描到更遠方的距離目標。眾所矚目探測距離也因此大幅增加至難以想像的432～2,702海浬（800～5,000公里）以上。

中校軍官走到二炮總指揮所司令官面前。「司令官，華中1,200公尺長的天波雷達天線陣列就緒，頻率3赫茲（3Hz）～30兆赫茲（30MHz）頻段已經可以對70至350公里高空離子層發射探索波了！」軍官雖然臉龐嚴肅，嘴角確帶有一絲絲自豪，畢竟這種超地平線（Over The Horizon Radar）的天波雷達（OTH-B）也只有超級大國才擁有。

「甘肅省的張掖接收站呢？」司令官詢問天波雷達陣列反射回來的訊號接收站，接收天線置放於發射端後方約數百公里遠的張掖一帶，陣列長度則為前方發射的一倍之譜。

「張掖接收站及福建省廈門電離層資料鏈中心全部待命中。」軍官堅定的說。「長官，各地天波旅及子午組已經可以動作了！」

在太行山體深處的二炮總指揮所中，司令官一刻不得閑的坐鎮指揮掃描海上目標，為即將的導彈發射提供更精確導引。司令官在指揮大廳裡使用麥克風，對著指揮所裡的人員說：「天波旅即刻起，高強度運用位於華中的天波雷達發射系統探索菲律賓海面，並且馬上回報海面最新船隻分佈狀態。」

天波旅人員位於控制大廳右後方，組長隨即將中國東半邊本土、菲律賓海，以及西太平洋動態海圖上傳至指揮大廳的中央螢幕上。「報告司令官，天波雷達顯示我方南海艦隊距離導彈發射場約1,419海浬（2,625公里）。」組長右手拿著雷射指示筆投射在前方中央大螢幕上解說。「同時美國第五艦隊的航空母艦則在這裡。」組長將雷射紅點向西轉移至動態地圖美國航母圖示上，接著說：「這艘航母離我們的韶關發射場基地約936海浬（1,732公里），也就是說兩國的航母艦隊在南菲律賓海僅僅距離482海浬（893公里）。」

司令官站起來，禮貌性看著身旁的副軍委賀鴻飛及參謀總長，然後對指揮所內的人員說：「雙方僅距離482海浬（893公里），很好！這應該是美國對我方艦隊具有威脅性的有利證據之一。」司令官再度將眼光轉回軍委及參謀總長身上。「我想聽聽兩位長官的看法。」

「是的！」參謀總長也站起來，手指著前方中央螢幕，鏗鏘有力對全體指揮所人員大聲而堅定的說：「司令官說的沒錯，這是兩國航母有史以來最接近的時刻，螢幕上清楚顯示，美國第五艦隊正在追趕我們靜止不動的南海艦隊。大家都知道，航母重型艦載機的攻擊半徑至少在324海浬（600公里），這說明第五艦隊行動已經非挑釁問題而已，而是美國單方面進入航母群的攻擊範圍，意圖至為明顯。」參謀長號令「天波旅」組員。「將所有資料紀錄存檔並且傳送至國防部，他們將會立即採取傳統外交抗議，但這只不過是個開始而已，我們將會有所行動。賀軍委代表領導，他來到二炮總指揮所，表示國家極為重視目前的狀態。」

指揮所內參謀總長、司令官的振臂之詞迴盪繚繞，顯示著海面緊繃局面已經形成，有劍拔弩張之勢。指揮所大廳眾人鴉雀無聲，現在大家才意識到狀況危急，已經非一般「演習」了。

二炮司令官再度拿著麥克風詢問北斗定位衛星組。「北斗二代衛星組，天波雷達顯示的南海艦隊經緯位置與實際距離差異有多少呢？」

北斗二代衛星組長說：「據同時間南海艦隊指揮旗艦西安號傳回來的實際經緯位置，天波雷達定位尚有13.5海浬（25公里）的誤差距離。我們認為此時太陽黑子及宇宙輻射線正好處於活躍期，這將造成上空離子層有劇烈變化。」由於不同頻率在厚度、濃度、密度不等的離子層有著極不相等反射率，造成天波雷達的定位精度非常糟糕，這種誤差有時會偏離高達30至40公里之遠而失去使用價值。北斗組長停頓一會兒，然後大聲強調說：「司令官，這種過大誤差暫時無法使用，我們需要子午組離子層厚度以及密度的即時修正量補正呀！」北斗組長希望透過各種儀器精確量測空中離子層濃度，最後再經過超級電腦以複雜計算補正，這種修正可以將失誤距離大幅減低至2~4公里範圍內。

司令官回覆：「你的考慮我知道，等待廣東韶關發射場完成發射程式，我們還要再做最後離子層修正然後才能輸入。」司令官將眼光移至指揮所後邊的紅外線熱輻射偵測組。「接下來我們要完成的是該區域海面船隻的辨識任務，天波雷達已經為我們提供海面船隻約略定位，有了小區域分佈圖，熱感應衛星再也不需要毫無方向的大海撈針尋找目標了。天眼紅外線組，我需要你們對海面船隻精確位置回報。」

熱感應紅外線衛星組組長回應：「回覆長官，由於航母甲板起降戰機的噴射熱焰致使天眼紅外線已經可以精確分辨海面上美國羅斯福號（CVN-71）航空母艦本身。但是熱源不明顯的低溫，受限於紅外線搜索系統IRST（Infrared Search and Track），對於低熱輻射的探測距離約略在81海浬（150公里）左右，其它戰艦目前辨識並不理想，我認為由可見光的成像衛星應該可以有較好的定位辨識率。」

司令官問：「遙感成像衛星，你們的影像如何？」

「長官，天波雷達所提供的範圍離颱風雲系尚有距離，因此我們可以清晰獲得良好影像！」遙感組組長興奮的說：「第五艦隊的旗艦拉薩爾號確認在航母左後方，並且靠近我們演習劃分區的南緣，其它護衛航母的導彈驅逐艦、巡洋艦、補給艦等海面上一共有九艘之多皆可清楚分辨。另外必須注意的是，在演習區內有一艘巨型超級油輪，它的行進方向為東南，極度接近羅斯福號航母及旗艦拉薩爾號。正常情況下，美國軍方不可能讓商船如此靠近航母艦隊。」

司令官略帶微笑，以奇怪的眼神望著指揮廳後方的紅外線組組長。「油輪……這艘船嘛！嗯，那是因為這油輪是屬於美國籍。」司令官說完，以不協調的表情轉頭看著身旁的軍委賀鴻飛及參謀長。

遙感組組長知道長官內心的考慮，趕緊補充說明：「我認為美國艦隊之所以同意讓這艘油輪接近，這必定是因為油輪為閃避颱風圈及我們的導彈演習區，美國海軍在安全的考量下才會不得不讓油輪靠近第五艦隊。」組長極有自信的繼續說：「長官放心，在精確定位時，我們會特別小心油輪的位置，絕對可以避免殃及海上商業船隻。」

賀鴻飛軍委突然發問，但態度非常慎重。「組長，在遼闊大海上你如何辨別軍艦及油輪呢？」

組長肯定的回答：「報告軍委，我們可以做到將實際影像與存放於軟體中的資料比對，成功分辨率極高。其次從船隻的行進速度也可以辨別，航母艦隊群的軍艦一般可以航行約30至35節的高速，而商船或油輪的行進只有20至25節而已。兩者相差巨大，容易分辨出來。」

賀鴻飛似乎對遙感組組長的回覆寬心不少。「看來這不存在海上誤擊的可能性是吧！」

「是的，軍委。」

司令官接著說：「好了，我們需要這些海上目標的座標、行進方向以及前進速度，然後將這些參數送至超級電腦預先求得未來可能的位置。再加上導彈發射時間及導彈運行所需，即可得到導彈要攻擊目標的約略經緯度，最後則是交由導彈內部自動的末端攻擊方式了。」

71 子午工程

位於北京西郊的太行山山脈下，二炮總指揮所開始執行最後的空中離子層修正動作。「啟動子午補正工程。」二炮司令官氣定神閑對著位於天波雷達組旁的子午組正式下達導彈發射前最後指令，這說明了發射任務已經到了不可逆轉的關鍵時刻。

子午工程是2010年中國啟動的國家級重大科學基礎設施，主要沿東經120度的子午線（南北經過北極、南極線）及北緯30度附近，佈置十五個綜合觀測臺站。這系統運用地磁、無線電、光學及探空火箭等方法，對地球30公里以上的中高大氣層實施離子層、磁層空間參數監測。

子午組了解電離層修正的重要性，組長戰戰兢兢馬上回報結果。「報告司令官，南海儋州的探空火箭發射基地，三十分鐘前已經將最新火箭探測離子層的參數，全數送至廈門電離層觀測總站匯整，子午組人員已經將廈門匯整後的即時離子層資料傳給天波雷達組作最後整合。」

南海省儋州雅興鎮是中國子午工程監測站裡功能最齊全的綜合點，該站還配有專屬火箭發射基地。2011年5月7日首顆子午工程的探空火箭由天鷹3號C型火箭發射，其內搭載鯤鵬一號探空儀是子午工程開案以來首顆在儋州發射場發射，從此揭開中國對空間離子層、磁場等的監控任務。另外廈門位置正好位於華中天波雷達有效覆蓋60度角的前方，由於地處沿海，因此廈門基地被賦予電離層的觀測資料監測總站。

司令官問：「天波旅，結合天波雷達及子午工程後的修正結果如何？」

天波旅：「是的司令官，對於甘肅省張掖的天波雷達接收站與福建省廈門電離層的資料，目前二炮指揮所內的超級電腦已經計算出海面船隻位置偏移修正量了。」

司令官高興的說：「太好了！天波旅，如果以我們南海艦隊已經知道的座標當參考標的，這個修正後與實際距離的差距有多少呢？」

天波旅：「補正後兩者相差只有1.2海浬（2.2公里）而已。報告司令官，天波雷達修正後，這樣的誤差對於導彈初期定位需求已經足夠。」

廣東省韶關市（Shaoguan）在廣州的北方，位於廣東、湖南、江西三省交接處。韶關郊區正是二炮導彈部隊的戰略要地，該基地配備各式導彈，其中就有射程達數千公里使用固體燃料的導彈，專門用以打擊海上大型船隻，並且號稱為世界僅有、獨一無二的特殊導彈。

此時二炮總指揮所派來的導彈聯合小組於2021年12月15日早上八時抵達韶關導彈發射場。三位軍官帶有最高絕密的導彈發射命令資料，這是可以啟動包含毀滅性核子彈頭在內的洲際彈道飛彈，足以令人聞之色變。

換乘直昇機進入韶關二炮導彈旅的導彈聯合小組，當直昇機剛停妥，艙門才打開，其中一位導彈聯合小組軍官左手高舉著二炮司令部的身分標示牌，右手食指則對著牌大聲的說：「旅長，我們是二炮總指揮所派來的，這裡有緊急導彈發射命令！」

直昇機強烈的下降風相當大，吹得眾人頭髮紛飛，導彈旅旅長在強風間連忙點頭說：「我知道，剛剛北京二炮指揮所已經專線通知了。」發射旅旅長對這樣的場面早就習以為常，上級時常派人督導發射陣地，演習直昇機到此執行命令的次數已經多得不勝枚舉。旅長大聲說：「我們的人員正在內部待命，各位軍官到裡面盡快完成發射標準程序，隨後就可執行發射任務了。」

當眾人進入發射場地下碉堡後，導彈聯合小組軍官出示由中央軍委、二炮司令部發出的絕密導彈發射「命令函」，旅長將「命令函」放入防偽機內掃描。機器發很快出「嗶——嗶——」兩聲，同時伴隨著藍光LED閃爍，旅長收拾起重要資料歸檔然後寬心的說：「是的，資料沒錯，請出示磁卡。」

帶頭軍官打開隨身的金屬小盒，從盒裡面拿出一張卡片交付給旅長。「旅長，這是二炮司令官親自給的磁卡，裡面紀錄著導彈及發射所需的眾多資料。」

旅長舒展緊繃的臉，似乎放心不少。「我們就是在等這份磁卡資料。」

對於導彈發射場，最重要的是正確發射上級所交待的導彈，至於攻擊目標則是發射場無法得知也無須過問的。其實這樣的規定可避免真正殘酷的核戰來臨時，發射場士兵因一時心軟或心生道德恐懼而造成延誤發射作業，威脅國家重大生存危機。

旅長將磁卡插入機器內，一份機密資料彈出，上頭有彈頭屬性、導彈型號等詳細列表。二炮指揮所的「導彈聯合小組」及旅長就是用這份資料盤查即將發射的導彈。資料正確與否將直接影響發射出導彈的攻擊目標、距離、爆炸彈頭級別等。

72 殺手東風21丁導彈

在廣州北北東方約200公里遠的韶關已經是廣東省最北邊緣區，韶關位處廣東、湖南、江西三省交匯處，郊區山勢錯綜複雜，平時雲霧繚繞人煙罕至。此時韶關山區某處卻傳來人員騷動聲，哨聲、人聲不絕於耳，同時山體地下洞庫中，「轟——轟——」的沉重引擎聲也打破山區寧靜。這是幾輛由中國漢陽生產、可載重75噸的HY4260S半掛牽引拖車。車子出了導彈地下碉堡後，一路行駛於軍事專用公路上，每輛拖車後方數十顆車輪上載著長長的圓筒，體積、聲勢皆甚為驚人，其後方還跟隨導彈連的另外幾輛車，這些車主要提供有關導彈儲存、防護、彈體對接、供電、測試、瞄準、發射控制等後勤配套方案。韶關此導彈連所承載即是中國專為打擊海上巨型戰艦而研發的中程彈道導彈，型號為國際間頗負盛名的東風21丁（DF-21D），在北約的專屬代號為CSS-5。

集運輸、起豎及發射多功能一體的導彈發射車已經停妥於陣地上，外表塗有迷彩的導彈車隊人員迅速下車，戰士訓練有素的開始行動，哨音、吆喝、命令等急促聲再度喧嘩響起。韶關導彈旅下屬的連級車隊隨即開展緊張的發射前置作業流程，未久，導彈連裡各單位負責人員開始回報。

「長官，導彈供電組準備好。」隨後該組人員立刻蹲下，等後長官進一步下達命令。

「長官，導彈發射控制組準備好。」人員蹲在設備前待命。

「長官，導彈彈體組準備好。」人員蹲在設備前待命。

「長官，導彈測試組準備好。」人員一樣蹲在設備前待命。

導彈旅旅長大聲嚷著：「連隊注意！」旅長環顧整個龐大的野外發射陣地，全體隊員早已經完成動作，正在待命中，於是旅長再度下令。「導彈開始動作。」

聽到「開始動作」指令，全體導彈連隊有秩序的奔跑忙著預備發射動作。導彈彈體組的單兵則按下啟動鈕，原本平躺於HY4260S半掛牽引導彈車上的東風21丁彈筒，開始緩緩啟動豎直作業。導彈發射控制組人員則迅速與北京二炮總指揮所及廣東韶關山洞基地取得同步衛星連線作業。導彈車隊從進入發射陣地，一直到全部作業流程的完成，僅僅使用十分鐘的作業時間。

深山裡發射陣地再度回歸寧靜，導彈連戰士全部歸位，等待最後的命令下達。導彈旅長舉起衛星無線通話器，回覆總指揮所。「二炮指揮所，這裡是韶關基地發射場，我們一切準備就緒，等候『發射』指令！」

北京西郊太行山下，二炮總指揮所大廳內除了機器電腦的滴滴答答聲外，彷彿是座無人的超級大洞穴，所有工作人員都在觀望接下來的重要時刻。這時，參謀長率先從座位站起來，對身旁的軍委、二炮司令官說：「是的，最後時刻已經到了，該是換我們啟動開關的時候了！」

「事不宜遲，就現在吧！」軍委說。

隨後三人來到「解除紐」旁，紛紛拿出身上早已準備好的導彈開啟鑰匙，這長約4公分的鑰匙主要用以解除導彈發射的限制。這道關卡是導彈發射最後防火牆設計，原是為防範類似舊蘇聯與新俄羅斯交接時期的混亂。當年舊蘇維埃社會主義共和國聯邦分崩離析，國家解體之下也造成經濟崩潰，蘇聯軍官為謀求自我經濟生路，不時有傳言指出，核武導彈將被私下賣至恐怖集團手中。中國為防止舊蘇聯類似事件重演，並且根本去除有權限高官因個人野心而造成全球不可彌補危機，為此特別設計「解除紐」。由於茲事體大，中國任何導彈發射，都必須經由實際掌權的最高國家領導、軍委、國防部長、參謀長集體協商同意，會後執行者才可攜帶代表「國家領導」的鑰匙、代表「軍系」的鑰匙及代表「執行發射」的鑰匙。這三把鑰匙缺一不可，只有這三把鑰匙同時插入解除最後發射屏障，再加上此前的「和氏璧」軍符啟動，才可正式發射導彈。否則即使散居中國各地的任何發射場，任憑私自按鈕也無法啟動彈道導彈的發射作業。

軍委賀鴻飛、參謀長，及二炮司令官同時插入鑰匙並且旋轉開動。參謀長眼光巡視整個指揮聽，然後手指著「解除紐」並對賀鴻飛說：「這導彈『解除紐』何等重要，必須由代表國家的軍委你來啟動啊！」

賀鴻飛點頭，隨即按下鑰匙插入孔旁的紅色「解除紐」，此時指揮所大廳「嗶——嗶——嗶——」的警笛響起，黃色警告燈不停閃爍，系統語音自動跳出警示說明：「請注意，導彈解除紐已經啟動，戰略導彈隨時可昇空！」黃色閃光伴隨「嗶——嗶——嗶——」警示聲，系統語音一再重複！「重複！請注意，導彈解除紐已經啟動，戰略導彈隨時可昇空！」

軍委同時大聲的對廳內所有人說：「各位，『解除紐』已經啟動，導彈可以點火發射了！」

所有人將原本注目於軍委釋放「解除紐」的眼光，重新再回到個人的工作崗位上，指揮所內頓時由安靜再度轉為緊張的步調。這時從二炮指揮所的擴音器中可清晰聽到，遠在廣東韶關的導彈旅旅長大聲下達指令：「導彈發射！」其聲音之大，撼動人心。

73 驚人的速燃火箭

中國空軍小組對特定高空區域做紅外線隔絕溶膠微粒噴灑作業，總共有四種微粒，具有對近紅外線（波長0.76到3微米）、中紅外線（波長3到6微米）、中遠紅外線（波長6到20微米）、遠紅外線（波長20到100微米）等的吸收作用。這可部分阻絕美國紅外線衛星對大氣視窗熱輻射的空中凝視作用距離，延長美國導彈預警衛星發現導彈已經發射的時間。

此時北京二炮指揮所中央大螢幕已經被轉換成韶關發射場的即時影像，擴音器中則傳來韶關導彈旅發射員發射的復誦聲。「導彈發射！」接著發射員又大聲的說：「彈筒分離。」

韶關導彈發射場發出轟然巨響，導彈刺破彈筒前方保護罩，被推離發射筒。東風21丁（DF-21D）中程導彈是採用與核子潛艇相同的冷發射（Cold Launched）系統，導彈在彈筒裡並未點火，而是先啟動彈筒內部的燃氣動力發動機，其強大動能會先將重達16頓的東風21丁彈體射離地面至20公尺處，隨後導彈才正式點燃東風21丁首級火箭發動機。

二炮指揮所接著聽到發射員大聲說：「導彈點火。」

首級火箭發動機啟動，震耳欲聾的聲音同時伴隨彈尾噴發出紅紅火燄，撐著已經被彈射至20公尺的彈體不墜，異常強大的火箭推力隨後接替彈射並且開始舉昇彈體，東風21丁長長的彈體接著開始它直刺蒼穹的旅程，解放軍韶關二炮陣地此次共發射四枚東風21丁導彈。

電腦計算出的數值不斷更新，同時資料被投射至前方數個大型監視螢幕上，此時二炮指揮所全員開始緊張的追蹤發射出的彈道。「導彈旅，請即刻回報首級火箭的現場熱輻射監控數據。」北京二炮總指揮所的隱形導彈參數組似乎非常在意導彈熱輻射參數，他們特別提出要求。

韶關導彈旅現場，導彈發射控制組組長面露笑容回報。「啊！指揮所，成功了。」組長語調明顯激動。「依據現場採得資料顯示，導彈成功的進入初級隱形。」

聽到好消息，二炮總指揮所隱形導彈參數組人員高興的握拳叫好。「太好了，跟當初實測一樣。」這款東風21丁是最新變種新型號，才剛通過嚴格測試進入二炮服役，此次不同處在於導彈本身採取多樣令人驚訝的隱形技術。「數據，快點把實測參數據傳給我們。」指揮所隱形導彈參數組組長迫不及待的大聲說。

「指揮所，導彈尾焰氣流向後拖延約長達250公尺，因導彈發動機馬上啟動混流機制，它從四周抽調新鮮低溫空氣混入尾焰中，成功使導彈尾焰後方70公尺外的溫度降低至攝氏100度以下。」韶關導彈發射控制組繼續說：「不只如此，東風21丁的聚丁二烯複合推進燃料中所加入的低溫冷卻劑也起到作用，靠近噴管的尾焰熱輻射數據也低於一般導彈。」組長大聲又驕傲的說：「指揮所的長官，可以肯定的是東風21丁在低空已經進入熱紅外線隱形了，這裡所有的數據已經透過光纜即時傳給指揮所總部。」

這時二炮司令官急著提出隱形導彈參數組有關噴管的問題。「導彈火箭的速燃火箭噴管呢？對於紅外線隱形的重點就在噴管及附近尾焰溫度啊！為防止導彈首級助推時間過長，造成敵人有機會實現助推階段反導攔截成功，我們這次導彈使用的是先進的速燃火箭推進器，助推時間僅僅只有一分鐘時間，但這會使發動機尾管溫度昇高，可有資料進來說明我們的遮罩解決方案是否成功？」

隱形導彈參數組：「是的，司令官，通常火箭噴管是整個導彈熱紅外輻射線最明顯的區域之一。東風21丁的火箭噴管在不影響動力情況下，採用噴管內縮技術，噴管外圍加裝特殊隔熱輻射材料金屬石棉夾層遮罩，這主要防止火箭噴管熱源外溢。」首級火箭助推時間不多，參數組組長知道只有一分鐘時間，但仍難掩喜悅繼續向司令官說：「另外排氣口加入10～9g/cm^2、外徑0.7μm碳微粒懸浮物也吸收尾焰中4.5μm紅外線輻射波長，這些都已經大幅降低美國熱紅外線衛星對東風21丁初昇段的探測距離。長官，由韶關現場傳來的數據顯示，火箭發動機尾管實際為1600K絕對溫度（攝氏1327度），但外圍遮罩成功阻隔後。」組長稍微停頓，看了旁邊最新得到資料，接著說：「從外界所得到的，火箭尾管只剩900K絕對溫度（攝氏627度），極大阻隔熱紅外線輻射外洩。」

參謀長忍不住問參數組組長：「這也就是說第一節助推火箭在濃密大氣層內，美國導彈預警衛星DSP都還不知道我們的東風21丁導彈已經昇空是嗎？」

「是的，參謀長。目前東風21丁對DSP是處於隱形的。」參數組組長堅定的說。

參謀長高興的從座位站起來，手指著參數組組長再度追問：「那麼美國更先進的紅外線天基廣域衛星系統（SBWASS）呢？」

「報告參謀長，天基廣域衛星系統靈敏度高於DSP，我們預計採用多種隱身技術的東風21丁，大約上昇至10公里高空才會因稀薄大氣失去掩護而被天基廣域衛星發現。」

導彈總設計師補充說：「我們當初對東風21丁導彈隱身設計要求是，10公里高空美國的天基廣域衛星系統發現它的蹤跡，15公里高時美國的第二層導彈預警衛星DSP才能測得東風21丁導彈。一分鐘後我們的第一節速燃火箭在90公里高空關閉引擎，並且實施脫離，同時第二節火箭接著點燃。」

臉上帶著滿滿得意，參謀長再次坐回椅子上，兩手肘撐在桌上，左手掌蓋著自己的右手拳頭置於鼻前。他想：百年來這個民族變化何等巨大啊！百年前中國連最簡單的子彈都造不好，當時卻要赤手空拳抵擋列強侵略。上帝對中國真是開了一個大玩笑，百年後的今天，這個歷盡滄桑的民族卻能夠製造以高科技速燃火箭為基礎的隱形導彈東風21丁。

才從時光隧道回神的參謀長，耳際裡聽到二炮指揮廳裡工作人員高喊著：「第一節速燃火箭發動機關閉脫離，第二節火箭點火成功繼續飛行。」

74 變軌

北美防空防天司令部（North American Aerospace Defense Command, NORAD）的一位上校軍官行色匆匆，在一間會議室前用力的敲門。軍官似乎身負急事，未待內部回應，已經自己開門倉促入內。他大步伐走到正在開會的北美防空司令部指揮官克里斯．赫魯斯卡（Chris Hruska）旁邊，低身在指揮官耳際說了幾句話，看來顯然是有重要急事。

「現在？」赫魯斯卡驚訝的問上校。

上校小聲的說：「是的，指揮官，剛發現。現在指揮所人員已經進入全員戒備狀態。」

赫魯斯卡馬上起身，並對在場人員說：「各位你們繼續本次安全會議議題，我有要事必須先離席。」會議室離指揮大廳不遠，穿過走廊就近在咫尺了。「快！我們到指揮大廳。」指揮官對上校說。

赫魯斯卡才踏進北美防空司令部，指揮廳就傳來導彈預警衛星DSP的紅外線警示笛聲，系統不斷的重複警告：「請注意！導彈預警衛星DSP紅外線警示，四枚導彈剛昇空，系統正運算彈道軌跡及撞擊點。」

「難道是導彈預警DSP先發現的嗎？」赫魯斯卡懷疑的詢問前來迎接的副指揮官。

「不！指揮官。幾秒鐘前紅外線天基廣域衛星（SBWASS）先示警的，那時導彈已經有12公里高了。」

指揮官止住急促的腳步，剛好暫停在北美防空司令部環形巨型螢幕前。「你說甚麼！12公里？這麼高的距離天基廣域才發現！」

赫魯斯卡無法置信的看著副指揮官。「那剛剛我聽到DSP的紅外線警笛聲是……」

副指揮官臉色難看。「那是幾秒後，第二層預警DSP對已經昇至18公里處的導彈警報。」面露不安的副指揮官突然降低語氣聲調說：「指揮官，這是一顆中國的隱形導彈呀！」

赫魯斯卡難以理解的說：「這可是絕對機密武器呀！中國演習居然用隱型導彈，他們瘋了嗎？」

「不只如此，你看這顆導彈的驚人數據！」副指揮官用手指著頭頂上大螢幕某處。「這顆導彈首級火箭剛剛在90公里高處脫離，第二級火箭馬上接著啟動。一般導彈第一節助推時間在二至三分鐘左右，可是依據這顆導彈數據推算，他的第一節助推時間只有一分鐘，也就是它的爬昇速度是普通導彈的兩倍之快。」

赫魯斯卡大驚失色，這事實數據遠超過他腦裡對中國導彈刻版印象，他不禁大叫：「我的天啊，中國也有速燃火箭的技術，這太令人驚訝了！這表示未來美國很難在最脆弱的初昇段，對中國導彈執行反彈道導彈的攔截任務了。」赫魯斯卡再看了一眼頂上的大螢幕，立刻吩咐。「快讓天基廣域及導彈預警DSP這兩組紅外線回報導彈目標在哪？」

「目前尚未測算出導彈的終極目標。」副指揮官對赫魯斯卡說，同時為取得更好建議，副指揮官對導彈專家亨利．保爾森（Henry Paulson）揮手示意到指揮官附近待命。

赫魯斯卡搖著頭。「這不對，對方第一節火箭都已經脫落了，我們的系統不可能連初步彈著點還未運算出來，這未免也太離譜了！」

導彈專家保爾森剛好趕來，他馬上接替說：「指揮官，我們衛星已經得到平面一維資料，但是我們必須至少要有三顆衛星的數據，才可依照三角推算法得到導彈高度及可能攻擊目標。」保爾森相當擔心這次的導彈演習，他對赫魯斯卡抱怨：「指揮官，雖然兩套紅外線衛星系統即將取得足夠導彈連續軌跡，馬上就可由超級電腦運算知道目標了。可是我很懷疑中國這次的導彈演習，中國發射的導彈是不折不扣的速燃火箭，這也是造成導彈已經昇到90公里高處，第二節火箭也點燃，但我們目標卻還未測算完成。」保爾森激動的說：「這是不對的，一點都不像演習呀！指揮官，我非常懷疑此次的動機。」

副指揮官同意：「我同意保爾森的觀點，中國使用隱形導彈、速燃火箭只為演習而已嗎？」

赫魯斯卡說：「不，或許你們想太多了。但如果不是演習，那他們會有何意圖呢？」

「這導彈……」保爾森語出驚人。「有可能是攻擊我們的航母艦隊而來！」

赫魯斯卡搖著手突然笑出。「保爾森，這是不可能的。雖然目前局勢緊張，但我不認為中國會有動用導彈攻擊我們航母的動機。更何況導彈攻擊航空母艦，理論可行，但門檻太高技術太難，全部所要動用的配套措施過於龐大，我相信目前世界上還未有真正的此種技術存在。」

「中國絕對有動機。」副指揮官逐一描述近日中美衝突。「那片海域最近有太多危機爆發，首先是我們F-22隱形戰機針對中國艦載機殲－15發射六枚飛彈，這戰略確實造成中國殲－15暫時返航，並且也使我方關島起飛的F-18大黃蜂攻擊機得以完成摧毀漁船任務。接著中國人立刻擊毀一架F-18大黃蜂做為報復。現在我們第五艦隊正向東追趕中國南海艦隊，雙方航母艦隊相距如此近，以致國防部已經收到中國的正式抗議。」

導彈專家保爾森附和說：「副指揮官說的對，中國有危機意識，美國國防部收到抗議就是佐證，我認為這些導彈就是針對我們艦隊而來。指揮官，我們必須要有發射反導彈的準備，以避免到時措手不及呀！」

指揮官赫魯斯卡搖頭苦笑。「就我所知，從2010年以來世界各地不斷傳聞中國東風21已經掌握導彈攻擊航母技術，但這只是不實傳言，五角大廈及蘭德顧問公司都認為目前世界上導彈打擊航母的能力還不現實，你們過度憂慮了。」

這時北美防空司令部聯合戰術軍官手拿著資料來到赫魯斯卡前面，軍官面無表情且語氣平和的說：「報告指揮官，超級電腦已經將導彈的終極目標計算出來了。」這時已經是導彈發射後的一分二十秒了。「就如同中國當時的預警一樣，四枚導彈的落點都在演習區域內，並無令人意外特殊之處。」

指揮官赫魯斯卡放開嗓門開懷大笑。「你們看，這導彈落點說明我們爭論的結果！事實上我一直不認為中國擁有攻擊航母的神奇能力，我認為這些導彈只不過是對著已知的固定點，擺擺姿勢嚇嚇人而已。」

保爾森及副指揮官看到資料，再也無法堅持原來的想法。「嗯！資料已經說明了一切，但願指揮官是對的，或許我真的考慮太多。」

導彈發射四分鐘後第二級火箭關機，為了機動特別裝設的東風21丁第三級火箭成功點火啟動，同時局勢開始有著令人驚訝的轉變。越過頂點的導彈開始向下墜落，第三節火箭竟然機動變換軌道，導彈在強大第三節火箭推動下再度被抬起。東風21丁導彈的這項變化立刻引來北美防空司令部監視人員極大震撼，同時環形指揮大廳裡預警系統再度被觸發，紅外線警示笛聲示警大叫：「請注意！這是變軌導彈預警警示，攻擊目標必須重新計算。」這項意外使得北美防空司令部內工作人員忙成一團，眾人無法相信眼睛所見。

「預警人員，快點確認系統，在最快時間內給我變軌後導彈的新目標。」中國人在搞甚麼把戲呀！赫魯斯卡指揮官心想。

變軌後十五秒鐘，美國地球同步軌道預警衛星重新取得足夠連續彈道軌跡，赫魯斯卡內心開始動搖原先的想法，懷疑這顆導彈的演習本質到底為何？沒有人會在正式對外公佈的導彈演習中，上演有如真實攻擊情境的導彈變軌行為，這種變軌機密有如國之重器，鮮少有人會大剌剌的展示於國際間。

赫魯斯卡收拾起剛剛的笑容，代之以失望下沉的嘴角、加深的額紋對副指揮官及導彈專家保爾森說：「我還是希望你們的想法不會成真。」

保爾森點頭同意。「是啊！我也是希望。」

未料系統警示再度響起，導彈再度變軌。由於導彈上下起伏動量過大，造成美國預警衛星對於預測導彈落點的極大困難，同時造成美國海上艦隊或戰區反導行程暫時難以行動的窘境。量測彈道導彈軌跡、預測襲擊目標都是導彈戰爭時期分秒必爭的工作。不料此次中國的東風21丁導彈先是使用隱形彈體矇蔽初昇段，其後又動用速燃火箭減少導彈初昇段的時間，現在又有變軌機動火箭改變彈道軌跡，這都讓導彈本身的突防能力大幅昇高，同時也減少對方的反擊時間。

由於東風21丁的各項隱形措施，致使第一島鏈的臺灣新竹五峰樂山鋪路爪（AN/FPS-115 "PAVE PAWS" Radar）美軍雷達反導基地及日本陸基反彈道導彈皆錯失第一黃金反應時間。為了回應實際狀況，北美防空指揮官赫魯斯卡終於決定對西太平洋第五航母艦隊、南菲律賓海第七航母艦隊群共同發出導彈預警警告。可是東風21丁並不因此稍事等候，導彈發射六分鐘後，更勁爆的事發生了，讓北美防空司令部赫魯斯卡指揮官的心徹底崩潰。

75　誘導彈

聯合戰術軍官有如被觸電似突然站起，強勁力道致使座椅向後撞擊到後面同事，北美防空司令部其它同仁皆大吃一驚，軍官卻毫不在意，右手一把抓起著資料，大步的向赫魯斯卡指揮官跑去。「借過！借過！」軍官大聲喊著，顯然有十萬火急的意外狀況。

「結果出來了！」軍官氣喘呼呼，上氣不接下氣的對赫魯斯卡指揮官說：「其中一顆導彈的目標離第五航母戰鬥群非常近。」軍官噓了一口氣，舒緩緊張情緒。「報告指揮官，這顆導彈的意圖已經非常明顯了，變軌後這顆導彈就是直接對著我們的羅斯福號（CVN-71）航空母艦而來。」

赫魯斯卡臉色大變，拿起軍官手上的資料加以確認，同時抬頭看著前方巨型螢幕的閃爍區。這簡直快讓他氣暈了，沒想到他最不願意見到的事還是發生了！「這……這怎麼可能！」赫魯斯卡晃著手中軍官的資料大聲咆哮。「剛才導彈目標還在龐大演習區的安全範圍附近呀！這顆該死的導彈目標竟然一眨眼就飄移超過38海浬（70公里）！」

導彈專家保爾森連忙補充說：「指揮官，這不無可能呀！這顆導彈總共做了二次軌道變換動作，很明顯初期的目標只是為了迷惑我們而已，變軌後才是它真正目的，現在時間不多了，我們得馬上警告海上艦隊。」

聯合戰術導彈預警軍官說：「我已經確認了，系統已經自動警告航母艦隊。」

副指揮官說：「這還不夠，艦隊仍然以為這只是普通演習，我們要通知他們即刻實施反導發射。」赫魯斯卡。「沒錯，馬上取得連線……」系統警笛聲又一次讓人心驚肉跳的響起，打斷了克里斯．赫魯斯卡下令。「那又是甚麼警告聲？難道這顆導彈還要再變軌不成！」赫魯斯卡不耐的說。

北美防空司令部的緊張情況再一次拉昇，新的示警內容簡直讓人毛骨悚然、坐立難安：「請注意！緊急狀況，來襲導彈釋放誘餌彈！重複，來襲導彈釋放誘餌彈！」這時北美防空司令部廳內所有工作人員激動的叫喊聲、系統警報聲、人員為應變措施的跑步聲不絕於耳，這些交叉混合聲響交織出激烈戰情時的氣氛，全體人員幾乎快要炸開鍋了。

赫魯斯卡無法相信事情居然演變成如此地步，他腦海裡快速閃過之前固有想法：中國人的葫蘆裡到底藏了甚麼怪法寶？不，不可能！中國人不可能真的擁有攻擊航母能力，這必定是障眼法，其中必有玄機。雖然難以相信，但是實際情況逼得赫魯斯卡必須立刻做出相對反應，他大聲嚷著：「系統的反擊程序呢？」

一旁副指揮官情急的回覆：「系統早已經啟動了，只是中段反導的時機已過，目前又碰到誘導彈，由於這些輕質誘導彈真假難辨，更加使得陸基系統（陸上的反導系統）反擊困難。」

赫魯斯卡急的大叫：「不夠！不夠！」他指著螢幕上的資料說：「這些誘導彈都是由高強度氣球偽裝的，我要知道我們雷達是否可分辨出誘導彈的溫度、外表材質、彈體翻滾週期、速度等相對於真實導彈的差異。」

導彈專家保爾森看著資料後對赫魯斯卡說：「指揮官，這確實有困難，目前共分裂出7個誘導彈，每顆大小、外徑、長度皆與真實導彈相同，而且表面都覆蓋著金屬鍍膜，同時還有相同於真實導彈的雷達吸波塗料。」保爾森雙手攤在前方，無奈的對急於想知道結果的赫魯斯卡表示。「在長程雷達的照射下，這7個氣球所做的誘導彈，幾乎與真實導彈電磁特性完全相同，在無空氣的外氣層，這7個氣球偽裝的誘導彈擁有相同的行進速度及彈體轉動周期，我們雷達所看到的其實是八顆導彈，完全無法區分開來。」

「我的天啊！那麼熱紅外線呢？」赫魯斯卡毫不放棄。

天基廣域（SBWASS）組員在另一頭搖頭失望的說：「報告指揮官，天基的紅外線根本無法分辨，這些導彈全部擁有同等溫度，除非這些導彈重新進入大氣層內。」

東風21丁為躲避美國異常靈敏的紅外線天基廣域衛星（SBWASS）追蹤，特別製作具有夾層的中空金屬罩，真實彈頭置於中空隔熱罩內，其夾層中充滿液態氮以冷卻彈頭，避免被天基衛星發現。

導彈專家保爾森說：「此區域的導彈與高空背景溫度可相差達320K絕對溫度（攝氏46.85度），中國人必定在氣球各區域裝有不同程度的加熱裝置，這些不同溫度幾乎複製真實導彈在該空間應有的溫度及熱輻射強度表現，我們沒想到中國將誘導彈做得與美國、俄羅斯一樣逼真。現在只有等待氣球製做的誘導彈進入大氣後，因輕質材料造成行進速度落後而露出馬腳。」

其實臺灣標高2,620公尺的新竹五峰樂山鋪路爪（AN/FPS-115 "PAVE PAWS Radar）雷達站，它在導彈第二級火箭點火前就有中段陸基反導能力，如今導彈早已越過臺灣南邊恆春進入菲律賓海的末段下降區，此時的戰區高空中段防禦系統（Ground Based Midcourse Defense, GMD）要攔截中國導彈已經無法實現了。

76

海基標準三型SM-3

在第五艦隊拉薩爾號（AGF-3 USS La Salle）指揮旗艦上，令人神經緊繃的系統示警聲使人心慌，緊張局面不下北美防空司令部。雷達員以不安且顫抖的高分貝聲音大聲回覆：「長官，艦隊宙斯盾戰鬥系統（Aegis Combat System）剛剛發現來襲導彈群。」雷達員不由自主的捏一把冷汗。「目前距離205海浬（380公里）、高度200公里。」雷達員焦慮的看著艦上兩位長官，他知道情況緊急，下一步已經不是他這種層級所能決定的。

宙斯盾戰鬥系統是由洛克西德．馬丁公司（Lockheed Martin, LMT）設計製造，配備於昂貴的美軍阿利．伯克（Arleigh Burke Class）級驅逐艦或提康德羅加（Ticonderoga Class Cruiser）級巡洋艦上，這種高性能系統主要用以對付掠海飛行的超音速反艦飛彈，或攻擊型的中程彈道導彈。

拉薩爾號艦長似乎鬆了一口氣。「這導彈終於進入我們艦隊宙斯盾AN／SPY-1艦載雷達可探索距離了。」艦長思考了一下說：「可是距離還如此遙遠，目標還未進入艦上雷達可精確跟蹤反擊的140海浬（260公里）範圍內。」

「距離是遠，可是我們的時間卻不多！」站在拉薩爾號艦長旁邊的第五艦隊最高司令官可不準備放棄。「雷達員，宙斯盾系統預估導彈多久後攻擊航母呢？」

雷達員看著螢幕資料，心裡不禁打了個寒顫。「報告司令官，只剩下一百五十秒而已。」

時間緊迫，司令官在拉薩爾號艦橋指揮室大聲咆哮：「沒多少時間讓你們考慮消耗了，我們的海基標準三型導彈（SM-3）即使推昇至大氣層之外的高空也要55秒，現在不發射就沒有機會攔截對方了。」司令官毫不猶豫馬上下令。「不要遲疑了，現在就發射標準三型導彈。」

這的確是個大問題，一直以來都困擾著各艦隊指揮官，原因是攻擊導彈速度高達十倍音速以上，可是宙斯盾的探索距離在216海浬（400公里），可精確跟蹤反擊對方僅有140海浬（260公里），這中間反應時間太短。第五艦隊司令官決定一發現導彈就即刻發射標準三型導彈反制，這是正確的指令。若是等到導彈進入精確跟蹤距離內才發射，很可能在標準三型導彈最後進入反導時，來襲導彈卻剛好進入可怕的黑障區，雙方都無法探測對方，這時最後反導機會確實會喪失殆盡。

拉薩爾號艦長：「可是……來襲導彈連同分裂出的誘導彈，總共有八顆啊！」

「目前不可能，也沒時間分辨真偽了，發射八枚標準三型導彈攔截所有雷達上顯示的彈頭。」此時司令官對著艦隊使用的特高頻後繼通信衛星（UFO）下達指令。「二號及三號驅逐艦，立刻發射標準三型導彈攔截所有可疑目標！」

艦隊宙斯盾戰鬥系統的AN／SPY-1雷達採用相位陣列，它是屬於S波段7.5至15公分波長雷達，可導引反導彈至精確定位點。其八邊形固定相位陣列天線共四面，每面覆蓋90度角，每面天線陣列還可劃分成數個獨立子天線，並可各自發射獨立雷達波束進行精確追蹤掃描。

海基標準三型導彈（SM-3）為固體火箭動力，採用艦上垂直發射，配發硬殺直接撞擊的動能彈頭，是美軍先進的攔截系統之一。從二、三號驅逐艦發射的標準三型導彈先後點燃第一、二節火箭，這使得標準三（SM-3）衝出濃密大氣，第三節火箭在大氣層外開始透過指令及GPS制導將動能彈頭推上截殺來襲導彈。

宙斯盾戰鬥系統預估撞擊前一百三十五秒

第五艦隊驅逐艦終於發射了海基標準三型反彈道導彈，緊繃的氣氛頓時紓解，「拉薩爾號」艦橋指揮區傳來人員歡呼及掌聲，眾人凝重的心情稍稍舒緩。

「讓標準三（SM-3）把中國導彈轟回家吧！」一位艦橋工作人員忍不住激動的大聲叫喊著。「叫中國佬知道，太平洋就是我們美國的內湖，我們航母艦隊想怎麼開誰也攔不住。」

司令官知道大家快憋死了，他指著艦橋前戰情投影屏幕上被標示的敵方導彈大聲說：「是我們將這該死的導彈終結的時候了！我們受夠了！」

現場人員情緒開始高漲，少校武器官高喊著：「司令官說的沒錯，終結它吧！」

司令官繼續說：「我可不想看到敵人再度施展變軌把戲。」司令官信心滿滿對電磁干擾員下令：「換我們反擊了，即刻發射強力干擾電磁波，弄瞎對方的導彈引導。」司令官露出微笑，自言自語說：「只要中國導彈被來自衛星的變軌指令電磁波束斬斷，接下來我們的標準三（SM-3）會讓中國人沒戲唱。」

情緒正高的電磁干擾員回覆司令官：「宙斯盾電子干擾反制（Electronic Counter Measures, ECM）已經啟動，敵人只要有任何無線電磁訊號，將會被ECM嚴重干擾而失去功能。」

武器官再度放話：「沒目標的盲導彈也只不過是個煙火而已，它死定了！」語畢咧嘴乾笑。

宙斯盾戰鬥系統預估撞擊前八十秒

標準三（SM-3）發射五十五秒後，雷達導航員宣佈：「報告司令官，AN / SPY-1相位陣列雷達成功導航標準三進入大氣外，同時標準三已經成功發動第三節火箭。」

司令官決定讓敵人沒有任何喘息的機會，他再次下令：「雷達員，開始轉換成『指揮照明（Direct Illuminators）』階段。」

「好戲上演了。」一位電磁干擾員忍不住自言自語。

「遵命！」雷達員迅速按下切換開關，隨後回報：「司令官，系統轉換完成，標準三導彈已經正式從S波段進入專職終端導航SPG-62的X波段制導階段。」雷達員終於露出笑臉。「截殺已經就位了，長官。」

「好極了。」司令官興奮的期待了結時刻來臨。

宙斯盾戰鬥系統的AN / SPY-1相位陣列雷達屬於S波段，因波長較長，在大氣中耗損小探索距離遠，因而被艦隊做為初期長距離定位之用。等待標準三導彈（SM-3）進入終端階段時，此時敵方導彈已經進入較近的範圍內，通常艦隊司令官會將宙斯盾雷達系統轉換成較短波長的SPG-62雷達，這就是最後精確專職制導的X波段，在航母艦隊的專業術語稱為「指揮照明」轉換。

拉薩爾號導彈監控員緊張的扣著自己雙手，大聲說：「報告長官，標準三（SM-3）進入最後截殺階段，前方動能彈頭（LEAP）已經分離釋放，彈頭前紅外線傳感器（Forward Looking Infrared, FLIR）開始啟動定位。」監控員轉身看著艦隊最高司令官。「標準三準備獵殺中國導彈了！」

宙斯盾戰鬥系統預估撞擊前七十五秒

當艦橋上萬眾矚目之時，卻發生不可思議的事。突然間來襲的東風21丁卻有如鬼魅般擺脫千絲萬縷的牽絆，不受電磁干擾擺佈的再度變換軌道。這個瞬間意外變化，立刻造成美軍拉薩爾號指揮旗艦上所有人員爆炸性的心理震撼。

雷達員驚嚇的頓時呆住，一時之間不知所措！等待回神後他大叫：「我的天啊！怎麼會是這樣呢？這是甚麼導彈呀！我們宙斯盾不是正在實施強力電子干擾嗎？真是見鬼了，這顆導彈怎麼會又再變軌！」雷達員不可置信的叫喊著，他抬頭看著艦隊司令官及拉薩爾號艦長，乞求獲得來自長官下一步合理應對。

「不可能啊！」這出乎意料之外的插曲，司令官也嚇一大跳，馬上呼喚電磁干擾員。「我看到前方螢幕資料閃爍顯示著宙斯盾ECM開啟中，為何效能無法彰顯？敵人導彈還是繼續實施高機動變軌，難道干擾作業出了問題？」

電磁干擾員瞠目結舌、無法解釋，他快速查證艦上宙斯盾系統。「司令官，宙斯盾ECM電子干擾確定動作正常無誤。」干擾員腎上腺分泌加速、心跳加快。「莫非……這……這顆導彈另有其它導引途徑？」

這時另一端雷達員忽然大聲說：「兩位長官，敵人導彈已經露出馬腳了。」雷達員指著前方螢幕。「你們看，導彈變軌後，宙斯盾雷達已經可清楚分辨出真正導彈與誘導彈的區別了。真正彈頭是……是……是

『六號彈』，除了『六號彈』外，其餘全是誘導彈。」雷達員驚叫。

由於東風21丁兩次變軌後才分裂出誘導彈，這些假彈為氣球偽裝，主要針對導彈在大氣層外飛行時，對敵方中段反導的欺騙及突圍之用。這些誘導彈並不具有接收訊號能力，同時也沒有機動能力，不會有末端導引的可能。在真實導彈第三次變軌時，這些誘導彈當然不可能隨之而動，因此立刻曝露身分。這時真實導彈即將進入大氣層，這些誘導彈早已經完成它們的偽裝歷史任務。在導彈進入大氣層前，是美軍標準三（SM-3）攔截來襲導彈的最後好時機，如今這機會已經流失了！

雷達員發現「六號彈」為真實導彈的消息一點都無法振奮司令官，對在場的長官而言，嚴酷的事實正取代了對標準三攔截導彈的期待。此時標準三動能彈頭已經與火箭體分離，動能彈頭紅外線傳感器（FLIR）也啟動，這表示兩邊彈頭已經非常接近，對於雙方導彈皆以十倍以上音速對飛，相對速度高達20倍音速以上。在東風21丁關鍵的第三次變軌後，任誰都知道時間早已不容美軍宙斯盾戰鬥系統再度重新計算新軌道，此時即使有再強的系統也無力回天。

宙斯盾戰鬥系統預估撞擊前七十秒

拉薩爾號指揮艦雷達員大聲慘叫：「啊！天啊！錯失了。」激動的叫聲撼動艦橋上所有人。「標準三（SM-3）攔截失敗！重複，標準三攔截失敗！」

司令官及拉薩爾號艦長完全無法相信結果，電子干擾是美國強項，為何此次電子戰毫無成效？的確，美國是電子大國，干擾作業世上無人能及。東風21丁導彈初期確實使用無線電及衛星指令制導修正，當時訊號經由中繼衛星將天波雷達及合成孔徑雷達的修正信號輸入導彈。可是到了即將進入大氣層前，必須做最後的導引修正，由於太靠近敵人易被反制干擾，中國人自知無法克服美國的干擾，導引必須革命性的另起爐灶。

東風21丁在中段時程早已獲得中繼衛星傳來足夠的海上目標定位，在外氣層進入末端時，東風21丁事實上開啟導彈內的紅外線掃描尋標器，當發現攔截導彈時，東風21丁內部自我設定實施變軌機制，所以末段根本無外來訊號制導，當然無視於美軍的電子干擾問題。實際上此顆是變種的東風21丁導彈，為增加導彈在隱形、誘導彈、多次變軌、導彈液態氮隔絕艙、燃氣舵、空氣舵、紅外線搜索系統（IRST）的額外酬載能力，它由原始的二節變更為三節火箭，這時攻擊距離不變，但酬載能力增加，對敵突圍能力則大幅攀昇。

宙斯盾戰鬥系統預估撞擊前六十秒

第三次變軌甩開標準三（SM-3）攔截彈的東風21丁，在110公里高空時開始拋棄為防範美國紅外線「天基廣域衛星」追蹤的液態氮隔絕艙，這是為了再入大氣層而準備，只有彈頭外層的隔熱材質才能熬過入大氣層時的摩擦高溫。當標準三攔截失敗後，東風21丁繼續降低高度，並準備進入「黑障區」。

拉薩爾指揮艦上的雷達員再度發出警告：「敵人導彈高度降至90公里，即將進入黑障盲區（Blackout Zone）。」

司令官問：「系統是否算出再次變軌後的新攻擊目標？」

雷達員說：「導彈進入黑障區後，系統失去導彈連續軌跡，無法算出。」

「黑障區」發生在導彈進入40至80公里高空時，其時速度高達數十倍音速，對「東風21丁」而言，穿過此區只不過是十幾秒鐘左右的時間。

司令官手撫額頭向後退幾步，接著大叫：「快！系統準備發射標準二型（SM-2），現在我們必須採取第二階段大氣層內低空末端攔截。」

拉薩爾號艦長馬上阻止：「不！司令官，現在不可啊！敵人導彈馬上進入黑障盲區，我們必須等待導彈離開離子區呀！」

司令官點頭回應艦長說：「我知道，但只要導彈一出黑障區，標準二型就立刻攻擊。」

黑障盲區是所有返回式飛行器都會碰到的棘手問題，當飛行器以數十倍音速返回大氣層內時，飛行器因高速摩擦造成外殼高達約攝氏2,000度高溫，這會在飛行器周圍電離空氣形成高溫離子體，此高濃度離子體會屏蔽電磁波並造成通訊完全中斷。在此黑障區的區域範圍內，美軍宙斯盾雷達系統無法追蹤東風21丁的來襲導彈，同時東風21丁本身也無法以自身雷達或紅外線搜索系統探尋海上目標，此時兩邊皆處於雙盲階段。當導彈下降至較低高度時，由於離子體大量減少，雷達又開始可以探測到導彈。

宙斯盾戰鬥系統預估撞擊前三十秒

「穿越黑障區了！」雷達員高喊：「宙斯盾雷達系統可以追蹤到導彈了，長官。」

司令官舉起握拳的右手，大聲說：「發射！」

發射執行員重複喊出：「標準二型飛彈發射！」

標準二型防空飛彈彈長4.72公尺、彈重705公斤、最大射高19.8公里，使用空氣舵採行大氣層內飛行，追擊速度三馬赫（三倍音速）。艦載宙斯盾戰鬥系統的AN / SPY-1相位陣列雷達只要初步尋獲目標，系統即可允許標準二型防空飛彈發射，此後再由飛彈內自動駕駛儀（Auto Pilot）透過慣性單元計算來襲導彈的攔截點。

司令官又問：「算出新目標了嗎？」

雷達員心臟已經快跳出來了，他緊張的說：「導彈剛出黑障區，還沒算出！」

宙斯盾戰鬥系統預估撞擊前二十五秒

拉薩爾指揮艦上的全體作戰人員，紛紛離開座位站起來，這千鈞一髮的危機再也沒人按耐得住。

雷達員大聲匯報：「導彈高度35公里，距離50公里。」

此時東風21丁為使紅外線儀器進入可工作溫度範圍，導彈開始從十幾倍音速減至五倍，拋棄保護蓋，紅外線搜索系統（IRST）恢復正常運作。這時東風21丁紅外搜索儀迅速抓獲海上預定目標。

美軍司令官再度下令：「發射第二枚標準二型飛彈。」這是做為後備替補攔截用。

宙斯盾戰鬥系統預估撞擊前二十秒

標準二型奮力爬昇達到高度15公里準備攔截，可是東風21丁配備燃氣及空氣雙舵，燃氣舵足夠讓東風21丁在大氣層外實施變軌，拋離對方導彈攔截，同時空氣舵在大氣層內也可進行機動蛇行，擺脫對方近距離飛彈纏鬥。

司令官下令艦隊急轉彎：「艦隊右滿舵。」

東風21丁減速後為五倍音速（6174公里／小時），而艦隊的最高航速約35節左右（65公里／小時），相對導彈的速度，航艦的航速有如靜止不動，逃跑也於事無補。司令官要求艦隊轉彎顯然不是為躲避導彈，由於航母甲板為起降戰機，其表面鋪設厚實特殊耐溫鋼甲，反而是最為堅固的區域，真正航母弱點在船側及水線以下區域，變更航母方位主要是防範導彈拉起攻角，由長長的航母側邊突襲而來。

宙斯盾戰鬥系統預估撞擊前十五秒

標準二型飛彈3馬赫（三倍音速）速度遠低於東風21丁導彈五馬赫（五倍音速），同時還要追擊進行不規則突防擺動的導彈，最後僅能望彈興嘆、失敗作收！

指揮艦上全體人員驚訝大叫：「啊！慘了！」

宙斯盾戰鬥系統預估撞擊前十秒

雷達員依據宙斯盾系統資料，竟然做出驚人的公佈，全體拉薩爾號人員都驚訝的不可置信！只見雷達員結結巴巴的說：「報告長官，這……這……導彈的新目標是……」雷達員指著前方投影的戰情螢幕，一時之間說不出話。「是……是……是油輪！」

宙斯盾戰鬥系統預估撞擊前五秒

東風21丁直徑1.4公尺、彈重600公斤，在雷達及紅外線雙感應器的鎖定下放棄船隻側攻，直接由天頂進入垂直俯衝攻擊。

拉薩爾號指揮旗艦艦橋人員紛紛向外衝至戰艦左舷，並面向中方宣佈的導彈演習區眺望而去，這時東風21丁彈頭有如火鳳凰從高處下墜直接命中船隻甲板正中央區域。美國籍的安德魯．杰克遜（Andrew Jackson）超級油輪並無防護裝甲，哪裡禁得起東風21丁600公斤高爆彈頭從頂上而來的攻擊。彈頭穿越數個隔艙在油輪中心區爆炸，災難立刻撲面而來，安德魯．杰克遜號超級油輪長333公尺、重20萬噸立刻斷成兩截，運載的250萬桶原油在爆炸波的點燃下烈焰沖天，不到十分鐘，超級油輪杰克遜號就遭遇滅頂之災，沉入海底，徒留海上厚厚原油繼續燃燒不止。

事件落幕，司令官及拉薩爾號艦長緊繃的心情瞬間得以釋放，兩人雙雙坐回自己椅子上。

「傳聞中國導彈可攻擊海上船隻，看來已經被確認了！」司令官冷冷的對拉薩爾號艦長說著：「艦隊恐怕不能再往前走了！」

艦長對司令官說：「是的，中國是刻意展示肌肉，原來中國本來就沒有要攻擊航母，他們只是在示警已經有導彈攻擊海上目標的能力。我們現在必須停止向東邊中國南海艦隊前進，避免局勢繼續惡化對我們的艦隊不利。」

司令官說：「艦長，下令航母艦隊停止前進，等待五角大廈國防部進一步指示！」

77 駐中大使

在北京外交部會議室，美國大使遞交抗議書的同時，喋喋不休、怒氣衝天的對中國外交部長說道：「我們嚴正抗議，中國竟然對美國籍航行於公海的油輪進行軍事攻擊，這明顯渺視國際公法，美國無法忍受。」

「喔！我知道！我知道！是我們的疏忽！」中國外交部長端了一杯熱騰騰咖啡小心的放在大使面前。「北京12月中已經進入寒冷冬天了，大使您還是先喝杯熱咖啡暖暖身，同時也消消氣吧！」外交部長坐下來，耐心的聽美國大使抱怨。

「中國居然用導彈摧毀美國籍油輪，這太不可思議了。」

「我了解，當演習發生意外後，中國外交部立刻透過記者會正式向美國道歉，中國願意對意外造成的損失賠償。」外交部長臉上看不到一絲絲歉意，反而嘴角掛著淡淡微笑。「大使先生，這是一場意外呀！」

美國大使不想再兜圈子，乾脆挑明的說：「我看這是故意的吧！外交部長。」

「『故意』？這可嚴重了！大使先生，話可不能隨意亂講，會出亂子的！」外交部長收拾起此前微笑，開始板起臉對著大使。「當初中國可把演習區域及時間規劃好，誰知道你們的安德魯．杰克遜（Andrew Jackson）號超級油輪偏偏就要在演習區航行。雖然中國不能推卸道義上責任，但是油輪危險行為才是不幸的主因。」

「你說甚麼！部長說油輪才是主因！」這可把大使氣得吹鬍子瞪眼睛。「任誰都看得出來，中國故意將演習區畫成如此大的範圍，意圖是讓杰克遜號根本開不到演習區外，這是你們的計謀。」

「啊！我真驚訝大使不經考證隨意栽贓。」外交部長似乎有備而來，他從身旁的紙袋中拿出示意海圖說：「油輪原本在此地。」外交部長指著圖上的一點。「如果向南直接行駛，絕對可以避開導彈演習區的，可惜杰克遜號為省油卻僅向東南行駛，這也是為何船出現在危險區內呀！大使先生。」

大使突然大笑，他指著桌上的海圖說：「僅向東南行駛？這分明是中國的推託之詞！」大使右手端起咖啡，品嚐了一口，然後極有自信的說：「部長，話可不能亂講，你如何證明油輪『僅向東南行駛』呀？」

部長伸手進入一個紙袋中，拿出一張CD。「大使，這是附近漁船提供的錄音資料，其中是美國船公司要求杰克遜號船長僅僅向東南行駛即可的無線電對話證據。」這次換部長拿起茶杯，細心品味茶香，然後說：「我可是有憑有據的！」

大使臉色胚變，語塞不知如何回應，許久後大使接著說：「茫茫大海如此遼闊，這導彈想要擊中有如芝麻大小的海上船隻，談何容易，就算美國也無此把喔呀！顯然是中國早已暗中盤算好了。」

部長忽然笑了起來。「這是新型號導彈，難免準度不足失去控制，這也是為何我軍需要大範圍的演習區域。我們已經責令軍方，凡精準度不佳的導彈下次不准位列於演習之中，避免悲劇再度重演。」

「甚麼？準度不足？」美國大使幾乎翻臉，赫然站起來指著中國外交部長的鼻子說：「部長先生，你我心裡都明白，這顆導彈是『準度驚人』。若要成就導彈攻擊海上船隻，其後備科技支援何其龐大呀！別再繞了，這項能力就算美國也無此把握，你們的居心我們知道。」

外交部長向前走近大使，這是讓人發毛的距離，部長的臉幾乎貼近大使，手指同樣指著對方。「讓我來告訴你，如果美國飛彈都會誤擊中國運作已久的南斯拉夫大使館，那麼中國導彈當然也會失焦碰撞海上油輪是吧！」

「我就知道！」暴怒的大使準備離席。

部長大聲的說：「大使先生，別急著離開。」此時部長再度伸手進入紙袋中掏出一重要物品，說：「這是衝突後，兩國國防部長最新熱線的通話結論。我們歸還『超高溫超導體』小球，貴國則無條件送回我方在美工作人員及犧牲人員遺體。」

大使這才驚覺失控的情緒差點讓他遺漏重要任務：盡速帶回可製作反物質容器的超高溫超導體材料。

「這材料！」大使仔細端察後驚叫：「為何缺一小塊？」

部長拿回小球取下眼鏡端詳片刻，故露驚訝：「咦！這我也不知道啊！」

「你們居然扣下這一小塊！」

「對不起！當初拿到此材料的向凌川博士已經為國捐軀，我無法回答你的問題。據我所知，博士交給工作人員的時候就已經是如此了。你想此物歷經萬險，連外盒都在貴國的飛彈下完全摧毀，更何況材料本身呢？對於材料現狀，我國已經算是代為保管得當了！」

大使再也不想說任何半句話了，悻悻然的大使拿著「超高溫超導體」材料及紙袋內所有東西，一言不發離開會議室。

78 競合

賀鴻飛為感念故逝向凌川與華天兩人的機智及無私奉獻，特將每日隨身掛帶於身上的先父遺留紀念銀幣一分為二，分別致贈向凌川未成年的女兒，及華天年幼的兒子作為紀念。這紀念銀幣來自賀鴻飛的父親，他因參加共和國開國革命有功，故建國後，由第一任主席頒發給包括他的所有開國有功元勳，此銀幣代表著共和國崇高榮譽。

反物質就像兩面刃，當在廣泛科技及能源的應用上，承載反物質燃料的太空船引擎甚至可以實現人類太空長途旅行的夢想，若使用於軍事武器上，只要稍有不慎，人類賴以維生的美麗地球有可能化為烏有。才進入科技昌明的地球，立刻掌握反物質未來式科技，到底是福是禍尚難預料。

對於科技剛萌芽百年的地球人而言，科學家原本認為人類至少尚需數百年的發展，才可自由駕馭反物質這種不可思議的能量，未料伊朗反物質爆炸讓此項科技提早出現在人們面前，這種顯得突兀的科技即刻撼動世人。水能載舟亦能覆舟，早熟的反物質技術並非地球的好兆頭，以今日地球科技文明，顯然這項終極武器的現身遠超過我們所能想像。自從中國安全救回反物質靈魂人物狄維路博士後，擁有反物質生產及容器兩樣絕對終極武器的中國，開始出現在地球上無人挑戰的局面。剛剛嚐到獨霸的中國萬萬沒想到世事難料，隨即風雲變色，一項可怕的通天大災難正悄悄降臨地球，上帝正考驗著東西兩大強權未來的競合，這說明了天下大局合久必分、分久必合不變的道理。

國家圖書館出版品預行編目資料

中美大危機／小馬 著 -- 初版. --
新北市：集夢坊，2012.6
面； 公分
ISBN 978-986-83913-4-5（平裝）

857.7 101002397

集夢坊

中美大危機

出版者●集夢坊
作者●JEFFERY MA（小馬）
印行者●華文聯合出版平台
出版總監●歐綾纖
副總編輯●陳雅貞　　美術設計●吳吉昌
責任編輯●張欣宇　　內文排版●陳曉觀

郵撥帳號●50017206采舍國際有限公司（郵撥購買，請另付一成郵資）
台灣出版中心●新北市中和區中山路2段366巷10號10樓
電話●(02)2248-7896　　傳真●(02)2248-7758
ISBN●978-986-83913-4-5
出版日期●2012年6月初版

全球華文國際市場總代理●采舍國際 www.silkbook.com
地址●新北市中和區中山路2段366巷10號3樓
電話●(02)8245-8786　　傳真●(02)8245-8718

全系列書系永久陳列展示中心
新絲路書店●新北市中和區中山路2段366巷10號10樓　　電話●(02)8245-9896
新絲路網路書店●www.silkbook.com
華文網網路書店●www.book4u.com.tw

本書係透過全球華文聯合出版平台（www.book4u.com.tw）發行，並委由采舍國際有限公司（www.silkbook.com）總經銷。採減碳印製流程並使用優質中性紙（Acid & Alkali Free）環保與油墨印刷。

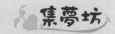